BARBARA FRISCHMUTH

Die Schrift des Freundes

Roman

Residenz Verlag

Der Computer ist die Antwort,
doch was war eigentlich die Frage?

Anonymus

Ich fand meinen Mond auf Erden
Was habe ich im Himmel zu suchen?

Yunus Emre

»Es war einmal, es war keinmal ...« Das ist ein Traum, aus dem man nur schwer erwacht, träumt Anna Margotti und macht sich auf den Weg durch viele Fährnisse. Unbewaffnet und auf sich gestellt. Sie kann sich gehen sehen zur Station an der Ecke Unerkennbare Straße, Linie Sieben, Auf der Hut.

Nebel oder Augentrübung, die Richtung ist immer schon vorgegeben. Auch sind die Fahrgäste aus Papier, von oben bis unten beschrieben. Ein Buchstabe angelt nach ihr, fischt sie aus sich heraus, hängt sie auf zwischen Himmel und Erde. Aber noch braucht sie Boden unter den Füßen.

»Wo ich doch in die Donaustadt möchte!« Sie weiß, daß sie niemals ankommen wird. Der Zugführer gibt sich als Derwisch zu erkennen, mit einem Blick, der sie von sich abliest. Es muß eine alte Wagengarnitur sein, mit Steuerknüppel und Schlaufengriff, ein Remisenstück, das nur noch um Mitternacht ausfährt.

Die Vorstadt lichtet sich, mehr und mehr Schnee füllt die Zwischenräume, gekerbt von Vogelspuren, eine Geschichte der Überschneidungen. Und die Stationen klingen alle nach Längst-hinüber. Lauter Schutzengelnamen für Hände und Füße.

»Endstation!« Rascheln und Knistern in den Bögen. Die Seiten wenden sich. Der wandernde Derwisch gähnt gewaltig und läßt seinen Mantel liegen.

»Komm mit mir, mein Kind, dann belebe ich dir die Welt mit meinem Hauch.«

Sie gehen zusammen an der Alten Donau spazieren, erwärmt bis zum Ineinanderverschmelzen. Und doch wird jedes Schaf an seinen eigenen Beinen aufgehängt.

»Anna Margotti, mein Kind, jetzt nehme ich mir dein Herz!«

Der Traum dauert schon zu lange.

Da hat der Dschinn des verborgenen Sinns sich ins eigene Fleisch gehackt, und Anna Margotti macht die Augen auf.

Nachtschlafen stellt sich Anna ihrer Arbeit. Ohne Beschäftigung keine Ermächtigung. Ihr Herz flattert noch ein wenig. Wenn sie ihre Schuhe putzt, geschieht das auch für den Chef, der eine Chefin ist. Der Glanz der Firma spiegelt sich im Oberleder. Und wie sich alles spiegelt, sogar die Welten, um die sich alles dreht, um eine wirklichere Wirklichkeit, nicht bloß Daten, Daten, Daten. Entscheidend ist der Überblick, System X, die Zukunft, die alle einander wegzunehmen versuchen, so als hätten sie sie längst auf ihren Schirmen.

»Anna, du meine Vorstellung von Hollywood«, schreibt Frantischek, der Laufknabe, auf das Papier über ihrem Schinken-Käse-Toast. »Deine Beine sind länger als der Sunset Boulevard!«

Anna zählt ihm filmentrückt das Geld in die verschwitzten Haltefinger. »In drei Jahren gehe ich mit dir aus, Frantischek, wenn du dann noch möchtest.« Bis dahin ist sie längst in ihren Wunschkörper entrückt. Oder tot. Und Frantischek wird eine Vierzehnjährige lieben.

Annas violettes Nagelballett wirft die Maschine an und bringt die Flüssigkristalle zum Flimmern.

»Weißt du, wie man Veilcheneis macht?« Teresa, die Kollegin vom anderen Terminal, hat wahrscheinlich an die vorletzte Kaiserin gedacht, die so gerne Veilcheneis aß.

»Nein, aber wie wäre es, wenn wir nach Büroschluß Eis essen gingen?«

»Laß dich umarmen, Anna, es ist natürlich noch viel zu kalt, aber es erinnert mich daran, daß es so etwas wie Frühling geben soll.«

Das Leben ist arbeitsreich und auf Erwerb eingestellt. Warm eingepackt ins weltweite Netz, kennt Anna die kalten Lüfte der Rezession nur aus der medialen Aufbereitung. Konjunkturschwächen und multiples Strukturversagen sind ihr durchaus geläufig, sie jagt sie täglich durch ihren Daten-Verteiler, aber am eigenen Berufsleib hat sie noch keinen Zusammenbruch erfahren, und sollte ihre Firma einmal ins Wanken geraten, dann wankt mit ihr ganz Europa.

Die Sicht, die sich Anna tagtäglich bietet, ist eine von oben. Was das heißt? Die Linien wirken geometrischer, das Grün umfassender. Und wenn der Lift steckenbleibt? Als Alptraum erkennbar, kehrt diese Vorstellung von Zeit zu Zeit wieder. Die Luft ist auch ziemlich trocken, trotz der drei Philodendren. Ansonsten läßt sich wenig an Klage führen. Von ihr aus betrachtet. Insgesamt allerdings? Wer die Menschheit als solche in den Blick nimmt, möchte sich das Menschsein gleich abgewöhnen.

Nach jedem Kriegsbeginn kauft Anna sich neue Schuhe. Die Welt hat ihre Freude bitter nötig, schon wegen der Gesamtatmosphäre. Vielleicht kann sie etwas von den positiven Schwingungen um den Globus jagen, als mentalen Antrieb.

»Anna«, sagt die Chefin, »lächeln Sie sich von mir aus um den Verstand, aber lächeln Sie!«

Diesen Gefallen kann sie der Chefin natürlich nicht tun, ihr Verstand ist ihr heilig. Wo käme eine Frau heutzutage auch hin? Am Lächeln alleine kann es ja wohl nicht liegen.

»Ich leide an einer Allergie gegen irreparable Fehlerzustände.« Teresa ist es ernst damit. Dabei arbeitet sie nicht einmal an dem Regierungsauftrag mit, den sie – Programmierer unter sich – euphemistisch PACIDIUS nennen. »Du lachst mich nicht etwa aus?«

Anna lacht über niemanden. Nicht einmal über Ferdy aus der Postabteilung, der von nichts anderem redet als von seiner Tonsur. »Eindeutig Franziskaner – wie komme ich dazu?«

»Dein Bauch, Ferdy, dein Bauch ist der zweite Hinweis. Es bedarf dreier Zeugnisse. Das dritte ist die hierarchische

Güterverwaltung.« Teresa weiß noch so einiges aus ihrer streng katholischen Kindheit, um Ferdys Fixierung zu füttern. »Gehorsam, Ferdy, Armut und Keuschheit!« Ferdy ist außer sich. »Allein der Gedanke!«
»Würde dir guttun, Ferdy, würde dir guttun!«

Die Chefin hat nichts gegen kleine Späße. Spaß fördert erwiesenermaßen das Betriebsklima. Sie kann nur Gekicher nicht ausstehen, diese von Tönen geschüttelte Luft. Darum schätzt sie das Lächeln von Anna, das sich nicht via Schallwellen fortsetzt.
Apropos Chefin. Natürlich nur hier und im schmalen lokalen Bereich. Die Firma ist weltweit verstrickt, da reden dann schon die Bosse. Aber gerade lokal gilt es, an Regierungsaufträge zu kommen. Das stärkt die Position und verleiht die Aura des Geheimnisträgers. Unausgesprochen, versteht sich. Sämtliche Niederlassungen funktionieren personalunaufwendig. Die Umstellung erfolgte rechtzeitig. Ausgedehnte Netze, viele Schnittstellen, äußerst intelligente Software. Eine Handvoll Spezialisten verschiedenster Herkunft, damit die Firma – was den Personalstand angeht – mentalitätsunabhängig und mobil bleibt.
Anna hat ein eiskaltes kleines Programmierungsgehirn unter der rotgelockten Kalotte. Was selbst Jussuf, der Vordenker aus dem Einzelbüro, von Zeit zu Zeit zugibt. Sie entlockt den Fenstern auch dann noch Vorschläge, wenn Jussuf, das Genie, auf der gesamten Klaviatur ausgerutscht ist.
»Die Kerle protegieren dich. Sie bevorzugen Rothaarige«, schwört Jussuf gedemütigt. »Wie soll ich da noch punkten?!«
Jussufs Sehhilfen reagieren auf Licht und Schatten. »Wenn du lächelst, Anna, spielen meine Gläser Sonnenbrille. Komm schon, strahl mich an!«
»Bin ich Potiphars Weib?« Anna kennt die Geschichten vom Zustandekommen der Welt. Und Jussuf ist Libanese, einer

der Abtrünnigen. »Ich bin es leid, mich für Kleinterritorien massakrieren zu lassen, wenn ich ganze Highways bekommen kann.«

»Und was ist mit deiner Identität?« Ivo kann nicht anders, wie er auch nicht anders kann als Slibowitz trinken, wenn er abends seine serbischen Freunde trifft.

»Laß mich doch damit in Ruhe. Allen Ernstes, Ivo, die Frage ist, greifst du auch zu oder rufst du nur ab? Ich esse gerne, ich bumse gerne, ich gehe gerne ins Kino. Kann ich das nur als Libanese?«

Ivo schweigt gekränkt.

»Im Gegenteil. Als Libanese kann ich das zur Zeit eher schlecht.«

Teresa schüttelt die Faust mit der Maus. »Hast du denn keine Seele?«

Jussuf lächelt maliziös. »War das nicht eine Idee der Russen?« Er wird nie eine Glatze haben, höchstens einen Bauch.

Ivo ist Deserteur und erst seit kurzem im Brain-Trust, geradewegs aus dem Flüchtlingslager engagiert, weil er programmieren und Deutsch konnte. Seine Zellen sind noch frisch, aber der Zustand seines Landes macht ihn ablenkbar. Die Chefin probebenotet ihn noch. Er ist weniger fix als Frantischek, der als jugendlicher Autodidakt, sozusagen als Kindergenie, an Bord gekommen ist. Daß er in die Kantine geschickt wird, hat eher pädagogische Gründe. Auf diese Weise lüftet er wenigstens seine Pickel.

Anna steht also insgesamt ganz gut da in dieser von Pleiten gebeutelten Welt. Begabungsmäßig nicht unterfordert, lohnabhängig zwar, aber noch nicht hierarchiegeschädigt, darf sie sich als Mitarbeiterin mit Aufstiegschancen begründete Hoffnungen machen.

»Dein Glück!« Gigi, ihre Mutter, hat es von Anfang an gewußt. Und selbst wenn Annas Glücksvorstellung abweicht, herrscht Einigkeit zwischen ihr und den Familienmitgliedern, daß sie es schlechter hätte treffen können. Beruflich gesehen und überhaupt. Privat scheint sie dem Schicksal sommersprossenloser Rothaariger aufzusitzen, leicht entzündbar, selten erwärmt, kaum je wirklich in Brand geratend.

»Kind, erhalte dir diese Gemütslage«, beschwört Gigi sie des öfteren.

Bisher ist alles herzschonend verlaufen. Und es hat ihr auch nicht viel ausgemacht, schließlich kann sie nicht kennen, was sich nicht ereignet hat. Nur manchmal ahnt sie bereits, daß sie mit Frantischek mehr erleben würde als mit all den Ferdys, Jussufs, Ivos und Haugsdorffs zusammen.

Haugsdorff ist der, für den ihr Herz zur Zeit schlägt, ohne dabei aus dem Tritt zu geraten.

»Den hältst du dir warm.« Gigi hat sich die Vaterlosigkeit ihrer beiden Töchter nie ganz verziehen. »Glaub mir, ich kann dir in kürzester Zeit das Psychogramm eines jeden erstellen.«

»Und die Nutzanwendung?« fragt Anna gelangweilt.

»Daß ich persönlich nichts daraus machen konnte, beweist nichts. Auch Chirurgen operieren sich nicht selbst.«

Haugsdorff ist insgesamt gut erhalten, Ministerialbeamter der höchsten Dienstklasse, hat einiges hinter sich, aber kein Aids (Selbstaussage), und ist verrückt nach Biedermeier-Miniaturen, seit vielen Jahren schon. Sein Geist erholt sich dabei, wie er sagt. Früh verwitwet nach einer ersten Ehe, die Kinder im Hochschulalter, ist er ein Mann, dem von seiner Sekretärin immer noch jugendliches Aufbrausen vorgeworfen wird. Zweimal die Woche Fitness-Club, kein Tennis, dafür Reiten. Riecht danach spürbar nach Pferd und am Abend gelegentlich nach Pfeife.

»Wenn du mich fragst, Heimlichgenießer.« Jussuf kennt Gott und die Welt, und mit Haugsdorff verbindet ihn sogar ein Staatsgeheimnis.

»Erlaube!« Anna erregt sich künstlich. »Was meinst du damit?«

»Braucht gut getarntes Privatleben, schon von Berufs wegen.«

»Du hast es nötig!« Teresas Stimme könnte einen Apfel in Spalten schneiden.

Jussufs Lächeln trieft entsprechend. »Und? Habe ich je einen Narren aus mir gemacht?«

»Weil du immer schon einer warst!«

»Daher mein Anspruch auf Wahrheit. Also, keine Sentimentalitäten, Anna. Dafür hast du ihn lange.«

Anna ist das zu kompliziert. Mit Haugsdorff kann sie sich jedenfalls sehen lassen. Er schreit nicht mit ihr, und sie braucht seine Hemden nicht zu bügeln. Daß er davor immer seinen Schwanz waschen geht, ist pure Rücksichtnahme. Dabei bringt er ihn wahrscheinlich hoch.

»Ich tue das alles sehr bewußt«, sagt Haugsdorff, »auch rieche ich gerne gut.«

Anna kitzelt ihn zwischen den Brusthaaren. »Solange du mich nicht dabei vergißt.« Das Ganze ist keineswegs unangenehm, auch wenn es ihr zuweilen zu ritualisiert erscheint. Anna weiß, daß sie froh sein kann, jemanden wie Haugsdorff zu kennen, und sie liebt ihn auch, manchmal mehr, manchmal weniger. Er nimmt sie zu bemerkenswerten Leuten mit, was ihre Bildung fördert, obgleich sie sich unter all den Sammlern ein wenig langweilt.

Sie selbst sammelt nichts außer Liebesbriefen, gerade weil das heute nicht mehr üblich ist. Sie hat sogar die aus ihrer Schulzeit aufgehoben, bebändert und sortiert. Und Frantischeks kulinarische Beipackzettel ruhen in einer blechernen Proviantdose, damit die Fettflecken sich nicht auf Umweltpapier oder gar handgeschöpftes Bütten durchdrücken.

»Anna, warum erlöst du mich nicht aus meinem Data-glove, damit ich mich der Realität deiner Wünsche stelle!« seufzt Frantischek.

Was aber am angenehmsten ist, Haugsdorff läßt ihr Luft. Mindestens drei bis vier Abende pro Woche. Er ist Verantwortungsträger, der seinen Schlaf braucht. Auch will er ihr seinen Anblick ersparen, wenn er besitzgeil und mit einer großen Lupe über seinen Miniaturen kniet und die Eckdaten der noch ausständigen herbetet. Vor allem, was sie kosten. Auch ihm sind Grenzen gesetzt, gewissermaßen sechsstellige. Sein altes Geld ist ins Fortkommen der Kinder investiert. Es herrscht strenge Trennung zwischen Familienbetriebskosten und persönlichem Investment.

An diesen Haugsdorff-losen Abenden fällt Anna ins ursprüngliche Milieu zurück, geht mit Jussuf und Frantischek ins Kino oder sitzt im Nachthemd in der Küche, füttert die Nachbarskatze, die übers Dach zu Besuch kommt, lutscht Gummibärchen aus reinem Fruchtsirup und läßt ihren alten Walkman dröhnen. Manchmal liest sie auch oder besucht Schwester Bonny in der Donaustadt, die das ortsübliche, nicht durch einen Job wie dem Annas verwöhnte Leben führen muß.
»Es ist wirklich zum Lachen. Ich habe drei Kinder und einen Mann, der trinkt. Fett werde ich auch zusehends, und in der Nachbarschaft stürzen sich die Leute aus dem Fenster. Also Stoff genug für drei Fernsehserien.«
Anna mag Schwester Bonny, auch wenn sie froh ist, daß die jetzt Familie hat und sich nicht mehr ausschließlich um sie kümmert. Auch trinkt ihr Schwager nur Bier und schlägt sich in seiner Freizeit mit einer Truppe herum, die die Altwiener Tradition des Stegreiftheaters wiederzubeleben versucht. So schlecht ist das alles gar nicht, und die letzte Uraufführung eines solchen Stegreifstücks, bei dem nur die Handlung vorgegeben ist – den Text erfinden die Schauspieler selber –, hat sogar Haugsdorff zum Lachen gebracht.
Am liebsten aber spielt Anna »Dame«. Einziger ernstzunehmender Gegner ist Neffe Donald, hinter dem die beiden Jüngeren sich – kiebitzend der eine, Gesichter schneidend der andere – verrenken, während Donald von Zeit zu Zeit

einen genialen Zug macht, dem auch Anna nichts entgegenzusetzen weiß. Bonny behauptet, er erinnere sie in vielem an Anna als Kind. Lesen hat er übrigens auf der Tastatur des PC gelernt, vor der Schule, versteht sich.

Wenn Anna dann allein in ihrem Bett liegt und noch nicht schläft, spürt sie, daß bei so viel Ordnung etwas nicht in Ordnung sein kann.

»Genieß das Leben, Anna«, Bonnys stehender Abschiedssatz, »solange du noch kannst!« Was soll das denn heißen? Anna weiß, daß ihr Herz ein Risikofaktor ist, aber noch hat sie es gut verpackt. Nur im Traum spürt sie manchmal das Gewicht der Dinge. Und so träumt sie am liebsten gar nicht. Sie hat es bloß nicht in der Hand. Zum Glück. Denn der Rest an fremdartiger Verwirrung, der noch beim Erwachen ihr Herz klopfen läßt, gehört zu dem wenigen, das sie bei sich – strenggenommen – als Seelenleben gelten lassen kann. Jene mitunter drastischen, dann wieder unverständlichen Anspielungen auf die nicht in Anspruch genommenen tieferen Lagen ihrer Empfindungsfähigkeit beschäftigen sie oft wesentlich länger als die Frage Haugsdorffs, ob sie ihn als Liebhaber denn auch schätze und welches ihre Lieblingsstellung sei. Aber in technischen Belangen entscheidet sie immer spontan und der Tagesverfassung entsprechend.

Nicht so, wenn es um Gefühlsdinge wie ihren dreiundzwanzigsten Geburtstag geht. Haugsdorff macht mehrere Vorschläge, die ihr alle zuwenig auf ihre Person abgestimmt sind. Sie hätte gern, daß er sich für sie und nur für sie etwas einfallen ließe, was er jedoch mit der Haubenzahl von Lokalen durcheinanderbringt.

Mutter Gigi und Schwester Bonny reden vom Üblichen, dem sogenannten Familienfest, das aber gibt es jedes Jahr.

Nur Frantischek hat etwas von seiner Genialität für sie abgezweigt. Er schlägt ihr ein nächtliches Picknick in einer Rettungszille am Donaukanal vor. Die Zille müßten sie sich erst erobern, Sandler pflegten darin zu nächtigen, wenn die

Temperaturen sie dabei überleben ließen, was Ende Februar nicht unbedingt gewährleistet wäre. Allein der Tatbestand der strafbaren Handlung würde dem Ganzen eine abenteuerliche Note geben, und er, Frantischek, hätte eine echte Chance, sich im Kampf gegen düstere Unholde oder die Wasserrettung zu bewähren.

»Frantischek, vielleicht komme ich auf dein Angebot zurück. Flüsse ziehen mich merkwürdig an. Wir spielen dann Wassermann und Donauweibchen. Ich denke an meine Geburt, und du öffnest die Sektflasche.«

»Ach, Anna, wenn du nur ein einziges Mal zu deinen geheimen Wünschen stehen würdest. Folge mir beim nächsten Gedankenschritt, und du wirst Oberon in mir erkennen.«

»Frantischek, du gehst doch nicht etwa ins Theater?«

Frantischeks Blick ersetzt eine ganze Vorstellung. »Spielverderberin! Was kann ich dafür? Meine Mutter ist Souffleuse am Akademietheater.«

Anna kichert ansatzweise in die Kissen. Wenn sie tatsächlich mit Frantischek den Donaukanal hinunterführe? Wie sie von Jussuf weiß, fällt in diesem Jahr ihr Geburtstag mit der Nacht der Schicksalsbestimmung zusammen, in der manche Muslime Visionen haben. Und am anderen Tag muß man strenges Fasten halten.

Nein, sagt sie sich, um diese Jahreszeit ist ans Freie nicht zu denken. Das Ende des Abenteuers wäre wohl ein Blasenkatarrh. Vergiß es, Anna. Der Natur ist dein Geburtstag schnurz. Haugsdorff wird dich um zwölf nach Hause bringen, weil er, wie sich bereits abzeichnet, anderntags Mitglied einer speziellen Delegation ist, die zu Ermittlungen sowie Erkundungen nach Übersee fliegt. Und das wird es dann auch schon gewesen sein.

Annas gelegentliche Zweifel an der Dichte ihres Gefühlslebens dürfen nicht über ihren beruflichen Ehrgeiz hinwegtäuschen. Ihr Tick sind weiterbildende Kurse, Spezialschulungen auf Firmenkosten, das Kennenlernen brandneuer Programmerstellungsmethoden. Insofern fühlt sie sich nicht nur ihrem eigenen Fortkommen, sondern auch dem der Firma verpflichtet. Ihr Wissensstand gehört halbjährlich nachjustiert. Wer weltweit alle Terminals anlaufen will, muß auch weltweit Bescheid wissen. Der Fortschritt produziert alle nasenlang ein neues Modell, dessen Nichtzurkenntnisnahme die Firma den Vorsprung kosten kann.

Also läßt Anna sich schulen, fährt in Ausbildungscenter – umgebaute Schlösser oder Klöster –, die auch noch Kurse in fernöstlicher Meditationstechnik und makrobiotischer Ernährung anbieten. Oder was immer man zusätzlich für Leib und Seele tun möchte.

»Merk dir, wer aller da war«, trägt Jussuf, der sein eigenes Netzwerk geknüpft hat, ihr vor dem Lehrwochenende verbindlich auf. »Und flirte nicht zuviel. Es sind ohnehin immer dieselben Leute!« Womit er weder ganz recht noch ganz unrecht hat. Jedenfalls mag sie die, die sie schon kennt; und die, die sie noch nicht kennt, könnten sich als interessant erweisen.

Aber in Wirklichkeit ergibt sich nichts, was über Haugsdorff hinausginge. Ihr Kopf füllt sich mit den neuesten Kniffs und Computerskandalen, während ihr Herz im morgendlichen Schwimmbecken nach den Überresten von Träumen fischt, die sich viel zu rasch aufgelöst haben.

Die Mahlzeiten sind die eigentlichen Höhepunkte. Benutzerfreundliche Zwischendecks laden zum Rückgriff auf Basistermini ein wie Essen und Trinken. Die Speisenkarten sind maschinenlesbar und die einzelnen Menüs codiert. Der Informationsfluß gerät auch bei vollem Mund nicht ins Stocken, wird höchstens ein wenig gestaut, und wie immer, wenn mehrere Vertreter derselben Branche beisammensitzen und nicht gerade arbeiten, geht es weniger um die »beständigen Ausblitzungen der Gottheit« als um selbstkommentierende Zeichenmengen in transparenten Kombinationen.

Nach der entsprechenden Masse flüssigen Geistes werden die Systemverwalter dann zu jugendlichen Hackern, die sich ihrer detektivischen Leistungen rühmen, ihrer Piratenfahrten durch die Datenmeere, während ein jeder instinktiv den Code seines weiblichen Gegenübers zu knacken versucht, ehe die Versammlung der Schulungswilligen in Pärchen und Solitäre zerfällt.

Vor dem Einschlafen bilanziert Anna, daß sie zumindest ein paar neue Witze gehört hat. Sie hat zwar keine Visionen, aber Träume, aus denen man schwer erwacht. Insofern ist für sie häufig Nacht der Schicksalsbestimmung, Kadir-Nacht also, wie Jussuf sie nennt.

Diesmal ist nicht »Dschinn des verborgenen Sinns« das Paßwort, sondern »Haare lassen«, und der wandernde Derwisch heißt überdeutlich Lullus, wie der Erfinder der ersten logischen Maschine, die der Missionierung der Muslime dienen sollte. Nachdem er ihnen wieder und wieder demonstriert hatte, daß ihre Religion ein bloßer Irrtum sei, den seine Logik korrigieren könne, steinigten sie ihn mitsamt seinem originalen Taschencomputer.

In Annas Traum ist Lullus Friseur, der die Haare auf ihrem Kopf zählt und sie zu einer binären Perücke verarbeitet, die teils eine ist und teils nicht. Ein Engel stolpert in den Frisiersalon und handelt mit Lullus die codierfähigen Namen Gottes aus, während allenthalben der Schaum steigt.

Als sie Jussuf die Teilnehmerliste überreicht, fragt er sie nach einem Kursleiter namens Dschibril, aber gerade an den kann sie sich nicht erinnern. »Ich war diesmal nicht in Systemkunde.«

Zur nächsten Schulung wird Teresa fahren, und sie verspricht, ein Auge auf diesen Dschibril zu haben. Nicht zu werfen, wie Jussuf im selben Augenblick unterstellt. »Der Mensch ist ein informationsverarbeitendes Tier, also verhalte dich demgemäß.«

Ivo muß am Wochenende versucht haben, sich zu ertränken. So wie er noch am Montag morgen riecht, ist er bloß mit knapper Not davongekommen. Aber nach einem Meditationsbier ändert sich sein Zustand schlagartig, und schneller, als die anderen sich wundern können, ist er wieder kompatibel. Nur in seinen Augen bleibt der stumpfe Schein der vorhaltenden Misere.

»Sei vernünftig, Ivo!« Anna legt ihm in einer Programmierungspause die Hand auf, was er, sich gegenlehnend, gerne duldet. »Du kannst den Krieg nicht mit der Flasche in der Hand gewinnen!«

»Soll ich ein Gewehr nehmen?«

»Bleib fit für danach!«

»Es wird kein Danach mehr geben!«

»Versau dir und uns nicht den Tag, Ivo! Es gibt immer ein Danach.«

Und Teresa hat verschwollene Augen und eine sich weitende Seele. Sie hat sich zum dritten Mal die alte russische Verfilmung von »Krieg und Frieden« angeschaut.

Nach Büroschluß geht Anna ein Kleid kaufen. Das Kleid der Kleider. Eines, das zu ihrem Geburtstag paßt, eine Seelenhülle. Die Einstimmung erfolgt stufenweise, Rolltreppe für Rolltreppe. Sie fährt stehenden Fußes empor durch die überhitzte, geruchsneutrale Kaufhausluft bis zur stockwerküberschreitenden Damenabteilung, Wäsche und Strickwaren inbegriffen.

»Möchten Sie probieren?« Die Verkäuferin lächelt auftragsgemäß.

»Etwas speziell für Rothaarige!« Anna betont sich mehr als sonst.

»Nilgrün mit einem Stich ins Türkise?«

»Undenkbar. Ich möchte mich wohlfühlen.«

»Taubenflügelgrau oder schlammfarben?«

»Wie wär's mit Perlmutt in Richtung Mauve?«

Frage und Gegenfrage, die das Gewünschte aufs Konkrete einengen, bis es dann etwas wird zwischen Islandmoos und Weinblattschattierung.

Schon beim Probieren legt sich der Stoff um die Haut, als wolle er anwachsen. Die Verkäuferin würde es gerne selber tragen, obwohl sie eigentlich brünett ist, mit nur einem Hauch von Henna.

»Ich hoffe, Sie haben Freude daran!« Es kommt nicht oft vor, daß Rothaarige die richtigen Sachen kaufen, aber für dieses Kleid würde die Verkäuferin die Hand ins Feuer legen.

»Bei dem Preis muß mehr drin sein als das!« Anna lächelt. Sie hat es schon in der Früh gespürt, daß sie heute zuviel Geld ausgeben würde. Aber wer weiß, wohin Haugsdorff sie wieder verschleppt. Da möchte sie zumindest kleidungsmäßig am Platz sein.

Anna wird tatsächlich dreiundzwanzig. Je näher der Tag kommt, desto mehr beschäftigt sie sich damit. Nicht einmal in dem Buch »Das Mysterium der Zahl« steht etwas darüber.

Haugsdorff, der mehr als doppelt so alt ist, beginnt schon, sie aufzuziehen. »Ein Küken«, sagt er, »das zum ersten Mal die Flügel schüttelt.«

»Ich will, daß irgend etwas Aufregendes passiert.«

»Wie aufregend darf es denn sein?«

»Etwas Umwerfendes, das mich aus den Socken haut!«

»Aus welchen Socken?«

Anna boxt Haugsdorff und erklärt, daß er sie nie verstehen werde. Sie sei nicht so abgeklärt wie er, sie müsse noch etwas erleben.

Haugsdorff denkt erkennbar nach. »Möchtest du vielleicht nach Afrika? Irgendwohin auf Abenteuerurlaub? Ich meine nicht gleich, aber noch in diesem Jahr.«

Anna zögert einen Augenblick, dann schüttelt sie den Kopf, daß die Funken stieben. »Versteh mich nicht falsch, du bist ja eher die Ausnahme. Aber Leute, die sich so etwas leisten können, sind meistens gaga. Snobs oder Angeber.«

»Meinst du etwa Sammler?« Haugsdorffs persönliche Freunde sind fast alle Sammler, kein Wunder, daß in seiner Stimme ein Anflug von Beleidigtsein mitschwingt, aber das hält ihn nicht davon ab, Annas Brüste zu massieren.

Es ist nicht so, daß Haugsdorff sie entjungfert hätte, aber davor war nicht viel, außer einem Schulkollegen, der Sex auch nur aus dem Fernsehen kannte und von dem sie beim zweiten oder dritten Mal schwanger wurde. Diese Wochen des Aufruhrs der Gefühle hat Anna immer zu vergessen versucht, und es ist ihr gelungen, wenn auch nicht ein für alle Mal. Die Angst vor der Entscheidung, entweder abzutreiben oder ein Leben wie Gigi, ihre Mutter, zu führen, hat sie dazu gebracht, mit dem Essen aufzuhören, und als Gigi sich in ihrer Verzweiflung nicht mehr anders zu helfen wußte, als sie mit Bonnys Hilfe in eine Klinik zu zerren, um sie künstlich ernähren zu lassen, war der Embryo von alleine abgegangen. Da hat Anna dann wieder zu essen begonnen und darauf bestanden, daß Gigi und Bonny nichts davon erfuhren.

Danach gab es eine Weile nur mehr den PC, bis sie auf dem Umweg übers Büro Haugsdorff kennengelernt hat.

Bei Haugsdorff fühlt Anna sich sicher. Sicher vor großen Entscheidungen. Er ist, weiß Gott, ein behutsamer Liebhaber, der ihr so gut wie alles beigebracht hat, was sie wissen muß, um selbst ihren Spaß zu haben. Und eine Zeitlang ist sie ziemlich gehorsam gewesen.

Eines Nachts, sie alberten gerade ein wenig herum, und Haugsdorff tätschelte ihren Hintern, als wolle er ihn versohlen, fragte er sie, ob sie als Kind streng bestraft worden wäre, und da sie sich nicht daran erinnern konnte, je von Gigi geschlagen worden zu sein, gab sie weiter, was Teresa aus ihrer Internatszeit erzählt hatte, von unfolgsamen kleinen Mädchen, die zur Strafe auf einem Holzscheit knien

21

mußten, und das im finsteren Abstellraum hinter dem Schlafsaal, so daß sie sich vor Angst in die Hosen ihrer Pyjamas machten.

Die Wirkung auf Haugsdorff war so offensichtlich, daß Anna im ersten Augenblick sogar erschrak. Er kam auf eine Weise, wie sie ihn noch nie zuvor hatte kommen sehen, und es dauerte Tage, bis sie begriff, daß sich ihr Verhältnis zu verschieben begann. Von da an war sie es, die ihm etwas beibrachte, etwas, von dem er bis dahin kaum etwas gewußt zu haben schien.

Annas Phantasie ist gefordert, sie denkt sich Geschichten aus und genießt es, daß Haugsdorff darauf abfährt. Seine Dankbarkeit verstärkt den Schutzschild um sie herum, es kann ihr nichts mehr geschehen.

Es sind Geschichten, in denen sie das Kind ist, das von anderen Kindern erzählt, die grausam bestraft werden, und sie selbst ist grausam, wenn sie bestimmt, wieviel Haugsdorff jedes Mal davon hören darf.

Von der vorgeschlagenen Afrikareise ausgehend, erfindet Anna etwas über Missionskinder und Nilpferdpeitschen, an die sie sich aus einem Karl-May-Band erinnert, den sie seinerzeit gelesen hat, und Haugsdorff, dem der Schweiß auf der Stirn steht, endet mit einem »Halleluja«, bevor er sich fürsorglich ihren Bedürfnissen widmet.

Danach geht Haugsdorff sich einen Drink holen. »Möchtest du auch einen Schluck Bourbon?«

Anna schüttelt sich. »Mineralwasser, bitte. Du weißt, daß ich Alkohol nicht vertrage.«

Haugsdorffs anschließende Umarmung ist noch immer feucht. »Du machst mich ganz verrückt mit deinen kleinen Geschichten, Anna.«

»Soll ich nicht?« Anna kräuselt die Lippen, als schmolle sie.

»Und wie du sollst. Nur das sollst du.« Er küßt ihr den Geschmack von seinem Bourbon auf die Zunge.

22

Aber Anna interessiert auch noch etwas anderes. »Und was machen wir wirklich an meinem Geburtstag?«

Haugsdorff faltet die Stirn. »Wenn du versprichst, daß es bei dem einen Mal bleibt, das heißt, unter meiner Aufsicht...«

Anna empört sich. »Du sollst mich nicht immer bevormunden!«

»... mache ich dich mit etwas bekannt, das dich aus den Socken haut, wie du sagst.«

»Und was soll das sein? Etwas Großes, etwas Kleines, etwas Dickes, etwas Dünnes? Sag schon, und ich sage dir, was mich nicht aus den Socken haut.«

»Etwas Kleines. Etwas ziemlich Kleines. Du mußt mir versprechen, daß du es nur in meiner Gegenwart nimmst.«

Anna wälzt sich zum Nachtkästchen, um ihre Uhr umzulegen. »Ist es Koks? Das habe ich schon probiert.« Das ist zwar gelogen, wie auch Haugsdorff weiß, aber Anna kann es sich lebhaft vorstellen und hat keinen Bock darauf. »Es macht mir keinen Spaß. Außerdem nehmen das auch nur so Leute.«

»Niemand darf die geringste Ahnung haben. Was ich meine, ist noch gar nicht auf dem Markt. Ein Ladykiller, keine *Harte-Männer-Sache*, bewußtseinserweiternd und durchaus nicht gesundheitsschädlich, dennoch riskiere ich viel, wenn ausgerechnet ich dich davon kosten lasse. Aber es ist ein besonderes Geburtstagsgeschenk, du wirst sehen.«

»Wie heißt das Zeug?« Anna fragt sich langsam in die Neugierde.

»Keine Namen, keine Aufzeichnungen, keine Wiederholungen, verstanden?! Das Ganze existiert nur an deinem Geburtstag. Ich schwöre, er wird dir in Erinnerung bleiben.«

»Und keines von diesen gräßlichen Restaurants mit Leuten, die ihre Geldtaschen verschluckt haben?«

»Nichts davon. Alles rein privat. Einmal ist für jeden das erste Mal. Du sollst mir nicht nachsagen, daß ich mir nichts für dich ausgedacht hätte.«

»Eigentlich unterscheidet sich das, woran wir arbeiten«, erklärt Jussuf, der Experte für Zuwanderer aus dem Nahen und Mittleren Osten, »nicht wesentlich von der guten alten Kristallkugel der Wahrsager, nur daß das Wünschen allein nicht mehr hilft, man muß auch noch Knöpfe und Tasten drücken. Aber was in Erscheinung treten soll, ist letztlich nicht weniger als das Ganze. Wie viele Blickwinkel – so viele Modelle. Die angesogenen Daten werden raffiniert und als reine Information die Ränge hinaufgetrieben. Wir sind zu jeder Art von Indiskretion bereit.

Nur mit dem absoluten Überblick lassen sich richtige Entscheidungen treffen. Dazu bedarf es sämtlicher Daten. Diejenigen, die die Programme erstellen, nämlich wir, müssen von allem Kenntnis haben. Das muß die Regierung in Kauf nehmen. Datenschutz ist etwas für die anderen. Also ist es geradezu unsere Pflicht, uns Hintertüren offenzulassen. Zum Glück werden Programmierer heute nicht mehr um die Ecke gebracht wie die Baumeister, die die Grabkammern der Pharaonen entwarfen, um mit ihnen auch ihr geheimes Wissen zu vernichten.

Dennoch heißt es aufpassen. Ich denke dabei nicht unmittelbar an PACIDIUS, obgleich Menschen schon aus unbedeutenderen Gründen ins Gras beißen mußten. Das Innenministerium hat ja reichlich Daten zur Verfügung gestellt, zum Beispiel die Adressen sämtlicher registrierter und vermuteter Assassinen-Kultstätten in der Hauptstadt plus Umgebung. Nicht nur die Adressen, auch wo die Leute tagsüber arbeiten, die registrierte oder vermutete Anhänger des Alten vom Berg und seines Kults sind, wen sie erpressen, mit wem sie schlafen und welche sexuellen Spezialpraktiken ihnen nachgesagt werden. Unsere Aufgabe wiederum ist es, die Daten so miteinander zu verknüpfen, daß mögliche Allianzen sichtbar werden, Vernetzungen und Verknüpfungen, mafiose Strukturen, mit einem Wort, die Daten so aufzubereiten, daß die potentiellen Eiterherde unter den Migranten sichtbar werden.«

Es ist eine von Jussufs Standardvorlesungen, und Anna hört ihm kaum mehr zu, wenn er sich so mit erhobenem Zeigefinger in der legendenreichen Beschreibung ihres profanen Berufsstandes übt.

Übrigens hat Ivo, dessen Humor zwischendurch immer wieder erwacht, PACIDIUS, an dem er zwar nicht mitarbeitet, von dem er aber weiß, in TATORT umbenannt, nach der seit über zwanzig Jahren produzierten Sonntagabend-Krimiserie, die ihre Verbrechen vorrangig im Milieu einschlägig beleumundeter Minderheiten verüben läßt. Was zur Folge hat, daß in PACIDIUS einige in den Drehbüchern zu TATORT figurierende Kultstätten und Lokale, wie das Café *Museum* oder das Restaurant *Butterfaßl* im Prater, als real inkriminierte auftauchen. Spaß muß sein. Und irgendwer trifft sich dort immer mit irgendwem.

»Was wir hier tun, dient dazu, die Welt faßbarer zu machen«, hatte die Chefin Anna erklärt, als sie sie dem PACIDIUS-Team zuteilte. »Wir können damit nicht nur den Frieden im Inneren wahren helfen, sondern vielleicht sogar Menschenleben retten.«

Wenn es darum geht, Menschenleben zu retten, erübrigt sich jede Debatte über die Eleganz von Methoden. Ebenso sinnlos wäre es gewesen, die Chefin nach weiteren Details zu fragen. Schließlich ist Haugsdorff der Verbindungsmann zum Ministerium und somit der eigentliche Auftraggeber. Und Anna vertraut Haugsdorff, zumindest diesbezüglich.

»Dem Reinen ist alles rein«, bemerkt Jussuf täglich zu Arbeitsbeginn, »also rein mit allem, was wir an Daten zur Verfügung haben.«

Und nun auch noch das! Anna muß ihre Sachen aus der Wohnung ihrer Mutter holen – sie wohnt noch nicht so lange allein –, ihre Kindersachen und was sonst noch von ihr rumliegt.

»Ich dachte, dann ist alles an seinem Platz. Wo du doch diese nette kleine Wohnung gefunden hast.«

Die nette kleine Wohnung ist Zimmer-Küche, wie gehabt. Und der Balkon ein winziger Eisenkäfig, auf dem Anna ab und zu, wie zum Trotz, frühstückt oder zu Abend ißt. Aber allemal das eigene Zimmer, die eigene Küche, und den Balkon kann ihr erst recht niemand streitig machen.

»Ich schmeiß das ganze Zeug weg, damit es dir aus dem Weg ist. Wenn ich alles mit zu mir nehme, ist wieder kein Platz.« Anna paßt das alles überhaupt nicht.

Ihre Mutter hat einen neuen Freund, und der will auch noch bei ihr einziehen.

»Wegschmeißen auf keinen Fall. Das habe ich nicht gemeint. Dann räum es lieber in unser Abteil im Keller. Du kannst doch nicht alles wegschmeißen, deine ganze Kindheit und Jugend. Barbarisch wäre das, ausgesprochen barbarisch. Das würde Oskar schon gar nicht wollen.«

Der Mensch heißt auch noch Oskar. Ist jünger als Haugsdorff und heißt Oskar.

»Hört das denn nie auf bei dir? Kaum haben Bonny und ich diesbezüglich unsere eigenen Probleme, taumelst du wieder in die alte Falle. Man muß geradezu froh sein, daß du keine Kinder mehr kriegen kannst.«

Gigi schmollt. »Möglich wäre es vielleicht noch. Aber natürlich denken Oskar und ich nicht daran.«

»Oskar und ich, Oskar und ich«, spottet Anna. »Laß das ja nicht deine Enkel hören.«

Aber Gigi besteht auf ihren Rechten. »Heute ist das doch gar nicht mehr so. Frauen, die früh angefangen haben, bleiben länger am Ball. Ich habe mir euretwegen lange genug und viel genug entgehen lassen.«

»Ach!« Anna empört sich. »Und deine wiederholten Herzverrenkungen?«

»Kurz und schmerzlos!«

»Schmerzlos? Wenn ich an Pedro de Silva oder Erich Kovatschitsch denke. Oder gar an diesen Hans Jörg. An die ewige Telefoniererei und die Tränen.«

»Sei nicht spitz, Anna! Jedenfalls ist nie einer zu mir gezogen, solange ihr zu Hause wart.«

»Wie denn auch? Es sei denn, er hätte in der Kommode geschlafen.« Grollend setzt Anna sich an den Küchentisch.

»Weiß Bonny davon?«

Bonny steht in der Familienhierarchie ganz oben. Gigi hat sie bereits mit siebzehn geboren. Schülerliebe. Während Annas Vater angeblich nur auf Kurzurlaub in der Stadt war. Er hat nicht einmal seine Adresse dagelassen. Also weiß er bis heute nichts von seiner programmierenden Tochter.

»Nein, nein! Ich bitte dich! Man muß ihr Zeit lassen, sich an den Gedanken zu gewöhnen.«

Bonny heißt Bonny, weil sie auf einem Schulausflug gezeugt wurde, während der Rest der Klasse »My bonny is over the ocean ...« sang.

»Hör zu, Gigi, du bist einfach naiv. Dieser Oskar zieht also hier ein, und was dann?«

»Er liebt mich, verstehst du das nicht?«

»Abgesehen davon, hat er einen Job?«

»In Aussicht.«

»Und wenn du Pech hast, bist du nach einem Jahr auch noch die Wohnung los.«

»Mal den Teufel nur an die Wand!« Gigi glaubt jetzt erst recht an ihr Glück. Was immer ihre Töchter sagen mögen. Schließlich hat *sie* Oskar kennengelernt und nicht die.

»Er hat mir vor allen anderen den Vorzug gegeben.« Sie weint jetzt ein bißchen, aus Rührung über die eigenen Worte.

»Ich bitte dich, heul jetzt nicht, sonst kommen mir auch die Tränen. Du weißt doch, daß ich niemanden weinen sehen kann, schon gar nicht dich. Das hat es ja auch immer so schwierig gemacht, damals und noch immer.«

27

»Aber ich weine doch gar nicht.« Gigi hat sich bereits die Augenwinkel gewischt. »Gut, ich nehme ein paar von den Büchern mit, aber der Rest geht in den Keller. Soll er dort vermodern!«

Sie trinken tiefroten Hagebuttentee, und erst jetzt geht Anna auch noch dieses Licht auf, ihre Mutter wirkt tatsächlich um Jahre jünger. Dennoch faßt sie es nicht. Bei den Erfahrungen, die die Frau gemacht hat, müßte sie schon zu laufen beginnen, wenn so ein Kerl auch nur den Arm um sie legt. Nichts dergleichen. Rosige Wangen und ein Strahlen im Blick, daß die Wimperntusche zu schmelzen droht. Mit siebenundvierzig! Haugsdorff ist Anfang fünfzig. Anna weiß nicht mehr, was sie von vergangenen Jahren halten soll. Nur eines steht fest, so ein Oskar käme ihr nicht in die Wohnung. Ehemaliger Fußballprofi. Auch das noch.

»Und was macht dieser Oskar jetzt?«

»Ihm wurde ein Job als Geschäftsführer angeboten.« Gigi platzt beinah vor Begeisterung.

Anna verzichtet darauf zu fragen, in welchem Geschäft. Sie überlegt schon, wie sie es Bonny beibringt, ohne daß die mit dem ganzen Clan angerückt kommt und mit einem einzigen gezielten Schlag das späte Glück ihrer Mutter zerdeppert. Vielleicht zieht Oskar ohnehin bald wieder aus, weil er allergisch auf angebissene Butterbrote oder offene Zahnpastatuben ist.

»Rosa Riedl Schutzgespenst«, »Wo die wilden Kerle wohnen«, »Die Omama im Apfelbaum« und eine Kinderausgabe von »Tausendundeiner Nacht«. Alles andere hat Bonny längst für die eigene Brut abgeschleppt. Anna durchblättert die einigermaßen benutzten Bände, bevor sie einen Platz für sie sucht. In ihrer ersten eigenen Wohnung. Es war schwierig genug, sie zu finden, die Instandsetzung Sache eines Altbausanierungskredits, den sie noch zwanzig Jahre abbezahlen muß. Die Miete ist erschwinglich. Anna gehört zu den wenigen Verdienerinnen ihres Jahrgangs, die sich neben der Miete noch etwas leisten können. Aber ihre Begabung hat sich schon früh gezeigt – sie war sogar eine Zeitlang netzsüchtig – und wurde, da zeitgerecht erkannt und zeitgemäß einsetzbar, auch entsprechend gefördert.

Das Innere der beiden Räume ist sienarot ausgemalt, mit weißgestrichenen Fensterrahmen. Die Einrichtung läßt noch zu wünschen übrig. Statt eines Bücherregals wurde etwas für den Leib, nämlich Kleidung, angeschafft, und so landen die Bücher doch wieder auf dem Nachtkästchen, während sie die späteren, die aus der Halbwüchsigenperiode, erst einmal in dem Pappkarton läßt. Wer um alles in der Welt sollte »Die Nebel von Avalon« noch einmal lesen?!

Anna fragt sich, ob der wandernde Derwisch, von dem sie träumt, womöglich etwas mit ihrem Vater zu tun hat. Den berüchtigten Übertreibungen Gigis zufolge war der groß, kräftig und Pilot der amerikanischen Luftwaffe. Vielleicht ist er es noch? Ihr persönlich wäre Leonard Cohen lieber. Mit dieser weltenverschlingenden Stimme! »I'm the little Jew who wrote the Bible«, träufelt es gerade aus dem alten Walkman.

Gigi hat immer darauf bestanden, daß es sich um die große Liebe gehandelt habe. Früher konnte Anna sich an ihrer Entstehungsgeschichte gar nicht satthören.

»Wir waren eine ganze Woche zusammen.« Gigis Blick wird schräg und silbern.

»Und warum hast du ihn nie nach der Adresse gefragt?«

»Weil Bruce und ich uns so sehr liebten. Bis er eines Nachts plötzlich abkommandiert wurde. Über Fernschreiber. Er war noch ganz benommen und mußte auf der Stelle fort. So haben wir beide darauf vergessen.«

Anna kann nicht lockerlassen. »Aber er hat doch deine Adresse gewußt. Warum hat er nie geschrieben?«

»Wir waren immer bloß im Hotel. Bruce und Gigi! Das war's.«

Als Kind hat Anna die Geschichte geglaubt, mit Müh und Not. Später machte sie Gigi insgeheim den Vorwurf, nicht attraktiv genug für Vater Bruce gewesen zu sein. Nicht daß Gigi häßlich wäre, beileibe nicht. Aber wie sie sich immer noch anzieht! Im Grunde ist sie nie aus den Hippieklamotten der frühen Siebziger herausgekommen, diesem Schlabberzeug mit den unmöglichen Schuhen. Die Haare auch heute noch eine grauschwarze Kräuselwolke und dazu abwechselnd verschiedene Garnituren von Ethnoschmuck.

Kein Wunder, daß Bonny und Anna zuerst in ihre Kleidung investierten und Schuhe trugen, die Gigi die Tränen in die Augen trieben. »Ihr seid verrückt, so viel Geld auszugeben, nur um euch die Füße zu ruinieren!«

»Vielleicht haben sie Bruce nach Vietnam geschickt?« Nur Bonny konnte auf so etwas kommen. Angeblich war sie damals bei ihrer Großmutter väterlicherseits, während Gigis Woche mit Bruce. Jedenfalls kann sie sich an Bruce nicht erinnern, obgleich sie ansonsten Gigis Beziehungsregister lückenlos herbetet.

»Er war auf Urlaub hier, für genau eine Woche. Seine Großeltern waren ausgewandert, und er wollte eben sehen, wo sie herkamen. Wir gingen auch manchmal aus. Zu den Sängerknaben, dann nach Schönbrunn, in die Oper und zu den Lipizzanern.«

Bonny und Anna schütteln sich gleichzeitig. »Und du bist überall mit hin?«

Gigi zuckt die Achseln. »Die beste Gelegenheit, das auch einmal kennenzulernen. Wenn man schon in dieser Stadt lebt.«

»Und das alles in deinem Hippie-Outfit?«

Gigi lacht geradezu verschämt. »Amerikaner sind da nicht so. Und für die Oper habe ich mir extra ein Kleid gekauft, etwas Palästinensisches, ganz in Schwarz, mit Silberpailletten. Natürlich bodenlang.«

»Und sie haben dich tatsächlich reingelassen?«

»Und ob! Es war sehr elegant. Das schönste Kleid, das ich je besessen habe.« Nun, im Vergleich zu dem, was sie sonst immer trägt, mußte das nichts Besonderes bedeuten.

»Und woher kommen meine roten Haare?« Annas Lieblingsfrage. Eine, die Gigi noch immer in Verlegenheit gebracht hat.

»Bruce war dunkelblond, was weiß denn ich? Er erwähnte einmal eine rothaarige Großmutter, nämlich die, die von hier stammt. So genau weiß ich das aber nicht mehr. Wir haben uns ununterbrochen geliebt. Wann immer wir nicht gerade beim Sightseeing oder beim Essen waren.«

Und jetzt dieser Oskar. Anna versteht das noch immer nicht. Da läßt sie den Mann der Männer, Vater Bruce, ohne Adresse abfahren, um sich letztendlich mit einem Oskar zusammenzutun.

»Ich wette, Bruce ist in Vietnam gefallen«, hat Bonny früher öfter gesagt. »Sonst hätte er sich gemeldet. Ich meine, man kann über Gigi sagen, was man will, aber sie so mir nichts, dir nichts sitzenzulassen, das hat sie sich wirklich nicht verdient.«

»Vielleicht hat er sie zu schnell gekriegt?« Anna hat sich alles mögliche durch den Kopf gehen lassen.

»Wie kommst du darauf?« Bonny ist selten überrascht, aber das scheint ihr denn doch zu weit hergeholt.

»Überleg bloß, wenn er nur eine Woche hier war und sie sich ununterbrochen geliebt haben, noch dazu in einem Hotel, muß es doch ziemlich rasch zwischen ihnen geklappt haben.«

Diesbezügliche umständliche Recherchen bei Gigi ergaben, daß sie damals am Flughafen gearbeitet hatte, und Bruce war ein Koffer abhanden gekommen, der erst ausfindig gemacht und dann nachgeschickt werden mußte. In der Zwischenzeit mußte es passiert sein.

»Ich wußte, daß er mein Schicksal ist, und habe sofort eine Woche Urlaub genommen.«

Nicht sehr wahrscheinlich, die ganze Geschichte. Wer weiß, aus wieviel verschiedenen Fäden die Legende von Bruce und Gigi gestrickt ist. Als junges Mädchen war Anna jedenfalls ziemlich stolz auf die einwöchige Dauerliebe der beiden gewesen. Wenigstens hatten sie sich nie gestritten, und das konnten wohl die wenigsten von ihren Eltern sagen.

Jussuf und Frantischek haben Anna zwei Tage vor dem richtigen Datum ins Kino und danach ins Restaurant eingeladen.

»Heißt das, daß jetzt ihr beide?« Anna ist gelinde gesagt verwundert.

»Das heißt nichts«, sagt Jussuf salbungsvoll, »als daß wir offenbar die einzigen sind, die praktisch denken. Da du an deinem Geburtstag bestimmt schon etwas vorhast, haben wir beschlossen…«

Jetzt schaltet Frantischek sich dazwischen: »…dich schon heute ins Kino einzuladen. Ich zahle die Karten und Jussuf das Essen, zu dem wir anschließend gehen.«

»Und womit wollt ihr mich überraschen?«

»Simba!« Jussuf fischt sich ein Haar von der Schulter.

»Simba was?«

»Simba, König der Löwen. Wir dachten…«

Anna stöhnt und genießt. Sie ist bekannt als Fan von Zeichentrickfilmen. Im Dunkeln legt Frantischek seine verschwitzte Hand auf ihr Knie. Nach einer Weile fühlt die sich an wie draufgeklebt. Da drückt Anna ihm ihr Stofftaschentuch in die andere und flüstert: »Falls du dir die Stirn wischen möchtest.« Das versteht Frantischek, ohne an seinen Optionen für die Zukunft zweifeln zu müssen.

Jussufs Eau de toilette riecht nach Vanille, vor allem, wenn er sich über sie beugt, um Frantischek auf den bösen Löwenonkel aufmerksam zu machen.

Danach gehen sie in ein persisches Restaurant, weil es kein libanesisches in der Nähe gibt, und Jussuf bestellt, als sei er der große Emir persönlich. Alle möglichen kleinen Vorspeisen mit gebratenem Gemüse, dann Taskabap und Safranreis. Frantischek bricht altersgemäß sämtliche Rekorde, ohne daß seine Hosen auch nur einen Fingerbreit enger säßen.

»Stell dir vor, du wärst mein Sohn!« Jussuf überschlägt in Gedanken, was ihn das kosten würde. Und doch gefällt ihm die familiäre Atmosphäre, zumindest an diesem Abend und für diesen Abend.

Nach dem zweiten Glas algerischen Rotweins wird Anna, die nicht trinken kann, rührselig. »Ich komme mir so alt vor!«

Jussuf tätschelt ihre rechte Hand und Frantischek die linke. »Könnt ihr mir sagen, wozu ich auf der Welt bin?«

»Um den weltweiten Datenverkehr zu beschleunigen. Einerseits. Und andererseits steht da ein echter Ministerialrat als erster in der Schlange derer, denen deine bloße Existenz eine zweite Jugend beschert.«

Frantischek wirft sich in die Brust. »Nicht zu vergessen mich, der ich jeden deiner eventuellen Stürze mit Begeisterung auffangen würde. Du weißt, ich bin auf dich als Geist und Körper fixiert.«

»Macht euch nur lustig über mich und Haugsdorff...«

»Ist zu alt für dich, glaub es mir, Anna, während ich dir Jugend und Mutterwitz bieten würde.«

Jussuf schaut sie mit einem Kontrollblick aus getönten Gläsern an. »Eine Frau kann jemanden wie Haugsdorff schon gebrauchen. Haugsdorff ist gut und klingt gut, falls du Kinder möchtest...«

»Nicht so bald, Jussuf. Ich weiß selbst noch nicht, wer ich bin. Und im Augenblick fühle ich mich einfach leer und perspektivelos.«

Frantischek fängt seinerseits zu grübeln an. »Ich frage mich, ob ich an meinem achtzehnten Geburtstag auch solche Depressionen haben werde.«

Jussuf schüttelt den Kopf in Zeitlupe. »Was macht deine Sehnsucht, Anna?«

Anna zuckt die Achseln.

»Schaut euch bitte das Dessert an!« Frantischeks Speichelfluß beschleunigt sich, und er prüft eingehend, ob die Portionen des hauchdünn geteigten Obstkuchens auch gerecht geschnitten sind. Ohne ein Wort tauscht Anna ihren Teller gegen den seinen.

»Wenn du möchtest, kannst du auch noch die Hälfte von meinem Stück haben, ich will ohnehin nur kosten.«

»Nicht deines!« Frantischeks Entrüstung soll Jussuf zur Abgabe des seinen bewegen. »Du hast schließlich Geburtstag. Und ein Geburtstag ohne Kuchen ist wie Kino ohne Popcorn.«

Aber Jussuf empfängt die Botschaft nicht, weigert sich offenbar, auch den konkretesten Hinweis zu verstehen. Er ißt seinen Kuchen so betont selber, daß auch eine andere Strategie nichts fruchten würde. Am Ende schlägt Frantischek seine Entrüstung nieder und ißt Annas Stückrest, ohne daß der Grad seiner Sättigung zunehmen würde.

Vielleicht hat Anna dieser Bissen Süßes gefehlt, jedenfalls bessert sich ihre Laune. Und als Jussuf Ferdys neuesten Streich, nämlich das Verschwindenlassen von Poststücken zwecks Einsparung eines Ganges zum gleichnamigen Amt, zum besten gibt, und zwar in O-Ton und mit leicht arabischem Akzent, kann sie schon wieder lachen. Unhörbar im Vergleich zu Frantischek, aber zu sehen ist es.

»Ich bin gestern einem Derwisch begegnet.« Anna kommt gewissermaßen zu sich.

»Einfach so?« Frantischek hört wohl nicht recht.

»Vor dem Haus, in dem ich wohne.«

Jussufs Blick wird geradezu streng. »Woher weißt du, daß es ein Derwisch war?«

»Ich mußte die alten Bücher aus der Wohnung meiner Mutter holen. Da war ›Tausendundeine Nacht‹ darunter. Ich habe

34

vor dem Einschlafen nachgeschaut. Es war sicher ein Derwisch.«

Frantischek gibt sich allwissend. »Kein Wunder. Wo du wohnst, ist Klein-Ankara, stimmt's?«

Jussuf läßt nicht locker. »Hatte er einen Turban auf und einen Kaftan an? Woran hast du ihn erkannt?«

Anna weiß es selbst nicht mehr. »Nein, einen Turban bestimmt nicht. Kaftan? Wie sieht so was aus? Wenn ich mich recht erinnere, trug er einen Mantel. Einen ziemlich langen Mantel, das schon.«

Frantischek wittert wie Sherlock im Dienst. »Was um diese Jahreszeit wohl eher ein Zeichen von Intelligenz ist.«

»Wie hast du es dann gewußt?«

»Keine Ahnung!« Anna denkt merklich nach. »Ich war mir nur plötzlich sicher. Es muß an seinem Gesicht gelegen haben, daran, wie er mich anschaute.«

Sie hat die ganze Zeit nicht mehr daran gedacht. Erst jetzt, da sie davon spricht. Sie kann das Gesicht des Mannes vor sich sehen, zumindest schemenhaft.

Jussuf lächelt allwissend. »Die Heiligen erkennen einander!«

»Amen!« Frantischek meint es abschließend. Aber Jussuf ist nun ganz morgenländische Überlegenheit. »Was stellst du dir denn eigentlich unter einem Derwisch vor? Außer einem Mann mit weiten Ärmeln, hinter denen du dich verstecken kannst, und der ein bißchen für dich zaubert?«

»Frag mich nicht!« Anna kommt sich dumm vor. »Das Wort war auf einmal da. Und es hat genau zu dem Gesicht gepaßt.«

Jussuf macht einen langen Schluck. »Hoffentlich nichts Ernstes.«

Frantischek ist irritiert. »Was meinst du damit?«

»Sie könnte sich angesteckt haben. Nicht wahr, Anna? Mit einer Art Sehnsuchtsvirus. So etwas passiert.«

Frantischek kommt sich gefrotzelt vor. »Blödmann, ich bin nicht erst seit gestern auf der Welt.«

Jussufs Lächeln wird Anna unheimlich. »Und wie stellst du dir einen Derwisch vor? Du mußt doch Bescheid wissen, so wie du grinst.«

Jussuf hebt die Brauen weit über den Rand seiner Brille. »In etwa so wie mich. Viel herumgekommen, mit einem gewissen Durchblick...«

»Das kann doch nicht alles sein, Jussuf, sag die Wahrheit.«

»Religiös motiviert...«

»Du doch nicht. Erzähl das deinen kleinen Buben.«

»Reden wir von mir oder von den Derwischen?«

»Ich möchte es genau wissen.«

»Fromme, die sich einbilden, einen heißen Draht zu Ihm zu haben.«

Frantischek kann einer Unterhaltung auch dann folgen, wenn ihm der Kontext nicht unmittelbar vertraut ist. »Also zum obersten Chef?«

»Nenn Ihn, wie du willst.«

Anna geht noch einen Schritt weiter. »Wandermönche?«

»Zu christlich. Ich meine, kein Zölibat. Manche waren Dichter, andere trieben Magie oder schoren sich den Kopf und die Brauen, zumindest früher.«

»Wirkten sie Wunder?«

Jussuf kratzt sich am Kinn. »Wunder waren natürlich beim Volk sehr beliebt. Aber die obersten Ränge betrachteten sie als Gaukelspiel. Wunder ist die Menstruation des Mannes, soll der Prophet dazu gesagt haben.«

»Wie bitte?« Langsam hat Frantischek nun doch Schwierigkeiten.

»Das heißt, sie stehen zwischen den Menschen und Ihm, wie die Menstruation zwischen Mann und Frau.«

»Was du nicht sagst.« Anna fährt mit dem Finger am Rande ihres Glases entlang, bis es singt. »Und sonst?«

»Manche glaubten, sie könnten sich dereinst in Ihn zurückverwandeln, weswegen sie sich schon zu Lebzeiten so aufführten, als wären sie ein Stück von Ihm.«

»In ›Tausendundeine Nacht‹ versprechen sie kinderlosen Königinnen Söhne und Töchter. Dann geben sie ihnen einen Granatapfel zu essen.«

Jussufs Gesicht verzieht sich erkennbar. »Ein hübsches Bild, das an Deutlichkeit nichts zu wünschen übrigläßt. Das könnte es sein, was bei dir zum Tragen kommt, Anna. Die Sehnsucht...«

»Ach, Jussuf, du denkst immer nur an das!«

»Endlich komme ich wieder mit.« Frantischek kaut an einem Fladenbrot, noch von der Vorspeise.

Jussuf erhebt sich. »Treibt keinen Unfug, während ich das hier erledige!« Offensichtlich bezahlt er hinter dem Vorhang wie einer, der den Restaurantbesitzer kennt.

»Willst du es dir nicht doch noch überlegen, Anna? Die Zille ist reserviert.« Frantischek trauert dem Fladenbrot nach.

»Es ist zu kalt. Verschieben wir es auf deinen Geburtstag, Frantischek. Der ist erst im Mai.«

»Wenn ich bis dahin nicht verhungert bin.«

Jussuf kommt zurück, als habe er etwas Wichtiges zu seiner Zufriedenheit erledigen können, geradezu beschwingt. »Beim Hinausgehen zeige ich euch einen.«

»Einen was?« Frantischek ist schon ganz woanders.

»Einen Derwisch!«

Im Vorraum hängt eine Serie persischer Miniaturen. »Da!« Jussuf deutet auf einen hockenden Mann, dessen Kaftan lange, weite Ärmel hat und der auf einem Saiteninstrument spielt. »Hatte dein Derwisch irgendeine erkennbare Ähnlichkeit mit diesem hier?«

Anna schüttelt den Kopf. »Aber der hier gefällt mir auch.« Sie geht so nah wie möglich an das kleine Bild mit dem noch kleineren Derwisch heran. »Höchstens im Gesicht. Ja, ich glaube, es war etwas in seinem Gesicht.«

Jussuf lächelt. »Erste Stufe der Enthüllungen: Gib acht auf deine Träume! Triff dich mit keinem Hellseher!«

Teresa hat Ivo als persönlichen Fall entdeckt, als ihren persönlichen Fall. Sie hat ihm die nächtliche Flasche entzogen und kämpft mit ihm an der Gefühlsfront. Noch glauben beide an die gute Sache. Teresa wirkt, als habe sie zuwenig geschlafen, und Ivo ist überwach, aber mit einer hohen Fehlerquote. Die Chefin hat es sofort gerochen, statt Pflaumenmaische nur noch Milchkaffeeduft. Sie will Nachsicht walten lassen, im Extremfall bis zu einer Woche. Dann aber muß die Sache ausgestanden sein.

»Anna, Sie sehen plötzlich so erwachsen aus. Ist etwas?« Die Chefin greift sich an den kunstvoll gesteckten Knoten, von wo sie es nicht weit hat, sich an die Stirn zu schlagen. »Du liebe Zeit, Sie haben ja morgen Geburtstag. Beinah hätte ich es vergessen.« Sie betrachtet Anna mit den Augen der doppelt so alten. »Ganze dreiundzwanzig! Das stimmt doch? Ich fasse es nicht.« Zum ersten Mal kann man sie selbst kichern hören.

Teresa und Ivo werfen sich einen konspirativen Blick zu, und in der nächsten Kaffeepause flüstert Teresa: »Du wirst staunen. Da kommst du nie drauf, was Ivo und ich für dich gefunden haben.«

Am Nachmittag fängt Ivo plötzlich zu schreien an, es sei nicht zum Aushalten, und sie könnten ihm alle mitsamt ihrem Gutmenschentum gestohlen bleiben, am meisten aber Teresa. Nach einer Viertelstunde hat er sich wieder im Griff und weint ein bißchen, aus Dankbarkeit, daß sie es ihm nicht übelgenommen haben.

Teresa wächst, und wenn niemand schaut, lächelt sie wie Katharina von Siena. Sie hat ihre moralischen Kräfte erst vor kurzem entdeckt. Kein Wunder, daß sie solche Lust hat, sie zu üben.

Anna erinnert sich an den Traum kurz vor dem Aufwachen. Erst als Jussuf zur Kaffeemaschine geschlendert kommt und etwas von »nächtlichen Heimsuchungen« nuschelt, fällt ihr das tätowierte Gesicht wieder ein. Oder waren es Schriftzeichen? Es gibt Träume, aus denen sich nicht viel machen läßt.

»Gut geschlafen?« Jussuf lächelt abgründig wie Beelzebub.

»Was hast du denn gedacht?« Es war ein kurzer Traum, zumindest in der Erinnerung. Und die Schrift hat sich nicht entziffern lassen.

Frantischek trägt ein T-Shirt mit einem Falken drauf. Wo er das wieder her hat?

»Noch so ein Vogel«, meint Jussuf, »der heim zu seinem Herrn will.« Alle schauen ihn an. »Heute ist mein Tag, ich spreche in Rätseln.« Gekonnt balanciert er die Kaffeetasse in sein Einzelbüro.

Der Familien-Geburtstag findet, wie immer, am Abend davor statt. Dieses Jahr ist Bonny dran, was Gigi nur recht ist. Noch hat sie Oskar vor Bonny verheimlichen können.

Bonny brät und backt schon eine Weile. »Bei sieben Personen zahlt es sich wenigstens aus.« So viel zu all den geheuchelten Vorwürfen von Anna und Gigi, warum sie sich wieder so viel Arbeit gemacht hat.

Während Gigi dann doch gleich mit Hand anlegt, nehmen die Kinder Anna als Geisel und erklären ihr die kleinen Geschenke, die sie für sie gebastelt haben. Doch der Kleinste, Tonio, fällt mitsamt seinen Windeln auf die mühsam geklebte Burg und sitzt sie platt. Das Gezeter der anderen beiden veranlaßt Bär, sie einen nach dem anderen abzuführen, was gar nichts hilft, weil der eine schon wieder da ist, während er sich mit dem anderen ins Kinderzimmer kämpft.

Anna mag ihre Neffen, aber dem Geschrei ist auch sie nicht gewachsen. Also brüllt sie sie kurz einmal nieder, was diese so verblüfft, daß sie tatsächlich eine Minute lang die Luft anhalten. Dann wird ohnehin gegessen. Und da es sich um das allgemeine Familienlieblingsessen handelt, nämlich Zander, auf den alle sich haben einigen können, bis auf Donald, der überhaupt keinen Fisch ißt, gibt sich der Clan gezähmt und kaut, solange es etwas zu kauen gibt.

Aber sie wären nicht die, die sie sind, hätte das Thema Oskar sich wirklich vermeiden lassen. Kaum hat der Nachtisch, Bonnys Spezial-Mohr-im-Hemd, den vorhersehbaren Zuspruch erfahren, fängt Gigi zum Herumreden an.

Anna seufzt, und Bär, der in Wirklichkeit Fridolin heißt, scheucht die Kinder ins Bett.

Bonny weiß längst Bescheid. Annas Andeutungen und Gigis Gestotter haben alles sonnenklar gemacht. Bonny weiß auch, daß ein Streit sich vermeiden ließe. Dennoch geraten sie schon nach zwei Sätzen auf die alte, erbitterte Weise aneinander, was Anna die Möglichkeit gibt, sie anzuflehen, sich wenigstens an ihrem Geburtstag nicht gegenseitig das Messer anzusetzen.

»Das hat alles ohnehin keinen Sinn«, resigniert Bonny, »wenn man in deinem Alter noch immer nicht gescheiter ist!«

»Was heißt da immer ›in deinem Alter‹? Eigentlich müßte die Vorstellung dich trösten, daß du auch noch in meinem Alter die Liebe finden kannst!« Gigi will sich das Strahlen justament nicht mehr abgewöhnen.

»Mir reicht, was ich habe, vollkommen«, erwidert Bonny, und Gigi verdreht die Augen, als zweifle sie an Bonnys Glück.

»Na, dann prost, ihr Lieben!« Anna ist froh, daß Oskar vorderhand vom Tisch ist. Sie haßt länger anhaltende Verstimmungen, auch wenn sie bezüglich Oskars mit Bonny ausnahmsweise einer Meinung ist.

Es ist nach Mitternacht, als Bär Gigi und Anna in seinem Familienkleinlaster nach Hause in den dritten Bezirk bringt. »Wollt ihr noch mit raufkommen?« Gigi klingt beinah überzeugend. »Auf einen Gute-Nacht-Schluck?«

In ihrer Wohnung brennt Licht, wie mit freiem Auge zu erkennen ist. Oskar ist demnach zu Hause. Bär und Anna schauen sich einen Augenblick wankelmütig an, dann schüttelt Anna als erste den Kopf. Sie hat keine Lust, nach der abendlichen Debatte den Herrn Geschäftsführer auch noch persönlich zu treffen. Außerdem will sie tatsächlich ins Bett, der wahre Geburtstag ist schließlich erst morgen.

»Ihr seid zu streng mit ihr«, ätzt Bär auf der Fahrt durchs tiefste Erdberg.

»Nicht streng, nur besorgt.« Anna spitzt dabei die Lippen und zieht auf kindische Weise das O.

»Sie hat bisher ihr Leben alleine gemeistert. Seid froh, daß sie es auch noch genießt und euch nicht die Ohren voll-jammert über das, was sie versäumt hat.«

»Ja, Chef!« Anna möchte sich dazu nicht mehr grundlegend äußern. »Sag das Bonny. Sie ist diejenige, die immer in Autorität macht.«

»Soll ich dich bis zur Tür bringen?« Bär hat den Motor abgestellt, aber Anna schüttelt den Kopf.

»Du weißt zuviel, und es ist schon spät. Hast du keine Angst?«

Anna lacht. »Bei all den Eingabemasken müßten sie auch noch Jussuf haben, um die Codes zu knacken.«

»Also dann, verbring den morgigen Tag gut!«

Bär heißt zu Recht so, wie er heißt. Jeder andere hätte sich an Bonny längst wundgebissen. Er nimmt sie bloß zwi-schen die Tatzen, wenn sie kreischt, und drückt sie fest. Das hilft fast immer. Und für gewöhnlich bricht sich der Lärm der Kinder an seiner massigen Gestalt. In Wirklichkeit sind sie ihm alle ergeben. Nur Donald muckt gelegentlich auf. Eine Frage des Alters wahrscheinlich.

Manchmal hat Anna sich geradezu leidgesehen. Sie, die nie einen Vater hatte.

»Bär ist ein reiner Bubenvater, glaub mir«, behauptete Bonny dann. »Mit Mädchen wüßte der gar nichts anzufangen.« Bonny hat zwar mittlerweile viel Ahnung von der Familie als solcher, doch ist sie in ihren Kommentaren nicht immer zuverlässig.

In der Hausmeisterwohnung im Parterre ist noch Licht. Lachen und fremdartige Silbenhäufungen. Die türkischen Hausmeister haben Besuch. Abend für Abend wird nach Einbruch der Dunkelheit das Fasten gebrochen, einen Mondmonat lang. Neulich hat Naima Hanim, die Frau, ihr eine Schüssel mit einer Art Pudding heraufgebracht, aus dem alles mögliche zum Vorschein kam, Rosinen, Korinthen, Mandeln, Nüsse, weiße Bohnen und Pistazien. Es schmeckte nicht schlecht. O Gott, o Gott, sie muß die Schüssel zurückbringen. Einfach so? Oder soll sie ihrerseits ein Geschenk machen? Nur was? Sie kocht so gut wie nie. Vielleicht Blumen? Oder Basilikum im Topf? Es ist eine Frage des Drandenkens. Und tagsüber denkt sie nie dran.

Es ist nicht sehr warm in der Wohnung. Aber anstatt die Heizung höherzudrehen, geht Anna lieber gleich ins Bett. Morgen früh muß sie noch ihre Haare waschen, nach Büroschluß ist nicht genügend Zeit, bloß zum Umziehen wird es reichen. Dann kommt Haugsdorff sie holen. Natürlich ist sie neugierig, auch wenn sie sich von der ganzen Geschichte nicht allzuviel erwartet.

Gigi hat seinerzeit sogar mit dem Einwerfen von Aspirin gegeizt, wenn sie Grippe hatten. Die sah bloß so hippiemäßig aus. Sie schwor auf jede Menge Tee. »Alles andere ist schlecht für die Haut«, hat sie immer behauptet, »oder es vernebelt das Hirn. Und das kann sich unsereins, als Frau, erst recht nicht leisten.« Darum war sie auch so unglücklich, als Anna mit ihrem ersten eigenen PC nächtelang durchs Netz surfte und dazu nur Kaffee und Coca-Cola trank, weil sich das so gehört, viel zuwenig schlief und sich dabei auch noch eine schwere Gastritis zuzog.

Bonny hat ihr ein Tuch geschenkt, das Anna sich nach dem Zähneputzen noch einmal umlegt. Geschmack hat es, dieses Hausfrauen-Bonnylein. Die drei Kinder sind zwar nicht spurlos an ihr vorübergegangen, aber sie zieht sich so an, daß man es kaum merkt. Und verwendet Lippenstift.

Auch beim Bügeln. »Das bin ich mir schuldig.« Einer der Merksätze, die Bonny gelegentlich und mit Ingrimm von sich gibt.

Anna hat am Morgen das Bett nicht gemacht, jetzt rüttelt sie noch rasch an Kissen und Decke, bevor sie darunterkriecht. Dreiundzwanzig. Das ist gar nichts. Kein Viertel von hundert, keine zweimal zwölf, auch nicht sechsmal vier, überhaupt nichts Bemerkenswertes.

Vor fünf Jahren, nach der Matura, sind sie und Gigi zum ersten und wohl auch letzten Mal gemeinsam auf Urlaub gefahren. Nach Kemer, in die Nähe von Antalya, Südtürkei. Die zwei Wochen als Super-Sonderangebot. Bonny und Bär waren auch da. Die blieben drei Wochen mit den Kindern. Tonio war damals noch gar nicht auf der Welt.

Sonne, Meer, Strand … und das Essen schmeckte ihr. Vom Land selber war nicht viel zu sehen. Palmen, ein Amphitheater und einen Abend lang Folklore mit Trommel und Flöte. Für Ausflüge war es zu heiß.

Sie und Gigi schwammen, lagen am Pool und gingen am Abend tanzen. Danach saßen sie dann noch mit Bär an der Bar und machten sich über die Annäherungsversuche einzelner Männer lustig, die sich nicht entscheiden konnten, ob sie es bei Gigi oder bei Anna versuchen sollten.

Auch damals wäre Gigi beinahe schwach geworden. Der türkische Arzt, der die Feriensiedlung betreute, hatte an ihr Herz gepocht, und das nicht ohne Erfolg.

Aber Bär warf sich entschieden dazwischen. »Denk dran, daß du in ein paar Tagen wieder im Flugzeug sitzt.« Und spielte überzeugend den Familienübervater, der seine Schwiegermutter niemandes Beute werden läßt. Das hatte ihm viel stillschweigende Anerkennung des türkischen Personals eingebracht. Und Gigi war letztlich froh darüber, sosehr sie es im Moment auch bedauert haben mochte.

Kaum hat Anna sich in eine ihrer virtuellen Textwelten eingeloggt, um weitere Daten für PACIDIUS aufzubereiten, ein Programm, das unter dem Überbegriff Konfliktforschung beziehungsweise -vermeidung läuft und der Erhaltung des Friedens im Lande dienen soll, indem es sämtliche ethnischen sowie gesellschaftlichen Minderheiten und deren Verhältnis zueinander, aber auch zur jeweiligen Mehrheit erfaßt, als Teresa und Ivo ihr die geburtstägliche Überraschung während einer improvisierten Feier von ganzen zehn Minuten im Rahmen der Mittagspause ankündigen.

Ivo ist sichtlich gezeichnet und ziemlich schüttelgefährdet, aber er hält sich, während Teresa zum allmächtigen, vorzeitlichen Schutz- und Muttertier mutiert. Was in den Menschen so alles drinsteckt!

Ferdys Zerknirschung über die verschlampten Päckchen und Briefe ist so offensichtlich, daß niemand sich auch nur einen Witz zu machen erlaubt. Er selbst hurtelt in ungekannter Betriebsamkeit von Terminal zu Terminal, um nach eventuellen Poststücken, die expediert werden müßten, zu fragen. Trotz aller Computerisierung ist der Postweg noch nicht abgekommen. Es soll Menschen geben, die das eigene Gerät verweigern. Und ohne Hardware gibt es null Empfang.

Als dann Punkt dreizehn Uhr der Sekt in den Gläsern steigt – Sekt-Orange wegen des klaren Kopfes –, stellt sich heraus, daß auch die Chefin drangedacht hat. Ihr Geschenk – in Klarsichthülle – läßt Teresa und Ivo erbleichen. Zu spät. Sie haben ihres zwar undurchsichtig verpackt, aber es ist unübersehbar das gleiche, Sissy, ein Lämpchen, designt von Philippe Starck, zur Zeit zum besonderen Einführungspreis in mehreren Lifestyle-Magazinen angeboten.

»Man kann nie genug Lampen haben!« Anna meint sogar, was sie sagt. »Als Paar kommen sie ohnehin besser zur Geltung.« Ihr ist es nur recht. »Heute nacht gibt es Festbeleuchtung.« Sie hat tatsächlich vor, die beiden eingeschaltet zu lassen, während Haugsdorff ihr wieder ein Stück Welt zeigt, zu dem für gewöhnlich nur einer bestimmten Kaste Zutritt gewährt wird.

Und dann zieht die Chefin noch ein Päckchen aus dem Ärmel, das sogenannte Firmengeschenk, das sie offenkundig motivieren soll, ihre Fertigkeiten auch außerhalb des Büros zu üben, ein brandneues Notebook, handlich wie keines je zuvor, ansprechend im Design und tatsächlich in ihre Umhängtasche passend. Bisher hatte Anna, nachdem ihr Schulrechner, als völlig veraltet, den Weg aller Hardware gegangen war, es abgelehnt, sich noch einmal in Versuchung zu führen und ein eigenes privates Gerät anzuschaffen, nach dem Motto »Es muß im Leben mehr als Daten geben«. Jetzt aber bleibt ihr wohl nichts anderes übrig, als sich auch dafür aufs herzlichste zu bedanken. Sie muß es ja nicht verwenden, dieses trojanische Pony. Niemand kann sie zwingen dazu.

»Ich hoffe, Sie machen sich einen schönen Abend.« Die Chefin lächelt, ganz große Schenkerin, und Anna nickt, je eines der beiden Lämpchen in je einer ihrer beiden Hände, die sie bis in Gesichtshöhe hebt, während Ferdy das obligate Firmengeburtstagsbild fotografiert.

Auch Ferdy hat Anna ein – wenn auch viel kleineres – Päckchen neben den Teller mit der Hühnerbrust gelegt. Er möchte sie gleichfalls erleuchten. Mit einer Kerze in einem kleinen, schmiedeeisernen Halter.

»Aus der Zeit des Postwegs«, murmelt er ihr, erkenntnisgestraft, ins Ohr, während Frantischek bei nicht passender Gelegenheit etwas von materiellen Werten daherredet, denen unsere Gesellschaft verfallen sei, wohingegen er und Jussuf die Sache mehr von der gefühlsmäßigen Seite angegangen seien. Und Jussuf gähnt ganz im Tonfall des bösen Löwenonkels.

»Spürst du etwas?« Haugsdorffs Augen sind wie Fühler, die sich unter ihre Lider zu schieben versuchen.

»Was soll ich spüren?« Anna überschaut den Platz, der sich vor ihr auftut, alles Teppich. Wer hockt denn da? Versammelte Sammler im Detail. Sie kennt ohnedies niemanden. Dennoch, Sammler! Sie weiß doch, was ein Sammler ist. Auch wenn sie schon wieder verschwunden sind.

Haugsdorff massiert ihr die Schultern, den Rücken. Sie muß lachen, weil er plötzlich so winzig geworden ist, geradezu lupengerecht. Während sie aus dem Haus hinauszuwachsen droht.

»Was bitte? Was soll ich spüren? Spürst du denn etwas?« Anna ist klar, daß Haugsdorff gar nichts spüren kann. In so einem kleinen Haugsdorff hat so ein großes Gefühl, wie es nun von innen gegen ihre Zähne pocht, ohnehin keinen Platz. Sie stößt mit der Nase an die Kristallklunker der Festbeleuchtung und kann sich vor Lachen nur noch schütteln, als ihr die alte Geschichte vom Oberförster Hugo einfällt, der sich von Kronleuchter zu Kronleuchter schwingt.

»Ist ja schon gut«, beschwört Haugsdorff sie in verschiedenen Tonlagen, als sei sie ein Kleinkind, das sich das Knie blutig geschlagen hat. Aber sie hat sich das Knie nicht blutig geschlagen und ist auch keine drei. Überhaupt ist sie ganz klar im Kopf und möchte noch ein Riesenglas Tonic ohne Gin, um das große Gefühl hinunterzuschlucken. Haugsdorff wechselt immer wieder die Gestalt, während sein Kopf die Form eines Medaillons annimmt.

»Was … sag mir auf der Stelle, was ich spüren soll?!«

Haugsdorff rankt sich an ihren Armen hoch und ist jetzt beinah wieder so groß wie sie. »Pst!« macht er. »Ich wollte nur wissen, ob alles in Ordnung ist.«

»Du meinst gespeichert?«

Immer wieder kippt ein Haugsdorff weg. Aus Maché. Er raschelt nicht einmal. Kippt weg und stellt sich nach der nächsten Wand wieder auf. An seinen Mundbewegungen erkennt sie, daß er noch immer fragt, ob – was nur? – in Ordnung ist.

»Anna gibt es nicht! Noch nicht!« steht auf einer der Wände zu lesen, unterschrieben mit »Der wandernde Derwisch«. Aber es ist kein Traum, es ist Virtual reality.

»Ich spüre etwas am Gaumen.« Anna räuspert sich. »Jetzt ist es unten.«

»Und sonst?« Haugsdorff stülpt die Lippen aus.

»Nichts. Nichts, was ich nicht schon in ein Programm eingegeben hätte.«

Haugsdorff hält ihre Hand und lutscht daran. »Das ist erst der Anfang. Manchmal dauert es länger.«

Sie ist gar nicht so sicher, ob sie überhaupt etwas genommen hat oder ob das, was sie sieht, nicht nur eine heimtückische Projektion ist, die ihr jemand hinterrücks ins Bewußtsein spiegelt. Irgendwann ist ihr ein Stück Zucker unter den Tisch gefallen. War es das vielleicht?

»Und du, als was, um alles in der Welt, spürst du dich?« Warum er bloß dauernd auf ihr herumgrast?

»Du weißt doch, Liebes, ich kann leider nicht mithalten. Meine Maschine startet um sechs.«

»Was für eine Maschine?« Gibt es nur mehr Maschinen? Ist es Haugsdorffs Maschine, die auf ihren PC überträgt? Und sich von ihren Privattexten Kopien zieht? Da hilft nur eines, sie muß sich aus dem Netz klicken. Ihre Festplatte gehört ihr. Da hat keiner hineinzuhacken, auch kein Haugsdorff.

»Verstanden?!« brüllt Anna. »Ich möchte auch gar nichts spüren. Nicht auf diese angeschlossene Art. Ich ziehe einfach den Stecker heraus. Dann hat die Maschine keinen Saft, und ohne Saft keine Infos, klar?!«

»Ich sagte, um sechs startet meine Maschine. Du weißt schon, nach Übersee!«

Hat sie etwas übersehen? Nicht doch. Er meint eindeutig Sex. Aber doch nicht mit einem Pappmachémann, einem unbeschriebenen, der in Wirklichkeit eine Maschine ist. Logo?! Anna seufzt vor Begeisterung. Daß ihr das nicht schon früher aufgefallen ist. Haugsdorff, die befleischte Maschine. Unverzeihlich, diese ihre Nachlässigkeit im Kontrollieren von Lebensfunktionen. Eine Maschine, die den Befehl hat, in sie einzudringen, um sie innerlich auszuforschen und die Inhalte ihrer Festplatte zu klauen. Zu Versuchszwecken oder so. Oder sie mit fremden Daten vollzuschreiben. Schon jeder zweite Film handelt von so etwas. Aber nicht mit ihr. Nicht mit Anna Margotti. Die hat ihr Herz gut verpackt und zieht den Stecker heraus. Kalt lächelnd.

»Geht es dir gut, Anna?« Haugsdorff massiert jetzt ihre Unterarme, und sie möchte ein weiteres Tonic.

»Doch, doch. Ich erkenne die Zusammenhänge, und das verschafft mir den nötigen Überblick.«

»Ruh dich aus, wir haben noch Zeit.« Haugsdorff wickelt einen Schal um ihre Schultern.

Was denn für einen Schal? Oder ist es eine Decke? Es ist Haugsdorffs Decke, und es ist Haugsdorffs Haus.

Und wieder rast Anna über die Daten-Hochschaubahn, nur daß sich jetzt der Schirm über die ganze Wand erstreckt. Haugsdorffs Haus weicht immer wieder Haugsdorffs Haus. Die Tür öffnet sich, die Zimmer bauen sich auf, die nächste Tür führt ins nächste Zimmer, Treppenhaus, Schlafzimmer, Balkon – und von neuem Haugsdorffs Haus.

Anna sucht mit aller Schläue nach dem Stecker, doch sobald sie ihn gefunden hat, führt die Tür schon wieder in den nächsten Raum.

»Hat dein Haus keinen Keller, Haugsdorff?« Anna muß in den Keller. Die Schaltanlagen befinden sich für gewöhnlich im Keller. Wenn sie den Keller findet, findet sie auch den Anschluß und kann endlich Schluß machen.

»Dir ist doch nicht etwa übel, Anna?« Haugsdorff ist jetzt größer als sie. Lauter böse Tricks, aber Anna erhebt sich unbeirrt. Sie weiß, was sie zu tun hat, um dem Spuk ein Ende zu bereiten. In den Keller. Sie will, sie muß in den Keller.

Haugsdorff kommt in seiner ganzen Größe über sie. »Ich bringe dir noch eine Decke, Liebes!« Haugsdorff ist die Decke, die wiederkommen wird. Sie muß die Gelegenheit nutzen. Jetzt. Und sich nicht abhalten lassen. Unter der Decke geht nämlich gar nichts mehr. Los, auf die Beine... und die Selbertexte dem Zugriff entzogen. Nur keine weiteren Schnittstellen. Anna erhebt sich noch einmal und fällt kommentarlos zu Boden.

»Ich begleite dich bis zur Wohnungstür.« Haugsdorff hat bereits den Sicherheitsgurt gelöst und steigt aus.
»Nicht nötig. Ich weiß gar nicht, was du hast, mir geht es blendend.«
Er kommt um den Wagen herum und öffnet ihr, ganz Kavalier alter Schule, die Tür.
»Nochmals many happy returns, Anna-Kind! Ich hoffe, die Geburtstagsüberraschung ist mir geglückt, und du hast es genossen.«
»Es war interessant.« Anna versucht, die paar Schritte zum Haus so unbefangen wie möglich zu gehen.
»Und vergiß nicht, kein Wort, zu niemandem!« Haugsdorff bringt sie bis zum Hauseingang – sie kann den Schein ihrer eingeschalteten Lampen erkennen – und küßt sie.
»In einer Woche spätestens bin ich zurück. Ich erwarte einen herzlichen Empfang.«
Anna stemmt sich gegen das Tor, es ist offen. Sie drückt es von innen ins Schloß und sucht nach dem Lichtschalter. Die alte Steinstiege riecht scharf nach feuchtem Staub und einer Spur Urin. Ob die Katze auch hier auf und ab saust und nicht nur an den Fassaden?
Anna fühlt sich leicht, so als schwebe sie die Treppen in den dritten Stock empor. Im Gang zu ihrer Wohnung fängt sie an, nach dem Schlüssel zu suchen. Ein Stein. Sie stutzt. Ein ziemlich großer Stein lehnt an der Wand zwischen ihrer und der Nachbarwohnung. Wer kann ihn hier heraufgeschleppt

haben? Und wozu? Staunend stellt sie sich vor ihn hin. »Stein, Stein, komm heraus...« Sie klimpert mit ihrem Schlüsselbund.

Das haucht Leben in den Stein. Er streckt sich, wird länger und höher. Anna weiß, daß sie jetzt ganz laut schreien wird. Das Drei-Minuten-Licht verlöscht. Jetzt. Da schließt sich eine warme, nach Orangen duftende Hand um ihren Mund, und eine Stimme flüstert an ihrem Ohr: »Bitte, nicht schreien! Ich bin nur zu Besuch!«

Annas Herz ist ein Risikofaktor, sie hat es immer gewußt. Jetzt stolpert es über den eigenen Takt und überschlägt sich, daß der Kopf nicht mehr mitkann und den Geist aufgibt, der ohnehin noch vom vorangegangenen Bewußtseinskarussell ziemlich strapaziert ist. In einer Nacht wie dieser ist alles möglich.

Licht. Anna glaubt ihre beiden Lämpchen zu erkennen. Sie liegt auf dem Bett. Jemand hat ihr kalte Umschläge gemacht, ihr das nasse Handtuch um den Puls geschlungen, wie Handschellen.

»Ihr Wegtreten hat mich sehr erschreckt!« Als sie den Kopf nach der Stimme wendet, rutscht ihr ein anderes nasses Handtuch über die Augen. Seit wann sprechen Steine? Oder ist hier etwas vollkommen durcheinandergeraten?

»Ich gehe jetzt.«

Anna versucht, ihre Hände freizubekommen, und richtet sich auf.

»Nicht nötig, daß Sie mir zum Abschied winken.«

Anna kann den sprechenden Stein noch immer nicht sehen, obwohl ihr das Handtuch auf die Schultern gerutscht ist.

»Diesseits und Jenseits sind wohl wieder in Ihrem Körper?!«

Anna nickt und versucht, den Kopf zu drehen.

»Vielleicht sind meine Freunde inzwischen nach Hause gekommen.«

Es ist Anna gelungen, aus dem Bett zu steigen.

»Gott befohlen!« Die Tür fällt ins Schloß.

Das hat noch nie jemand zu ihr gesagt. Schon gar nicht ein Stein. Anna geht ins Badezimmer und hängt dort die beiden Handtücher auf. Nur nicht wundern, sagt sie sich. Nur nicht wundern! Das ist die Nacht der Schicksalsbestimmung, von der Jussuf erzählt hat.

Plötzlich sieht sie den Stein wieder. Auf dem Boden neben ihrem Ohrensessel. Etwas kleiner geworden und breiter, aber die Farbe ist dieselbe. Vorsichtig nähert sie sich. Was soll schon sein? Das Verrückteste ist bereits geschehen, ein Stein, der sich dehnt und erhebt.

Es ist nur der Mantel. Ein langer, schwarzgrauer Mantel, der sich streckt, als sie ihn aufhebt. Da fällt ihr etwas ein. Sie läuft zur Tür, reißt sie auf und ruft auf den Gang hinaus, in dem es schon wieder finster ist.

»He! Ihr Mantel! Sie haben Ihren Mantel vergessen!« Etwas wie ein Echo schraubt sich die Treppen empor. Keine Antwort.

Anna schließt die Tür und gähnt. Sie ist müde, so müde, daß sie ihr Kleid nur noch fallen läßt und nackt ins Bett kriecht. Ihr erschöpfter Geist läßt ohnehin keine Träume zu.

Irgendwann in der Nacht steht sie auf, um Wasser zu trinken. Viel Wasser. Auf dem Weg zurück ins Bett fällt sie beinahe über den Stein, den sie in der Nähe des Bettes hat liegenlassen. Aber sie hat keine Erinnerung an seine Geschichte, nicht die geringste. Der Schlaf hat sie nicht wirklich aus seinen Fängen gelassen. Erst am Morgen dämmert ihr der Zusammenhang, auf dem Weg in die Küche. Merkwürdig. Was wollte der Mann hier im Haus? Freunde besuchen? So kalt, wie es draußen ist, wird sie bald von ihm hören. Es sei denn, er hat einen zweiten Mantel.

Wie fühlt sie sich eigentlich? Nach dem Duschen gar nicht so schlecht. Sie hat Hunger und trinkt auch noch eine ganze Kanne Tee leer.

Soll sie den Mantel draußen an die Tür hängen? Wenn ihn dann aber jemand anderer nimmt? Wer sollen in diesem Haus denn die Freunde sein? Sie kann doch nicht von Tür zu Tür gehen und fragen: »Sind Sie mit einem schwarzgrauen Stein befreundet?«

Außerdem ist jetzt keine Zeit. Sie muß auf der Stelle ins Büro. Den Triumph gönnt sie den anderen nicht, daß sie ausgerechnet heute zu spät kommt. Schließlich wissen alle, daß sie mit einem Auftraggeber Geburtstag gefeiert hat. Außerdem ist Freitag, ohnehin nur ein Zweidritteltag.

Gigi hat sie für Sonntag eingeladen. Sie will ihren Oskar herzeigen und findet, daß Teetrinken eine gute Gelegenheit wäre.

»Kommt Bonny auch?«

»Höchstwahrscheinlich, während Bär mit den Kindern zum Puppenspiel geht.«

Den Enkeln war der Herr Geschäftsführer wohl noch nicht zuzumuten.

»Also gut, aber bitte, mach kein Event daraus!«

»Genau das hat Oskar auch gesagt. Nur keinen Krampf! Aber ich möchte, daß ihr euch kennenlernt.«

»In Ordnung. Ich bin ohnehin in der Nähe.«

»Ich kann also fix mit dir rechnen? Dann backe ich eine Mohntorte.«

»Mit Arancini?«

»Mit Arancini!« Es muß Gigi sehr wichtig sein, wenn sie schon versucht, sie mit einer Mohntorte zu ködern. Ihr schwant Abstruses. Da steckt etwas dahinter, aber was? In der Mittagspause ruft sie Bonny an. »Weißt du, was das soll? Ich meine die Mohntorte?«

»Klar. Sie hat vor, diesen Oskar zu heiraten.«

Anna japst. »Mach keine Witze, von wem weißt du das?«

»Von niemandem. Mein Gefühl sagt es mir.«

»Und was meinst du dazu?«

Bonny seufzt so kräftig, daß Anna sich den Hörer vom Ohr hält. »Wozu der Aufwand? Aber es wird ihr nicht auszureden sein.«

Teresa kommt gerade zur Tür herein und will wissen, was ihr denn über die Leber gelaufen sei.

»Meine Mutter.« Anna kneift die Lippen zusammen und legt das Kinn an.

Teresa lacht. »Dabei ist deine Mutter doch ein Volltreffer. Unkompliziert, lebenslustig und wie eine Freundin. Ich wünschte, du würdest meine kennen.«

»Sie will wieder heiraten.« Annas Stimme kommt aus dem Keller.

»Ist doch toll.« Teresas Gesicht wird ganz hell und durchsichtig. »Ihr tut es gut, und du brauchst dich nicht dauernd um sie zu kümmern.«

Mit einem Mal kann Anna es auch so sehen. »Eigentlich wahr.«

Im übrigen ist Teresa dabei, sich eine Art Heiligenschein wachsen zu lassen. Im Gegenlicht ist er bereits zu erkennen. Ihre Milde gegen Ivo verströmt in Wölkchen von Milchkaffeeduft, die zwischen ihr und ihm vermehrt wie auf vorgezeichneten Bahnen hin und her ziehen. Ivo aber wird auf eine Weise rechthaberisch, die vom Entzug getragen ist.

»Und ich sage euch, die Kroaten werden die Serben nicht in die Krajina zurücklassen. Darauf könnt ihr Gift nehmen.«

»Wart es ab, mit der Zeit wird sich auch dieses Problem lösen«, sinniert Ferdy auf seine verbindliche franziskanische Art.

»Denkst du. Weil du keine Ahnung hast. Nicht die geringste. Ich kenne das ewige Hin und Her, die Ressentiments und die Ansprüche der einen und der anderen. Das kommt nie in Ordnung. Ich sage dir, das kommt nie in Ordnung!«

Jussuf setzt für einen Augenblick seine Brille ab und glurt ungeschützt in die Welt.

»Was hast du denn geglaubt, was ein Bürgerkrieg ist?!
Ein Fußball-Match mit ein paar Extra-Toren? Und einem
Schiedsrichter, der die Spieler am Schluß zur Raison
pfeift?«

»Ach du«, schreit Ivo aufgebracht. »Du warst doch noch
nie in Jugoslawien. Nicht einmal, als es Jugoslawien noch
gab.«

»Stimmt!« Jussuf hat genug von der ungefilterten Betrach-
tung der Welt und schiebt sich die Brille wieder auf die
Nase.

»Hauptsache, du weißt immer alles besser.« Ivo schüttet
sich den Rest Milchkaffee in den Rachen.

Jussuf lächelt wie der gefräßige Baal persönlich. »Hast du
vergessen, wo ich herkomme?«

Anna geht zu Fuß nach Hause. Die Straßen sind trocken,
und die Kälte beißt wie der stiebende Splitt, den der Wind
über die Gehsteigkante bläst, in ihre Waden. Sie braucht
diese frei wehende Luft für ihren Kopf, den das Betriebsklima nicht gerade klarer gemacht hat. Sie ist froh, daß
Haugsdorff über dem Atlantik ist und sie mit ihm nicht
über sein Geburtstagsgeschenk reden muß. Sie weiß noch
immer nicht, was dazu sagen. Unter welchem Namen es
auch demnächst als Partybonbon und Damenspende die
Runde machen wird, sie möchte nicht mehr damit auf Rei-
sen gehen, nicht einmal geschenkt. Sie erinnert sich zwar an
vieles, aber an nichts, das ihr solche Lust bereitet oder eine
solche Erkenntnis beschert hätte, daß sie darauf zurückkommen möchte.

Diese Hilflosigkeit. Anna schüttelt sich, als sie sich an den
übergroßen Haugsdorff erinnert, ekelhaft. Und die Angst,
daß jemand ihren Speicher lesen könnte, ist zwar verschwunden, aber selbst als Erinnerung noch unangenehm genug.
Sie muß einkaufen, schließlich ist Wochenende, ein Haugsdorff-loses, was heißt, daß sie zu Hause essen wird. Faulen-

zen, Musik hören, eventuell Wäsche waschen. Ein gemächliches, verludertes Single-Wochenende, an dem sie erledigen wird, was zu erledigen sie sich lange vorgenommen hat. Oder auch nicht.

Teresa ist diesmal zur Schulung gefahren und hat Jussuf und Frantischek – ob gemeinsam oder abwechselnd, sei ihr egal – zu Seelenhirten für Ivo bestellt. »Er muß trocken bleiben, koste es, was es wolle.«

Was Frantischek ziemlich schockierte. Bei seinem Gehalt darf ihn Ivos Seele nicht allzuviel kosten. Und Jussuf schien auch nicht gerade im siebenten Himmel. »Also Samstag habe ich Zeit, aber der Sonntag ist ausgeschlossen. Auch ich habe private Verpflichtungen!«

»Bitte, Jussuf!« So hat Teresa noch nie auf etwas bestanden. »Und sieh zu, daß er nichts merkt. Er ist in der Trotzphase. Wenn er das Gefühl hat, man wolle ihn von etwas abhalten, möchte er es erst recht.«

Jussuf legt ihr den Arm um die Schulter. »Wird gemacht. Aber das Saufen muß er schon selber lassen. Ich kann nur versuchen, ihn ein wenig abzulenken.«

Teresa hat ihre Reisetasche bereits gepackt. »Danke, Jussuf! Und dir, Frantischek, zahle ich die Karten, wenn es dir gelingt, Ivo am Sonntag ins Kino zu locken.«

Wie Anna Frantischek kennt, wird er sie anrufen, damit sie mitkommt. Warum auch nicht. Dann hat sie wenigstens einen Grund, den Tee mit dem Herrn Geschäftsführer zeitlich zu begrenzen.

Es ist wirklich nicht viel, was Anna eingekauft hat, doch es hängt sich an, macht ihr den Arm lang und schneidet in die Finger. Als sie im Gang vor ihrer Wohnung steht, fällt ihr alles wieder ein. Der Stein. Um Himmels willen, sie hat noch immer den Mantel. Auch ist es ziemlich kalt draußen. An ihrer Tür klebt ein grünes Blatt. Als sie es berührt, merkt sie, daß es aus Papier ist. Mit einer Schneidfeder kunstvoll ausgeritzt. Wie kommt es hierher? Sie löst es vorsichtig vom lackierten Holz. Auf der Rückseite steht ein Vierzeiler:

Sie rufen Paradies, Paradies!
Und meinen ein Haus und ein paar Huris.
Gib es denen, die sich damit begnügen,
Ich aber will Dich, Dich allein.

Der Mantel hängt noch immer über ihrem Ohrenstuhl. Sie räumt die Einkäufe weg und stellt Teewasser auf, entzündet eine Kerze und schaltet das Radio an. Offiziell ist der Krieg auf dem Balkan längst zu Ende, aber das heißt nicht, daß Frieden ist. Kein Wunder, daß Ivo säuft. Er ist zum Deserteur geworden, weil er nicht imstande war, auf seinesgleichen zu schießen. Bei den Seinen gilt er als Feigling und bei den Gleichen noch immer als Feind.

Daß die Chefin auf ihn gestoßen ist, das heißt gestoßen wurde, grenzt an Zauberei. Anna weiß nur nicht, an welche. Jedenfalls hat es mit Jussuf und seinen tausendundeinen Beziehungen zu tun. Wenn Ivo ein weniger begabtes mathematisches Hirn hätte, säße er noch immer im Flüchtlingslager. Und niemand würde sich die Mühe machen, ihm durch Bevormundung auf die Nerven zu fallen. Zum Glück kommt wieder Musik und überspielt diesen nicht beendbaren Krieg unter vielen nicht beendbaren Kriegen bis zur nächsten vollen Stunde.

Der Mantel ähnelt jetzt eher einem schwarzen Hund, der eingerollt auf der Sitzfläche liegt. Sie sollte ihn auf einen Bügel geben, damit er sich aushängt.

Anna nimmt einen Kleiderbügel und geht damit auf den Hund zu, greift vorsichtig nach ihm, als rechne sie letztlich doch damit, daß er schnappt. Aber er ist handzahm. Bei genauerem Hinsehen läßt sich erkennen, daß er gestückelt ist. Dicker, weicher Wollstoff mit Flicken, Ton in Ton. Sie schnuppert daran. Noch ein wenig Orange, ansonsten Mann. Sie fährt in die Taschen. Münzen und ein gebügeltes, unbenutztes Taschentuch. Ein U-Bahn-Fahrschein und eine

Pistazie. Alles steckt sie wieder zurück. Bis auf die Nuß. Streift den Mantel über den Bügel und hängt ihn an den alten Thonet-Kleiderständer aus Bugholz, ein Geschenk von Haugsdorff. Nun hat sie diesen Mantel vor sich, wie sie so, die Finger um die wärmende Teetasse gelegt, in ihrem Ohrensessel, den ebenfalls Haugsdorff für sie ausgesucht hat, vor sich hin brütet.

Mann, o Mann, sie kann sich an kein Gesicht, an keinen Körper erinnern. Nur an den Geruch nach Orangen und an eine Stimme mit leichtem Akzent und ziemlich intakter Grammatik.

Als sie die Teetasse ein wenig abrupt auf den Untersetzer stellt, flackert die Kerze, und der Mantel macht einen Ruck. Sie kann den Blick nicht abwenden. Sei nicht kindisch, Anna! Du weißt genau, wenn du lange genug hinstarrst, bekommst du etwas zu sehen. Wie als Kind in der Maiandacht. Wenn man lange genug kniete und sich damit das Blut absperrte, fing die Madonna zu lächeln und zu nicken an.

»Anna Margotti, dein Herz!« Der Dschinn des verborgenen Sinns setzt zur neuerlichen Verwirrung an. »Er hat schwarze Augen, der, der den Mantel trägt, und ein beschriebenes Gesicht. Du kennst es aus deinen Träumen, Anna. Und in dieser Nuß ist ein Geheimnis versteckt.«

Anna trinkt Tee und versucht, die Pistazie mit den Nägeln aufzustemmen. Was heißt Geheimnis? Ein brauner Kern springt heraus, den sie noch einmal schält, bis er grün wird. Beinah so grün wie das Blatt. Ich werde mir das Geheimnis einverleiben. Die Pistazie quietscht unter ihren Zähnen. Ist ja schon gut, auch wenn ich deine Sprache nicht verstehe, du bist jetzt ein Teil von mir. Und sobald ich dich ganz und gar runtergeschluckt habe, werde ich wissen, was es bedeutet. Was?

Anna hat sich verkutzt, ihr Husten bringt den Mantel zum Zappeln. Sie streut die Nußschalen in den Aschenbecher, der nur der Vollständigkeit halber hier herumsteht. Ein

Souvenir von Gigi, das sie ihr aus dem letzten Urlaub – hat sie dabei den Geschäftsführer kennengelernt? – mitgebracht hat. »Falls Haugsdorff bei dir rauchen möchte.«

Anna schenkt sich Tee nach. Sie ist unendlich müde. Die Auswirkungen der Nacht der Schicksalsbestimmung. Aber sie rechnet damit, daß der Mann seinen Mantel wiederhaben will. Und zwar demnächst. Wie würde das aussehen, wenn sie ihm schlaftrunken entgegentorkelt. Wo er sie schon beim ersten Mal bewußtlos erlebt hat. Sie fängt an, sich zu genieren. Wahrscheinlich denkt er ohnehin, daß sie sturzbetrunken war.

Anna schreckt hoch. Das Klingeln des Telefons fährt ihr wie ein nasser Fetzen in die Magengrube. Erst hört es sich an wie eine Schiffssirene, dann, beim zweiten Mal, gibt es sich als das vertraute Geläute zu erkennen. »Hallo…?«

»Sind Sie diejenige, die mir vor Augen schwebt?«

»Wenn Sie Ihren Mantel suchen?!«

»Ich muß ein wenig verwirrt gewesen sein letzte Nacht.«

»Ganz meinerseits.« Anna sieht das Schiff am Horizont verschwinden, mit dem sie kurz traumgereist ist.

»Ich bin ganz in der Nähe.«

»Kommen Sie. Ihr Mantel hat seine alte Form wieder, ich habe ihn aufgehängt.«

Anna erhebt sich, um die Vorhänge zuzuziehen. Die Tür der Telefonzelle auf der Straße unten schwingt nach. Sie versucht insgeheim das Schrillen der Türglocke vorwegzunehmen, um es zu entschärfen. Ihr Gehör ist noch schlafweich. Anna fährt sich mit dem Kamm durchs Haar und beißt in einen Apfel. Sie kann nicht lange gedöst haben, der Tee ist noch warm.

Es läutet nicht, es klopft. Wie angenehm. Anna geht zur Tür und öffnet. Der Mann steht dort, wo er als Stein gehockt ist. Mit dem Rücken zu ihr, einem Pulloverrücken, mantellos.

»Ja?« Was soll sie auch sonst sagen.

»Hallo!« Er wendet sich ihr zu. Dieses Gesicht. Sie sucht seinen Blick und droht darin unterzugehen.

»Kommen Sie! Es zieht.« Er hält den Blick auf sie gerichtet und kommt tatsächlich näher.

»Was weiß ich, wo ich meinen Kopf gehabt habe.« Er ist über die Schwelle gestiegen, ohne sie zu betreten.

Anna greift nach dem Mantel. »Ich habe Ihre Pistazie gegessen.«

Er lacht und nimmt den Mantel an sich. Dieser Blick. Anna muß die Lider senken. Für einen Augenblick wird ihr die Sache zu heiß. Der Mann zieht den Mantel umständlich an. Sie sagt nichts, fühlt sich unendlich befangen. Feige Anna!

»Ich danke Ihnen!« Einen Augenblick zögert er noch. Dann bleibt ihm nichts anderes übrig, als wieder durch die Tür zu gehen, die Anna, unfähig, ihn weiter hereinzubitten, hinter ihm schließt.

Jetzt ist auch sein Geruch verflogen. Anna erschrickt. Warum hat sie ihn nicht zurückgehalten? Sie reißt die Tür auf und läuft bis zum Treppenhaus. »Sie, hören Sie, wollen Sie nicht eine Tasse Tee mit mir trinken?«

Keine Antwort. Das Licht geht aus, und sie tastet sich zum hellen Spalt ihrer Wohnungstür zurück. Zu spät. Sie fröstelt, als hätte dieser Mann die ganze Wärme mitgenommen. Wie konnte sie nur so hölzern sein. Und den Mann mitsamt seinem Mantel einfach gehen lassen. Wo er ihr jetzt schon fehlt. Aber wie kann er ihr fehlen, wenn sie ihn nicht einmal richtig angesehen hat? Oder doch?

Sie könnte ihn mit ihrem Blick auf die weiße Wand des Zimmers projizieren, wenn sie kraft ihres Blickes projizieren könnte, haargenau. Ihre Wahrnehmung hat ihn in Fotoschärfe registriert. Bildet sie sich jedenfalls ein. Aber da ist nichts, anhand dessen man es überprüfen könnte. Der flache Bogen der Brauen, der Schatten unter der Nase, die schmal und gebogen ist, der nicht ganz ebenmäßige Mund, das dunkle, leicht gekräuselte Haar, das in alle Richtungen strebt.

Gewiß, es ist derselbe Mann, der ihr neulich schon begegnet ist. Nicht nur der Mantel kommt ihr bekannt vor.

Anna rauft sich das Haar und steckt es mit den Spangen wieder hoch. Noch sitzt sie und wippt auf zwei Küchenstuhlbeinen. Wenn sie sich noch ein wenig mehr nach hinten beugt, kippt der Stuhl.

Wieso denkt sie noch immer an diesen Mann? An einen wildfremden Mann, der seinen Mantel in ihrer Wohnung vergißt, nachdem er ihr, die vorübergehend das Bewußtsein verloren hatte, kalte Umschläge gemacht hat. Was für eine haarsträubende Geschichte! Am besten, sie versucht so zu tun, als würde sie sie Bonny erzählen. Das klärt vielleicht die Lage.

»Du wirst es nicht glauben, Bonny.«

»Was denn?«

»Ich habe einen Mann kennengelernt.«

»Na und?!«

»Sein Blick hat mich irritiert.«

»Wie heißt er?«

»Keine Ahnung.«

»Womit verdient er sein Geld?«

»Woher soll ich das wissen?«

»Wie hast du ihn kennengelernt?«

»Als Stein vor meiner Tür.«

»Und wohin ist der Stein gerollt?«

»Ich verlor das Bewußtsein.«

»Bist du krank oder warst du bekifft?«

»Er muß mich aufs Bett gelegt und mir Umschläge gemacht haben.«

»Wenigstens weiß er, was zu tun ist. Und sonst?«

»Ich habe ihn gehen lassen.«

»Offensichtlich warst du wieder bei Bewußtsein.«

»Als er seinen Mantel holte.«

»Was für einen Mantel?«

»Er hat ihn bei mir vergessen.«

»Absichtlich?«

»Wieso absichtlich?« Der Küchenstuhl kippt endgültig. Als sie zu Boden geht, schlägt der Blitz in ihre Gedanken. Wieso nicht absichtlich? Vielleicht hatte er den Mantel hier hingelegt, um einen Grund zu haben, sie wiederzusehen? Und sie hat auch diese zweite Gelegenheit verstreichen lassen.

Anna rappelt sich auf und legt die Klinge eines Messers auf die entstehende Beule. Recht geschieht ihr! Beim dritten Mal wird sie es besser machen. Wenn es ein drittes Mal gibt. Wo steht geschrieben, daß es ein drittes Mal geben muß? Vielleicht trifft sie ihn zufällig wieder. Hat er nicht gesagt, daß er Freunde im Haus hat? Wer können diese Freunde sein?

Anna ist es nicht gewohnt, so im Vagen zu suchen. Wenn ihr sonst etwas verlorengeht, gibt sie so lange irgendwelche – und seien es die nebensächlichsten – Daten ein, bis sie einen ernstzunehmenden Anhaltspunkt findet. Dann umkreist sie das Objekt ihrer Neugierde auf allen zur Verfügung stehenden Ebenen, bricht dabei in Netze ein, deren Code sie auf phantasiebegabte Weise knackt, und nur in den seltensten Fällen entzieht sich ihr eine Information auf Dauer. Doch in dieser Sache steht ihr keine Tastatur zur Verfügung, sie ist dem Zufall ausgeliefert, und das kränkt sie ein wenig.

»Was willst du überhaupt?« hört sie Bonnys Stimme in ihrem Kopf. Gute Frage. Was will sie wirklich? Von diesem unbekannten, mantelvergessenden Mann, in dessen Blick sie für kurze Zeit untergegangen ist.

Erster Schritt – ihr Stolz bleibt vorübergehend auf der Strecke, und Anna bekennt sich –: ihn wiedersehen!

Sie kann Bonny ob der Banalität dieses Eingeständnisses geradezu schlucken hören.

»Mit ihm Tee trinken oder was auch immer. Dann weiß ich vielleicht, was mit mir ist.«

»Des Derwischs Gabe ist ein grünes Blatt!« Jussuf beugt sich über Annas Schulter, um zu sehen, was sie vor kurzem entdeckt hat, nämlich eine versteckte Werbung auf ihrem Bildschirmschoner.

»Jetzt, wo ich es weiß, sehe ich es auch!« Jussufs Vanille steigt ihr in die Nase.

»Was meinst du damit?« Sie hat das filigrane grüne Blatt neben der Mausunterlage auf ihrem Schreibtisch liegen.

»Daß ich die Botschaft erst jetzt als Botschaft erkenne. Zum Glück scheint auf meinem Schirm kein Schoner mit Zigarettenwerbung installiert zu sein. Sonst wäre ich womöglich längst wieder schwach geworden.«

»Ich meine den Derwisch. Wie kommst du darauf?«

Jussuf nimmt das Blatt und hält es behutsam gegen das Licht. Es ist ungemein kunstvoll ausgeschnitten und beschrieben.

»Bei uns sagt man so.«

»Und was bedeutet es?« Anna dreht sich um, aber Jussufs Augen liegen gut getarnt hinter den getönten Brillengläsern. Seine Mundwinkel ziehen sich leicht nach oben. »Find es heraus!«

»Und das Gedicht?«

»Yunus Emre, wenn ich nicht irre. Ein türkischer Dichter aus dem dreizehnten, vierzehnten Jahrhundert. Eine Art wandernder Derwisch. Ein Mystiker mit revolutionären Gedanken oder ein Revolutionär, der sich der Mystik verbunden fühlte. Einer der genialsten, die sie haben. Ich meine die Türken.«

Anna seufzt. »Das ist genau die Expertenmeinung, die ich einholen wollte.«

»Ich bin allwissend, vergiß das nicht.« Jussuf legt ihr kurz die Hände auf die Schultern, drückt sie freundschaftlich und befindet sich schon wieder auf dem Rückzug.

»Wer immer dahintersteckt, laß dir den Kopf nicht verdrehen, Chérie, wir brauchen deinen hellen, schnellen Verstand.«

Er deutet in Richtung Bildschirmschoner. »Nur du kannst uns vor Schweinereien wie dieser bewahren. Kontrollier bitte gleich auch das Gerät von Ivo. Ob darauf nicht etwa heimlich eine Reklame für *Puschkin* installiert ist. Dann wären all unsere Anstrengungen vom Wochenende umsonst gewesen. Allein der Gedanke macht mich schwitzen.«

Anna schiebt das Blatt vorsichtig in die Hülle des neuen Notebooks in ihrer Umhängtasche. Sie schleppt es noch immer mit sich herum.

Sie haben Ivo trocken übers Wochenende gebracht, Gott sei Dank. Teresa dankt es ihnen, während Ivo neuerdings Nägel kaut. Frantischek hat Ivo nach dem Kino, in das auch Anna mitgegangen ist, und dem anschließenden Kaffeehausbesuch noch nach Hause gebracht und ihn angeblich in den Schlaf gesungen. Wenn man ihm so zuhört, könnte man denken, der Alkohol habe in Form eines Killerhundes und höchst vernehmlich an der Tür gekratzt.

Und da war auch der Herr Geschäftsführer, der aussieht wie Karl Malden, nur etwas jünger, und sich ständig mit Daumen und Mittelfinger über die Mundwinkel fährt. Ansonsten ist nicht viel an ihm auszusetzen, außer natürlich, daß er tatsächlich bei Gigi eingezogen ist. Er muß doch auch zuvor irgendwo gewohnt haben. Fragt sich bloß wie, denn Gigis Wohnung ist auch nicht gerade der Gipfel des Komforts.

Wie hat Bonny gesagt? »Ich an eurer Stelle wäre es nicht so speedig angegangen!« – »Speedig«, gerade daß sie nicht sagte »mit so einem Karacho«, jedenfalls erbarmungslos wie immer.

Doch der Herr Geschäftsführer antwortete eher entspannt. »Worauf hätten wir denn warten sollen, Kind?!« Er sagte tatsächlich »Kind«, und das zu Bonny. Als ihr das bewußt wurde, standen ihr geradezu die Haare zu Berge. Aber sie, Anna und auch Gigi, mußten dermaßen herzlich lachen, daß Bonny sich beruhigte und es durchgehen ließ als eine Art Pointe, auf die sie schon noch beizeiten zurückkommen würde.

Unsympathisch ist er so gesehen nicht, der Herr Geschäftsführer. Gigi und er scheinen sich tatsächlich zu mögen. Und selbst Bonny weiß nicht mehr viel zu bemerken, als sie am Abend zwecks Resümee noch anruft. Man würde schon sehen, wie die Dinge sich entwickelten. Der Mann zeigte sich vorerst natürlich von seiner besten Seite, und die sei im großen und ganzen annehmbar.

»Das wird einen Prozeß geben, der sich gewaschen hat.« Auch Teresa legt ihr die Hände auf die Schultern. »Einen Musterprozeß, zumindest hierzulande. Gib mir einen Anhaltspunkt, damit ich die heimliche Botschaft auch erkenne.«

Anna deutet auf ein paar Stellen auf dem Schoner. »Und jetzt konzentrier dich!«

»In der Tat!« Teresa steckt vor Verwunderung den Daumen in den Mund. »Sie versuchen es wirklich mit allen Mitteln. Hättest du je geraucht oder getrunken, du wärst mittlerweile längst rückfällig geworden. Ich meine, du hast das doch unbewußt schon viele Male gesehen. Wie bist du nur darauf gekommen, du Schlaumeier?«

Anna fixiert sie mit theatralisch hochgezogenen Brauen und tippt sich dann an die Schläfe. »Hier, Teresa. Das ist angeboren!« Sie lachen beide.

»Du hältst dich wohl für ein Genie, was?!«

»Soll ich mich etwa verleugnen?«

»Wann kommt eigentlich dein Ministerialrat zurück?« Teresa versucht, von Annas Genie zu Annas Privatleben abzuschweifen. Anna zuckt sichtlich zusammen. Wie konnte sie nur so vollkommen auf Haugsdorff vergessen?

»Voraussichtlich Freitag.« Anna kommt es so vor, als sei Haugsdorff schon seit Wochen weg.

»Fehlt er dir?« Teresa hat das Zucken wohl doch nicht bemerkt.

Er hat ihr überhaupt nicht gefehlt bisher. Anna antwortet mit einem beiläufigen »Na ja!« Sie hat keine Lust, ausführlich mit Teresa über Haugsdorff zu reden, wie sie das früher manchmal getan hat, schon gar nicht jetzt, wo Teresa sich mit Ivo eine Lebensaufgabe gestellt hat. Vielleicht fehlt ihr Haugsdorff auch schon heute abend, wenn sie alleine zu Hause sitzt und ihren Walkman dröhnen läßt, schließlich ist sie seit zwei Jahren mit ihm zusammen, und er ist noch immer fürsorglich und großzügig.

»Hast du viele Leute getroffen am Wochenende? Ich meine, von denen, die ich auch kenne?« Teresa hat noch kaum etwas erzählt von ihrem Brainstorming- und Schulungsausflug, und Anna möchte schon gerne wissen, wer aller da war und was sich so getan hat.

»Stimmt. Jetzt hätte ich es beinah vergessen. Ich soll dich von diesem Dschibril grüßen.«

»Ich kenne aber keinen Dschibril.«

Teresa bleibt dabei. »Er hat viel von dir gehört und möchte dich kennenlernen. Wenn du mich fragst, klingt das nach einem Angebot.«

»Welche Firma?« Anna gibt sich cool bis an die Haarwurzeln.

»Habe ich nicht herausgekriegt. Jedenfalls scheinst du bei deinem letzten Aufenthalt im Fortbildungszentrum einigen Leuten aufgefallen zu sein.«

»Ich?« Anna sonnt sich in ihrem Ruhm, ohne es Teresa allzu deutlich merken zu lassen.

»Wenn sie schon Headhunter auf dich ansetzen.«

»Was denn?« Das geht nun doch zu weit. »Du siehst Gespenster, Teresa. So gut bin ich auch wieder nicht.«

Und Teresa meint nicht ganz neidlos: »Wart es ab! Wir haben erst Montag.«

»Ach was, nur weil ich ein bißchen schneller schalte.« Anna weiß genau, was die Firma an ihr hat, aber sie neigt auch nicht dazu, es zu überschätzen. Und während sie Teresa noch zuhört, hasten ihre Finger bereits über die Tastatur. Sie weiß instinktiv, daß sich etwas ereignet hat, das sie abfragen muß. Ihr Verhältnis zur Maschine – und es ist und bleibt für sie eine Maschine – ist geradezu intuitiv. Sie täuscht sich so gut wie nie im Empfangen jener medial nicht erklärbaren Botschaften, die sie im rechten Moment von der Hardware Gebrauch machen lassen.

Anna hat eine Beziehung zum richtigen Knopf, das ist das Geheimnis ihres Vorsprungs. Und wenn die Firma von Bits auf Trits umstellen möchte, kann es ihr nur recht sein, sie hat nichts gegen Metaphern wie »Verschränkung«. Und daß schließlich alles bei der Quantenmechanik enden wird, haben schon klügere Leute gemutmaßt.

»Hallo!« Nicht schon wieder. Anna Margotti, dein Herz ist aus der Verpackung gehüpft und kommt aus dem Tritt durch den Schrecken. Schon als sie nach der Klinke greift, spürt sie einen leisen Widerstand, eine Spur von Energie auf der anderen Seite, und als ihr das Haustor dann entgegenspringt, sind sie sich plötzlich so nahe, daß sie aneinanderstoßen. Sie wird doch nicht schon wieder ohnmächtig werden.

»Hallo!« Etwas zu sagen kann im geeigneten Moment die Sinne am Schwinden hindern. »Was für eine Überraschung!«

»Die Überraschung ist nur halb so groß. Ich warte seit Stunden hinter dieser Tür. Irgendwann, dachte ich, müssen Sie ja nach Hause kommen!«

Anna lacht, die Sinne sind gerettet. »Übertreiben Sie immer so?« Diesmal möchte Anna alles richtig machen. »Wer sind Sie überhaupt?«

»Das kommt ganz darauf an.« Das Haustor ist wieder zugefallen. Sie stehen sich noch immer gegenüber.

»Ich meine, haben Sie auch einen Namen, oder sind Sie ein Geist, der sich gelegentlich in einen Stein verwandelt?«

»Das wäre die eine Möglichkeit. Aber wahrscheinlich bin ich ein Stein, der sich von Zeit zu Zeit in einen Menschen verwandelt. Dann heiße ich Hikmet. Hikmet Ayverdi.« Er verbeugt sich, wenn auch nur mit dem Kopf.

»Ayverdi?« – hat sie diesen Namen nicht schon irgendwo gelesen?

»Das bedeutet wortwörtlich: Er hat uns den Mond gegeben.«

»Den Mond? Wieso ausgerechnet den Mond?«

»Der Mond hat viele Bedeutungen. Er spielt eine wichtige Rolle bei uns.«

»Ach ja?«

»Und Sie sind Anna Margotti. Zumindest steht das an Ihrer Tür.«

Anna nickt. Es ist noch immer ziemlich kühl, zu kühl für die Jahreszeit, wie es in den Nachrichten heißt. Diesmal muß sie es klüger anfangen. »Wollen wir irgendwo eine Tasse Tee miteinander trinken?«

»So viele Sie wollen.« Hikmet Ayverdi dreht sich um und deutet auf das Lokal schräg gegenüber. »Was würden Sie dazu sagen?«

Anna nickt. »Geben Sie mir zehn Minuten, ich möchte nur etwas nach oben in meine Wohnung bringen.« Sie schleppt noch immer das Notebook mit sich herum, zu dumm.

»Bis gleich!« Er umkreist sie, um das Haustor wieder für sie aufzumachen, diesmal von außen. Der Mantel reicht ihm beinahe bis an die Knöchel, und als er sich plötzlich umdreht, schlagen seine Haare Rad.

Anna ist die Treppe zu rasch hinaufgelaufen. Ihr Herz klopft, und sie kann ihren Lippenstift nirgends finden. Manchmal ist auf den Zufall mehr Verlaß als auf jede noch so detaillierte Berechnung. Sie kämmt sich die Haare und sucht nach ihrer Geldbörse. Als auch noch das Telefon läutet, hebt sie gar nicht erst ab. Niemand zu Hause, jetzt nicht mehr.

Wieder im Treppenhaus, fällt ihr ein, daß es Haugsdorff gewesen sein könnte, der angerufen hat. Da kann man nichts machen. Er wird schon wieder anrufen. Wer weiß, wie spät es in Washington ist. Vielleicht hat er gerade Mittagspause. Sie muß sich auf etwas anderes konzentrieren. Was man auch beim dritten Mal versiebt, ist ein für alle Male verloren.

»Hikmet, ist das nur ein Name, oder bedeutet das etwas?« Durch das Café schweben dicke Schwaden von Rauch und Gespräche, die sich gegenseitig überlagern und zur Klangwolke ballen.

»Doch. Vor allem Weisheit. Sieht man es mir nicht an?«

»Nicht unbedingt. Was noch?«

»Der verborgene Sinn, aber auch die Fügung Gottes.«

»Belastet Sie das nicht, als Gottes Ratschluß herumzulaufen?«

»Es kann auch noch ganz etwas anderes bedeuten.«

»Hab ich mir fast gedacht.«

»Also, wenn meine Mutter den Finger an die Nase hält und ›Hikmet!‹ sagt, meint sie, ›merkwürdig!‹ oder ›höchst sonderbar!‹«

»Das paßt schon besser zu Ihnen.«

»Woher wollen Sie das wissen?«

»Was uns Menschen vom Rechner unterscheidet, ist die Intuition.«

»Es fällt Ihnen also etwas ein zu mir.«

Anna rührt und rührt in ihrem Tee, daß die ganze Tasse sich zu drehen scheint. Als sie hier in die Gegend gezogen ist, war sie einige Male in diesem Café *Butterkipferl*. Aber inzwischen schon lange nicht mehr. Haugsdorff hat andere Stammlokale, mit Jussuf oder Frantischek trifft sie sich in der Innenstadt, in Kinonähe, und mit Teresa geht sie meistens in Firmennähe, am Donaukanal, Eis essen.

»Dieses Café gehört einem Landsmann von mir.«

Das Stichwort ist gefallen. »Und welches ist Ihr Land?«

»Gute Frage. Geboren bin ich in der Türkei und aufgewachsen im großen und ganzen hier.«

»Ihr Landsmann scheint einer zu sein, der Humor hat.«
»Wegen dem *Butterkipferl?* Das ist ein versteckter Hinweis auf die jahrhundertealte kulturelle Präsenz der Türken. Wir haben unseren Halbmond mitgebracht, und hier ist er zu etwas Eßbarem geworden.« Erst jetzt fällt Anna auf, daß auf allen Tischen Körbchen mit dem halbrunden Gebäck stehen. Hikmet nimmt eines heraus und hält es ihr hin, sie teilen es sich mit einem verlegenen Lachen.
»Und was haben Sie wirklich bei uns im Haus gemacht?« Das Butterkipferl ist auch noch frisch, Hut ab.
»Es gibt einen alten Türken im fünften Stock, der kaum mehr ausgeht. Er wohnt bei seiner Tochter, die schon seit langem hier lebt. Nachdem seine Frau gestorben war, gab es niemanden mehr aus der Familie, der für ihn gesorgt hätte, darum hat die Tochter ihn hergeholt. Jetzt lebt er hier, wie er immer gelebt hat. Sein Zimmer ist genauso eingerichtet wie zu Hause in Istanbul. Seine Tochter kocht ihm dieselben Speisen. Nur manchmal beklagt er sich, daß die Tomaten nach nichts schmecken oder daß der Kaffee zu scharf geröstet ist.«
»Und das ist Ihr Freund?« Anna überlegt, was Hikmet mit diesem alten Mann zu tun haben könnte.
»Er ist mein Lehrer.« Hikmet trinkt einen Schluck und schlürft dabei ein wenig. »Im Schreiben.«
Er ist doch nicht etwa Analphabet? Wie sie aus den Unterlagen für PACIDIUS weiß, sind die Prozentzahlen bei zugewanderten Türken beachtlich, aber er ist hier aufgewachsen.
»In der alten Schrift. Früher hat man das Türkische mit arabischen Buchstaben geschrieben. Ich würde ganz gerne lesen können, was in dieser Schrift geschrieben wurde, doch das allein ist es nicht, warum ich zu Hamdi Bey gehe.«
»Was kann man von einer Schrift sonst noch wollen, als sie zu entziffern?« Anna beziehungsweise ihr Rechner entziffert täglich einen ungeheuren Anfall von Zahlen in Schrift.

»Es geht um die Kunst.«

»Wieso Kunst?« Anna hört aufmerksam zu, versteht aber nicht, was die arabische Schrift mit Kunst zu tun haben soll.

»Schön zu schreiben ist eine Kunst. Die Osmanen waren spezialisiert darauf. Es heißt, daß sie das von allen Kunstarten am besten konnten. Darum interessiert es mich. Und Hamdi Bey ist der einzige Meister, den ich kenne.«

»Ich wußte gar nicht, daß in unserem Haus ein – wie sagten Sie? – ein Meister der osmanischen Schreibkunst wohnt.« Anna versucht sich sein Gesicht vorzustellen, so als müsse sie dem alten Mann schon begegnet sein. Wo er doch unter demselben Dach lebt wie sie. Auch wenn er nicht viel ausgeht, irgendwann muß auch ein alter Mann zum Arzt oder zu einer Behörde.

»Osmanen nannte man die Beherrscher, aber auch die Bewohner des Imperiums, als es noch keine so große Rolle spielte, ob man Türke, Kurde, Grieche, Lase, Tscherkesse, Armenier oder Turkmene war, solange man nicht als Ketzer in Verruf geriet. Aber das ist eine andere Geschichte, die zur Geschichte des Imperiums gehört.«

Anna entdeckt an sich trotz Pacidius einige Wissenslücken, die zu füllen auch Jussuf bisher nicht gelungen ist. Und Jussuf ist genaugenommen ihr einziger Zuträger und Aufklärer in Sachen Naher Osten.

»Die meisten wissen gar nicht, daß der Meister hier ist. Auch unter den Türken kennen ihn nur die Eingeweihten. Und natürlich seine Schüler.«

»Und was versprechen Sie sich davon?« Anna sieht Hikmet vor sich, wie er vor der Staffelei steht und Schriftzeichen auf eine Leinwand pinselt. »Ich meine, wozu soll das gut sein, daß Sie Schönschreiben lernen?«

Hikmet zuckt die Achseln. »Ich bin die meiste Zeit hier zur Schule gegangen. Wir sprechen zwar zu Hause immer noch türkisch, aber ich weiß zuwenig über all das Gewesene. Das macht mich nervös. Wenn man, wie ich, ständig auf seine

Herkunft aufmerksam gemacht wird, sollte man eine Ahnung davon haben, was das bedeutet.«

So wie er das sagt, klingt es wie ein Pausenzeichen, ein kleiner Gong, der die Wirkung des Gesagten erhöht. Und genau diesen zeitlichen Abstand scheinen drei Männer in hellen Trenchcoats, die auch noch haargenau dieselbe Art von Schnurrbart tragen, zu nutzen, um durchs Lokal zu gehen. Sie schauen sich um, als sicherten sie das Gelände, schreiten – jawohl, es ist ein Schreiten – auf die Theke zu und betreten, nach einem Blickwechsel mit dem jungen Mann an der Kassa, den Raum, an dessen Türe PRIVAT steht.

Hikmet hat sich zurückgelehnt, als wolle er sich hinter dem Kleiderständer verstecken, und während Anna sich immer mehr wundert, bittet er sie, sich nach Möglichkeit so zu setzen, daß die drei Männer ihn nicht unmittelbar im Blick hätten, wenn sie das Lokal wieder verließen. Und daß sie es bald wieder verlassen würden, sei gewiß. Dann könne sie wieder ganz so sitzen, wie es ihr bequem sei. Und es dauert in der Tat keine fünf Minuten, da kommen die drei wieder durch die Tür, an der PRIVAT steht, und verlassen – nach einem Blickwechsel mit dem jungen Mann an der Kassa – geradewegs das Café.

Annas Augen sind inzwischen so groß, daß das Graugrün ihrer Iris zu flackern scheint. »Und was hat das zu bedeuten?«

»Eigentlich nichts.« Hikmet macht beim Sprechen den Mund gar nicht richtig auf, wie um die Bedeutung des Ganzen herunterzuspielen. »Manchmal ist es am besten, nichts gesehen zu haben und nicht gesehen worden zu sein.«

Anna ist froh, daß offenbar nicht viel dahintersteckt, obwohl sie so tut, als würde sie nun gerade das vermissen. »Schade, ich hatte mir schon eine spannende Geschichte erhofft.«

Da trifft sie wieder dieser Blick, das kühle Lodern unter den Augenlidern, doch diesmal hält sie ihm stand, obgleich es ihr anfangs beinah den Atem nimmt und sie nach und nach eine perlende Wärme von unter ihrer Brust bis zum Kehlkopf heraufsteigen spürt.

»Und Sie?« fragt Hikmet, während er den Blick langsam wieder zurücknimmt. »Wie sind Sie, wenn Sie keinerlei Mißtrauen hegen?«

»Mißtrauen?«

»Ich meine, wenn Sie ganz arglos sind.« Hikmet schaut sie an, als könne er allein mit seinem Blick die Wahrheit ergründen.

»Was für eine Frage?« Anna ist verwirrt.

»Ich weiß so ziemlich alles über Sie, nicht nur, wie Sie heißen und wo Sie wohnen, wo Sie arbeiten und wo Sie einkaufen, ja, sogar mit wem Sie ausgehen.«

»Sie meinen Haugsdorff?« Es klingt in ihren eigenen Ohren wie Verrat. Wie kann sie Haugsdorff auf diese Weise preisgeben?

»Welche Filme Sie sich ansehen.«

»Haben Sie nichts Besseres zu tun?« Anna bemüht sich, gleichgültig zu erscheinen, auch wenn ihr das Herz bis zum Hals herauf schlägt. Wer ist dieser Hikmet?

Das Lächeln, das sich nun auf seinem Gesicht ausdehnt, beruhigt sie wieder ein wenig. Er legt auch noch den Finger auf den Mund. »Eigentlich dürfte ich gar nicht darüber reden.« Anna ist noch immer irritiert. Welche Wendung ihr Gespräch wohl noch nehmen wird? »Und woher wollen Sie das alles wissen?«

»Ich habe die traditionellen Kanäle benutzt.«

»Die traditionellen – was?« Anna versteht gar nichts mehr, weder sich und ihre Anspannung noch Hikmet, vor allem nicht, was er sagt.

»Sie haben keine Ahnung, wie gut Türken auf Frauen und Mädchen aufpassen. Der Schatten eines Verdachtes, und schon setzt sich die ganze Sippe auf die Fährte. Da bleibt keine Bewegung unbemerkt, kein Weg verborgen.«

Anna ist fassungslos. Was soll das nun wieder?

»Ich habe Sie auf Schritt und Tritt verfolgt, ohne daß Sie es wirklich bemerkt haben. Nur einmal waren Sie knapp daran. Ich wollte alles über Sie in Erfahrung bringen, Sie immer wieder sehen, wenn auch nur von ferne. Ihre Gewohnheiten kennenlernen, herausfinden, wie Sie sich geben, wenn Sie sich unbeobachtet fühlen, in und mit derselben Zeit leben wie Sie.«

»Das ist doch verrückt. Ich meine, wir kannten uns nicht.«

»Eben deshalb. Ich wollte Sie kennenlernen, also bin ich zum Geheimagenten meiner Wünsche geworden und mußte zusehen, wie Sie sich mit Ihren Freunden trafen, ohne Ihre Aufmerksamkeit auf mich lenken zu dürfen.«

Anna fühlt sich mit einem Mal tatsächlich verfolgt und wirft einen Blick zur Eingangstür. »Und wie lange geht das schon so?«

»Genau zwei Wochen.« Hikmet lächelt, er hatte nicht eine Sekunde überlegt.

»Und warum haben Sie mich nicht angesprochen?«

»So einfach auf der Straße, das hätte ich nicht gewagt. Und – wetten – Sie hätten mir auch nicht zugehört. Und als ich mir dann etwas anderes einfallen ließ – na ja, Sie wissen ja selbst, wohin das geführt hat. Sie sind vor Schreck ohnmächtig geworden, und auch heute waren Sie wieder knapp dran.«

Bei dieser Erinnerung knistern Annas lange rote Haare einzeln.

»Noch einen Wunsch?« Die Kellnerin beugt sich fragend über die leeren Tassen.

Eigentlich ist es ein Unsinn, wieder Tee zu bestellen, aber es ist am einfachsten. Warum über etwas nachdenken, was nicht unmittelbar mit ihnen beiden und ihrer Geschichte zu tun hat?

Anna weiß, daß es so etwas wie Sinnestäuschungen gibt. Also am besten, sich nicht zuviel rühren, solange alles noch so anfänglich ist. Sonst fällt es womöglich ins Nichtgewesene zurück. Das darf sie nicht zulassen. Und doch muß sie das Schicksal herausfordern. Während sie beide im frischen Tee rühren, wagt Anna sich noch ein bißchen weiter vor. »Gibt es diesen osmanischen Meister in unserem Haus tatsächlich, oder haben Sie ihn genauso erfunden wie meine Verfolgung und Bespitzelung?«

»Möchten Sie sehen?« Hikmet zieht umständlich eine kleine, kartonierte Mappe aus der breiten Innentasche seines aufgehängten Mantels. Ein paar Blätter kommen zum Vorschein, Gekritzel, wie es Anna scheint. Schwarz auf Schmutziggelb. Aufstriche wie Lanzen, die anstatt einer Spitze einen halben kleinen Haken haben.

»Einzelne Buchstaben.« Hikmet fährt mit dem Finger Linien und Bögen nach. »Einzelne Buchstaben, damit fängt man an. Dann kommen Buchstaben, die sich nur mit bestimmten Buchstaben verbinden lassen, mit anderen jedoch nicht. Diese Übergänge sind schwierig, und die ganz großen Meister haben die unglaublichsten Lösungen dafür gefunden.«

Von den Schriftzeichen geht ein spürbarer Zauber aus, der Anna an etwas erinnert, sie kann nur nicht sagen, an was.

»Das hier ist etwas Besonderes.« Hikmet hält ihr ein Blatt unter die Augen, das vor solchen Buchstabenverbindungen nur so übergeht. Als gehorchten die Striche und Schlingen, die Punkte und Wellen einem individuellen Rhythmus.

»Es ist ein Blatt meines Lehrers. So schreibt er mir vor, was ich machen soll. Und wenn er es mir dann schenkt, ist das eine große Auszeichnung. Solche Blätter gibt es auch von den großen Meistern. Sammler sammeln vor allem diese Blätter, Karalamas, wie sie genannt werden. Die wirklichen Kenner ziehen sie den Kalligraphien vor. Angeblich weil die Meister in den Karalamas ihrer Eigenart am ehesten freien Lauf lassen, unabhängig vom Kanon, der ziemlich streng ist.« Hikmet hält das Blatt seines Lehrers noch immer in Händen und betrachtet es aufmerksam.

Anna runzelt die Stirn. »Sind Sie etwa Sammler?«

»Ich? Leider nein! Dazu habe ich weder die Ausdauer noch das Geld. Nur die Blätter, die Hamdi Bey mir schenkt, hebe ich auf und halte sie in Ehren. Einen meiner Brüder, Ismet, könnte man vielleicht einen Sammler nennen. Aber auch er sammelt nicht wirklich. Er bringt nur hin und wieder ein Blatt mit und hängt es dann in der Wohnung oder im Laden auf.«

»Welcher Buchstabe ist das?« Anna deutet zaghaft mit dem Finger auf das herausstechendste Zeichen.

»Ein Lam, das ist so etwas wie ein L. Es läßt sich mit einem Ye, das auch I heißen kann, verbinden.«

»Wieso heißen kann? Stehen die Lautwerte dieser Zeichen nicht fest?« Anna erscheint das ziemlich verwirrend. Auch die Sache mit den möglichen und den nicht möglichen Verbindungen.

»Doch. Innerhalb des Systems stehen sie fest. Da kann dieses eine Zeichen den Laut I oder den Laut Ye ausdrücken, aber seine Gestalt ist immer gleich, während im Deutschen verschiedene Zeichen dafür verwendet werden. Umgekehrt drückt das Deutsche alles mit A aus, was in der arabischen Schrift mit Elif oder He gekennzeichnet wird.«

»Klingt ziemlich kompliziert. Da lobe ich mir mein gutes altes BASIC.«

»Ihr was?«

Anna winkt ab. »BASIC ist eine Sprache für Rechner, eine einfache Sprache.« Sie möchte am liebsten hier sitzenbleiben, endlos. Die Wärme hat ihren ganzen Körper erfaßt. Nie mehr möchte sie aufstehen und nirgendwo mehr hingehen. Einfach da sein und Sätze sagen, auf Fragen antworten, selber fragen und dieses Gefühl aushalten lernen, das nicht einmal zuläßt, daß sie sich zurücklehnt.

Hikmets Gesicht nähert sich dem ihren. »Ich kann mir denken, für welche Firma Sie arbeiten.«

»Rechner und Programme weltweit.« Es überrascht sie, wie beiläufig ihre Stimme klingt, ohne auch nur im geringsten zu versagen, wie sie immer wieder befürchtet. Droht doch die Tatsache ihr die Kehle zuzuschnüren, daß sie noch immer mit Hikmet spricht.

»Sind Sie so etwas wie eine Sekretärin?«

Anna lächelt belustigt. »Was ich mache, hat eher mit Mathematik zu tun. Aber ich kann auch blind auf einer Tastatur schreiben, wenn Sie das meinen.«

Hikmet scheint Gefallen daran zu finden, sie auszufragen. »Stellen Sie auch Rechnungen aus?«

»Ich erfinde Computer. Software, um genau zu sein.«

»Na so was!« Hikmet legt den Finger an die Nase, wahrscheinlich so wie seine Mutter, wenn sie »Hikmet!« sagt.

»Stört Sie das?«

Hikmet nimmt ihre Hand und berührt die Innenfläche mit den Lippen. »Ich würde Sie auch lieben, wenn Sie Einstein persönlich wären.«

Gegen Mitternacht schafft Anna es endlich aufzustehen. Wenn sie jetzt nicht geht, wird sie für immer sitzenbleiben. Ihr Herz hat einen Riesensprung gemacht und sie schutzlos zurückgelassen, so als wäre sie aus sich herausgefallen und müsse sich nun mit aller Kraft in sich zurückholen.

Der Abend ist empörend rasch vergangen. Zu ihrem Erstaunen funktioniert noch alles an ihr, Reaktionsfähigkeit, Körperführung, Sprechvermögen. Sie braucht Zeit, um zu begreifen, was mit ihr geschehen ist.

Anna bleibt lange unter der Dusche. Das Wasser beruhigt ihren Körper, der berührt werden möchte. Wer oder was ist Hikmet? Ein Stein vor ihrer Tür? Ein Schatten, der ihre Sinne trübt? Ein junger Türke, der die arabische Schrift zu meistern versucht? Ein Familienmitglied? Ein Kaffeehausbesucher? Einer, der einen Bruder namens Ismet hat? Vielleicht auch eine Schwester? Oder mehrere Brüder und mehrere Schwestern? Sie hätte ihn danach fragen sollen. Einer, der andere nicht gesehen haben will und dennoch über die Macht des Blickes verfügt und über lange schwarze Wimpern, Hüter dieses Blickes?

»Hikmet!« Anna legt den Finger an die Nase und geht ins Bett. Kein Radio, keine Zeitung, nichts mehr, was sie von ihm ablenken könnte. Sie zeichnet seine Brauen, seinen Mund, seine Ohren nach, spürt, wie sein Bart gewachsen ist, tastet sich unendlich langsam über den Haaransatz zum Nacken zurück und dann wieder nach vorn, bis in die Halsgrube. Anna umarmt ihr Kissen. Sie weiß, daß sie Hikmet wiedersehen wird. »Bald!« murmelt sie, schon im Schlaf.

Haugsdorff hat angerufen. Die Gespräche mit den amerikanischen Kollegen liefen gut, stellten sich aber als langwieriger heraus als angenommen. Außerdem wolle er die Gelegenheit nutzen, um seine beiden am Swarthmore College bei Philadelphia studierenden Kinder zu besuchen, wenn er schon im Land sei. Die Rückkehr würde sich also verzögern. Sie müsse daher ein paar Tage länger ohne ihn auskommen.

Anna bemüht sich, ihre Erleichterung zu verbergen. Es erstaunt sie, wie gut sie ohne ihn auskommt. Und dennoch fehlt er ihr auf eine verquere, unvorhergesehene Art, so als sei er ihre Schutzhaut, die schmerzliche Risse bekommt, wenn er nicht da ist. Aber Haugsdorff wird demnächst zurückkommen, und was dann? Er wird sich ihrer weiter bedienen wollen. Unsinn, was heißt bedienen? Seit wann denkt sie so über sich und Haugsdorff? Noch ist sie nie wirklich von ihm getrennt gewesen, immer bloß ein paar Tage, und sie hat ihn jedes Mal mit Freude zurückerwartet. Nur das Geburtstagsgeschenk, das wohl ein heißer Tip gewesen sein muß, hat sich entgegen Haugsdorffs Erwartung eher als kalte Dusche erwiesen.

Mit einem Mal ist Frühling. Die Sonne schmiegt sich an die Blechtische der Schanigärten und heizt sie zum ersten Mal auf in diesem Jahr. Anna geht wie auf Zehenspitzen durch die Stadt, als blühten zwischen den Ritzen im Asphalt duftende Veilchen hervor. Auch trägt sie die Jacke offen und reckt den Hals, um den lange entbehrten Strahlen ein wenig Haut anzubieten.

Es ist Samstag, und die Flohmarktbesucher drängen in Scharen an ihr vorüber in Richtung U-Bahn, vertieft in einen neuen alten Gegenstand, den sie einem anderen Interessierten vor der Nase weggeschnappt haben, oder auch enttäuscht, weil das Gesuchte sich nicht hat finden lassen. Letzten Herbst hat auch Anna geglaubt, eine großartige Entdeckung gemacht zu haben. Eine Biedermeier-Miniatur, die sie bezahlen konnte. Ihr Triumph dauerte jedoch nicht lange. Auch wenn sie so aussah wie die Stücke aus Haugsdorffs Sammlung, stellte sich bald heraus, daß es eine Fälschung war. Haugsdorff zeigte sich gerührt, hielt ihr aber gleichzeitig einen Vortrag, der darauf hinauslief, daß sie Käufe dieser Art in Zukunft unterlassen sollte. Es sei schade ums Geld.

»Aber es könnte doch sein, daß einmal durch Zufall eine echte Miniatur auf dem Flohmarkt landet.« Anna wollte nicht gleich klein beigeben.

Haugsdorff lächelte streng. »Vergiß nicht, vor dir waren schon ein Dutzend Antiquitätenhändler oder deren Agenten da und haben sämtliche Verkaufsplätze auf einen solchen Zufall hin abgesucht.«

»Keine Chance?« Anna schmollte ein wenig. Sie war so stolz auf sich und ihren Fund gewesen.

»Keine Chance.« Sammler kennen kein Erbarmen.

Gerade greift sich einer der Vorübergehenden an die Stelle, an der er seine Geldbörse zu tragen pflegt, und erlebt das explosionsartige Erschrecken, als da nichts mehr ist als ein knopfloser Hosensack, während ein anderer ihn sofort mit

Ratschlägen versorgt, an wen er sich wenden und wo er den Diebstahl, um den es sich zweifellos handelt, melden soll.

Anna möchte nur ein wenig Obst und Gemüse kaufen und schlendert an den Ständen des Naschmarkts entlang, vertieft sich in den Anblick von kunstvoll aufgebauten Pyramiden aus Karfiol, Kraut und Broccoli, durchsetzt mit glänzenden gelben, roten und grünen Paprika. Darunter das tiefe Schwarzgrün von Avocadobirnen und die Pastellfarbe erster Kohlrüben, umrandet von orangefarbenen Karotten mit dem zart gefiederten Grün der Stiele. Im Vordergrund Artischocken, wohl aus Ägypten, und mehr zur Obstseite hin spanische Erdbeeren, Trauben vom Kap und israelische Grapefruits.

»Merkwürdig«, denkt Anna, »daß ich ausgerechnet an diesen Stand gehe und nicht an den nächsten oder den dort vorne links, auf denen die gleichen Waren liegen? Wie trifft man überhaupt Entscheidungen, wenn man nicht auf 0 und 1 zurückgreift?«

»Man folgt seiner inneren Stimme.« Jemand kann offenbar ihre Gedanken lesen und redet sie von hinter dem Verkaufspult her an. »Es ist gut, auf sie zu hören.«

Verwirrt hebt Anna den Blick in ein Gesicht, Hikmets Gesicht, nur daß Kopf und Brauen rasiert sind. Der Mann ist auch kleiner, ein wenig älter und schmächtiger im Vergleich zu Hikmet, doch sein Lächeln verstärkt wiederum die Ähnlichkeit.

»Erinnere ich Sie an jemanden?«

Das gibt es doch nicht, daß dieser Mann Zugang zu ihrem Kopf hat. Sein Gesicht lädt geradezu ein, es anzustarren, ihm scheint das nichts auszumachen, so als hielte er es absichtlich offen, offen wie die Tür zu einer Welt, in der man willkommen ist. Sie schaut dem Mann noch immer ins Gesicht, kann den Blick nicht abwenden, mit einer Art kindlicher Neugier, als müsse er nun gleich etwas sagen, was die Lösung für alles ist. Für was alles?

Der Mann erwidert ihren Blick, läßt sie gewähren wie einer, der gewöhnt ist, daß man ihm mit Blicken begegnet, dreht dabei ein Stück Zeitung zu einer Tüte, bereit, ihre Wünsche zu erfüllen, ohne sie auch nur im geringsten zu drängen.

Anna möchte gerne etwas sagen, »ein halbes Kilo Paradeiser« oder »diese gestreifte Melone da«, aber es ist, als würde sich dieser Augenblick des Schauens in einen unendlichen verwandeln, und das mit einer Selbstverständlichkeit, der sie nichts entgegenzusetzen hat. Im Gegenteil, je länger sie in dieses Hikmet ähnliche Gesicht schaut, desto weiter öffnet auch sie sich, so als trete sie langsam aus ihrem Körper und würde durch diesen Blick hinaus ins Freie gelangen.

Und dann ist es doch Hikmet, dessen Stimme sie durch den Blick hindurch hört, eine Stimme, die wieder einmal »Hallo!« sagt.

Ein wenig verzögert nimmt Hikmets Gesicht neben dem Hikmet ähnlichen Gestalt an und holt sie zurück zwischen all das Gemüse und die Früchte. Sie sieht sich zwei Männern gegenüber, von denen der eine sagt: »Ich habe gleich gewußt, daß Sie ihn suchen«, und der andere: »Das ist mein Bruder Abdal.«

»Ich wollte nur ein bißchen Obst fürs Wochenende.« Anna stottert geradezu.

»Es ist schön, Sie zu sehen.« Hikmet ist auf ihre Seite herübergekommen, eine Spur von Verlegenheit im Blick. Er nimmt sogleich den grünen Schurz ab, offenbar hat er nicht damit gerechnet, sie hier zu treffen. »Ich helfe manchmal aus. An Samstagen ist viel zu tun.«

Genau besehen ist es einer der reichhaltigsten und größten Stände des Marktes. Hikmet zieht sie ins Innere des dahinterliegenden kleinen Geschäfts. »Das sind meine Brüder Metin und Ismet.« Zwei weitere Männer lächeln sie an.

»Anna, das Mädchen, das Computer erfindet.«

Ein wenig beeindruckt erwidert der Jüngere, der, der Ismet heißt: »Wir sind sieben«, als würde das seine eigene Potenz bezeugen. »Sieben Brüder. Er ist unser Jüngster.« Dabei fährt er Hikmet mit eher unbeholfenen Fingern über den Kopf, eine Art mißglückter Bevormundung, als wolle er sagen, wir sind sieben, alles richtige Männer, warum muß es ausgerechnet unser Jüngster sein?

Wohingegen Hikmet mit einer weitausholenden Geste für sie Platz schafft, als sei einzig und allein er für sie zuständig. »Gibt es denn keinen Tee mehr?« Hikmet rüttelt vorwurfsvoll am Samowar, als trügen die Brüder Schuld daran, daß er ihr, dem Gast, keinen Tee anbieten kann. »Metin?« Aber der stellt sich taub, betrachtet Anna mit erhöhter Aufmerksamkeit und prüft seine Chancen bei diesem Computermädchen, das noch dazu rothaarig ist. »Ismet?« Auch der ist für die eigene Sache.

»Geh zu den Alpays, die haben vielleicht noch welchen.« »Abdal?« Der Bruder, der mit der Tüte in der Hand bei den Orangen steht, dreht sich um. »Holst du ein Glas Tee für Anna?« Abdals Blick ist noch immer weltverheißend, er nickt.

Es sind Metin und Ismet, gegen die Hikmet etwas zu verteidigen hat, nämlich sie. Das versteht Anna. Auch, daß er sie nun duzt. Es soll die Ansprüche der anderen in Grenzen halten. Hikmet und Anna. So soll es von Haus aus in ihre Köpfe, auch wenn sie es noch nicht fassen können, daß er, ihr Jüngster, mit einem Mädchen wie Anna befreundet ist, deren rotes Haar in der Sonne leuchtet und sie geradezu blendet.

»Nimmst du Zucker, Anna?«

Als Abdal mit dem Tee kommt, fällt ihr auf, daß er hinkt. Er nimmt die Tasse von dem kleinen Tablett und stellt sie vor Anna hin. Er betrachtet sie, ruhig, so als sei nun er an der Reihe mit Schauen. Dann streckt er die Hand aus und greift nach ihrem Haar. Hikmet packt Abdal am Arm und zieht ihn weg. »Laß das!« Er redet mit ihm wie mit einem Kind.

»Ich wollte spüren, ob es heißer ist als gewöhnliches Haar.«

Anna muß lachen. Das hat noch niemand von ihr wissen wollen. Sie nimmt eine Strähne und hält sie Abdal hin. »Ich weiß nicht, mir kommt es nicht so vor.«

Abdal greift danach und fährt sich damit über die Oberlippe, wie die Mutter eines Säuglings, die prüft, ob das Fläschchen die richtige Temperatur hat. Dann läßt er ihr Haar wieder los. »Ein bißchen schon.«

Von draußen deutet jemand in Richtung Salat. Metin und Ismet schauen sich einen Augenblick lang an, dann erhebt sich Ismet mit einem resignierenden Seufzer, der jedoch Hikmet bedeuten soll, daß er nur vorläufig und freiwillig seine Chancen vergibt, und geht den Kunden bedienen.

Metin hingegen gibt noch nicht auf. »Sie kennen sich mit Computern aus?«

»Ein bißchen.« Anna ist sich all der Spielchen um sie bewußt.

»Wollen Sie nicht zum Essen mit uns nach Hause kommen und einen Blick auf mein Gerät werfen? Was meinst du, kleiner Bruder?« Raffiniert, wie er Hikmet fragt, um sich dessen Unterstützung zu sichern, ohne die eigenen Ansprüche aufgeben zu müssen, die ihm als älterem Bruder anscheinend zustehen.

»Warum nicht?«

Es ist nun an ihr, zuzustimmen. Hat sie denn schon genickt?

»Wir würden dich gerne zum Essen einladen. Das mit dem Computer ist nur ein Vorwand, nicht wahr, Metin? Du willst doch nicht, daß sie als Gast auch noch für dich arbeitet?!«

Metin lacht. »Aber nein. Sie kommen doch mit?«

Anna zögert, schaut von Hikmet zu Metin und von Metin zu Hikmet und dann zu Abdal, der einfach nur dasteht. Sie ist neugierig, natürlich ist sie neugierig, doch will sie sich noch ein wenig zureden lassen.

Metin zieht ein Handy aus seiner Hemdtasche. »Machen Sie uns die Freude! Ich telefoniere mit unserer Mutter, damit sie sich darauf einstellen kann.« Und ohne ihre Antwort abzuwarten, wählt er und spricht dann rasch und laut in einer ihr unbekannten Sprache.

Mutter? Das kann nur die Frau sein, die den Finger an die Nase legt, wenn sie »Hikmet!« sagt. Anna geht das alles zu schnell. Hilfesuchend schaut sie sich um, aber Hikmet zuckt nur lachend die Achseln.

»Ich kann doch nicht einfach…« Es ist ein letzter, leiser Versuch.

»Natürlich kannst du.« Hikmet versucht, mit einem Ohr zu verstehen, was am anderen Ende der Leitung aufgetragen wird. Metin klappt das Handy zusammen. »Wie gesagt, unsere Mutter freut sich über jeden Gast.« Und dann in Befehlsform an Hikmet gerichtet: »Du sollst noch Teegebäck und Süßigkeiten holen, du weißt schon wo.«

»Ich gehe gleich.« Hikmet öffnet eine Lade und nimmt Geld heraus. Er schaut auf die Uhr. »In einer halben Stunde ist Schluß hier, es ist ohnehin nicht mehr viel los.«

»Ich komme mit.« Anna klingt wieder so bestimmt wie sonst. Hikmet nimmt ihre Hand, ein deutliches Zeichen für Metin. »Ihr räumt inzwischen auf!« Das klingt, als sei für einen Augenblick er, Hikmet, der Chef. Metin quittiert es mit einem nachsichtigen Lächeln.

Als Anna und Hikmet Hand in Hand das Geschäft verlassen, ruft Abdal ihnen hinterher: »Halbmond und Stern, wie Halbmond und Stern!«

»Er ist verrückt«, sagt Hikmet nahe an Annas Ohr und drückt ihre Hand. »Verrückt und verliebt.«

Anna denkt an Abdals Gesicht, das wie eine offene Tür ist. »Verliebt in wen?«

»Ich glaube in Gott.« Hikmet zieht sie hinter sich her durch das Gedränge, das noch immer vom Flohmarkt her über den Naschmarkt quillt.

Sie hat wohl nicht richtig gehört. »Gott?«

»So sagt er jedenfalls.« Hikmet scheint nicht zu verstehen, was sie so erstaunt. Er bleibt vor dem Laden eines Zuckerbäckers stehen.

Anna entzieht ihm die Hand. »Ich gehe inzwischen Blumen kaufen.« Sie kennt ein Geschäft in der Nähe.

»Blumen? Wieso Blumen?«

»Für deine Mutter!« Auch sie duzt Hikmet inzwischen. Es prickelt ein bißchen in ihren Lungenflügeln.

»Bist du sicher, daß das sein muß?«

Anna hat sich bereits auf den Weg gemacht. In der Ferne, vor dem Geflügelstand, kann sie Jussuf und seinen jungen chinesischen Freund stehen sehen, beide beladen mit Taschen voller Grünzeug. Der Chinese soll erstaunlich gut kochen können. Hat zumindest Ivo behauptet. Ach Jussuf, kannst du mir sagen, in was ich da geraten bin?

»Was ist los mit dir, Anna?« Bonny legt den Arm um sie und rüttelt sie ein wenig. Es ist wieder einmal Premiere im Stegreiftheater, ein Pflichttermin. Weit und breit kein Haugsdorff diesmal. Der ist mit seinen Kindern noch für ein paar Tage nach New York gefahren. Ob er diese Zeit schon von Haus aus eingeplant hat, ohne etwas zu ihr zu sagen? Oder ist es tatsächlich ein Spontanurlaub? Doch kann sie sich nicht vorstellen, daß er so einfach ans Ministerium faxen und um mehr Urlaub ansuchen kann, womöglich von Amerika aus. Also muß er sich schon vorher darum gekümmert haben. Wieso hat er dann ihr nichts davon gesagt? Hat er befürchtet, daß sie mitgekommen wäre? Und er die paar Tage nicht allein mit seinen Kindern verbringen hätte können? Wie auch immer, Anna ist auch so schon durcheinander genug. Dieser Tag scheint der längste in ihrem Leben, und sie wird viele weitere Tage brauchen, um sich in allen Details daran zu erinnern. Oder ist das alles in einem anderen Leben geschehen?

Anna sieht wieder die Zehen vor sich, die eingewachsenen Nägel, die hart gewordene Haut, die vielen Druckstellen, aufgeweicht in dem heißen Seifenwasser, die vortretenden Knochen der Ballen, die zur Längsfläche des Fußes ein Dreieck bilden. Sie sieht die vollen, enthaarten Waden, die weißen, runden Knie und darüber den schwarzen Rock, die schwarze Bluse, gedehnt von Brüsten, die sieben Söhne gestillt haben. Ein unbewegliches Gesicht mit geraden, sorgfältig gezupften Brauen und einem weißen Musselinschal, der den Großteil des Haars bedeckt und immer wieder hinters Ohr geklemmt wird.

Ein Wesen aus einer anderen Zeit, thronend auf einem mit prachtvollen Kelims belegten Sofa, mit vielen Kissen im Rücken, sich mehr mit Gesten als mit Worten verständigend und mit einem tiefdunklen Blick, der Gesichter zu lesen versteht. Als Anna die Blumen übergibt, flüstert die alte Frau »Danke, danke!«, und Anna spürt, wie eine kleine, runde Hand kurz auf ihrer Stirn zu liegen kommt. Dann ein Schnippen mit den Fingern, und ein junges Mädchen in einer Kleiderschürze, die ihr bis über die Knie geht, kümmert sich um den Strauß.

Die meisten Speisen stehen schon auf dem Tisch, der weiß gedeckt ist, nur die Speisen bilden einen farblichen Kontrast. In Öl eingelegte Paprika, Salate aus Oliven, Gurken, Tomaten und Schafkäse. Geröstete Auberginen, Körbe voller geschnittenem Weißbrot, Früchte. Nur das Fleisch wird frisch gebraten, das ist Aufgabe der Söhne. Ismet kommt mit einer Platte voller Lammkoteletts aus der Küche zurück. »Ißt deine Mutter nicht mit?« Hikmet hat nicht richtig aufgepaßt, Metin antwortet an seiner Stelle. »O nein, sie ist zu sehr damit beschäftigt, alles unter Kontrolle zu halten.«

Tatsächlich, sobald sich eine Schüssel zu leeren scheint, bedeutet ein Wink dem jungen Mädchen, das entweder überhaupt nicht sprechen kann oder zumindest nicht deutsch, sie wieder zu füllen. Ein älterer Mann, ein Onkel, ist ebenfalls zu Besuch. Zwei seiner Schneidezähne sind aus Gold, und auch er scheint von Annas Haar beeindruckt. Er strahlt sie mit jener Art Aufgekratztheit an, die ihr Haar bei manchen Leuten auslöst, und obwohl er es auf türkisch sagt, weiß sie, daß er gerade eine Bemerkung darüber macht.

Es ist eine jener noch großzügig mit Raum ausgestatteten Altbauwohnungen mit hohen Wänden und dicken Mauern. Über die Decke des Salons ranken sich Ornamente aus Stuck, deren Ausläufer sich zur Aufhängung eines Messingleuchters hin verjüngen, der, statt mit echten Kerzen, aus flammenförmigen elektrischen Birnen Licht gibt.

Die Brüder lachen und schwatzen viel und rauchen zwischen den einzelnen Gängen. Sie erklären Anna, wie das eine oder andere Gericht zubereitet wird und wie sehr es darauf ankommt, daß die Zutaten »reif« sind, daß man sie sorgfältig auswählt und die Speisen ohne Hast zubereitet.

Es wird lange und langsam gegessen. Sie bekommt eine Reihe von Geschichten zu hören, darunter auch einige, die sich in der Kindheit des »Jüngsten« ereignet haben, den niemand Hikmet nennt, immer nur den »Jüngsten«. Danach will sie sich erbötig machen, beim Abräumen des Tisches zu helfen, aber die alte Frau winkt energisch ab. Das junge Mädchen ist ohnehin flink und bringt auch noch Kaffee.

Nach und nach begreift Anna, was gespielt wird. Eine Paraphrase auf den »Lieben Augustin«. Die meisten Schauspieler kennt sie noch von früheren Aufführungen, und da sie improvisieren, neigen sie dazu, sich charakterlich um so mehr festzulegen, je mehr sie sich auf die Gestaltung des Textes konzentrieren müssen.

Annas Bewußtsein hat sich erfolgreich gespalten, und während sie einerseits der zunehmenden Worttrunkenheit Augustins mit demselben Vergnügen wie die meisten anderen Zuschauer folgt, sieht sie andererseits wieder das dampfende Emailschaff mit der Seifenlauge vor sich und auf der Kommode das Foto des stattlichen Mannes mit dem dichten Schnurrbart und den rebellischen Brauen, der, vor einem Mikrophon stehend, wohl gerade eine Ansprache hält. Es ist nicht zu sehen, für wen, doch sind im Hintergrund zwei nebeneinanderhängende Fahnen auszumachen, eine österreichische, rot-weiß-rot, und eine rote mit Halbmond und Stern in Weiß. Hasan Ayverdi, Obst- und Gemüsehändler, Inhaber einer kleinen Importfirma, hauptsächlich Haselnüsse, aber auch Frischobst und Südfrüchte, der Vater von Hikmet, Ismet, Metin und Abdal, die Namen der restlichen drei Brüder kennt Anna noch nicht, es sei denn, Haydar gehört zu ihnen.

»Zwei Tage danach war er tot«, sagt Ismet, der das Foto für sie von der Kommode genommen hat. Er betrachtet es selbst eine Weile, ehe er es wieder zurückstellt. Die Thronende nickt, wischt sich die Augen und murmelt etwas, das in Annas Ohren wie eine türkische Version von »Gott hab ihn selig!« klingt.

»War er krank?« Anna fragt, wie man fragt, mit pietätvoll gesenkter Stimme, und erschrickt, als Ismet zurückbellt: »Keineswegs! Umgebracht. Ums Leben gebracht von diesen Hunden!«

Die alte Frau zischt etwas, und Metin und der Onkel versuchen, Ismet zu beruhigen. »Ein Unfall«, sagt Metin zu Anna, »ein tragisches Mißverständnis mit tödlichem Ausgang«, und schon redet auch er auf Ismet ein.

»Peng, peng!« macht Abdal und greift sich dabei ans Herz. Sie hat damit gerechnet, daß Hikmet ihr alles erklären würde, aber der zieht bloß den Kopf ein und murmelt etwas von einer langen, vertrackten Geschichte, die er ihr irgendwann erklären werde.

»Ein Unfall?« braust Ismet noch einmal auf. »Bei uns scheinen Unfälle gang und gäbe zu sein. Natürlich kann man alles einen Unfall nennen, selbst die Sache mit Haydar in Sivas.«

Damit ist er endgültig zu weit gegangen. Plötzlich fallen alle zugleich und alle auf türkisch über ihn her, aber kurz darauf fällt das Wortgefecht, so wie es sich entzündet hat, wieder in sich zusammen, und Ismet nimmt von neuem seinen Platz in der Nähe der Kommode ein. Wo er dann anhaltend schweigt. Anna aber hat das Gefühl, daß man Ismet nicht zuletzt ihretwegen zum Schweigen gebracht hat. Verstohlen schaut sie sich um. Außer der Kommode mit dem Foto des alten Ayverdi und dem riesigen Eßtisch sind da noch eine Anrichte für das viele Geschirr sowie mehrere Fauteuils, die mit ähnlichen Kelims belegt sind wie das Sofa, und ein niedriges Tischchen mit Einlegearbeit. An den Wänden hängen kostbar wirkende Fayenceteller und dazwischen ein gerahmter Druck hinter Glas, das im Lichteinfall so stark spiegelt, daß Anna kaum erkennen kann, was das Bild eigentlich darstellt. Erst als sie sich in die andere Richtung beugt, glaubt sie einen Mann mit untergeschlagenen Beinen zu erkennen, der eine hohe weiße Mütze trägt und mit dem einen Arm einen Hirsch und mit dem anderen einen Löwen umfängt.

»Möchtest du noch Kaffee?« Und als Anna den Kopf schüttelt, deutet Hikmet dem jungen Mädchen, daß es auch seine Tasse wegnehmen kann. »Es ist vor vier Jahren passiert«, flüstert Hikmet mit Blick auf die Kommode.

»Und Sie kennen sich wirklich aus mit Computern?« Auch der Onkel weiß bereits Bescheid und lächelt sie ungläubig an. Zuerst das rote Haar und dann auch noch Computer, insgeheim schüttelt er den Kopf, während alle sich umständlich anschicken, vom Tisch aufzustehen.

Metin scheint sich erst jetzt wieder an den seinen zu erinnern. »Wollen Sie nicht doch einen Blick auf mein Gerät werfen? Es streikt, und ich muß die Tageslosung eingeben.« Anna folgt Metin ins Nebenzimmer, das offenkundig als Büro dient.

Auf dem Tisch steht ein Rechner, das Allerneueste sozusagen, marktfrisch und natürlich ein Markengerät. Metin bittet sie, sich neben ihn zu setzen, aber Anna steht lieber, schon wegen der Übersicht.

»Ich weiß, das ist jetzt, als würde ich einen Chirurgen darum bitten, mir einen Knopf anzunähen, aber ich habe nun einmal ein Problem mit Knöpfen.«

»Und mit welchen?«

Metin deutet, erklärt, macht Fehler, wie sie Anfänger machen, und dennoch kann Anna sich des Eindrucks nicht erwehren, daß er sich dümmer stellt, als er ist. Sie tauschen Platz, und sie hüpft ihm mit freundlichen Fingern vor, was er von ihr wissen will. Anna ist zu vertraut mit den Mucken von Rechnern, als daß sie nicht wüßte, wann ein Problem echt oder bloß simuliert ist. Ganz kurz glaubt sie, Anlaß zur Vermutung zu haben, daß nicht der Rechner und seine Tücken, sondern ihr Können auf dem Prüfstand steht. Aber da ertappt sie Metin bei einem wirklichen Fehler. Experte ist er jedenfalls keiner, auch wenn er sein Wissen ein wenig herunterspielt.

»Übung«, sagt Anna, »Übung ist das einzige, was hilft. Erst recht bei so einem Hochleistungsbrummer.« Sie steht auf, und Metin setzt sich wieder.

»Sollen wir die einzelnen Klicks wiederholen?«

Metin mimt den gehorsamen Schüler, aber Anna weiß, daß man das nicht in so kurzer Zeit erlernt. Das Gerät mag neu sein, aber Metins Finger sind die Tastenläufe gewohnt. In manchem ist er sogar zu schnell, blockiert damit eine Funktion. Annas Finger helfen noch einmal.

»Immer mit der Ruhe, auch Rechner haben einen Charakter.«

Metin versucht es noch einmal und landet prompt wieder beim »Nichts geht mehr!« Viel zu viele Doppelklicks und nervöses Hin- und Herbefehlen.

»Das Gerät ist in Ordnung, es möchte nur pfleglicher behandelt werden!«

Metin will es nicht glauben, aber als er unter Annas Aufsicht alle Schritte in Ruhe wiederholt, ist klar, daß es an ihm gelegen hat.

Anna steht wieder gerade. »Er mag es nicht, wenn man ihn hetzt.«

»Sie würden gut mit dem Freund auskommen, Anna.« Abdal hat sich neben sie gestellt. »Der mag es auch nicht, wenn man die Geduld verliert.«

Hikmet ist ihnen nachgekommen. »Hab ich dir zuviel versprochen? Sie kann es wirklich.«

Metin nickt. »Alle Achtung! Ich hoffe, ich darf mich beim nächsten Mal wieder an Sie wenden.«

Die Mutter thront noch immer, sie schält jetzt eine Orange, ausnahmsweise für sich. Der Tisch ist noch nicht ganz abgeräumt, und Anna macht sich von neuem erbötig zu helfen. Sie möchte sich dieser Frau gegenüber erkenntlich zeigen. Ihr ist klar, daß sie das Essen selbst zubereitet hat, auch wenn sie den Eindruck erweckt, als sei alles von Geisterhand besorgt worden. Anna hat plötzlich das Gefühl, als litte die Frau an etwas, als habe sie Schmerzen, auch wenn sie nicht klagt.

Da geschieht es. Hikmets Mutter lädt sie mit einer Handbewegung ein, sich neben sie zu setzen, und schaut ihr lange ins Gesicht. Auch sie greift nach Annas Haar, und als Anna offenbar nichts dagegen hat, sondern sich ihr auch noch zuneigt, zieht sie, wie zuvor Abdal, eine dicke Strähne über ihre Oberlippe. Dann fährt sie mit dem Rücken der anderen Hand über Annas Wange. »Du gefällst mir, Mädchen. Doch, doch, du gefällst mir.«

Ein Pfad tut sich auf zwischen Anna und der alten Frau, ein Pfad voraussetzungslosen Verstehens, den sie beherzt beschreitet. »Geht es Ihnen gut?«

Die Frau nimmt ihre Hand. »Ja, ja!«

»Aber Sie haben Schmerzen!« Anna weiß selbst nicht, warum sie darauf besteht. Sie liest es einfach im Gesicht der Frau.

Die hebt den Kopf. »Du weißt…?«

»Ich möchte herausfinden…« – was Ihnen weh tut, hätte Anna gerne gesagt.

Aber sie kommt ihr zuvor. »Möchtest du es wirklich wissen?«

»Deshalb frage ich.«

Die alte Frau streckt die Beine und stöhnt dabei. »Du hast so geschickte Hände, schneid mir die Zehennägel!«

Hat sie richtig gehört? Es ist wie im Märchen. Der Heldin wird eine Aufgabe gestellt, die sie erfüllen muß, bevor sie selbst oder andere erlöst werden.

»Tust du das für mich?«

Anna steht auf und sucht nach einem Stuhl, den sie an das Sofa heranrücken kann. Da kommt auch schon das junge Mädchen mit einem Emailschaff, voll mit heißem Wasser. Ihr kleines Gesicht ist ganz rot von der Hitze und der Anstrengung des Tragens. Und während Anna den Schaum aufrührt, rollt die Frau die schwarzen Strümpfe von den Waden ab und stellt die geschundenen Füße ins Wasser.

Man kann die Stimmen der Brüder aus dem Büro hören, sie scheinen heftig zu diskutieren.

Das junge Mädchen breitet ein Handtuch über Annas Schoß und reicht ihr Scheren, Feilen, Hornhauthobel und was sonst noch nötig ist. Erst jetzt packt Anna die Angst. Sie hat noch nie einem anderen Menschen die Zehennägel geschnitten. Was, wenn sie sie verletzt? Unter dem Seifenschaum kann sie die Haut der Zehen quellen sehen, und die schmerzenden Druckstellen heben sich immer deutlicher ab.

»Du mußt achtgeben, Mädchen, ich habe empfindliche Füße«, beschwört sie Hikmets Mutter. »Der Schmerz läßt nur nach, wenn du alles Böse wegschneidest.« Sie legt Anna einen ihrer Füße in den Schoß.

Anna versucht, den Fuß vorsichtig abzutrocknen, dann streicht sie mit leichten Fingern darüber. Nicht daß sie sich übermäßig ekelt, aber sie hat Angst. Angst, dem Schmerz, den sie zum Verschwinden bringen soll, Schmerz hinzuzufügen.

»Mach schon!« sagt die Frau. »Je mehr du denkst, desto schlechter schneidest du! Du mußt mit den Händen schauen, nicht mit den Augen. Hier, drück da drauf! Du mußt selber spüren, wie weh mir das tut. Also, fort damit!«

Ohne zu wissen wie, hält Anna die Schere zwischen Daumen und Zeigefinger, und als sie die Nägel vorsichtig aus der sie an den Rändern umgebenden Haut geschnitten hat, drückt das junge Mädchen ihr eine Rasierklinge in die Hand.

»Damit geht es besser«, meint Hikmets Mutter. »Hier, an den bösen Stellen.«

Anna schabt die harte Haut ab, die in Flocken ins Wasser fällt. Ihr ist der Schweiß ausgebrochen, und sie konzentriert sich so sehr auf jeden einzelnen Griff, daß sie von Zeit zu Zeit stöhnen muß.

»Gut so«, hört sie ihre Arbeit loben. »Und nun kommt der böseste Schmerz.« Die Alte hebt den Fuß und zeigt auf ein Hühnerauge inmitten der Fußsohle. Annas Zunge klebt am Gaumen. »Wenn du mich davon befreien kannst, ist alles gewonnen. Aber gib acht, ich bin kitzlig!«

Anna nimmt den Fuß, schaut auf die Stelle, aber schon ihr Griff löst Konvulsionen und nur mit Mühe unterdrücktes Kichern aus. Das junge Mädchen reicht Anna ein weiteres Handtuch. Sie macht es naß und wickelt es so um den Fuß, daß nur noch die Stelle mit der harten Haut zu sehen ist. Da legt Hikmets Mutter tatsächlich den Finger an die Nase. »Na so was! Du kannst es also auch mit dem Kopf?!«

Anna setzt die Klinge an, so rasch, daß sie selber kaum weiß, wie sie den Mut dazu gefunden hat. Und schneidet, spürt Widerstand, zögert einen Gedanken lang, schneidet dann wieder und schneidet, bis da nichts mehr ist, das sie hätte wegschneiden können.

Hikmets Mutter zieht den Fuß an und betrachtet die Stelle ungläubig. »Alles weg«, sagt sie. »Es blutet ein bißchen, aber das macht nichts. Schmier Salbe drauf!«

Nun, da sie es hinter sich hat, zittern Annas Hände kaum merklich. Sie starrt auf den Blutstropfen, der einzeln und deutlich sichtbar über die vom Hühnerauge befreite Fußsohle läuft. Aber schon als sie den Hirschtalg verreibt, scheint die winzige Wunde sich geschlossen zu haben. Es ist der einzige Blutstropfen geblieben.

Sie schüttelt das Handtuch mit all den Hautstückchen, von denen jedes das Programm des ganzen Körpers enthält, über dem Emailschaff aus und legt dann alles aufs Sofa.

Das junge Mädchen hat Anna begeistert, wenn auch wortlos den Rücken geklopft und macht sich nun daran, das Emailschaff wegzuschleppen. Anna greift nach einem der Henkel, und obwohl das junge Mädchen deutlich abwehrt, läßt sie sich diesmal nicht abwimmeln. Gemeinsam gießen sie das Wasser in die Toilette, dann kommt Anna mit in die Küche, eine ziemlich geräumige Küche, die aber so voller Töpfe, Geschirr und Zutaten ist, daß es Anna gefährlich erscheint, sich auch nur zu räuspern, so als könne durch einen einzigen unbedachten Luftzug alles zum Kippen, zum Durcheinandergeraten und Insichzusammenstürzen gebracht werden.

Das junge Mädchen verstaut das Schaff äußerst geschickt unter einem Tisch mit Fußplatte und richtet sich dann wieder auf. »Sieht aus wie ein Schlachtfeld, was?«

»Du sprichst deutsch?« Anna betrachtet noch immer das Chaos ringsum.

»Klar. Ich gehe ja hier zur Schule.«

»Wer bist du? Eine Schwester?«

»Irgendwie schon«, antwortet das junge Mädchen. »Ich stamme aus demselben Dorf wie die Familie. Sie haben mich geholt, damit ich Feride Hatun im Haushalt helfe. Ich arbeite für sie – sie sorgen für mich. Und wenn ich erwachsen bin, müssen sie mich auch noch verheiraten.«

»Wie heißt du?«

»Alev! Das bedeutet Flamme. Eigentlich solltest du so heißen, mit deinem Feuerkopf.« Alev lacht noch ein wenig scheu.

»Warum hast du die ganze Zeit über nicht gesprochen? Ich dachte, du könntest nicht Deutsch oder überhaupt nicht sprechen.«

»Dreimal darfst du raten.« Alev klingt immer aufgeweckter. »Das ist eine Familie mit vielen Söhnen. Lauter junge Männer, verstehst du? Und alle unter demselben Dach.«

Anna dämmert etwas.

»Ich soll mich so wenig wie möglich bemerkbar machen, damit keiner auf dumme Gedanken kommt.«

»Und?« Anna hat sich das junge Mädchen genauer angesehen. Es ist höchstens vierzehn und, abgesehen von ein paar Pickeln und dem strähnigen Haar, recht hübsch. »Funktioniert es?«

»Klar. Selbst wenn es nicht funktionieren würde, Feride Hatun ist streng, ihr entgeht nichts. Außerdem«, Alev seufzt sogar ein wenig, »die Familie ist schon so lange hier, da gefallen den Brüdern ohnehin die hiesigen Mädchen besser.«

»Welchen von ihnen magst du denn am liebsten?« Die Frage kommt Anna selbst indiskret vor.

»Ich?« Alev errötet ein wenig, so als habe sie noch nie jemand danach gefragt. »Am liebsten mag ich Hikmet, das heißt Abdal, der ist wie ein Lämmchen. Aber eigentlich gefallen auch mir die Burschen von der Schule besser.«

»Alev!« Die Stimme von Feride Hatun dringt scharf und befehlsgewohnt in die Küche.

Alev macht sich am Geschirr zu schaffen. »Ich glaube, du solltest wieder zu ihr gehen. Sie meint dich, nicht mich.«

Anna läßt Alev in dem Durcheinander zurück und will ihren Augen nicht trauen. Die alte Frau steht nun mitten im Raum und klatscht in die Hände. Da kommen die Söhne einer nach dem anderen aus dem Büro und bilden einen Halbkreis um sie.

Feride Hatun hat sich auf eine Weise verändert, die verblüffend ist. Sie hat sich inzwischen die Lippen geschminkt und das Haar gekämmt. Der Musselinschal liegt zerknüllt auf dem Sofa. Auch trägt sie plötzlich Schmuck, oder ist er Anna zuvor wegen des Schals nicht aufgefallen? Das Schwarz läßt sie schlanker erscheinen, als sie ist, und ihr weißes Haar bildet einen leuchtenden Gegensatz zu den schwarz umrandeten Augen. Ihr Gesichtsausdruck ist geradezu heiter, und als sie den Kopf wendet, folgen ihre Ohrgehänge mit leisem Klang der Bewegung.

»Es geht mir so gut«, verkündet Feride Hatun den angetretenen Söhnen, »daß ich beschlossen habe auszugehen. Ich werde meine Freundinnen Gürsel und Ayten anrufen, und du, Metin, wirst für uns einen Tisch in Rifats Restaurant bestellen. Zuvor muß ich noch zum Friseur, und dann will ich mir eine Bluse kaufen. Heute ist doch langer Einkaufssamstag?« Alle nicken ergebenst.

»Ismet, du wirst mich chauffieren. Es sei denn, du hast heute nachmittag schon etwas vor.«

Ismet schaut die Brüder einen nach dem anderen an, aber die senken alle die Köpfe. Nur Abdal meint: »Wenn du willst, Mutter, bringe ich dich auf meinem Moped hin.«

Ismet stößt resignierend die Luft zwischen den Zähnen aus. »Selbst wenn ich etwas vorhätte, was bliebe mir anderes übrig?«

Feride Hatun verwahrt sich. »Du weißt, daß ich dich niemals zu etwas zwingen würde.«

»Ich weiß.« Ismet verzieht leicht den Mund, und der Onkel versucht, an Anna gewandt, Feride Hatuns Gesichtsausdruck nachzumachen, um anzudeuten, daß Widerspruch auf jeden Fall zwecklos wäre.

»Und das alles verdanke ich dir, Mädchen.« Feride Hatun kommt auf Anna zu. »Du hast den Schmerz von mir genommen, und dafür danke ich dir.« Sie umarmt sie und küßt sie auf beide Wangen. »Ich würde dich gerne mitneh-

men heute abend, ich fürchte nur, du würdest dich mit uns alten Frauen in Rifats Lokal entsetzlich langweilen.«
Anna erinnert sich gerade noch rechtzeitig an Bärs Stegreifpremiere, und die ist Ehrensache. So steht Rifats Lokal für sie ohnehin nicht zur Debatte.

Verblüffend, wie Bär und die Truppe das Augustin-Problem gelöst haben. Der fällt nämlich nicht besoffen in eine Grube mit Pesttoten, sondern hat die verqueren Anschläge von heute zu überleben. Vom Politiker zum Arbeitskollegen, vom Kaufmann zum Versicherungsagenten, alle wollen ihm das wenige, das er hat, entreißen. Und verstehen ganz und gar nicht, daß er es ihnen auch noch freiwillig gibt. Letztendlich überlebt er als einziger die Seuche des Habenmüssens, in fröhlicher Trunkenheit und im Hinblick auf ein zeitenübergreifendes Menschsein.
Bonny versucht, ihre Nervosität zu verbergen. Premierentage gehören zu den wenigen, an denen sie sich einen Babysitter leistet. Mutter Gigi will selbst dabei sein. Auch fühlt sie sich zur moralischen Unterstützung verpflichtet und klatscht sogar in manche Szene. Diesmal hat sie den Herrn Geschäftsführer dabei, der sich ebenfalls vor Begeisterung überschlägt.
Anna kennt so gut wie alle, und so fühlt sie sich nicht verloren ohne Haugsdorff, der die letzten beiden Male mit dabei gewesen ist. Und während sie bei der anschließenden kleinen Feier in einem Wirtshaus der Umgebung aufs Essen warten, unterhält sie sich mit dem Mädchen, das Augustins Geliebte spielt und sich in rüdem Ton darüber beklagt, daß sie von den Lampen eine Art Ausschlag bekäme, als sei da etwas im Licht, das durch die Scheinwerfer auf sie abstrahle, zumindest am Premierentag. Bei den folgenden Aufführungen werde es dann besser, wahrscheinlich gewöhne sich ihre Haut daran.
»Aber man sieht überhaupt nichts«, wundert sich Anna.

»Gott sei Dank.« Die junge Frau fährt sich mit der Hand über Kinn und Hals. »Es genügt, daß ich es spüre. Stellen Sie sich vor, man würde es auch noch sehen. Dann könnte ich ja gar nicht mehr auf die Bühne. Aus der Traum! Vorbei und vergessen!« Und sie erschrickt über diese Art finsterer Vision, die ihr so leicht über die Lippen gekommen ist, und sagt nur noch leise und im nachhinein erschüttert, so wie der ursprüngliche Augustin nach seiner Nacht in der Pestgrube: »Grauenhaft! Einfach grauenhaft!«

»Ist Abdal tatsächlich verrückt?«
»Kommt darauf an, was man darunter versteht.«
»Wart ihr je beim Arzt mit ihm?«
»Beim Arzt?« Hikmet lacht, eigentlich lacht er sie aus. »Abdal ist kein Fall für den Arzt.«
»Manchmal redet er so merkwürdig. Hast du es nicht selbst gesagt?«
»Daß er verrückt ist, ja. Aber deswegen muß man doch nicht zum Arzt.«
»Vielleicht könnte ein Arzt einen normalen Menschen aus ihm machen?«
»Wozu denn?« Hikmet versteht nicht, was sie meint. »Er war schon immer so, seit ich ihn kenne. Als ich geboren wurde, war er vier. Seit ich mich erinnern kann, redet er so, als sei Gott sein Freund und er müsse nur mit den Fingern schnippen, um sich bei Ihm Gehör zu verschaffen.«
»Vielleicht ginge es ihm besser, wenn er nicht verrückt wäre.«
Hikmet schaut sie verständnislos an. »Aber er glaubt ganz fest an das, was ihn von Zeit zu Zeit überkommt.«
»Halluzinationen?«
»Was weiß ich. Er gerät außer sich, und dann kann er Seine Nähe spüren, wie er sagt. Manchmal redet er auch mit Ihm. Meist aber beklagt er sich, schmollt und schimpft, weil Er zu selten auf Besuch kommt.«

»Er kann aber doch nur so leben, weil ihr, ich meine die Familie, ihn schützt und unterstützt. Ohne euch wäre er hilflos.« Anna weiß gar nicht, warum sie so auf etwas herumreitet, das ihr selbst schon nicht mehr als richtig erscheint. Ist es Lust am Widerspruch oder die Angst, zugeben zu müssen, wie sehr Abdal sie beschäftigt?

»Vielleicht. Aber er hat uns nun einmal, und wie unsere Mutter sagt, macht es bei sieben Söhnen nicht so viel aus, wenn einer ein Narr ist.« Hikmet versucht Feride Hatun nachzuahmen: »Laßt ihn für uns die Verbindung zum Herrn halten. Vielleicht legt er bei seinem Gastfreund ein gutes Wort ein.«

»Gastfreund? Was meint er mit Gastfreund?« Einerseits kann Anna nicht genug davon hören, andererseits kommt ihr das alles ziemlich absurd vor.

»Er behauptet, diesen Anderen, wie immer du Ihn nennen willst, öfter bei sich zu Gast zu haben und sich dann mit Ihm hinaus in den Raum zu begeben, wo er plötzlich überall zugleich ist und alles weiß.«

»Das klingt wie die Phantasien mancher Programmierer, das heißt, eher sind es Anwender, die mit der Hoffnung ans Netz gehen, allgegenwärtig und dadurch auch allwissend zu sein, um dann in irgendeiner selbsttätigen Falte des Programms ihrem Gott zu begegnen oder – noch besser – selbst zu einem Gott zu werden, der sich seine Welt erschafft.«

Anna hat eine rote Nase und hustet. Ihre Haare lassen sich nicht bändigen, und demnächst kommt Haugsdorff zurück, und sie weiß noch immer nicht, was zu ihm sagen, weder über sein ausgefallenes Geburtstagsgeschenk noch überhaupt. Sie kommt Tag für Tag in dieses Café *Butterkipferl*. Anstatt wie früher nach der Arbeit nach Hause zu gehen, kommt sie hierher, liest Zeitung, trinkt mehrere Tassen Tee, und wenn Hikmet auftaucht, klopft ihr Herz, daß sie sich vor dem ersten Satz mehrmals räuspern muß.

Hikmet ist noch an jedem Abend gekommen. Er scheint einige der jungen Männer zu kennen, wechselt auch gelegentlich ein paar Worte mit ihnen, aber sein Blick gilt nur ihr. Und jedes Mal fällt das Warten von ihr ab, wie eine schmerzhafte Verspannung, und sie beugt sich nach vorn, überläßt Hikmet ihre Hand und versucht, seinem Blick standzuhalten. Sobald er sie berührt, springt sein warmes Blut in ihren Kreislauf über, und sie empfindet es als Glück. Ein Glück, das noch keine Erschütterung verträgt, sondern so, wie es sich bietet, schwebend, erlebt werden will. Ohne Steigerung, ohne stärkere Berührung, ohne Gier. Es ist wie ein langsames Sich-gewöhnen an die Körpertemperatur des anderen, so als ließen sie sich diese Atemzeit, bevor sie sich unaufhaltsam ineinander verlieren.

»Redest du von deinen Rechnern?« In Hikmets Stimme schwingt immer so etwas wie Respekt mit, wenn vom Programmieren die Rede ist.

»Die Ähnlichkeit hat mich überrascht.« Ein gewisses Maß an Anerkennung tut ihr sichtlich gut an diesem erkälteten Tag. Der Frühling hat sich wieder davongemacht, sogar mit Schnee ist zu rechnen. Ein ungewöhnliches Jahr.

»Wie geht es Metin? Hat er seinen PC jetzt im Griff?« Hikmet verzieht spöttisch das Gesicht. »Er hält dich für eine Zauberin – das heißt, eigentlich hat er Hexe gesagt –, weil du dem Ding nur die Hände aufzulegen brauchst und es funktioniert.«

Anna lächelt. »Er hat ein ziemlich pompöses Gerät für das, was er damit machen will, ich meine eure Buchhaltung. Als hätte er sich einen Range Rover gekauft, um damit ausschließlich vom ersten in den siebenten Bezirk zu fahren.«

»Das ist Metin, und du wirst lachen, er redet tatsächlich von so einem Auto.«

Sie verbringen ihre Zeit mit Worten, die sie einander erklären sollen, obgleich da nichts zu erklären ist. Aufmerksam setzen sie Schritt für Schritt, und wenn sie von Zeit zu Zeit den Blick heben, dann weniger, um den anderen ins Herz zu treffen, als um sicher zu sein, daß es ihn gibt. Und irgendwann, vor Mitternacht, zieht Anna ihre Hand zurück und verschwindet wie Aschenputtel vom Ball, in der Gewißheit, den richtigen Schuh zu tragen.

Anna träumt nicht, sie liegt nachts wach und setzt sich aus all den Gesprächen einen Hikmet für ihre Gedanken zusammen. Er schreibt nicht nur in der alten Schrift, er entwirft auch das tägliche Leben neu, indem er darüber nachdenkt, ob seine Regeln noch gültig sind. Sein Medizinstudium hat er längst abgebrochen. Der Wunsch, einen Arzt in der Familie zu haben, war vor allem der seiner Mutter gewesen, aber inzwischen hat die sich damit abgefunden, einen weitschichtigeren Verwandten zu konsultieren. Er, Hikmet, ist auf der Welt, um zu begreifen.

Was zu begreifen? Anna hat sich bisher bemüht zu begreifen, wie ein Rechner funktioniert und wie man seine Leistungen immer mehr steigern kann.

Hikmet aber hat seine eigene Erklärung, »was das Leben ausmacht, ich meine unter bestimmten Bedingungen«.

»Was für Bedingungen?«

»Zum Beispiel, wie wir hier leben. Zu Hause und doch nicht in unserem Land. Mitten unter euch und dennoch in einer Enklave. Manchmal habe ich das Gefühl, daß man alles neu erfinden muß, sogar das Aufwachen am Morgen.«

Anna wird nicht müde, sich Hikmets Sätze zu wiederholen, die klugen wie die weniger klugen. Sie miteinander zu verknüpfen, bis sie eine Geschichte ergeben, Hikmets Geschichte.

Er hilft im Laden aus und arbeitet wohl auch in der Firma. Nicht eben regelmäßig. »Manchmal reise ich im Auftrag«, sagt er, aber im großen und ganzen ist es wohl eher so, daß es auch nicht viel ausmacht, wenn unter sieben Söhnen einer bloß zu begreifen versucht.

Feride Hatun hat ihr ausrichten lassen, daß sie bald wiederkommen soll. Das freut sie einerseits, andererseits gruselt
sie es auch ein bißchen, noch ist ihr das Emailschaff deutlich in Erinnerung.

Was ist mit Hikmets Vater wirklich passiert? Auch Hikmet
bestätigt, daß er erschossen worden ist, aber das Ganze sei
eher eine Art tragischer Zufall gewesen, ein Unfall eben,
wenn auch von der anderen Seite beabsichtigt. Sie wollte
wissen, von welcher anderen Seite, aber Hikmet ist ins
Ungefähre ausgewichen. »Es gibt viele andere Seiten, eine
für jede, die man an sich selber hat.«

Anna hätte nicht geglaubt, daß sie dieses Notebook, das ihr
die Firma geschenkt hat, doch noch verwenden würde. Bisher war es so, daß sie den Rat ihres einstigen Lehrers beher-
zigte: »Wenn du nicht willst, daß deine Augen eine recht-
eckige Form annehmen, dann hüte dich vor jeder Art von
Schirm im Privatleben.« Das war, nachdem ihre Augen bereits diese Form angenommen hatten. Jetzt hat sie in ihrer
Wohnung nicht einmal einen Fernseher stehen.

Dieses neue Ding kann eine Menge. Neulich hat sie sich ein
paar Programme heruntergeladen und fingert manchmal vor
dem Zubettgehen daran herum. Aber das Spiel heißt wie
immer: »Wer oder was ist Hikmet?«

Ein Reformer, ein Revolutionär, ein Anarchist? Lauter Kate-
gorien, die ihr aus PACIDIUS vertraut sind. Oder ein Kalligraph, ein Karikaturist, ein Kulturheros?

Ein Türke, dessen Vater bei einem tragischen Unfall von
einer Kugel der anderen Seite getroffen worden ist, von
welcher anderen Seite? Was aber ist mit Haydar in Sivas –
so hieß doch der Ort oder die Stadt? – passiert, worüber sie
sich alle so aufregen hatten müssen? Wie mögen die anderen
Brüder heißen, und wo sind die drei restlichen? Oder ist
sieben nur eine Art magischer Zahl?

»Hast du mich wenigstens vermißt?« Haugsdorff sieht müde aus. Offenbar hat er sich noch kurz vor der Landung mit einem Duft besprüht, der nun beziehungslos in der vollklimatisierten Luft der Ankunftshalle hängen bleibt.

Anna versucht zu lächeln. »Und wie. Hast du schlafen können während des Fluges?«

»Ein bißchen.« Haugsdorff umarmt sie mit der Fraglosigkeit eines Mannes, der zu seiner Geliebten heimkommt. Anna erwidert automatisch den Druck seiner Arme, so wie sie es in den letzten zwei Jahren immer getan hat, und doch ist es diesmal anders. In dem Augenblick, in dem sie das begreift, tritt sie einen Schritt zurück und stolpert beinahe über den Gepäckswagen.

Es ist früher Abend. Anna ist gleich vom Büro aus zum Flughafen gefahren. Sie wird heute nicht in das Café kommen können, zum ersten Mal seit Tagen. Vielleicht hätte sie Hikmet eine Nachricht hinterlassen sollen, aber sie hatten sich auch zuvor nicht verabredet. Sie hatten sich nie verabredet und sich doch getroffen. Was aber, wenn es einmal, so wie heute, nicht funktioniert?

»Ich habe nicht gedacht, daß du mir dermaßen fehlen würdest.« Haugsdorff drückt sie noch einmal kurz an sich, dann fahren sie im Lift zum Parkdeck, wo Haugsdorff seinen Wagen abgestellt hat.

»Du mir auch.«

»Was auch?« Haugsdorff läßt ihr sprachliche Schlampereien nicht durchgehen.

»Du weißt schon.«

»Ich möchte es hören, zur Gänze. Bring mich nicht um diese Freude.«

»Du hast mir auch gefehlt. Los, komm schon und erzähl, was du alles erlebt hast! Wie geht es Heribert und Isabel?« Isabel ist nur zwei Jahre jünger als sie, und Heribert wird neunzehn.

»Wir sind von Philadelphia aus mit dem Zug nach New York gefahren. Die beiden wollten unbedingt zu einer Ausstellung ins Metropolitan Museum und natürlich einkaufen.« Haugsdorff gerät ins Plaudern, und noch während der Fahrt bricht es aus ihm hervor, daß er in New York – »Stell dir vor, ausgerechnet in New York!« – den Kauf seines Lebens getätigt habe, eine wundersame, winzige Lockendame von Friedrich Lieder, die sogar eine gewisse Ähnlichkeit mit ihr, Anna, habe – ihre Ururgroßmutter vielleicht? –, und das zu einem räsonablen Preis. Er habe natürlich nicht widerstehen können, schließlich gehörten Dinge wie diese nach Wien und nicht nach New York, aber das sei eine Ausrede gewesen. In Wirklichkeit hätte er dieses herrliche Stück einfach haben müssen, und nur die Gunst des Schicksals, in Form des vergleichsweise moderaten Preises, hätte verhindert, daß er sich in den persönlichen Ruin gestürzt habe.

Zu Hause angekommen, geht sogleich eine Veränderung mit Haugsdorff vor, und er beginnt zu flüstern: »Ich hatte große Sehnsucht nach dir, vor allem nachts. Nach dir und deiner Phantasie.« Sie und Haugsdorff haben das Gepäck gemeinsam ins Haus geschafft. »Willst du nicht sehen, was ich dir mitgebracht habe?«

Anna steht noch an dem Fenster, das sie gerade geöffnet hat, um frische Luft in den seit zwei Wochen ungelüfteten Raum zu lassen. Haugsdorff umarmt sie von hinten und hält ihr ein Päckchen unters Kinn. Wie sie dem Aufdruck entnehmen kann, stammt es aus dem Museums-Shop des Metropolitan. Sie öffnet es vorsichtig, während Haugsdorff sie an den Schultern nimmt und herumdreht, um ihr besser dabei zusehen zu können.

Es ist die perfekte Nachbildung eines sumerischen Halsschmucks aus Lapislazuli. Anna kann sich der Begeisterung nicht enthalten. »Ein Traum. Das schönste Geburtstagsgeschenk von allen.« Sie weiß selbst nicht, warum sie das jetzt sagt. Um eine Debatte über den merkwürdigen Trip gar nicht erst aufkommen zu lassen oder um das Geschenk zu legitimieren? So als könne sie es als Geburtstagsgeschenk bedenkenlos annehmen, obwohl sich ihre Gefühle für Haugsdorff verändert haben? Und während sie noch bewundernd auf das tiefe Blau der Steine schaut, zieht Haugsdorff ihr das T-Shirt aus den Jeans, vergräbt sein Gesicht zwischen ihren Brüsten, hebt sie mit einem Ruck hoch und legt sich ihre Beine um die Mitte. Alles geht so rasch, daß Anna gar nicht dazu kommt, sich zu wehren. Auch scheint Haugsdorff an keinem ihrer sonstigen Rituale interessiert zu sein, er braucht nicht die geringste verbale Anregung, sondern wirkt eher wie einer, der unter Überdruck steht und sich verströmen muß, ohne Rücksicht und ohne jegliche Finesse, einfach rein mit dem Schwanz und so lange gestoßen, bis die Ladung explodiert.

Als es vorbei ist, läßt Haugsdorff sich auf Anna fallen. »Verzeih die Direktheit, aber ich war zu verrückt nach dir.« Er versucht noch, ihre Brüste zu küssen, aber sie schiebt ihn zur Seite. Während sie den Kopf dreht, sieht sie die Kette aus Lapislazuli neben sich auf dem Kissen liegen. Sie ist aus der Schachtel gefallen, als Haugsdorff sie, die sie sie noch in der Hand hielt, aufs Bett geworfen hat. Haugsdorff, der ihrem Blick gefolgt ist, nimmt die Kette und legt sie ihr um. »Weißt du, daß du einen herrlichen Hals hast, Liebes?!«

Im Bad steht Anna vor dem Spiegel, mit nichts als Lapislazuli am Leib. Sie hätte nicht gedacht, daß er so gut zu ihrem Haar passen würde, trotz des scharfen Kontrasts, der nur durch die Blässe ihrer Haut gemildert wird.

Haugsdorff ist müde, jedoch hungrig, wie er sagt. Sie gehen in ein italienisches Lokal in derselben Straße, in dem sie schon öfter gegessen haben. Der Kellner begrüßt Haugsdorff namentlich. »Herrlicher Pilzrisotto«, verkündet er mit Augenaufschlag, »von Hand gerührt.«

Anna fühlt sich wie erschlagen. Allein die Vorstellung, daß Hikmet im Café auf sie wartet, dreht ihr den Magen um. Nach dem ersten Schluck Rotwein nimmt Haugsdorff Annas Hand. »Du wirkst depressiv, was ist los mit dir?« Anna schüttelt den Kopf. »Nichts, ich habe nur viel gearbeitet.«

»Sage ich dir nicht immer, daß du die Zeiten einhalten mußt? Es ist schlecht, zu lange in einem Stück vor dem Schirm zu sitzen. Du mußt rechtzeitig Pausen einlegen, versprich mir das!«

Wenn sie bloß wüßte, was sagen. Es gibt nichts zu sagen. Den einzigen Satz, der ihr alles zu enthalten scheint, bringt sie nicht über die Lippen. Nicht jetzt. Sie muß Haugsdorff erst richtig ankommen lassen. Er soll essen und sich wieder zu Hause fühlen.

»Der Risotto schmeckt tatsächlich hervorragend.« Haugsdorff prostet ihr zu.

Anna nickt und kaut. Aber der Risotto wird immer mehr in ihrem Mund. Wie als Kind, wenn Gigi darauf bestanden hatte, daß sie den Teller leeraß.

»Nächstes Mal nehme ich dich mit. New York muß man gesehen haben, das gehört zur Allgemeinbildung. Du wirst dich gut mit Isabel verstehen, da bin ich mir sicher, und mit Heribert auch. Ihr seid schließlich beinah im selben Alter. Komm schon, deswegen mußt du ja nicht gleich so erschrocken schauen. Isabel und Heribert sind wirklich kein Problem.«

»Ich weiß.« Es ist ihr endlich gelungen, den Bissen Risotto hinunterzuwürgen. »Deine Kinder sind mir immer sympathisch gewesen, schon von den Fotos her und auch nach deinen Erzählungen.« Aus Höflichkeit versucht sie es mit einem neuen Bissen.

Langsam begreift Haugsdorff, daß da etwas ist, das heraus will, das ausgesprochen werden möchte, auch wenn es den Hals offenbar nicht passieren kann.

»So sag schon endlich, was los ist, bevor du noch an diesem dummen Risotto erstickst.« Seine Stimme klingt irgendwie besorgt und doch achtlos, so als könne da gar nichts sein, worüber er sich tatsächlich zu beunruhigen hätte. »Komm schon!«

»Es ist nur…« Anna räuspert sich und spürt, wie ihr das Blut aus den Wangen weicht.

»Was nur?« Haugsdorff möchte endlich eine Antwort haben.

»Ich glaube, es ist besser…« Anna schluckt wieder.

»Mach keinen Krimi daraus. So schlimm kann es gar nicht sein. Schließlich sitzen wir beide hier und leben.«

»Ich glaube, es ist besser, wenn wir uns eine Weile nicht sehen.« Anna ergreift die Serviette mit beiden Händen und zieht daran, als wolle sie sie auseinanderreißen. »Ich muß mir über einiges klarwerden.«

Haugsdorff hat sich in der Hand. Anna scheint sogar, daß er erleichtert ist. Eine ansteckende Krankheit, Straffälligkeit oder eine Schwangerschaft hätten ihn wahrscheinlich härter getroffen.

»Hast du einen anderen Mann kennengelernt, oder bin ich dir plötzlich zu alt?«

Anna schüttelt den Kopf und versenkt ihren Blick im Risottoteller. Was soll sie auch sagen? Daß sie einen neuen Geliebten hat? Aber sie hat ihn nicht. Und »zu alt« ist erst recht nicht das Wort, um zu erklären, was sie neuerdings Haugsdorff gegenüber empfindet. »Ich muß eine Weile allein sein.«

»Das bringt doch nichts, im Gegenteil. Jetzt war ich zwei Wochen fort, und auf einmal kommst du mir mit komischen Ideen. Was soll das? Bisher war doch alles in Ordnung zwischen uns, oder?« Haugsdorff hebt den Kopf und zieht die Brauen hoch, sich selbst auf übertriebene Weise zum Fragezeichen stilisierend. »Hatten wir nicht eine kleine Abmachung getroffen, was unser Verhältnis angeht?«

Anna weiß, daß sie etwas sagen müßte, daß sie sich nicht einfach in etwas hineinreden lassen darf. Aber was? Und da ihr nichts anderes einfallen will, holt sie grundsätzlich aus. »Ich bin noch nicht soweit, um mit einer Abmachung zu leben. Das ist mir zuwenig, hörst du?«

Haugsdorff legt die Hand auf ihren Arm. Mit der anderen hebt er ihr Kinn, als sei sie eine Vierzehnjährige. »Schau mich an, Liebes!«

Anna senkt den Blick und fühlt sich tatsächlich wie eine Halbwüchsige. »Ich brauche Zeit, Zeit für mich allein.«

»Das ist Unsinn. In Wirklichkeit geht nichts über eine funktionierende Abmachung. Sie setzt Grenzen und verpflichtet zur Rücksichtnahme. Sie sichert aber auch den vollen gegenseitigen Genuß, ja, sie ist überhaupt erst die Voraussetzung dafür. Glaub mir, es ist die einzige erwachsene Form von Beziehung. Oder bist du am Ende doch noch ein Kind?«

»Ich, wieso?« Die Keule mit dem Altersunterschied hat sich als Bumerang erwiesen. Anna möchte jetzt einfach nur noch nach Hause.

»Ich habe keine Ahnung, was in den letzten vierzehn Tagen mit dir geschehen ist, aber glaub mir, es ist halb so schlimm. Eine Laune, um es beim Namen zu nennen. Und die wird vorübergehen, das kann ich dir versichern.«

Anna ist den Tränen nahe, vor Wut auf sich selbst, weil sie keine Worte findet, und vor Ausweglosigkeit. Hinzu kommt, daß sie Haugsdorff auch noch leid zu tun scheint.

»Ist ja schon gut«, murmelt er plötzlich und drückt ihre Hand. »Wenn dir so viel daran liegt, laß ich dich ein paar Tage in Ruhe. Ich habe diese Woche ohnehin sehr viel zu tun, um die Zeit mit den Kindern einzubringen. Am Wochenende sehen wir dann weiter. Gut so?«

Was bleibt ihr anderes übrig als zu nicken, bedeutet es doch, daß sie sich ein paar Tage Zeit lassen kann, um sich eine Erklärung einfallen zu lassen. Sie kann sich einfach nicht vorstellen, mit Haugsdorff weiterzumachen, als sei nichts geschehen. Doch was ist geschehen? Kann ihr einer sagen, was wirklich geschehen ist?

Der letzte Schluck Mineralwasser, Anna wischt sich mit der Serviette den Mund, und Haugsdorff muß ihre Hand loslassen.

»Möchtest du Kaffee?« Haugsdorff gibt sich fürsorglich und wohlerzogen wie immer.

Sie schüttelt den Kopf.

»Dann bringe ich dich rasch noch nach Hause.« Haugsdorff gähnt diskret im Aufstehen.

»Ich möchte lieber mit der U-Bahn fahren.« Anna knöpft ihren Mantel zu.

Zum ersten Mal ist Haugsdorff wirklich irritiert. »Was soll das? Bist du Mitglied der Grünen geworden?«

Anna hebt den Kopf. »Was ist so schlimm an der U-Bahn? Du und dein Amt, ihr wart doch auch sehr dafür!«

Haugsdorff reagiert geradezu kopflos. »Als Idee natürlich, aber doch nicht für den persönlichen Gebrauch.«

Anna lenkt ein. »Ich war den ganzen Tag im Büro, da muß ich mir einfach die Füße vertreten und ein bißchen Luft schnappen.«

»Im Auto wärst du wenigstens vor den Abgasen der anderen sicher. Aber wie du willst.«

Merkwürdig, wie sehr Haugsdorff aus dem Konzept gebracht scheint.

»Gestatte, daß ich dich wenigstens bis zur Haltestelle bringe.«

»Du bist doch müde. Es sind nur ein paar Schritte.«

»Eben darum.« Sie gehen nebeneinander her, und Haugsdorff läßt es sich nicht nehmen, den Arm um ihre Schultern zu legen. Verstohlen blickt Anna um sich. Einen Augenblick denkt sie, daß jemand sie beobachten könnte.

Als der Zug einfährt, küßt Haugsdorff sie noch einmal. »Bis bald!« Und dann flüstert er ihr ins Ohr: »Vergiß nicht, eine Abmachung läßt sich nicht einfach aufkündigen.«

Ivo ist zwar, was das Trinken angeht, nicht rückfällig geworden, noch nicht, wie Jussuf meint, aber er erleidet einen gewaltigen Anfall von Bildschirmkoller. Dabei brüllt er, daß die Kaffeetassen klirren. »Ich kotze in diese Ausschnittwelt. Alles, was geschieht, geschieht im Format DIN-A4. Man glaubt, man kann es beherrschen, wenn man drückt, aber nichts beherrscht man, weder die Bilder noch sich selber. Laß mich in dein Gesicht schauen, Anna!«

Anna erschrickt, denn Ivo kommt geradewegs auf sie zu und ergreift ihr Gesicht mit den Händen. Der Milchkaffeeduft ist mittlerweile genauso penetrant wie zuvor der von Slibowitz.

»Und was sehe ich darin? Was sehe ich in deinen graugrünen Augen? Zwei eckige kleine Bildschirme. Sind wir denn noch zu retten allesamt? Was ist die Welt, was sind die Menschen, was geschieht mit uns? Das kann doch nicht alles auf 0 oder 1 aufgehen. Ich träume schon im Bildschirmformat, on and off. Wollen Sie das Rot der Lippen etwas kräftiger? Nur zu! Drücken Sie! Wir spielen Ihnen auch gerne Musik dazu ein. Wenn Sie wollen, können Sie uns jederzeit kontaktieren. Hallo, Leute, sind wir denn alle schon so durcheinander, daß wir uns derart anämische Welten basteln und sie so lange für real halten, bis die gute alte Erde sich am Netz erhängt hat?! Und unsere Enkel werden, wenn wir uns nicht vorher alle gegenseitig massakriert haben, Augen so groß wie Teetassen haben und dazu einen Astralleib, der noch immer Sitzen vortäuscht, denn der Mensch ist als Gattung gestaltkonservativ.«

Für Augenblicke fühlt Anna sich in die schlimmsten Momente ihrer Cyberpunk-Zeit zurückversetzt, als sie per Anhalter von Newsgroup zu Newsgroup ungeschützt durch die nichtexistierende Online-Welt unterwegs war, während die Nacht inzwischen rund um den Globus schwamm und sie mit roten Augen und brennendem Magen in einen grobrastrigen Morgen spülte, das Leben draußen aber so gut wie spurlos an ihr vorüberzog und sich ihre Teenagerjahre vor allem im Netz abspielten.

»Beruhige dich, Ivo, ich bitte dich. Es geht uns allen gleich. So wie wir hier sitzen, haben wir das oft und oft erlebt. Du bist nicht der einzige. Schau mich an. Was glaubst du, warum ich nicht einmal mehr einen Fernseher zu Hause habe? Schluß damit! Das ist das einzige, was hilft.«

»Wenn er nur hören würde!« Teresa rauft sich die Stirnlocken. »Aber er kann nicht schlafen. Der viele Kaffee.« Sie seufzt. »Er schläft nicht und hat nachts zu surfen begonnen. Bis es hell wird, treibt er sich auf den Highways herum. Kein Wunder, daß er am Ende ist.«

»Kinderkrankheit!« Sie alle wissen, daß es eine Kinderkrankheit ist, sie, die Profis. Aber das heißt nicht, daß man sie nicht wieder kriegen kann. Je älter, desto schlimmer. Selbst Frantischek hütet sich. »Soll schlecht für den Teint sein, der viele Kaffee.« Seine Pickel sind tatsächlich am Vertrocknen. Ivos Blick ist zum Fürchten, und Ferdy stellt ihm ein Glas Milch hin. »Reg dich ab, Mann! Los, schluck das!« Tatsächlich spült Ivo es sofort hinunter und läßt den starren Blick im weißlichen Schaum ertrinken.

»Der ist imstande und wird auch danach noch süchtig«, murmelt Ferdy, als er das leere Glas wieder an sich nimmt. Und da die Strafe für Perfektion Reproduktion ist, bringt er ihm gleich noch ein zweites volles, um seine Idee von der Rettung zu vervollkommnen.

Angesichts solcher Rückfälle im Nahbereich verzeiht Anna sich kaum, daß sie sich selbst einiges auf ihr Notebook heruntergeladen hat. Sein lassen, sagt sie sich, es eisern sein lassen, sobald man den Hintern vom Bürosessel kriegt. Sonst geht es einem wie dem Arzt, der an die Morphiumvorräte im eigenen Arzneischrank geht.

Teresa hat Ringe unter den Augen und Sorgen. Man kann es ihr ansehen.

Hikmet ist verschwunden. Was heißt verschwunden? Er ist schon den zweiten Abend nicht mehr ins Café gekommen. Einfach nicht da. Anna bleibt ziemlich lange, länger, als sie sich Zeit dazu gegeben hat. Er erscheint nicht. Der Bildschirm bleibt leer, sie gerät in Panik. Wen sollte sie nach ihm fragen? Natürlich ist der eine oder andere da, mit dem sie ihn schon hat reden sehen. Aber keiner sagt etwas, nicht zu ihr. Als hätte es ihn nie gegeben, ihn, Hikmet. Hat sie das alles nur geträumt? Auch kein Zeichen an ihrer Tür, keine Botschaft, keine Erklärung, die sie mühsam irgendwo herauslesen könnte. Wie irrtümlich gelöscht – ausgeblendet. Sie könnte an dem Stand am Naschmarkt vorbeischauen, aber das kommt ihr nun doch übertrieben vor. Vielleicht gibt es auch das alles nicht mehr. Die Brüder Metin und Ismet – hierorts unbekannt. Nur Abdal würde irgendwo stehen und ihre Gedanken lesen. Wieso gerade Abdal?

Auch sitzt sie tagsüber im Büro, und am Abend sind die Läden auf dem Naschmarkt geschlossen. Außerdem hat sie Angst vor dieser Art von Augenschein. Da ist nichts um sie herum, was beweisen würde, daß es Hikmet tatsächlich gibt, nicht einmal, daß es ihn gegeben hat. Seit Tagen sucht sie nach dem grünen Blatt, sie muß es irgendwo ausgestreut haben. Und die Pistazie – längst gegessen und verdaut.

Haugsdorff hat ihr ein paar Tage gegeben. Was, wenn er trotzdem anruft? Oder es sich überlegt hat und plötzlich vor ihrer Tür steht? Schon deshalb mag sie nicht früher nach Hause gehen. Sie hat in diesem Café so viel Tee getrunken, daß sie ohnehin nicht schlafen kann. Ihre Füße tragen sie am Hauseingang vorüber. Wenn sie bloß wüßte, wie sein Schönschreibmeister mit Nachnamen heißt.

Anna hat keine Ahnung, warum sie vor der Disco stehenbleibt. Seit sie mit Haugsdorff zusammen ist, war sie in keiner mehr. Beim zweiten Mal hinsehen bemerkt sie ihn: Frantischek tritt von einem Fuß auf den anderen und wartet darauf, daß er eingelassen wird. Anna drängelt sich neben ihn.

»Big sister!« entfährt es Frantischek, als er den Blick hebt. »Mich tritt wohl Manitu höchstpersönlich! Was machst du denn hier?«

»Frag nicht, Frantischek, glaub an den Großen Geist!« Und schon stecken sie mitten im Wochentagsabendgewühle, das ihnen zumindest genügend Platz zum Einatmen läßt.

Anna kommt sich vor wie in früheren Zeiten, und getanzt hat sie immer schon gerne. Bloß Haugsdorff wollte nie in so ein Lokal. »Ich mach mich doch nicht lächerlich, Liebes. Also erlaß mir diese Art von Halbwüchsigenraserei.«

Automatisch zieht Anna den Rock hoch und läßt die Haare herunter. Sie weiß, daß das, was sie anhat, für hier zu gediegen ist. Aber Frantischek schmeißt seine Glieder wie in Ekstase und berauscht sich an ihr als Gegenpart, ganz so wie sie ist, er kennt sie eben.

Das Licht fährt in farbigen Wellen über die Decke, erzittert gelegentlich im Rhythmus der lauteren Töne, wischt über den sich in vielen schwitzenden Einzelteilen über die Tanzfläche erstreckenden Gesamtleib und entblößt gelegentlich ein zuckendes Gesicht bis zur Kenntlichkeit.

Alles ist wieder da, auch die Gerüche. Trotz all dem Rauch und den vielerlei Sprays riecht das Ganze ein wenig nach Turnsaal, nach ranzigen Haaren und ungelüfteter Haut. Da hilft auch der tranceähnliche Zustand nichts, an dem sie sich angesteckt hat. Im Gegensatz zu den Augen läßt sich die Nase nicht schließen.

Plötzlich ist Anna hellwach. Dieses Gesicht! Sie hat es nur für einen Augenblick aufblitzen sehen. Die Haare in Büscheln hochgesteckt, darunter riesige, schwarz geschminkte Augen mit langen, tuscheverklebten Wimpern. Nackte Arme und ein bedeckter Hals. Die Arme sind es, die sich wie Kolben bewegen. Kindlich dünne Arme, beidseitig tätowiert – das Zeug ist wahrscheinlich nur aufgeklebt – und auf eine helle, züngelnde Art emporgereckt.

Wie heißt das Mädchen bloß? Es muß dieses Mädchen mit

der Kleiderschürze sein. Wenn sie sich selbst auch so un-
ähnlich ist wie nur etwas. Anna ist bereits auf dem Sprung.
»Alev!« ruft sie, so laut sie kann. Was bei dem Lärm nichts
bedeutet. Aber Anna kennt ihr Ziel. Und Frantischek hüpft
hinter ihr her, als fürchte er nichts so sehr, als sie zu verlieren.
»Alev!« Ein Ausläufer des Echos ihrer Stimme scheint das
Mädchen erreicht zu haben. »Alev! So warte doch! Ich
möchte dich etwas fragen!«
Der Blick des Mädchens verfolgt das Echo bis zur Stimme
zurück, schon in diesem Augenblick fluchtbereit.
»Nur etwas fragen!« Anna umgeht ein Hindernis nach dem
anderen, taucht seitlich vorbei, ertrotzt sich den Durchgang.
Doch das Mädchen läuft davon. Hat sie erkannt und läuft
davon.
»Alev! Alev, bitte, wart auf mich!« Nichts mehr. Eine über
den Kopf gezogene Lederjacke und dann nichts mehr.
Anna und Frantischek stehen wieder vor der Eingangstür,
ein wenig außer Atem.
»Was willst du denn von der?« Frantischek ist frustriert.
»Es ist Alev. Ich wollte sie etwas fragen.«
»Seit wann kennst du jemanden aus der Türken-Gang?«
»Türken-Gang?«
»Sieht genauso aus.«
»Aber warum ist sie weggelaufen?« Anna ist maßlos ent-
täuscht. Alev hätte bestimmt gewußt, was mit Hikmet pas-
siert ist. Und es ihr auch gesagt.
»Klar, sie denkt, daß du petzt.«
»Petze was?«
»Die ist doch noch keine vierzehn.«
Es hat zu nieseln begonnen, und Annas Haare kräuseln sich
im Gehen.
»Kommst du noch einen Sprung zu mir, oder mußt du ins
Bett?« Sie bewegen sich bereits in die Richtung von Annas
Wohnung.
»Du willst mich doch nicht verführen, Anna?« Frantischek

hat plötzlich Mühe mit der Lässigkeit. Damit hat er anscheinend nicht gerechnet.

»Beruhige dich.« Anna klopft ihm auf die Schulter. »Wie ich höre, bist du auch ein Hardware-Genie.«

Frantischek seufzt diskret und ein wenig erleichtert. »Wo brennt's denn? Ich stehe absolut zur Verfügung.«

»Ich habe mir ein Modem besorgt. Schließt du mir das kleine Top-Ding von der Chefin an?«

»O nein, nicht auch du, Anna. Reicht es nicht, wenn wir einen krankhaften Spieler in der Crew haben?«

»Keine Sorge, Frantischek. Ich bin längst immun. Es ist nur zu Testzwecken. Du weißt doch, nichts im Leben ist umsonst, ein Firmengeschenk schon gar nicht.«

»Sie wollen, daß du es testest?«

Anna nickt. »Und ich lade dich dazu ein.«

Frantischek beschleunigt den Schritt, so viel ist er doch noch Wunderkind, daß ein neues Spielzeug ihn mit den Augen blitzen läßt. »Na dann laß uns sehen, was das neue Miniformat alles kann. An mir soll es nicht scheitern, daß die Firma zu Ergebnissen kommt. Hast du ein bißchen Cola im Schrank? Du weißt«, er grinst, »mit Kaffee ist nichts bei mir, und es ist schon fast Mitternacht.«

Einen kurzen Augenblick lang hofft Anna auf ein Zeichen, eine Nachricht, etwas, das man anfassen kann. Aber da liegt kein Stein neben ihrer Tür.

»Haugsdorff muß doch längst zurück sein?!« Bonny hat einen überschüssigen Sinn für komplizierte Verhältnisse. Anna schweigt, wissend, daß sie mit dieser Art von Verweigerung bei Bonny keine Chance hat.

»Strapazier meine Nerven nicht, was ist los?«

Anna würde am liebsten den Hörer hinknallen. Sie ist viel zu müde, um jetzt auch noch mit Bonny über Haugsdorff zu diskutieren. »Er hat viel zu tun.« So läßt Bonny sich bestimmt nicht abspeisen. »Und ich auch.«

»Und am Wochenende?«

»Was heißt Wochenende?« Es ist wie barfuß über spitze Steine laufen. Nur jetzt nichts mehr erklären müssen.

»Ich hätte gerne etwas arrangiert. Nachdem Haugsdorff nicht bei der Premiere war, könntet ihr alle zusammen zur letzten Vorstellung kommen. Ich würde nur zu gerne sehen, wie Haugsdorff auf Oskar reagiert.«

»Bloß nicht!« Anna wird es nachgerade schwarz vor Augen. »Bonny, bitte, laß mich damit in Ruhe!«

»Stimmt etwas nicht zwischen euch?«

»Bist du der Zahnarzt oder was?«

»Mach ja keinen Unsinn, Anna!«

»Ich habe dir gesagt, du sollst mich in Ruhe lassen!« Anna ist schon dabei, den Hörer hinzulegen. Doch Bonnys Stimme ist auch noch aus halber Höhe zu hören.

»Ihr kommt also am Samstag?«

Ohne daß Anna es verhindern kann, nimmt der Alptraum Gestalt an. Wie ihm entkommen? Warum ist der Traum vom gesicherten Leben auf diese Weise verkehrt?

Frantischek hat gute Arbeit geleistet. Spielerisch wirft sie das kleine Ding an. Um sich ein wenig abzulenken vor dem Schlafengehen. Sich einloggen in die alten Newsgroups von vor Jahren? Die existieren doch gar nicht mehr. Auch hat sie die Paßwörter längst vergessen. Aber im Paßwörter-knacken war sie immer schon gut. Trial and error. Einfach schauen, was noch läuft.

Eigentlich ist sie viel zu schläfrig. Und möchte keinem mehr begegnen. Sich weder unterhalten noch irgendein Problem besprechen, auch nicht mit jemandem in Neuseeland, selbst wenn der noch so viel Abstand hat.

Die Antwort ist, jeder, der hier drin ist, ist abrufbar. Was aber ist die Frage? Gibt es Hikmet? Und wenn es ihn gibt, ist er irgendwo da draußen oder irgendwie hier drinnen? Wie erreicht man ihn? Wer ist Hikmet?

Ihre Finger finden wie von selbst den Weg, während ihr

Kopf eigentlich schon schläft. Früher als erwartet. Von wegen Ablenkung. Letzte Nacht ist es Morgen geworden. Sie und Frantischek sind der Leidenschaft des Testens anheimgefallen. Noch ist sie an Haugsdorff als den stabilisierenden Faktor in ihrem Leben gewöhnt, und Haugsdorff behauptet, nur wer regelmäßig schlafe, könne auch arbeiten.

Ich bete diesen friedlichen Stein an.
In seinen Zügen sah ich mein Gesicht,
darin sah ich meine verlorene Poesie.
Steht in übergroßen Buchstaben auf dem übergroßen Deckblatt eines Literaturmagazins.

»Und wie heißt dein Stein?« Anna ist irritiert vom Zusammenfall der Bilder.

»Ein Gedicht von Adonis, einem der größten lebenden arabischen Dichter. Er hat eine Zeitlang in Beirut gelebt. Da kannte ich ihn. Er war öfter bei unserer Familie zu Gast.«

Jussuf hat sie in sein Einzelbüro gerufen. »Hör zu, Chérie, jemand pfuscht in unseren versiegelten Programmen herum. Meine letzte Hoffnung ist, daß du es warst.«

Anna ist in Gedanken bei dem Stein, der neben ihrer Tür lag. »In Pacidius?« fragt sie, um nicht nachdenken zu müssen und doch etwas zu sagen.

»Daselbst. Und das ist gar nicht komisch.«

Anna kehrt sich langsam von ihren steinernen Träumen ab.

»Was meinst du mit pfuschen?«

»Es tauchen neue Namen auf.«

»Was für Namen?«

»Ein neuer Name. Ich hoffe, du kannst mir erklären, was das bedeutet.«

»Zum Beispiel?«

»Hikmet Ayverdi.«

»Ayverdi, das heißt eigentlich: Er hat uns den Mond gegeben.« Ein Reflex, aber er hat Anna munter gemacht. »Willst du mir sagen, daß er im Programm steht?«

»Nur du und ich können rein. Und natürlich die vom Ministerium.«

»Ich Idiotin!« Anna ist plötzlich so massiv da wie drei Steine.

»Was ist los mit dir? Du bist doch nicht zum ersten Mal in einem Rechner gesurft. Sag mir, daß ich träume!«

»Tust du nicht. Und das Ganze ist dümmer, als ich dir erklären kann. Das kleine Ding, du weißt schon, das Firmengeschenk, ist so viel besser, als ich dachte. Wir haben es erst beim Testen herausgefunden.«

»Wer wir?« Jussuf sitzt da wie ihr Führungsoffizier. In seinen Sonnengläsern spiegelt sich das Ausmaß von Annas Bestürzung.

»Frantischek und ich. Er hat mir das Ding ans Netz gelegt. Ich kann mit dem Modemzeug nicht umgehen.«

»Du willst mir doch nicht sagen, daß es eine Verbindung zwischen unserem Programm und dem Netz gibt?«

»Nicht wirklich. Wir wollten nur ein bißchen spielen, um zu sehen, wie weit man damit gehen kann. Dabei muß es passiert sein.«

Jussufs Gesichtsmuskulatur entspannt sich. »Hat sonst jemand Zugriff gehabt?«

»Um Gottes willen, nein.«

»Denk scharf nach. Wenn auch nur die leiseste Möglichkeit besteht, müssen wir sämtliche Codes auswechseln. Du scheinst vergessen zu haben, daß das erwähnte Programm unter strikter Geheimhaltung kreiert wird.«

»Habe ich nicht.« Annas Stimme klingt so schwach, als sei sie aus einer ihrer Ohnmachten zurückgekehrt.

»Ich glaube, du weißt noch immer nicht, was das heißt. Wach endlich auf und denk darüber nach, was wir hier tun! Ich habe mich auf deine Intelligenz verlassen.«

»Okay, okay, ich habe verstanden. Gibt es eine Chance, den Namen zu löschen?«

»Wenn er noch nicht abgerufen wurde, vielleicht. Wie bist

du überhaupt an die Familie gekommen? Hast du bloß rum-
getippt, oder kennst du tatsächlich einen, der so heißt?«
»Das dachte ich zumindest. Bis er sich in nichts aufgelöst
hat.«
»Klartext, Chérie!«
»Du wirst es nicht glauben, Jussuf. Oder mich auslachen,
wenn ich es dir erzähle.«
»Das wirst du schon müssen.« Sie hat Jussuf noch nie so
ernst werden sehen.
Und dann stellt Ferdy ein Gespräch herein. Sie weiß sofort,
daß es Haugsdorff ist.
»Natürlich bin ich allein!« Jussuf deutet ihr, sein Einzelbüro so leise wie möglich zu verlassen. Und Anna gehorcht,
verwirrt und zutiefst erschrocken, beginnt sie doch langsam
zu begreifen, was sie angerichtet hat.
Frantischek läuft ihr über den Weg. »Noch eine Testnacht
gefällig?« Es ist einer seiner Pickeltage. »Du mußt wissen,
ich arbeite nirgends lieber als bei dir, Anna.«
Anna verdreht die Augen. »Du warst wunderbar, Frantischek, wirklich wunderbar. Aber ich bin in meine eigene
Falle getappt.«

»Können Sie mir sagen, wo Hikmet ist?« Der junge Türke
an der Kassa hinter der Theke scheint sie genau so zu sehen,
wie sie sich fühlt.
»Hikmet?« fragt er gedehnt, mit einem Blick, als könne er
die Waschanleitung an ihrem Büstenhalter lesen.
»Der Mann, mit dem ich öfter hier gesessen bin. Er hat
mit Ihnen geredet und auch mit den anderen.« Anna macht
eine hinter sich weisende umfassende Geste, die die jungen
Türken, die an einem eigenen Tisch in der Nähe sitzen,
umfaßt.
»Hikmet, sagen Sie?« Jetzt mustert er sie, als habe sie ihm
einen unsittlichen Antrag gemacht. Da starrt sie ihm voll ins
Gesicht, so daß er für einen Moment den Blick senken muß.

118

»Er hat mich gebeten, mich wegen eines Jobs für ihn zu erkundigen. Und das habe ich getan.«

»Wenn Sie den meinen, der ein paar Mal bei Ihnen am Tisch gesessen ist« – er kann sich offensichtlich an Hikmet erinnern –, »das ist nicht Hikmet.« Er grinst ein wenig unsicher. Anna stutzt, wieso nicht Hikmet?

»Wie auch immer, Sie wissen, wen ich meine?«

»Schon. Aber der heißt nicht Hikmet.«

»Mag sein, daß ich mir den Namen nicht richtig gemerkt habe, aber ich kenne ihn nur als Hikmet. Als wen kennen Sie ihn?« Geistesgegenwart ist alles, Konzentration. Sich nur nicht verblüffen lassen.

Der Mann schaut sich suchend um und sagt dann ein wenig von oben herab: »Der gehört eigentlich nicht zu uns. Aber wenn Sie mich fragen, war das Mesut. Vielleicht hat er mehrere Namen« – und da grinst er auch schon wieder –, »einen für Inländer und einen für Ausländer.«

»Und wo finde ich ihn? Diesen Mesut?« Anna fragt schnell, damit ihm keine Zeit für eine weitere Frechheit bleibt.

Wieder schaut er sich um und sagt dann etwas auf türkisch zu den jungen Männern an jenem Extratisch. Die beachten ihn kaum. Erst als er sich noch einmal zu fragen anschickt, bequemt einer sich zu ein paar Worten. Sie versteht nur Mesut und einmal, wie sie glaubt, Istanbul, aber der Zusammenhang ist ihr nicht klar.

»Sie sagen, sie wissen auch nicht, wo Mesut ist. Er kommt nicht regelmäßig hierher, nur wenn er mit jemandem verabredet ist.« Der junge Mann stellt zwei Tassen unter die Hähne der Espressomaschine und tut so, als sei Anna gar nicht mehr da.

Sie läßt nicht locker. »Ist er vielleicht in die Türkei gefahren?« Das würde die Erwähnung von Istanbul erklären.

»O nein«, ein überlegenes Lächeln überzieht das Gesicht des jungen Mannes hinter der Theke, während er mit einem scharfen Zischen die Milch für den Kaffee aufschäumt, »das ganz bestimmt nicht!«

Mit jeder weiteren Frage wird ihre Unwissenheit deutlicher, und genau das will sie verhindern.

»Dann möchte ich eine Portion Tee haben, mit Milch und Zucker.« Sie zieht nicht einmal den Mantel aus, greift sich nur eine der Zeitungen vom Ständer und setzt sich damit an den Tisch, an dem sie beim ersten Mal mit Hikmet gesessen ist. Hikmet oder Mesut? Alles scheint durcheinanderzugeraten, die Namen, die Personen und die Spuren, die sie hinterlassen haben. Sie liest und liest nicht wirklich. Selbst die Schlagzeilen lösen keine Reaktion in ihr aus, solange sie sie mit nichts, was sie wissen möchte, verbinden kann. Ein Krieg auf dem Backwarenmarkt. Eingewanderte würden ihre Fladen zu billig verkaufen und somit weit unter dem amtlich festgesetzten Brotpreis bleiben. Der Import von Südfrüchten hätte sie schon eher interessiert.

Als der Tee kommt und sie nach der Kanne greift, bemerkt sie, daß ihre Hand ein wenig zittert. Läuft sie einem Phantom nach? Einem Gespenst namens Hikmet, das auch Mesut heißt? Anna Margotti, dein Herz! Es ist aus dem Tritt geraten, und du tappst in einer Geschichte umher, die ganz offensichtlich nicht die deine ist.

Was ist schon geschehen? Einer namens Hikmet ist aufgetaucht, hat erklärt, dich zu lieben, selbst wenn du Einstein persönlich wärst, und ist wieder untergetaucht. Zu einem Stein geworden oder was auch immer. Was wäre so Besonderes daran in dieser Welt voller Bilder? Geht es wirklich darum?

Anna muß diesen Hikmet, oder wie immer er heißt, warnen. Wenn er aber nicht Hikmet und vielleicht nicht einmal Ayverdi heißt, was soll ihm dann ihr Hinweis? Dennoch will sie ihm klarmachen, daß er oder zumindest der Name Hikmet Ayverdi durch eine unverzeihliche Fahrlässigkeit ihrerseits in ein Programm geraten ist, das zwar angeblich zu ihrer aller Schutz erstellt wurde, aber auch daran glaubt sie nicht mehr so recht, seit sie Jussufs Gesicht gesehen hat.

Und Haugsdorff? Was spielt Haugsdorff dabei für eine Rolle? Selbst wenn sie Hikmet fände – für sie wird er immer Hikmet bleiben –, wie soll sie ihm das Programm erklären? Und die Folgen, die es für ihn haben kann, wer immer er in Wirklichkeit ist? Wenn er aber nicht der wäre, den sie irrtümlich eingegeben hat, würde das ihren Fehler ungeschehen machen oder einen anderen treffen, der noch weniger wüßte, wie er dazu kommt? Wie aber, wenn Hikmet von Anfang an gewußt hat, daß sie zu Jussufs Team gehört, und vorsätzlich ihre Bekanntschaft gesucht hätte? Sie wagt den Gedanken nicht zu Ende zu denken. Dieser Mesut wäre vielleicht dazu imstande, nicht aber Hikmet. Ein Hikmet, an dessen Blick sie zu vergehen drohte und dessen Mutter den Finger an die Nase legt, wenn sie ihn ruft.

Als sie umblättert, findet sie einen kleinen Zettel unter der Zeitung. Kann hier jemand zaubern? Sie schaut auf, aber kein Blick will dem ihren begegnen.

»Mesut ist im *Istanbul*. Wenn du willst, bringe ich dich hin. Ich warte draußen vor der Tür. In zehn Minuten.« Unwillkürlich schaut sie auf die Uhr, macht einen Schluck und blättert die Zeitung von Anfang bis Ende durch.

Anna zählt die Papierschnipsel, in die sie das Zuckersäckchen gerissen hat. Gerade – ich gehe mit, ungerade – ich bleibe die nächste halbe Stunde hier und trinke noch drei Tassen Tee.

Als die Kellnerin an Annas Tisch vorbeikommt, macht sie das Zeichen für zahlen. In ihrem Kopf pocht ein kleiner gläserner Hammer auf einen kleinen gläsernen Amboß. Sie will es wissen. Sie will wissen, ob Mesut Hikmet ist und warum er dieses Spiel mit ihr treibt.

Als die Kellnerin sie ignoriert, legt sie das Geld abgezählt auf den Tisch, steht, ohne sich ihre Eile anmerken zu lassen, auf, hängt die Zeitung zurück an den Ständer und nickt dem Mann an der Kassa wie zum Abschied zu.

Sie schaut sich verhalten um, aber da ist niemand. Ein schlechter Witz. Die ganze Welt scheint ihr ein schlechter Witz zu sein, auf sie gemünzt und hinter ihrem Rücken ausgeheckt. Sie wird nun nach Hause gehen, die Decke über den Kopf ziehen und wie gelähmt darauf warten, daß sie einschläft und träumt, von Hikmet träumt. Oder daß Haugsdorff – gegen sein Wort – plötzlich vor der Tür steht?

»Hast du tatsächlich einen Job für Mesut?« Ein dunkelblonder Mann Ende zwanzig mit einer nur schlecht von einem Schnurrbart überwachsenen Hasenscharte geht im Gleichschritt neben ihr her.

Es berührt sie eigenartig, daß er sie, im Gegensatz zu Hikmet, von Haus aus duzt.

»Ich habe mich für ihn erkundigt und möchte ihm sagen, was ich herausgefunden habe.« Anna versucht so selbstverständlich wie möglich zu klingen.

»Aber Mesut braucht keinen Job, das kannst du mir glauben. Im Gegensatz zu mir. Ich würde dringend einen brauchen, du verstehst!«

Anna verlangsamt den Schritt ein wenig. »Ich bin nicht vom Arbeitsamt. Die Auskunft gilt nur für Mesut.«

Der Mann bleibt stehen, stellt sich ihr geradezu in den Weg. »Hast du nicht zuerst von einem Hikmet gesprochen? Ich dachte, wenn schon nicht Hikmet und auch nicht Mesut, dann vielleicht ich.«

Anna schüttelt den Kopf, sie will weitergehen, aber der Mann tänzelt vor ihr her.

»Du bist sehr hübsch. Hast du auch einen Namen?«

»Bonny!« sagt Anna, beinah ein wenig zu bestimmt. Sie überlegt, ob sie ihn ebenfalls duzen soll. Warum nicht. »Und du? Wer bist du?« So leicht geht das also mit den Namen. Man sagt, was einem als erstes in den Sinn kommt, und schon ist man jemand anderer.

»Ich bin Orhan.« Der Mann gibt den Weg frei und geht nun wieder neben ihr her.

Anna hat vor, sich genau wie Bonny in so einer Situation zu verhalten. Die würde auf jeden Fall resolut auftreten.

»In welchem Bezirk liegt dieses *Istanbul?*« Als hätten sie es längst darauf angelegt, stehen sie vor dem Abgang zur U-Bahn.

»Im ersten. Es sind nur drei Stationen.« Ab der halben Treppe beginnen sie abwärts zu laufen, um den gerade eingefahrenen Zug noch zu erreichen.

»Kennst du Mesut schon lange?« Dieser Orhan hat etwas Überwaches, genaugenommen etwas Inquisitorisches im Blick.

»Ich habe ihn erst vor kurzem kennengelernt.« Anna schaut entschlossen an Orhans Ohr vorbei, als habe sie Blickkontakt mit jemandem hinter ihm. Es funktioniert. Kurz darauf wendet Orhan den Kopf, um sich zu vergewissern.

»Und wo?« Anna denkt nicht daran, sich ins Kreuzverhör nehmen zu lassen. Schon gar nicht von einem wie Orhan, der sich wahrscheinlich bloß wichtig machen will. Ungerührt setzt sie ihren Satz von vorhin fort: »Und wie wir so ins Reden gekommen sind, hat er mich gebeten, eine Auskunft für ihn einzuholen.«

»Weißt du Näheres über diesen Dschibril? Für wen arbeitet er eigentlich? Und in welcher Stadt, besser gesagt, in welchem Land?« Anna knüpft nicht gerade gekonnt an Teresas letztes Schulungswochenende an.

Teresa richtet sich auf. »Regel Nummer eins lautet, laß es dir gesagt sein, nimm nie einen Headhunter zur Kenntnis, bevor er sich nicht an dich gewandt hat. Du verdirbst nur die Preise.«

Teresas Gesicht wirkt leicht überstrahlt, wie von einem heimlichen Triumph. Sie hat Anna anscheinend doch beeindruckt. Gleich darauf verdüstern sich ihre Züge. »Du denkst doch nicht im Ernst daran, uns im Stich zu lassen?«

Anna winkt großzügig ab. »Ich wundere mich bloß, daß so gar nichts kommt. Du hast doch mehrmals von diesem Dschibril gesprochen. Mein Stolz leidet.«

Teresa läßt sich nicht täuschen. »Was ist los mit dir? Du schaust aus, als hättest du heute nacht nicht geschlafen.«

»Nicht der Rede wert, Teresa.«

»Du hast doch etwas, das sehe ich mit geschlossenen Augen. Komm, spuck es aus.«

»Nichts. Gar nichts. Was soll ich schon haben.« Anna ist unschlüssig, ob sie Teresa fragen soll. Schließlich haben sie schon lange nichts mehr miteinander unternommen. Andererseits, warum nicht. Sie kennen einander gut genug. Und es wäre nicht das erste Mal. Gewiß würde es ihnen beiden guttun.

»Was machst du denn am Wochenende?« Teresa hat ein Auto. Ihr Vater hat es ihr zu ihrem einundzwanzigsten Geburtstag geschenkt, und es fährt noch immer.

»Am Wochenende?« Teresa klingt einigermaßen perplex. »Was meinst du mit Wochenende?«

»Eine Spritztour, so wie früher. In die Donau-Auen. Oder in dieses Thermalbad. Erinnerst du dich noch an den Schwimmlehrer, der so kleine Badehosen trug und immer ›oder‹ sagte? ›Oder haben Sie Angst?‹ Frühling wird's, spürst du es nicht? Ich habe auf einmal unbändige Lust auf draußen.«

Teresa schaut sie mit aufgerissenen Augen an. »Willst du damit sagen, daß du Krach mit deinem Ministerialrat hast?«

»Ich will damit gar nichts sagen.« Anna bereut schon, daß sie damit angefangen hat. »Nichts. Verstehst du? Ich bin dreiundzwanzig, ledig, habe einen Job und möchte gelegentlich an einem Wochenende machen, was ich will.«

»O je.« Teresa wendet sich ab, als erübrige sich jede weitere Erklärung. »Sieh bloß zu, daß deine Launen die Firma nicht den Auftrag kosten.«

»Du spinnst!« Anna ist tatsächlich aufgebracht. »Anstatt mir eine freundliche Antwort auf eine freundlich gemeinte Frage zu geben, kommst du mir mit der Firma. Vielleicht sollte ich mir doch etwas anderes suchen. Sonst bin ich am Ende noch schuld, wenn das Objekt deiner ungeteilten Fürsorge wegen schlechter Auftragslage womöglich abgeschoben wird.« Das ist schlichtweg gemein, und Anna weiß das. Teresa hätte allen Grund, beleidigt zu sein.

»Verzeih!« Anna steht auf und nimmt Teresa um die Schultern. »Ich habe es nicht ganz so böse gemeint, nur ein bißchen. Aber ich weiß einfach nicht, was ich tun soll in einer gewissen Situation, verstehst du?«

Teresa hält Annas Arme mit ihren Händen fest. »Wahrscheinlich wäre es wirklich das klügste für uns beide, irgendwo hinauszufahren und zumindest für ein, zwei Tage alles andere zu vergessen.«

Ivo ist außer Hörweite. Nicht daß er so weit weg säße, aber das Summen der Rechner dient als Schallisolierung. Außerdem sitzt er mit dem Rücken zu ihnen und ahnt nicht einmal etwas von diesem Ansatz zu einer Verschwörung.

»Laß es mich wissen, wenn du ernsthaft daran denkst!« Anna setzt sich wieder an ihren Platz. Sie weiß, daß Ivo stärker sein wird. Vor allem am Wochenende. Wie könnte Teresa auch riskieren, daß er womöglich genau an diesem Wochenende rückfällig wird.

Wie ein Überfall ist die erste Frühjahrshitze über die Stadt gekommen. Übergangslos und erschöpfend, während sich das Laub vom Vorjahr, endlich trocken geworden, aus den Ritzen und Fugen der Gitter unter den Ringstraßenbäumen beim geringsten Windhauch in die Luft erhebt. Anna hat sich eine Sonnenbrille gekauft, die größte, die ihr noch zu Gesicht steht, das Haar hochgesteckt und es in einen Strohhut gestopft. Ihre Haut reagiert empfindlich auf heftige Sonnenbestrahlung. Auch möchte sie nicht schon von weitem erkannt werden. Noch ist ihr Einkaufsnetz leer, und sie plant ihren Samstagvormittag-Streifzug erst jetzt genauer. Sie möchte nicht unmittelbar am Laden der Ayverdis vorbeigehen. Also biegt sie in eine der Parallelgassen ein und verrenkt sich den Hals, um einen Blick auf den Obst- und Gemüsestand der Ayverdis zu werfen. Die Brüder Metin und Ismet, die ihre Waren verkaufen – so gut wie unverändert. Wenn sie einfach auf sie zuginge? Würden sie sie womöglich nicht wiedererkennen und so tun, als hätten sie sie nie gesehen? Oder sie begrüßen, aber Hikmet verleugnen? Als hätte es Hikmet nie gegeben? Sie würde langsam beginnen, an ihrer eigenen Wahrnehmung zu zweifeln. Und das kann sie sich im Augenblick nicht leisten. Sie braucht all ihre Kräfte für das Wochenende.

Noch jemand bedient die Kunden. Ein weiterer Bruder? Ein Cousin? Oder nur eine Aushilfe? Anna nähert sich in kleinen Schritten, ohne ihre Deckung aufzugeben. Mit einem Mal glaubt sie, diesen Orhan zu erkennen, den mit der Hasenscharte, der sie in jenes Lokal namens *Istanbul* gebracht hat, in dem – sie hätte es wissen müssen – zwar ein Mann verkehrte, der Mesut hieß, der aber nicht die geringste Ähnlichkeit mit Hikmet hatte. Die Situation war peinlich genug. Sie mußte zugeben, daß sie diesen Mesut nicht kannte und ihm daher auch nichts mitzuteilen hatte.

»Also was ist jetzt mit dem Job?« hatte Orhan sie daraufhin bedrängt. »Wäre er nicht doch etwas für mich? Ich interessiere mich für jede Art von Arbeit.«

Sie hatte das Gefühl, langsam in Schwierigkeiten zu geraten. Schon glaubte sie selbst beinahe daran, eine Nachricht dieser Art für Hikmet zu haben. Um ihn sich vom Hals zu schaffen, fragte sie Orhan, ob er denn überhaupt eine Arbeitsbewilligung habe.

Er stutzte, sah sie überrascht an und meinte dann mit einem eher beschwichtigenden Lächeln, er wisse schon, was sie meine, aber sie solle das ruhig seine Sorge sein lassen, er könne diesbezüglich mit allem dienen, während sie sich damit herausredete, daß sie dann eben noch einmal nachfragen müsse, ob sie die Information auch an jemand anderen als an Mesut weitergeben dürfe.

»Wo kann ich dir eine Nachricht hinterlassen?« Sie versuchte, sachlich zu klingen, so als denke sie wirklich daran, ihn zu verständigen, wenn es einen Job für ihn geben sollte.

»Abends bin ich entweder hier oder im *Butterkipferl*. Du kannst jeweils an der Theke Bescheid sagen.«

Anna hatte das *Istanbul* gleich darauf verlassen und war zur alten Wohnung gegangen. Gigi hatte große Augen gemacht, als sie so plötzlich und unangemeldet vor der Tür stand. Aber Anna wollte nicht, daß dieser Orhan herausfand, wo sie wohnte, wenn er ihr womöglich heimlich gefolgt war.

»Komm doch herein.« Gigi riß die Tür ganz weit auf. »Oskar und ich sind gerade beim Abendessen. Ich hoffe, du hast Appetit. Es gibt Scheiterhaufen.«

Anna konnte sich gar nicht erinnern, wann sie zum letzten Mal Scheiterhaufen gegessen hatte. Sicher nicht mehr, seit sie von Gigi weg in ihre eigene Wohnung gezogen war.

»Es ist nur, weil ich gerade in der Gegend bin.« Anna zog den Mantel aus. Gigi und Oskar schienen sich tatsächlich zu freuen.

Orhan hat tatsächlich einen Job gebraucht. Er bemüht sich offensichtlich um die Kunden, deutet ständig auf etwas, als wolle er es ihnen aufschwatzen oder ihnen zumindest den Mund danach wäßrig machen. Im Gegensatz zu Abdal, der wie verloren dasteht und in die Ferne lauscht, als ahne er etwas, habe es aber noch nicht orten können. Er scheint Hikmet noch mehr zu ähneln als beim letzten Mal, und Anna spürt, wie ihr Herz sich zusammenkrampft und einen schmerzhaften Ruck macht. Plötzlich wendet sich Abdals Gesicht in ihre Richtung, so als drehe jemand unsichtbar an seinem Kopf, und sie kann sich gerade noch hinter einem der Marktstände in Deckung bringen, bevor Abdals Blick unweigerlich auf sie gefallen wäre.

Wenigstens Abdal erinnert noch an Hikmet. Annas Herz klopft nicht mehr ganz so heftig. Sein Gesicht hat die Erinnerung bewahrt. Sie wendet sich ab, geht gedankenverloren den eingeschlagenen Weg, ohne nach rechts oder links zu schauen, als sei sie allein auf der Welt. Manchmal stößt sie an jemanden an und entschuldigt sich fahrig. Als die Gasse zwischen den Ständen zu Ende ist, macht sie kehrt und läßt sich durch eine der anderen Gassen treiben, verwirrt, unschlüssig, niedergeschlagen.

So wäre sie beinahe in Jussuf hineingerannt, der die Arme bereits ausgestreckt hat. »Halt! Du solltest besser auf mich achtgeben, vielleicht brauchst du mich noch.«

»Jussuf!« Anna umarmt ihn, als habe er sie aus dem eiskalten Wienfluß gerettet. Aus Jussufs Einkaufstasche schauen Fladenbrote hervor und ein Nylonsäckchen mit riesigen schwarzen Oliven.

»Bist du allein?« Anna ist froh, daß Jussuf ihren Arm nimmt.

»Wieso fragst du?«

»Als ich dich das letzte Mal hier einkaufen sah, war dein neuer Freund dabei.« Anna wird ganz blaß von der Erinnerung an sich und Hikmet, wie sie Hand in Hand über den Naschmarkt gegangen sind.

»Sag bloß, du kennst Shi Tschen?«

Jussuf ist stehengeblieben und schaut sie entgeistert an.

»Nur vom Sehen. Er soll hervorragend kochen.«

Kopfschüttelnd setzt sich Jussuf wieder in Bewegung. »Soll er? Vielleicht kommst du einmal zum Essen zu uns und findest es selber heraus.«

Anna hebt den Kopf. »Wie wär's mit heute abend?«

Jussuf schüttelt noch immer den Kopf. »Heute abend geht nicht, wir sind selbst eingeladen.« Anna deutet ungläubig auf seine Einkaufstasche.

»Das frieren wir ein, es muß für die ganze Woche reichen. Aber vielleicht nächstes Wochenende, wenn du magst.«

Jetzt schüttelt Anna den Kopf. »Nächstes Wochenende hilft mir nichts, ich brauche etwas für dieses.«

Jussuf bleibt wieder kurz stehen. »Was ist los, Chérie?«

»Nichts!« Anna ist es leid, immer dasselbe gefragt zu werden. »Komm, laß uns einkaufen.«

Sie gehen nebeneinander durch die immer voller werdenden Gassen zwischen den Ständen. Anna wollte auch etwas einkaufen, es fällt ihr nur nicht mehr ein, was. Und nur wenn Jussuf irgendwo stehenbleibt und auf Obst oder Gemüse zeigt, läßt sie sich auch etwas davon in ihr Einkaufsnetz packen. Doch tut sie es dermaßen abwesend, daß Jussuf es nicht länger mitansehen kann.

»Nimmst du überhaupt etwas wahr durch diese monströse Brille?«

Anna setzt sie für einen Augenblick ab, und Jussuf meint ganz erschrocken: »Wie ich sehe, brauchst du dringend einen Kaffee. Komm, bevor du mir am hellichten Tag einfach wegkippst.« Anna leidet allgemein unter niedrigem Blutdruck und ist schon des öfteren ohne Vorwarnung umgefallen. Jussuf nimmt sie am Ellbogen und versucht sie in eine bestimmte Richtung zu ziehen, aber in diesem Augenblick merkt sie, daß es die Ayverdi-Gasse ist.

»Nicht hier durch«, flüstert sie mit brüchiger Stimme und wendet sich zurück zur nächsten Gasse. Jussuf schaut auf und scheint zu begreifen. »O Gott, jetzt kehrst du auch noch an den Ort der bösen Tat zurück.«

Sie verlassen den Markt und gehen in ein Café an der nächsten Straßenecke, das bereits Tische im Freien stehen hat. Umständlich plaziert Jussuf seine Einkäufe auf einem freien Stuhl und meint sarkastisch, als eine Grapefruit zu Boden fällt und davonrollt: »Wenn du wüßtest, wie leid ich dieses Hausfrauendasein manchmal bin.«

Der junge Kellner läuft der Grapefruit nach, hebt sie auf und wirft sie Jussuf zu. Aber nicht er, sondern Anna fängt sie. Sie ist in der Schule eine passable Basketballspielerin gewesen, bis sie im Netz zu surfen begann und für nichts anderes mehr Zeit fand.

»Gut gemacht!« Jussuf funkelt sie durch seine in der Sonne nachdunkelnden Gläser an.

»Gelernt ist gelernt.« Aber dessen ist Anna sich gar nicht mehr so sicher. »Sag mir lieber, was ich tun soll.«

Der junge Kellner bringt den Kaffee. Sie beginnen beide darin zu rühren und zeichnen Muster in den Schaum, der immer grobporiger wird.

»Sei findig, großherzig und verschwiegen!« Jussuf trinkt und schlürft dabei vernehmlich.

Anna zieht die Stirn in Falten.

»Ein arabisches Sprichwort. Es läßt sich auf alles anwenden.«

»Auch auf meine Situation?« Anna nimmt den Strohhut vom Kopf, und ihr Haar gerät ins Rutschen.

»Was weiß ich. Jedenfalls hänge ich mit drin.«

»Wieso du?« Plötzlich kommt Leben in Annas Gesichtszüge.

»Mein Ruf als Experte steht auf dem Spiel.«

»Drück dich deutlicher aus.« Anna nimmt noch ein Stück Zucker zwischen die Zähne.

»Wie du weißt, bin ich Experte für die ›orientalische Frage‹, das heißt für die Zuwanderer aus dem Nahen und Mittleren Osten, und ich als Libanese habe diese Position nur, weil es keinen deutschen oder österreichischen Fachmann dafür gibt, der auch noch Programmierer wäre.«

»Ja, aber was hat das damit zu tun?«

»Haugsdorff, dein Haugsdorff« – so etwas wie ein leiser Vorwurf schwingt in Jussufs Stimme mit – »ist mißtrauisch geworden. Sie scheinen hinter etwas her zu sein, da kam ihnen dieser Name, den du leichtsinnigerweise und an mir vorbei« – Jussuf hat es ihr wohl noch immer nicht verziehen – »ins Programm geschrieben hast, gerade recht.«

»Ist er tatsächlich abgerufen worden?«

»Ich habe versucht, ihn zu löschen, aber es war schon zu spät.«

»Und was schließt du daraus?« Anna verbrennt sich die Zunge am Kaffee.

»Nichts. Ich habe nur herausgefunden, daß es keinen Hikmet Ayverdi mehr gibt.«

»Hab ich dir doch gesagt. Er ist wie vom Erdboden verschwunden. Und zwar so gründlich, daß sich keiner an ihn erinnern mag.«

Jussuf nimmt ihr Gesicht in beide Hände und flüstert: »Du hast mich noch immer nicht verstanden. Es gibt ihn nicht mehr, weil er tot ist.«

Anna zuckt, als hätte er ihr einen Schlag versetzt.

»Seit ungefähr vier Jahren. Er kann also gar nicht der Kerl gewesen sein, der dich so durcheinandergebracht hat. Aber das Wiederauftauchen des Namens hat ihnen zu denken gegeben. Sie glauben wahrscheinlich, daß es ein diskreter Hinweis von mir ist. Und so werden sie die Sache wieder aufrollen und sich die Familie genauer ansehen.«

»Aber warum?« Anna versteht weder Jussuf noch die Welt.

Jussuf zuckt die Schultern. »Ich komme schon noch drauf, wenn ich mich ernsthaft damit beschäftige. Die Sache muß weiter zurückreichen, noch vor das Programm. Es ist so gut wie kein Material vorhanden, ich muß also andere Quellen anzapfen.«

»Was für Quellen?« Hikmet hat von Kanälen geredet, ob er dasselbe gemeint hat?

»Nicht gerade die des Paradieses.« So wie Jussuf lächelt, geht es eher um einen ganz anderen Ort.

»Was sollen wir jetzt tun?«

»Nichts. Hörst du, gar nichts. Soviel ich in Erfahrung bringen konnte, liegt im Augenblick nichts gegen die Familie vor, zumindest nichts Außergewöhnliches. Das Schlimmste, was passsieren kann, ist verdeckte Beobachtung, wenn es hoch kommt, Hausdurchsuchung in Abwesenheit.«

»Das geht doch nicht. Ich muß sie warnen.«

»Ja nicht, versprich es. Das wäre das Dümmste, was du tun könntest. Jeder, der sich beobachtet weiß, verrät sich, nicht umgekehrt. Und wenn du schon etwas tun willst, dann versuch, deinen Haugsdorff abzulenken. Bescher ihm ein unvergeßliches Wochenende, damit er auf andere Gedanken kommt.«

Anna ist nah an den Tränen. »Ich kann nicht. Nicht mit ihm. Darum geht es ja.«

Jussuf nimmt die Brille ab und schaut ihr in die Augen, geradezu streng. »Und wie du kannst, Chérie! Laß dir etwas einfallen. Wie ich schon sagte, sei findig, großherzig und verschwiegen! Und gebrauch dein Hirn, das unter dieser roten Mähne ja noch irgendwo vorhanden sein muß.«

»Was tun wir überhaupt? Wenn das irrtümliche Eintippen eines Namens schon Folgen hat, was geschieht dann mit den Namen, die wir eingeben, weil sie aus irgendeinem Grund bereits aktenkundig sind?«

Jussuf lehnt sich zurück, und sein Grinsen ist eindeutig das des bösen Löwenonkels. »Fragst du im Ernst? Nur zu, ich kann es dir sagen. Wir sind Handlanger, skrupellose kleine Zuarbeiter, die dem System helfen, seine Krallen auszufahren. Zufrieden?«

»Du machst mir angst, Jussuf.«

Jussuf beugt sich ganz nah an Annas Ohr und flüstert in ungewohnt zischendem Ton: »Und das ist unsere einzige Chance. Eine kleine Schleife im Programm, ein winziger Fehler, den nur du korrigieren kannst. Damit werden wir unverzichtbar. Sie glauben, mit Hilfe ihrer Technik alles beherrschen zu können. Aber noch haben sie die Rechnung ohne die Techniker gemacht. Es darf dir nur selbst kein Fehler passieren, so wie er dir passiert ist, Chérie, kein Fehler, den du nicht eingeplant hast. Ich habe dir zugetraut, daß du das begreifst, rascher als Teresa, von Ivo ganz zu schweigen, der ist noch nicht soweit, und Frantischek ist zu jung. Also, enttäusch mich nicht noch einmal.«

Eine einzelne Wolke segelt an der Sonne vorbei, und für einen Augenblick sieht es so aus, als trüge sie einen Schnurrbart. Annas Handflächen sind feucht geworden, und auf ihrer Oberlippe stehen ein paar winzige Tropfen frühsommerlichen Schweißes. Sie ist sich der Ungeheuerlichkeit bewußt. Und da ist Haugsdorff. Da ist immer noch Haugsdorff.

»Eigentlich hatte ich dich bitten wollen, ob ich fürs Wochenende bei euch untertauchen kann. Flucht vor der Familie, du verstehst? Ich wollte selbst einmal ausprobieren, wie es ist, wenn man von der Bildfläche verschwindet.«

Jussuf rauft sich theatralisch die Haare. »Tu das ja nicht, und schon gar nicht bei uns. Wer weiß, auf was für Ideen ich käme, von Shi Tschen ganz zu schweigen. Nimm dich in acht, unsere Phantasie ist grenzenlos.«

Anna kann sehen, wie sich eine winzige Schnecke ihren Weg aus Jussufs Salat bahnt und gemächlich eine Melone besteigt, wobei sie eine silbrig glitzernde Spur hinterläßt.

»Dabei hatte ich mir viel versprochen davon.« Anna schnupft, und es klingt beinahe echt.

Jussuf steckt ihr sein Taschentuch zu.

»Wenn du dieses Wochenende zu meiner Zufriedenheit absolvierst, verrate ich dir den ersten Satz des Großen Geheimnisses.«

»Welches Großen Geheimnisses?« Annas Interesse klingt eher matt, so als würde sie aus purer Höflichkeit fragen.

Jussuf nimmt noch einmal die Brille ab und blinzelt sie ungeschützt an. »Gib es zu, du glaubst auch an das Große Geheimnis!«

»Sag mir lieber etwas über die Familie. Sag mir einfach, was du über sie weißt.«

»Also doch.« Jussuf lehnt sich zufrieden zurück. »Erst tust du, was ich dir gesagt habe. Ich will Taten sehen, hörst du? Wie heißt es in eurem heiligen Buch? Am Anfang war die Tat.«

»Das Wort«, begehrt Anna auf, »das Wort!«

»Widersprich nicht. In puncto Durchblick bin ich dir noch immer um Jahre voraus.«

Anna steht auf und löst ihr Einkaufsnetz von Jussufs gefüllten Taschen. »Ich tue, was ich kann. Aber ich werde dich und mich hassen dafür.«

Bonny hat auf der ganzen Linie gesiegt. Haugsdorff, der auch noch am Samstag ein paar Stunden im Dienst war, um sich mit einem hohen Beamten des Innenministeriums eines befreundeten Staates zu treffen, der sich, von Ungarn kommend, auf der Durchreise befand, holt sie ab und sagt während der ganzen Fahrt in die Donaustadt so gut wie nichts. Gewiß ist er müde, aber das allein kann es nicht sein. Auch er scheint befangen, und als ihr gemeinsames Schweigen langsam peinlich zu werden droht, fragt er sie, ob sie sich inzwischen beruhigt habe und man wieder vernünftig mit ihr reden könne. Anna antwortet, sie habe sich keineswegs aufgeregt, und man könne immer vernünftig mit ihr reden.

»Dann ist ja alles bestens.« Haugsdorff parkt den Wagen in der Nähe des kleinen Theaters, in dem die Geschichte vom Lieben Augustin zum letzten Mal aufgeführt werden soll. Er hat sie zwar zur Begrüßung geküßt, läßt aber nun ihre Hand gleich wieder los, nachdem er ihr aus dem Auto geholfen hat.

Was Anna ihm neulich zu sagen versucht hat, scheint ihn doch an einer wunden Stelle getroffen zu haben, wenn sie auch noch nicht weiß, an welcher. Sie wird auf der Hut sein müssen, wenn nicht alles so weitergehen soll wie bisher, was sie auf keinen Fall möchte. O Jussuf, beschwört sie insgeheim ihren Systemverwalter, wenn du wüßtest, was du von mir verlangst. Und kommt sich gleichzeitig lächerlich vor, schließlich verdankt sie das alles einzig und allein ihrer Gedankenlosigkeit.

Von da an dirigiert Bonny das Geschehen, und Anna beobachtet, was für ein Prickeln es ihr offenbar verschafft, Haugsdorff und Oskar miteinander bekannt zu machen. Nur daß sie sich alle, wie es scheint, in Oskar getäuscht haben. Oskar ist gewandt wie ein ehemaliger, nicht wie ein zukünftiger Geschäftsführer und unterhält sich mit Haugsdorff, als kennten sie sich schon seit Jahren. Vor allem Gigi genießt die Situation, und je gewandter Oskar auftritt, desto zufriedener lächelt sie.

Bonny spielt die unermüdliche Hirtin, die die Familie zusammenhält. Diesmal ist auch Donald mit dabei, und sie umkreisen gemeinsam das kleine Aufgebot wie zwei Border-Collies, die wissen, was zu tun ist, auch wenn die Schafe immer wieder stehenbleiben oder sich anders gruppieren und somit den geregelten Fluß der in den Saal drängenden Zuschauer da und dort zum Stocken bringen.

Es ergibt sich, daß Haugsdorff zwischen Oskar und Bonny zu sitzen kommt – die Plätze sind nicht numeriert –, wo er gewiß gut aufgehoben ist, während Anna noch eine Galgenfrist verbleibt, um für das zu beten, was Jussuf einen kreativen Einfall nennen würde, nämlich wie es ihr gelingen könnte, Haugsdorff abzulenken, ihm sozusagen ein Traum-Wochenende zu bescheren, ohne mit ihm ins Bett zu müssen.

Andererseits ist auch sie nicht ohne Gefühle, ist sie doch seit zwei Jahren Haugsdorffs Geliebte, und bisher war ihr das nie peinlich gewesen. Es ist auch jetzt nicht so, daß sie sich vor ihm ekeln würde, sie will nur nicht mehr mit ihm schlafen. Obwohl oder vielleicht gerade weil dieser Hikmet, der vielleicht Mesut heißt, verschwunden ist. Sie wird den Gedanken nicht los, daß alles anders gekommen wäre, wenn sie damals im Café eine Nachricht hinterlassen hätte. Bis dahin hatten diese verabredungslosen Treffen zwischen ihnen immer geklappt. Sie ist es gewesen, die die Kette hat reißen lassen.

Könnte sie Hikmet nur wiedersehen. Allein die Vorstellung, was sie ihm sagen würde, läßt sie sich fiebrig fühlen. Sie hat sich entzündet an ihm, und sein Verschwinden hat ihren Körper hilflos zurückgelassen. Auch hat sie viel zuwenig geschlafen in der letzten Woche, und wenn sie die Augen schließt, tanzen rote Kreise durch die Finsternis.

Donald sitzt neben Anna und stützt sich mit beiden Ellbogen auf ihre Knie, um so besser zwischen den vor ihnen Sitzenden hindurchspähen zu können. Er ist sichtlich beeindruckt und sich seiner Rolle als Ältester voll bewußt, dem man bereits zutraut, den Improvisationen seines Vaters, der den Augustin spielt, zu folgen, wovon seine beiden kleineren Brüder noch Jahre entfernt sind.

Haugsdorff scheint sich einigermaßen zu amüsieren, obwohl Oskar, der das Stück ja zum zweiten Mal sieht, ihn immer wieder mit seinen Kommentaren behelligt.

Auch Bonny greift gelegentlich erklärend ein, während Gigi neben ihr immer wieder kurz und diskret einnickt, so diskret, daß Anna es nur am zuckenden Erwachen bemerkt, das sich in regelmäßigen Abständen wiederholt. Dafür klatscht Gigi am Schluß wie entfesselt, und auf dem gemeinsamen Weg ins Gasthaus, in das sie dann alle noch gehen, fällt sie Bär auch noch um den Hals.

Wer immer dafür zuständig ist, so Annas neuerliches Stoßgebet, laß mich eine zündende Idee haben. Und das bald.

Bonny hat mehrere Tische zusammenstellen lassen, damit alle Schauspieler Platz haben, und vor allem Bär, der sich diesmal Haugsdorff an die Seite holt. Bravo, denkt Anna, das ist ja, als wüßten alle über meinen Gefühlswandel Bescheid und würden nun mit Gewalt versuchen, Haugsdorff in die Familie einzubetonieren.

Haugsdorff scheint damit zufrieden, und Anna muß es im Augenblick ebenfalls sein, da die zündende Idee weiterhin auf sich warten läßt.

Bonny hingegen hat allen Grund, sich auf dem Gipfel zu fühlen. Das Stück ist zwei Wochen gelaufen und war noch dazu gut besucht. Es sind sogar Kritiken in der lokalen Presse, sprich Bezirksblatt und Konsum-Zeitung, erschienen, die sich in die Höhen eines dahingehenden Lobes verstiegen, daß sie Bär und seinem Ensemble mehr Professionalität im Improvisieren zuschrieben als einigen der städtischen Bühnen im Deklamieren.

Als die Reihe, zu bestellen, an Anna kommt, begnügt sie sich mit einem Salat. Sie hat keinen Hunger. Im Gegenteil. Sobald sie an Essen denkt, fühlt sie sich gleich noch schlechter. Wenn es bloß niemand merkt. Bonny und Gigi können, was Essen anbelangt, ausgesprochen widerlich sein. Schon als Kind hat Anna unter dem regelmäßigen Appetit von Mutter und Schwester gelitten, die sie an fixe Essenszeiten gewöhnen wollten. Angeblich hat sie sich aber, schon als sie noch gestillt wurde, dagegen gewehrt. Wieder sitzt Donald neben ihr, und an ihrer anderen Seite sitzt dieser Oskar, der ihr gerade zu Haugsdorff gratuliert und feststellt, daß sie gut zueinander paßten.

»Der einzige Bereich, in dem wir wirklich wählen können, ist der unserer Beziehungen«, behauptet er, »wenigstens dabei sollten wir keine Kompromisse machen.« Wo er das bloß her hat? Und überhaupt, so wie Oskar sich gibt, könnte man annehmen, er und Gigi seien schon seit Jahrzehnten zusammen. Merkwürdiger Typ.

Anna spürt, wie es ihr heiß aufsteigt. Denkt sie wirklich nur mehr an Hikmet? Sie muß hinaus und ihr Gesicht kühlen, sonst verrät es sie noch.

»Entschuldigung«, flüstert sie zu Oskar und Donald gewendet, »ich bin gleich wieder da.«

Während sie aufsteht, steigt sie auf Watte, und schon beim

nächsten Schritt kommt der Holzboden des Gasthauses auf sie zu. Das letzte, was sie hört, ist mehrfaches knirschendes Sesselrücken, dann schlägt etwas über ihr zusammen, was ebensogut der Ozean sein könnte.

Jetzt schwimmt sie tatsächlich und kann sich als silbernen Fisch sehen, der langsam und in vielen Wendungen nach oben schwebt. Über sich die Wasseroberfläche, auf die die Sonne scheint, unter sich ungeheure Massen von schwärzer und schwärzer werdendem Wasser. Es ist jedes Mal dasselbe Bild. Sie will immer weiter nach oben, empor zum Licht, allen Gefahren zum Trotz. Was ihr merkwürdig vorkommt, ist, daß sie atmet. Schon kann sie die Brandung hören, eine donnernde Welle aus menschlichen Lauten, die langsam in ihre Ohren zurückkehrt, ein Rauschen mit Unter- und Obertönen.

Als sie wieder zu sich kommt, liegt sie, den Kopf in Oskars Schoß gebettet, auf einer Sitzbank. Haugsdorff macht sich an ihrem Puls zu schaffen, während Bonny erklärt, sie habe den Arzt schon verständigt, und Gigi ihr eine in Mineralwasser getränkte Serviette auflegt.

»Und, hast du es halbwegs hingekriegt?« Teresa sitzt gerade an einem Programm, das mit der Berechnung und dem Ausdruck von Strafmandaten zu tun hat – ein Auftrag der dafür zuständigen Magistratsabteilung –, und versucht wieder einmal, den eigenen Strafzettel herauszupicken, was einige Zeit kostet. Aber am Ende hat sie es noch immer geschafft, ohne auch nur eine Spur zu hinterlassen.

»Was denn?« Anna ist in Gedanken bei Jussuf, der sich noch immer in seinem Einzelbüro bedeckt hält.

»Das Wochenende.« Teresa klingt geradezu schuldbewußt.

»Doch, doch. Ganz passabel.« Anna ist den ganzen Tag schon nicht sehr gesprächig.

»Wir hätten trotzdem hinausfahren sollen, du und ich. Das Wetter war wie im Bilderbuch, und die Luft hätte unserer Haut geschmeichelt.«

»Und du?« Anna zieht an ihren Fingern und läßt sie knacken.

»Wie du siehst, ich lebe. Ivo hat eine seiner Krisen durchgemacht, und ich hatte zuwenig Milch im Haus. Aber dann hat er sich Gott sei Dank wieder beruhigt. Sonntag mittag sind wir dann zu einem seiner Landsleute gefahren. Sie haben den ganzen Nachmittag über Politik geredet, nämlich die Männer, während ich mit der Frau das Geschirr abwusch und den Kindern den Rotz von der Nase wischte. Du mußt dir vorstellen, die ganze Familie in Zimmer und Küche, dazu noch jede Menge Besuch, und alles Raucher. Ich mußte die Augen zusammenkneifen, um Ivo überhaupt noch zu erkennen. Aber er hat durchgehalten. Keinen Schnaps. Nicht einmal zum Abschied. Und als wir dann endlich gingen, klammerte sich eines von den Kindern, mit denen ich gespielt hatte, um die Zeit totzuschlagen – ich kann noch kein Serbokroatisch –, an mein Bein und schrie: »Nicht weggehen! Nie, nie weggehen!« Teresas Blick verschwimmt in einem Meer von Gefühl, so daß Anna es gar nicht mitansehen kann.

»Was du nicht sagst!« Anna bildet sich ein, genau zu wissen, was in Teresa vorgeht. »Und seither verfolgen dich Kinderaugen, du spürst so ein merkwürdiges Kribbeln in den Brustspitzen und wölbst automatisch den Bauch vor.«

»Woher weißt du das?« Teresas Gesicht ist blankes Erstaunen.

»Um Himmels willen, Teresa, du denkst doch nicht im Ernst an ein Kind?« Anna beugt sich vor, um sicherzugehen, daß Ivo keinen Verdacht schöpft, aber der ist gerade hinausgegangen. »Womöglich von Ivo?! Bist du vollkommen übergeschnappt?«

Das alles auf den Kopf zu gesagt, empört Teresa. »Wenn schon, dann natürlich von Ivo, von wem denn sonst?!«

Anna ist von Gigis und ihrer eigenen Erfahrung gezeichnet. »Hast du dir schon überlegt, daß du dann eine Weile zu Hause bleiben müßtest?«

»Na und?« Teresa hat zu schmollen begonnen. »Die Firma ist nicht das einzige auf der Welt. Es würde schon irgendwie gehen.«

»Sag mir, wie. Falls du noch vernünftig denken kannst.« Teresa faucht nicht schlecht. »Wozu habe ich eine Familie? Meine Eltern würden sich sicher freuen.«

»Weißt du noch, was du mir von deinen Eltern erzählt hast? Abgesehen davon, daß sie in Südtirol leben?«

Teresa schaut, als habe man sie mit einem Eimer Eiswasser übergossen. »Ich hab ja nicht behauptet, daß ich jetzt gleich ein Kind will. Wer weiß, ob ich überhaupt welche kriege. Ich hätte nur gerne irgendwann eines. Sicher, ich hätte sehr gerne eines.«

»Was meinst du, was deine Eltern zu Ivo sagen würden? Hast du ihnen überhaupt schon von ihm erzählt?«

Teresa schaudert tatsächlich bei dem Gedanken. »Natürlich nicht. Zuerst muß er einmal trocken werden.«

Anna hat Blut geleckt. »Vielleicht stört sie auch noch etwas anderes an ihm. Nämlich, daß er Flüchtling ist. Vielleicht mögen sie seinen Akzent nicht.«

Teresa hält sich die Ohren zu. »Hör auf, Anna, ich bitte dich, hör auf.« Sie hat Tränen in den Augen, und Anna weiß selbst nicht, warum sie sich so in Rage geredet hat. Weil sie Teresa als Kollegin nicht verlieren will? Sie steht auf und legt die Arme um sie. »Du weißt, wie ich es meine. Aber du kannst es dir nicht erlauben, sentimental zu sein. Wir können uns das beide nicht erlauben! Laß dir Zeit, versprich es!«

Ivo kommt mit der unvermeidlichen Milchkaffeetasse an seinen Platz zurück. Als er Anna und Teresa einander so heftig umarmen sieht, schüttelt er den Kopf. »Was ist, fliegt ihr jetzt aufeinander?« Sein Ton enthält deutlich einen Besitzanspruch.

»Bleib cool, Ivo« – Anna kehrt an ihren Schirm zurück –, »und sieh ein, daß du Teresa mit mir teilen mußt.«

140

Ivos Augen beginnen zu funkeln. »Du meinst, daß wir zu dritt?«

»Meine ich. Wenn du das Geschirr spülst.«

Ivo wiehert in seinen Milchkaffee und nimmt dann einen großen Schluck. Es scheint ihm neuerdings gutzugehen. »Die Mädchen werden frech«, sagt er zu Ferdy, der die Poststücke einsammelt. »Ist Zeit, daß wir ihnen zeigen, wer die Hosen anhat.«

Frantischek deutet mit dem Finger auf Anna und Teresa, die an diesem Tag zufällig beide weiße Jeans tragen. Und sogar die Chefin, die gerade an der Tür vorbeischwebt, trägt einen Hosenrock.

»Keine Chance«, meint Frantischek, »mit Hosen geht heute nichts.«

Haugsdorff hatte darauf bestanden, Anna »nach Hause« mitzunehmen, nachdem der Arzt nichts als den üblichen zu niedrigen Blutdruck festgestellt und ihr Kalzium gespritzt hatte. Er würde schon für sie sorgen, schließlich fehle ihr nichts als Schlaf und ein bißchen Entspannung am morgigen Sonntag. Anna hatte gerade noch bemerkt, wie Gigi und Bonny sich einen verschwörerischen Blick zuwarfen, als sie Haugsdorff nachgaben, nachdem sie sich zuvor beide erbötig gemacht hatten, sich um sie zu kümmern.

Anna selbst fühlte sich wie ausgehöhlt. Die Muskelkrämpfe ließen bald nach, als das Kalzium zu wirken begonnen hatte. Sie fand nicht die Kraft, gegen irgend etwas zu protestieren, und ließ sich teilnahmslos in Haugsdorffs Wagen packen. Gigi drapierte den Mantel von vorne um ihren Körper, und Bonny reichte ihr die Tasche zum Fenster herein, während Oskar sich mit der Bemerkung hervortat, sie habe bestimmt zuviel gearbeitet, aber sie solle doch bedenken, daß keine Firma der Welt mächtig genug sei, sie um ihre Gesundheit zu bringen, wenn sie es nicht selbst dazu kommen lasse.

Haugsdorff ging behutsam mit ihr um. Sie hatte wohl durch ihr Umfallen an Glaubwürdigkeit gewonnen, und so ließ er sie auch in Ruhe. Etwas später, sie war noch wach, legte er sich neben sie und drückte ihre Hand, bevor er sich auf die Seite drehte.

Als Anna nach mehr als zehn Stunden wieder aufwacht, ist ihr, als habe sie sich die ganze Nacht über nicht ein einziges Mal bewegt, so tief hat sie geschlafen. Haugsdorff ist bereits aufgestanden. Sie hört ihn gutgelaunt vor sich hin pfeifen und geht ins Bad, wo sie sich einen von Haugsdorffs Bademänteln überzieht. Schon fröstelt sie wieder.

Haugsdorff hat inzwischen das Frühstück ans Bett gebracht, und sie ist ihm dankbar, daß er auch eine große Kanne starken Tee gekocht hat. Es gibt sogar Gebäck, frisch aufgebacken, Schinken und Joghurt. Er sei ein Frühstücker, meint er, immer schon gewesen. Lieber stehe er eine halbe Stunde früher auf, als sich beim Frühstück hetzen zu müssen. Sogar die Eier sind richtig gekocht, kernweich. Er wisse, wo man die frischesten bekomme, an welchem Stand auf dem Naschmarkt.

Anna zuckt unwillkürlich, als er den Markt erwähnt. Zum Glück ist sie ihm dort nie begegnet. Sie hat auch gar nichts von seinen Einkaufsgewohnheiten gewußt. Überhaupt fallen ihr neue Seiten auf an ihm, Seiten, die sie früher nicht beachtet hat. Sie ist nur selten über Nacht geblieben, meist hat Haugsdorff sie noch nach Hause gebracht. Irgendwie hat das Übernachten ihrer »Abmachung« widersprochen. Entsetzlich, jetzt verwendet sie in Gedanken auch schon diesen Begriff. Sie ist sein Verhältnis gewesen, und daß sie ihn mit ihrer Familie bekannt gemacht hat, war wohl keine so gute Idee, aber es hatte sich so ergeben. Auch waren Bonny und Gigi viel zu neugierig, als daß sie ihnen Haugsdorff auf die Dauer vorenthalten hätte können.

Als sie fertig gegessen haben, tastet sich Haugsdorffs Hand

unter der Decke an sie heran, aber sie tut, als bemerke sie nichts, und beginnt ihm eine Geschichte zu erzählen. Eine Geschichte, von der sie weiß, was für eine Wirkung sie auf ihn haben wird. Es gelingt ihr, ihn schon mit den ersten Sätzen zu fesseln, so daß er jeden Versuch aufgibt, sich ihr weiter zu nähern. Irgendwie ist es, als erzähle sie, um mit dem Leben davonzukommen, und während sie ihre Worte mit viel Bedacht wählt, kann sie sehen, wie Haugsdorffs Schwanz sich unter der Decke aufrichtet.

Sie vermeidet es, ihn anzuschauen, während sie erzählt, aber sie kann sich an sein Gesicht von früheren, ähnlichen Situationen her nur zu gut erinnern, an seinen erst starren, dann sich verengenden Blick, bis er die Augen fast zur Gänze schließt und nur mehr das Weiße unter seinen flatternden Lidern zu sehen ist, während sein Atem sich beschleunigt und er zu stöhnen anfängt, was beinah wie Singen klingt, wenn auch leise, um keines ihrer Worte zu übertönen. Auch zieht er die Decke weg, um ihr zu zeigen, was ihr Erzählen bewirkt hat, und als sie nun ihre Sätze beschleunigt, ohne Anstalten zu machen, ihn zu berühren, legt er selbst Hand an, streift seine Vorhaut zurück und zupft an seinen Hoden, bis sein Schuß sich mit einem Mal löst, nicht allzu üppig, was die gallertige Masse betrifft, dennoch deutlich sichtbar auf der Bettdecke, über die er sich gleich darauf an ihre Seite wälzt, in dem heftigen Versuch, sie zu umfangen, während sie ihm beschwichtigend den Rücken massiert.

Es ist noch für jeden eine Tasse Tee da, und sie trinken ihn, einträchtig nebeneinander im Bett sitzend.

»Langsam muß dir klar sein, warum ich dich nicht aufgeben kann.« Haugsdorff küßt Anna feucht auf den Hals. »Niemand versteht es so wie du, mich scharf zu machen.« Sie lächelt, legt sich zurück und schließt wieder die Augen.

»Ruh dich nur aus«, Haugsdorff wühlt sich aus dem Bett, »eigentlich wollte ich reiten gehen, aber auch ich bin zu müde.«

Er trägt das Tablett hinaus, und sie kann ihn kurz telefonieren hören. Als er sich wieder neben sie legt, gibt sie vor, bereits zu schlafen. Er gähnt herzhaft, und sie spürt seine Arme an ihrem Rücken.

Die Vorhänge sind nicht mehr ganz zugezogen, die Sonne zwängt sich durch den Spalt, und der Strahl wandert gerade über Annas Gesicht. Sie tastet nach ihrer Uhr, es ist früher Nachmittag. Haugsdorff muß schon länger auf sein, denn als sie ins Wohnzimmer geht, kniet er, bereits angezogen und rasiert, über seinen Schwinds, Fügers und Daffingers, vor allem über seinen Daffingers, die die kleinsten und wertvollsten Stücke seiner Sammlung bilden. Erst vor kurzem, wenn auch noch vor Amerika, hat er das unsignierte, aber eindeutig zuordenbare »Porträt eines unbekannten Mannes« erwerben können, Öl auf Elfenbein, und das Ganze um nicht einmal zweihunderttausend Schilling. Nun hat er sie alle auf dem taubenblauen Spannteppich ausgelegt, wo sie besonders gut zur Geltung kommen.

»Ausgeschlafen?« Er fragt unschuldig wie ein Kind, das aus der Sandkiste aufschaut. Anna nickt und setzt sich einen Augenblick zu ihm. Er drückt ihr, überwältigt von seinen beiden Neuerwerbungen, die Lupe in die Hand. »Schau dir das an, wie fein das gearbeitet ist. Als wäre es mit einem Katzenhaarpinsel gemalt.«

Anna ist noch nicht nicht ganz wach. »Katzenhaar?« gähnt sie.

»Ein Sammler aus dem Außenamt, der als Diplomat länger in der Türkei tätig war, hat mir einmal erzählt, daß die osmanischen Kalligraphen eine eigene Art von Katzen züchteten, denen man dann das überaus feine Haar unterm Kinn ausriß, um Pinsel daraus zu machen. Diese Pinsel waren so dünn, daß man eine Lupe brauchte, um damit schreiben zu können.« Mit einem Mal ist Anna hellwach. »Kennst du dich aus mit Kalligraphien?«

»Nicht wirklich. Ich habe immer Miniaturen bevorzugt. Und auch da nicht die orientalischen, sondern Porträts.« Das war's wohl. Anna steht umständlich wieder vom Boden auf und stapft ins Bad.

Haugsdorff möchte noch etwas essen gehen und sich im Freien bewegen. Sein Pferd sei inzwischen von jemand anderem geritten worden, aber ein Spaziergang im Prater oder bei Fischamend an der Donau wäre jetzt genau das Richtige. Sie könnten entweder im *Butterfaßl* ein Schnitzel oder im *Rostigen Anker* Fisch essen und sich dann ein Stündchen die Beine vertreten. Anna ist für die Donau, der Prater ist ihr zu nahe, auch erinnert sie sich, daß Hikmet ihr erklärt hat, er habe sie, schon bevor sie zum ersten Mal miteinander sprachen, mehrmals durch die ganze Stadt verfolgt. Ob er das alles erfunden hat? Um ihr auf diese drastische Art sein Interesse zu bekunden?
Ein merkwürdig melancholisches Gefühl befällt sie, als sie und Haugsdorff nun so miteinander an der Donau entlanggehen, satt und ausgeschlafen – da es schon spät war, haben sie auch nicht lange aufs Essen warten müssen – und wie das sprichwörtliche alte Ehepaar, das sie nie gewesen sind – Anna hat immer Wert auf ihren Status als Geliebte gelegt –, über belanglose Dinge reden. Über die kleinen Fischerhütten am Ufer zum Beispiel und über die Primeln, die erstaunlicherweise schon alle heraußen sind, bis Haugsdorff wieder damit anfängt, daß sie besser auf sich achtgeben müsse, der Monitor habe so seine Tücken. Und gerade bei jungen Menschen könne er Irreparables anrichten, wenn sie nicht maßzuhalten verstünden. Der gestrige Vorfall sei nur ein Symptom gewesen, von ihrem Körper als Warnung gedacht, die sie nicht in den Wind schlagen dürfe.
Halbherzig beteuert Anna, daß sie das schon verstanden habe, aber da sei ein Firmengerät zu testen gewesen, das habe viel zusätzliche Zeit gekostet.

»Der Erfolgsdruck ist ziemlich stark. Die hiesige Filiale rechnet sich bei weitem nicht so wie die neue in Warschau, wo die Gehälter wesentlich niedriger sind. Wir müssen effektiv sein. Aber das ist ja kein Geheimnis für dich, schließlich gehörst du zu den Auftraggebern.«

»Nicht ich, das Ministerium.« Dennoch betont Haugsdorff das Wort »ich«. Und dann meint er, so als denke er nur einfach laut: »Vielleicht sollte ich veranlassen, daß du von unserem Programm abgezogen wirst. Dann wärst du weniger hart gefordert.«

Anna bleibt abrupt stehen und stellt sich Haugsdorff demonstrativ in den Weg. »Wieso das?« Ihr ist sofort klar, daß sie zu heftig reagiert hat.

»Wieso nicht?« Haugsdorff hat ein schmales Lächeln im Gesicht, das beinah verschlagen wirkt. »Du bist doch nicht etwa persönlich an diesem Programm interessiert?«

Anna spürt das Glatteis unter ihren Füßen, und eine Alarmglocke schrillt. Auch sie lächelt, wenn auch eher wie zum Trotz.

»Persönlich nicht, aber ich bin, wie du weißt, am besten dafür qualifiziert. Deshalb hat man ja auch mich dafür ausgesucht. Wenn du mich abziehen läßt, heißt das für die Chefin, daß du mit meiner Arbeit nicht zufrieden bist. Der nächste Schritt wäre dann, daß ich beim geringsten Nachlassen der Auftragslage meinen Job verliere. Willst du das?« Annas Empörung klingt echt. Sie hat auch nicht ganz unrecht mit dem, was sie da an die Wand malt. Das müßte auch Haugsdorff einleuchten.

»So habe ich es nicht gemeint«, versucht er sie zu beschwichtigen, »ich wollte dir nur die Arbeit erleichtern.«

Aber aufgebracht, wie sie ist, geht Anna zum Gegenangriff über. »Wenn wir schon dabei sind, was hast du eigentlich vor? Irgend etwas stimmt da nicht! Ich meine, du sagst das doch nicht bloß aus Besorgnis um meinen Gesundheitszustand oder um mich zu ärgern?! Diese ganze Geheimnistuerei ist im Grunde lächerlich. Was habt ihr euch denn da ausgedacht, du und dein Ministerium? Wollt ihr alle Leute, die hier gestrandet sind, in ihre armen Länder zurückschicken? Ist es das? Dafür lohnt sich doch der Aufwand gar nicht. Aber was ist es dann? Sag schon!«

Haugsdorff hat sich auf eine Weise, die keinen Widerspruch duldet, beinah gewaltsam, bei ihr untergehakt und verschränkt nun seine Finger fest mit den ihren, so daß ihr nicht der geringste Spielraum bleibt. »Du hast also über Nacht Skrupel bekommen? Eine neue Seite an dir.«

Sie gehen jetzt wesentlich rascher als zuvor. Es ist Haugsdorff, der das Tempo und die Richtung vorgibt und sie einfach mitzieht. »Du brauchst aber keine Skrupel zu haben, ganz und gar nicht. Was wir tun – und was das anbelangt, gehörst du im weitesten Sinne zu uns –, dient ausschließlich der Republik. Wir sind Ruhestifter, wenn du so willst. Und demnächst werden wir uns mit den Ruhestiftern der anderen Länder vernetzen, du brauchst dich also um die Auftragslage deiner Firma nicht zu sorgen. Es werden sogar neue Leute dazukommen, denn wir stehen unter Druck, unter dem Druck der Öffentlichkeit, die Ergebnisse sehen will. Demgemäß wird es noch anstrengender für alle Beteiligten. Überleg dir also, ob du es nicht ruhiger haben willst. Und was du ungerechtfertigt als Geheimnistuerei bezeichnest, ist nach wie vor bedingungslose Voraussetzung, nämlich absolute Verschwiegenheit gegenüber Außenstehenden. Aber das weißt du ja längst. Es geht um Verläßlichkeit und darum, daß man sich an die Abmachungen hält. Nur so ist ein Staat zu schützen.« Er preßt ihre Hand so fest, daß es wehtut.

»Und was geschieht mit all den Namen und Daten, die wir aufgrund eurer Erhebungen verfügbar machen?« Bisher hat Anna sich, wie die meisten Programmierer, kaum dafür interessiert, was mit den Programmen, die sie mitinstalliert hat, weiter geschieht, wozu sie gebraucht oder mißbraucht werden. Ihr ging es immer nur um den Teil, der ihrem persönlichen Können entsprach oder an dem ihr persönliches Können möglicherweise scheiterte. Aber seit ihr das mit Hikmets Namen passiert ist, hat sie ein waches Ohr für die Folgen ihrer Handarbeit. Haugsdorff muß irgendwie mißtrauisch geworden sein.

Er hält ihre Finger noch immer fest in seinen verschränkt. »Tu einfach deine Arbeit, und laß das andere unsere Sorge sein. Wir sind es, die für die Ordnung im Land zu sorgen haben.«

Anna sagt nichts mehr. Was hätte sie auch noch sagen sollen? Sie sei ohnehin schon zu weit gegangen, würde Jussuf ihr vorwerfen, hätte er mithören können. Merkwürdig, wie sich ihr Blickwinkel verschiebt. Plötzlich ist Haugsdorff der Mächtige, der mehr an Information besitzt und auch darüber verfügen kann. Ganz nach Belieben.

Was Haugsdorff wohl antworten würde, wenn sie ihn nach einem Hikmet Ayverdi fragte? Vielleicht würde er sie nur ansehen und wissen wollen, ob das ein neuer Krimiautor oder der Gitarrist einer Popgruppe sei. Sie kann es auf keinen Fall riskieren. Er hat ihr ohnehin schon einen Riesenschrecken eingejagt mit der Idee, sie von PACIDIUS abzuziehen. War es wirklich Zufall, oder ahnt er etwas? Und wenn er etwas ahnt, dann was?

»Es führt zu nichts, weiter darüber zu diskutieren«, versucht Haugsdorff nach einer Weile einzulenken. »Die Arbeit, die wir tun, ist eine Sache, und du und ich sind eine andere. Vermischungen sind unzulässig, verstehst du? Natürlich will ich dir beruflich nicht schaden, aber es geht nicht an, daß unser Privatleben in Mitleidenschaft gezogen wird. Da wäre es mir schon lieber, du würdest nicht ausgerechnet an diesem Programm arbeiten.«

»Der Weg ist einer, der Gangarten sind viele«, murmelt Jussuf kryptisch, als sie ihm die Einladung zeigt.

Haugsdorff hat Anna nach ihrem gemeinsamen Spaziergang an der Donau nach Hause gebracht und darauf bestanden, sie bis an die Wohnungstür zu begleiten. »Wie es sich gehört.« Er war wieder ganz der wohlerzogene Herr, und sie fühlte sich genötigt, ihn zu fragen, ob er nicht etwas bei ihr trinken wolle, aber er lehnte ab. Er werde noch nach seinem Pferd sehen. Zumindest wolle er kontrollieren, ob es ihm an nichts fehle. Und vielleicht werde er doch einen kleinen Abendritt machen und ein wenig Praterluft atmen. Wenn er sich schon den Luxus eines Pferdes leiste, und es sei ein Luxus, müsse er sich auch darum kümmern.

»Schade, daß du so gar nichts für diese Tiere übrig hast.« Anna fürchtet sich vor diesen »Riesenviechern«, wie sie ohne zu zögern zugibt. Insofern bleibt sie der Bassenakultur ihrer Kindheit und Jugend treu, für die Pferde höchstens als Ringelspielfiguren im Prater in Frage kamen. Und die waren aus Holz.

»Dafür gehst du nicht gern ins Kino«, war immer die Gegenfeststellung. Dabei ließen sie es bewenden im Sinne eines Gleichgewichts der Wünsche.

Es war natürlich Haugsdorff, der den Zettel unter ihrer Tür aufhob und sofort überflog. »Jetzt schicken die dir auch schon Einladungen.« Sein Blick verengte sich sekundenlang und richtete sich dann in die Ferne, als denke er über einen weithergeholten Zusammenhang nach.

»Wer die?« Anna konnte leicht unschuldig dreinschauen, sie hatte tatsächlich keine Ahnung, wer »die« waren. »Gib her!« Sie nahm ihm das Blatt aus der Hand. Ein Mann mit einer konischen Mütze, der die Spitze fehlt, sitzt mit gekreuzten Beinen am linken oberen Rand, als sei er der Absender, und hält unter dem einen Arm einen Hirsch und unter dem anderen einen Löwen, was ihr irgendwie bekannt vorkam. Soviel sie verstehen konnte, wurde sie zu einem Fest der anatolischen Aleviten eingeladen, das am nächsten Samstag in der Kurhalle von Oberlaa stattfinden sollte. »Wir laden auch alle unsere österreichischen Freunde ein, mit uns zu feiern.«

Anna wußte nicht, was sie davon halten sollte. »Anatolische Aleviten, was ist das?«

»Eine Art schiitischer Sekte, die in der Türkei als Minderheit gilt. Politisch ziemlich links. Neuerdings gibt es Spannungen zwischen ihnen und den Sunniten, die die Mehrheit bilden. Auch Kurden gehören dazu.«

Anna dämmerte etwas, sie erinnerte sich sogar an den Namen.

»Du wirst doch nicht etwa hingehen wollen?« Etwas an Haugsdorffs bagatellisierendem Ton reizte sie zum Widerspruch.

»Wieso nicht? Vielleicht gibt es ein Buffet mit Spezialitäten, die ich noch nicht kenne.«

Haugsdorff schaute ein wenig befremdet, so als habe er nicht damit gerechnet, daß sie überhaupt auf die Idee kommen könnte.

»Was weiß denn ich, es hängt auch vom Wetter ab.«

Haugsdorff nahm ihre Hand. »Vergiß nicht, daß da immer noch ich bin.«

Anna wich seinem Blick aus und antwortete nicht, roch nur unwillkürlich an der Einladung, ob sie womöglich nach Orangen duftete, was die Sache nicht gerade besser machte.

»Hast du am Ende schon Kontakt zu diesen Leuten?« Haugsdorff beobachtete sie genau.

Anna legte die Einladung auf den Tisch. »Da du ja so viel schlauer bist als ich, kannst du mir vielleicht sagen, woraus du das schließt.« Sie hängte ihren Mantel an den Thonet-Ständer.

Haugsdorff räusperte sich. »Komm schon, Liebes, brich jetzt nicht künstlich etwas vom Zaun, nur um mir die Freude aufs nächste Wochenende zu verderben.«

»Ich breche gar nichts.« Anna stellte für sich selber Teewasser auf. »Ich mag es nur nicht, wenn du so tust, als müßtest du alles kontrollieren. Und jetzt geh, sonst kannst du dein Pferd schon auf der Erdbergstraße wiehern hören.« Sie küßte Haugsdorff demonstrativ auf die Wangen. Diesmal hatte eindeutig sie gewonnen. Er wußte das und zog sich ohne Widerrede zurück. Doch bevor sie noch die Tür hinter ihm schließen konnte, meldete er noch einmal seine Ansprüche an: »Vergiß nicht, das nächste Wochenende ist für mich reserviert.«

»Eigentlich gehören sie zu den ›Guten‹, den aufgeschlossenen, integrationswilligen Nicht-Demonstrierern«, sagt Jussuf, nachdem er das Blatt kurz in Augenschein genommen hat, »zu den Hierzulande-nicht-Demonstrierern.«
»Was heißt die ›Guten‹?« Anna nimmt das Blatt wieder an sich.
»Die ›Guten‹ im Gegensatz zu den ›Bösen‹, die sich fanatisieren, ihre Frauen und Töchter nicht ohne Mantel und Kopftuch aus dem Haus lassen oder einen eigenen Staat haben wollen und Heroin schmuggeln, um ihre Schlägertrupps und Privatarmeen zu finanzieren.«
»Und wieso bin ich eingeladen worden?«
Jussuf zuckt die Achseln. »Einer von den Ayverdis vielleicht?«
»Glaubst du, die Familie gehört dazu?«
»Vielleicht hat jemand deinen Namen weitergegeben?«
»Meinen Namen? In welchem Zusammenhang?«
Jussuf kramt wieder im Schatz orientalischer Weisheiten: »Was du gesagt hast, gehört der ganzen Stadt, nur was du nicht gesagt hast, gehört dir.«
»Das alles sind sie also nicht, jetzt sag mir, wer oder was sie sind.«
»Soviel ich weiß, waren sie nie orthodox. Viele Jahrhunderte im Untergrund. Sehr verbreitet. Nicht immer gut beleumundet. Jetzt scheinen sie sich neu zu formieren. 1993 hat man in Sivas, in Anatolien, siebenunddreißig von ihren

Barden, das sind Schriftsteller, Sänger, Musiker, Maler, Intellektuelle, in einem Hotel verbrannt, aus dem sie nicht flüchten konnten, weil draußen die nach ihrem Blut dürstende Menge stand und mit Pflastersteinen, die wohlweislich seit Tagen in einigen dort abgestellten Lastwagen bereitlagen, nach ihnen schmiß. Angeblich galt der Brandanschlag einem bekannten Satiriker, der zu ihrem Treffen gekommen war, einem Treffen, das zu Ehren eines ihrer großen Dichter aus dem sechzehnten Jahrhundert abgehalten wurde. Der Satiriker hat übrigens den Anschlag überlebt, ist aber zwei Jahre danach an Herzversagen gestorben. Er war um die achtzig. Vor zwei Jahren gab es dann Unruhen in Istanbul, an denen Aleviten beteiligt waren. Und hierzulande weigern sie sich, ihre Kinder in den vom türkischen Staat bezahlten sunnitischen Religionsunterricht zu schicken.«
»Sind sie erfaßt?«
Jussuf schaut sie belustigt an. »Erinnerst du dich nicht? Du warst es, die vor ein paar Wochen den Alevitenblock eingegeben hat.«
»Bist du sicher?« Anna ist verwirrt. Natürlich merkt sie sich nicht alle Namen, mit denen sie da auf der Tastatur, und nur da, in Berührung gekommen ist, mit denen sie aber ansonsten nichts verbindet.
»Absolut. Ich war selbst erstaunt, daß sie aufschienen. Das kann nur heißen, daß man auch sie mittlerweile als Risikogruppe einstuft.«
»Wieso Risikogruppe, wenn sie, wie du sagst, zu den ›Guten‹ gehören?«
»Vielleicht befürchtet man, daß es nach dem Muster von Istanbul zwischen ihnen und den Fundamentalisten zu Zusammenstößen kommen könnte. Sie gelten zwar als friedlich, legen aber mehr und mehr Wert auf die Anerkennung ihrer Eigenständigkeit. So fängt es angeblich immer an.«
»Es hat doch noch nicht angefangen, oder?« Anna weiß nun, wo sie nachsehen könnte.

»Es gehören auch Kurden dazu. Das allein wäre für unser Ministerium schon ein Grund, sie zu beobachten.«

Deswegen will also Haugsdorff nicht, daß sie dort hingeht. Allein das Wort »Kurden« hat ihn auch früher schon aus der Reserve gelockt, wie selten sie auch auf Dinge dieser Art zu sprechen kamen.

»Die Frage, wann es beginnt oder beginnen wird, ist nur eine Folge der Möglichkeit, daß es beginnen könnte. Das allein interessiert unsere Staatsschützer, das sogenannte Konfliktpotential.« Jussuf drückt spielerisch an den Knöpfen seines Geräts. »Wie tolerant oder intolerant auch immer, sobald eine Gruppe sich als solche zu profilieren beginnt, grenzt sie sich gegen andere Gruppen ab. So sind zum Beispiel die militanten Kurden gar nicht damit einverstanden, daß weniger militante Kurden sich in erster Linie als Aleviten fühlen. Und je potenter sich die Organisation einer Gruppe erweist, auf desto mehr Konkurrenz wird sie stoßen. Die spontane Entwicklung heterodoxer Gesellschaften raubt der orthodoxen Mehrheit schon seit Jahrtausenden den Schlaf.«

Anna schaut Jussuf aufmerksam über die Schulter.

»Wirst du hingehen am Samstag?«

Anna überlegt noch. »Und du?«

»Vielleicht.« Jussuf tippt und tippt.

»Wollen wir zusammen hingehen? Ich meine, wenn Shi Tschen nichts dagegen hat. Allein wäre es mir peinlich. Ich wirke dann so verkrampft.«

»Und Haugsdorff?« Jussuf fragt, als ahne er etwas von Haugsdorffs Bedenken.

»Ich bin ein freier Mensch.« Annas Haar streift Jussufs Ohr. »Ich kann gehen, wohin ich will.«

»Willst du damit sagen, daß es nicht nur in Samarkand Birnen gibt?« Jussuf hat anscheinend gefunden, wonach er suchte. Gleich darauf wird er wieder ernst. »Die Ayverdis sind offenbar doch nicht erfaßt. Auch sind beide Hikmets nicht mehr zu finden.«

Anna beugt sich noch weiter zu ihm. »Und was bedeutet das deiner Meinung nach?«

Jussuf legt den Finger an den Mundwinkel. »Ich erzähle dir eine Geschichte. Ein Mann kam zum Hause des Sufis Charkhi und wurde von einem Novizen belehrt, daß das das Haus des ›Meisters‹ Charkhi sei. Der Mann, ein Onkel von Charkhi, sagte: ›Das kann nicht sein. Ich kenne ihn von Kind an und kann nicht glauben, daß er euch etwas beibringt, wo er doch selbst nie imstande war, etwas zu lernen.‹ Er blieb in Charkhis Haus wohnen, besuchte aber dennoch nie die spirituellen Zusammenkünfte. Selbst nach Charkhis Tod gab es viele, darunter Menschen, die in seinem Haus zu Gast waren, oder Kaufleute, mit denen er Geschäfte machte, die nicht daran glaubten, daß er ein Heiliger war. Ein Theologe erklärte sogar: ›Ich habe Charkhi dreißig Jahre lang gekannt, und er hat nie mit mir über höhere Dinge gesprochen. Ich finde ein solches Verhalten unmöglich. Er versuchte nie, seine Gedanken zu erklären, noch legte er es darauf an, mich zu seinem Schüler zu machen. Nur vom Metzger habe ich gehört, daß er ein Sufi sein soll.‹ Verstehst du, was ich damit sagen möchte?«

Anna nickt, während sie noch immer auf Jussufs Schirm starrt. Normalerweise wird das von ihr Eingegebene von Jussuf noch einmal codiert. So arbeiten sie zumindest an PACIDIUS. Ob sie Jussuf fragen oder lieber erst versuchen soll, die Codes selbst zu knacken? Darin war sie immer ziemlich gut. Vielleicht verrät Jussuf sich ohnehin, ein Phänomen, das sie schon öfter beobachtet hat. Daß nämlich das Code-Wort innerhalb der nächsten halben Stunde vom Codierer mehrmals wie zufällig verwendet wird.

Anna hat zum ersten Mal im Treppenhaus eine Frau gesehen, die die Tochter des Kalligraphie-Meisters aus dem fünften Stock sein könnte. Auch sie trägt eine Art Kopftuch, aber so, wie sie den taubengrauen Seidenschal um den Kopf drapiert hat, kann es sich auch um ein modisches Accessoire handeln. Der dunkelblaue Mantel, elegant geschnitten, wenn auch ziemlich lang, und dazu die dunklen Strümpfe und Pumps lassen sie groß und schlank erscheinen.

Anna grüßt verhalten, wie man jemanden grüßt, von dem man annimmt, daß er im selben Haus wohnt, ohne daß man ihn kennt. Die Frau scheint es nicht gleich bemerkt zu haben, doch als Anna bereits an ihr vorüber ist, dreht sie sich plötzlich um und ruft ihr »Guten Abend!« nach.

Es ist Essenszeit, und Anna kommt es merkwürdig vor, daß die Frau noch um diese Zeit aus dem Haus geht. Hikmet hat ihr doch erzählt, daß sie für ihren Vater sorgt und ihm das Essen genauso – und darunter ist wohl zu verstehen: genauso aufwendig – zubereitet, wie er es aus seiner Heimat gewöhnt ist.

Vielleicht ist es aber auch gar nicht die Tochter des Kalligraphie-Meisters, sondern ganz wer anderer. Jemand, der jemanden im Haus besucht hat. Aber sie wird das Gefühl nicht los, daß sie der Frau schon einige Male, nämlich im Haus, begegnet ist, nur hat sie sich ihr Gesicht nicht gemerkt.

Plötzlich befindet Anna sich auf dem Weg nach oben. Von weitem kann sie noch ihre Wohnungstür sehen, an der weder ein grünes Blatt noch sonst etwas klebt. Sie aber zieht es die Treppen hinauf, auch wenn sie sich sagt, daß das ein verrückter, ja geradezu kindischer Einfall ist; sie kann nicht dagegen an. Sie hätte sich, wenn sie schon derartiges unternimmt, besser zuerst bei der Hausmeisterin erkundigt. Die weiß bestimmt, welche Türnummer der Kalligraphie-Meister hat. Aber dazu ist es jetzt zu spät. Noch nie ist sie höher als in den dritten Stock, in dem sie wohnt, hinaufgestiegen. Ihr ist, als wehe hier oben eine andere Luft.

Das Haus ist alt, mit massiven steinernen Treppen und hellen Gängen, in die vergitterte Fenster schauen, die in den unteren, leichter zugänglichen Stockwerken zugemauert und durch Zusammenlegung der Gangkabinette mit den Küchen durch die Fenster zum Hof hinaus überflüssig geworden sind. Deshalb sind die Wohnungen noch erschwinglich, weil es keinen Lift gibt. Auch gehört das Haus einer privaten Vermieterin, die selbst den Mietzins berechnet und jeden dritten Monat den Erlagschein durch die Tür steckt.

Das Ganglicht ist verlöscht, und obwohl durch die Stiegenhausfenster noch etwas Helligkeit dringt, ist es in den Korridoren ziemlich düster geworden. Als Anna durch eines dieser Fenster in den Hof hinunterschaut, kann sie sehen, wie die Katze, die sie gelegentlich besuchen kommt, auf halsbrecherische Weise den Sims entlangbalanciert und dann zum Sprung auf ihren Balkon ansetzt, auf dem sie meist ein Schüsselchen mit Essensresten stehen hat.

Unter den Wohnungstüren stehlen sich dünne Fäden von Licht hervor sowie die üblichen, durch Vorkriegsmauern gedämpften Geräusche. Vom fünften Stock aus geht es dann nur mehr auf den Dachboden, den man, wie ihr die Vermieterin einmal erklärt hat, durch eine Metalltüre erreicht. Aber da es im Keller keine hauseigenen Waschmaschinen mehr gibt, benützt auch niemand den Dachboden, um Wäsche zum Trocknen aufzuhängen. Irgendwann, hat die Vermieterin vage angedeutet, würde sie diesen Dachboden ausbauen lassen. Aber dann müsse es auch einen Lift geben, doch wenn man mit dem Umbauen erst einmal anfange, sei kein Ende abzusehen, und dann müsse sie die Ausgaben auf die Mieter umlegen. Davor schrecke sie noch zurück. Die gegenwärtigen Mieter scheinen es ihr zu danken.

Der Gang ist wesentlich dunkler als das Stiegenhaus, und Anna bleibt nichts anderes übrig, als Licht zu machen, um wenigstens die Namen an den Türschildern lesen zu können. Sie beginnt sie zu studieren. Eigentlich traut sie es sich zu, herauszufinden, welcher dieser Namen ein türkischer sein könnte. So viel hat sie sich von ihrer Arbeit nun doch gemerkt, nämlich wie die Namen der einzelnen Sprachgruppen ungefähr klingen. Natürlich gibt es Grenzfälle, aber im großen und ganzen kann sie sie erkennen.

Ihr wird langsam klar, was sie eigentlich vorhat, nämlich läuten und dann warten, ob der alte Herr aufmacht. Wenn seine Tochter weggegangen ist, scheint es nur normal, daß er die Tür öffnet. Anna weiß nicht, ob er überhaupt deutsch spricht, zumindest gebrochen. Sie würde auf jeden Fall Hikmets Namen nennen und dann an seinem Gesichtsausdruck ablesen, ob ihm dieser Name etwas sagt. Und wenn er sich auch nur mit dem geringsten Aufleuchten seiner Augen, mit jenem Erkennen im Blick, das auf das Nennen von Namen folgt, verraten würde, wäre das für sie der Beweis, daß sie keinem Phantom hinterherläuft, daß es diesen Hikmet, den sie zu kennen glaubt, wirklich gibt oder wenigstens gegeben hat, was immer inzwischen mit ihm geschehen ist.

Grauensteiner, Lowatschek, Brusatti, Hinterberger... diese Namen kann sie von vornherein ausklammern. Dann gibt es jemanden, der Erdal heißt. Anna zögert. Die nächste Tür scheint ihr sicherer. Yılmaz und, darunter mit der Hand schön geschrieben, Celaleddin. Das muß es wohl sein. Während sie auf die Klingel drückt, bemerkt sie am oberen Türrahmen ein blauweißes Glasmedaillon, das leise vibriert, wenn die Glocke läutet.

Nichts rührt sich. Anna ist so angespannt, daß sie nichts anderes mehr wahrnimmt. Und wenn der alte Mann schwerhörig ist? Oder sich in einem der hinteren Räume befindet? Sie läutet noch einmal und kann deutlich hören, wie es im Inneren der Wohnung schellt. Auch wenn der Meister erst seine Jacke anziehen oder die Hauspantoffeln überstreifen muß, bevor er an die Tür geht, demnächst würden seine schlurfenden Schritte zu hören sein. Anna geht davon aus, daß es schlurfende Schritte wären, und lauscht dermaßen angestrengt, daß sie alle nicht schlurfenden Schritte überhört. Sie reagiert auch nicht gleich, als eine Frauenstimme sie anspricht, so sehr hat sie auf das Gesicht des Meisters im Türrahmen gewartet.

»Wollen Sie zu uns?«

Erst jetzt durchfährt es Anna, daß sie ertappt worden ist. Besessen von ihrer Idee, eine Spur von Hikmet zu finden, hat sie die sich nähernden Schritte der Frau von vorhin nicht einmal wahrgenommen. Die hat offensichtlich nur frisches Brot geholt, dessen Duft sich nun um sie herum ausbreitet. Anna wird rot und beginnt herumzureden. »Verzeihen Sie, aber wohnt hier nicht ein Meister der Kalligraphie? Ich hätte gerne mit ihm gesprochen.«

Die Frau hebt die Brauen und verzieht dann das Gesicht ein wenig schmerzlich. »Das wird nicht gehen, aber bitte, kommen Sie trotzdem herein.«

Anna weiß nicht so recht, ob sie der Aufforderung Folge leisten soll. Noch bevor sie sich entscheiden kann, schiebt die Frau sie mit einem leichten Druck gegen ihren Ellbogen durch die Tür und macht Licht. Im Vorzimmer nimmt sie als erstes den taubengrauen Seidenschal ab. Sie hat dicht-gelocktes, dunkelbraunes Haar und ausdrucksstarke grau-grüne Augen mit schmalen, gezupften Brauen. Sie mag Anfang dreißig sein, und unter dem langen Mantel, den sie sich beinah vom Leib reißt, trägt sie einen engen Rock und darüber einen türkisfarbenen Pullover.

»Ich wollte Sie keinesfalls stören«, Anna windet sich, »ich hätte nur gerne eine Auskunft gehabt. Aber wenn Sie sagen, daß es nicht geht, verschwinde ich und komme ein anderes Mal wieder, vielleicht paßt es Ihnen dann besser.«

Sie folgt der Frau in einen größeren Raum, der eine Art Wohnzimmer ist.

»Leider gibt es auch kein anderes Mal, auf das ich Sie ver-trösten könnte.« Die Frau bietet ihr mit einer Handbewe-gung Platz an. »Mein Vater ist nämlich vor zehn Tagen gestorben. Wir haben ihn in der Türkei beerdigt. Ich bin erst heute aus Istanbul zurückgekommen. Darum mußte ich auch noch rasch Brot holen.« Sie lächelt ein wenig, so als entschuldige sie sich dafür, daß sie Anna dabei überrascht hat, wie sie an der Wohnungstür lauschte.

»Mein Beileid«, flüstert Anna, »wenn ich das geahnt hätte, wäre ich sicher nicht heute gekommen. Ich wohne nämlich auch hier im Haus.«

Die Frau nickt. »Ich weiß, ich habe Sie schon öfter gesehen.«

Anna ist verwirrt und überlegt, wie sie ihr Mitgefühl glaubhaft ausdrücken soll. »Wenn Sie allein sein wollen, gehe ich sofort. Sie müssen sehr müde sein, von der Reise und überhaupt.«

Die Frau setzt sich für einen Augenblick zu ihr. »Sie haben recht, ich bin müde, viel zu müde, um zu schlafen. Und ich möchte nicht allein sein. Bleiben Sie ein bißchen, wenn es Ihnen nichts ausmacht, und essen Sie eine Kleinigkeit mit mir. Ich habe frischen weißen Käse mitgebracht und Pasteten, die heute morgen erst zubereitet wurden. Dazu werde ich uns Tee kochen.«

»Aber ich kann doch nicht einfach...«

Anna schämt sich für ihr Eindringen in ein anderes Leben und ist sich noch immer nicht im klaren, was sie jetzt tun soll, gehen oder bleiben. Wie ernst meint diese Frau es mit ihrer Einladung? Oder will sie bloß höflich sein?

»Sie machen mir eine Freude damit. Ehrlich gesagt, Sie helfen mir sogar. Ich hatte große Angst vor den ersten Stunden allein in dieser Wohnung, nachdem mein Vater fünf Jahre hier bei mir gewohnt hat. Ich meine, was ich sage, bitte, bleiben Sie noch ein wenig.« Damit steht sie auf und verschwindet in der Küche, ohne daß Anna anders als mit einem Nicken hätte antworten können.

Während Anna die Frau durch die offene Küchentür hantieren hört, steht sie auf, um einige der an den Wänden hängenden Kalligraphien aus der Nähe zu betrachten. Es sind abstrakte Bilder, Bilder aus Schrift. So etwas hat Hikmet also gemeint, als er ihr davon erzählte, und solche Bilder herzustellen hatte er wohl lernen wollen.

Ach Hikmet! Der Gedanke an ihn fährt durch Annas ganzen Körper und läßt ihr Herz einen Sprung vollführen, der sie zusammenzucken macht. Dann spürt sie einen Schmerz in der Brust, der nach oben steigt und ihr den Hals zuschnürt. Sie hat alle Mühe, ihre sich bereits in den Augenwinkeln sammelnden Tränen zurückzuhalten.

Seit sie in dieser Wohnung ist, hat Hikmet als die Person, die sie gekannt hat, wieder an Wahrscheinlichkeit zugenommen. Anna ist sogar sicher, daß er sich noch vor nicht allzu langer Zeit in eben dieser Wohnung aufgehalten und vielleicht auch mit dieser Frau gesprochen hat.

»Ich heiße übrigens Samiha.« Die Frau kommt mit einem vollen Tablett aus der Küche zurück. Anna stellt sich ebenfalls vor und schiebt einen Aschenbecher und eine kleine, kupferne Vase zur Seite, um Platz für das Tablett zu schaffen.

»Es ist türkischer Tee«, Samiha schenkt ein, »ich hoffe, Sie mögen ihn. Er ist ein wenig milder als der indische.« Sie stellt einen kleinen Teller vor Anna hin und belädt ihn mit Pastetenstücken, schwarzen Oliven und weißem Käse. »Bitte«, sagt sie immer wieder, »bitte essen Sie.«

Schon um die Frau nicht zu enttäuschen, beginnt Anna zu essen. Sie hat außer einer Schinkensemmel zu Mittag noch nichts zu sich genommen, auch keine besondere Lust verspürt, einzukaufen und sich etwas zu kochen. Ihre Appetitlosigkeit hat zugenommen, und wahrscheinlich hätte sie sich letzten Endes wieder nur ein Butterbrot gemacht und dann vor dem Zubettgehen noch ein Stück Schokolade gegessen. Doch nun ist es, als würden ihre Geschmacksnerven wieder erwachen. Langsam beginnt sie wahrzunehmen, daß sie ißt und was sie ißt. Sie kaut, bis der Geschmack sich immer weiter in ihrem Mund ausbreitet, und sie widerspricht auch nicht, als Samiha ihr den Teller ein zweites Mal füllt.

Samiha selbst ißt nur ein paar Bissen, so als wolle sie sie

nicht allein damit lassen. Aber ihr ist anzusehen, daß sie sich daran freut, Anna dabei zuschauen zu dürfen.

»Ich habe schon lange nicht mehr so gegessen.« Anna geniert sich nicht einmal, als Samiha ihr den kleinen Teller noch ein drittes Mal füllt. »Eigentlich kann ich gar nicht mehr, aber wenn man mit dem Essen einmal anfängt …« Sie lacht verlegen und ist ganz mit Kauen beschäftigt.

Samiha lächelt. »Sie sollten noch etwas Süßes probieren. Ich habe auch Süßes mitgebracht.« Sie geht in die Küche und kommt mit einer Schüssel Bäckerei zurück, die sie vor Anna hinstellt. Anna nimmt davon.

»Sie müssen mich entweder für verfressen halten oder für schlecht erzogen.« Anna wischt sich den Mund und trinkt ihren Tee aus. Samiha gießt in die tulpenförmigen Gläser nach, die sich im oberen Drittel verengen und dann zum Rand hin wieder weiter werden.

»Man nennt sie ›die mit der schmalen Taille‹«, erklärt Samiha, die Annas bewunderndem Blick gefolgt ist.

»Ich glaube, ich habe im Moment keine Taille mehr, nur einen dicken Bauch.« Anna fühlt sich satt und merkwürdig geborgen, und wenn da nicht die Schriftbilder an den Wänden wären, hätte sie für eine Weile vergessen können, warum sie überhaupt gekommen ist. Demnächst wird sie Samiha eine Erklärung geben müssen.

Samiha bietet Anna aus einer Schatulle mit Einlegearbeit eine Zigarette an, und als Anna ablehnt, fragt sie, ob es sie störe, wenn sie selbst eine rauche. Anna schüttelt den Kopf. Sie sucht noch immer nach glaubwürdigen Worten.

»Leider kann mein Vater Ihnen nicht mehr helfen.« Samiha scheint Annas Gedanken erraten zu haben. »Aber vielleicht kann ich es.«

Anna schaut auf ihre Fußspitzen. »Es geht um einen seiner Schüler, Hikmet Ayverdi.« Für einen kurzen Augenblick denkt sie daran, wieder die Geschichte mit dem Job zu erzählen, nach dem sie sich für ihn erkundigen sollte, aber

dann läßt sie es. Sie hätte dieser Frau, die sie so gastfreund-
lich aufgenommen hat, keine Lüge erzählen mögen, und
die hätte ihr wohl auch nicht geglaubt. »Wissen Sie, wo er
hingekommen ist?«

Samiha schaut ihr kurz und auf eigentümliche Weise prü-
fend in die Augen, dann wiederholt sie den Namen mehrmals, so als sollte sie ihn öfter hören, um etwas damit anfangen zu können. »Sie müssen wissen, ich bin berufstätig.
Da komme ich erst gegen Abend nach Hause. Die Schüler
aber waren meist tagsüber hier. Einige habe ich gar nie
kennengelernt. Auch ist es so, daß die zukünftigen Kalligraphen manchmal einen anderen Namen verwenden, nämlich den, mit dem sie einmal ihre Werke signieren werden.
Hikmet Ayverdi... Ich glaube nicht, daß ich diesen Namen
schon einmal gehört habe. Obgleich...« Sie zögert einen
Augenblick, wie um sich etwas zu überlegen, und fährt dann
fort: »Obgleich mir der Name Ayverdi natürlich bekannt
ist.«

Annas Herz beginnt zu klopfen, und sie beugt sich vor,
bereit, sich schon mit dem kleinsten Bröckchen an Aufklä-
rung zufriedenzugeben.

»Die Ayverdis, die ich meine, sind sogenannte ›Hüter des
Schatzes‹.« Samiha ist ins Nebenzimmer gegangen und
kommt nun mit einem unscheinbaren gelblichen Buch zurück, auf dem – schwarz umrahmt – ein paar orangefarbene
arabische Schriftzeichen zu sehen sind.

»Es ist ein Buch über türkische Kalligraphie, speziell für die
Schüler geschrieben, von einem Kalligraphielehrer am Insti-
tut für Höhere Islamische Studien in Istanbul. Die Einfüh-
rung stammt von einem gewissen Ekrem Hakkı Ayverdi,
Vorsitzender des Stiftungsrates. Er und seine Frau Ilhan
besitzen eine der bedeutendsten privaten Kalligraphie-Kol-
lektionen. Mein Vater hat die beiden noch persönlich gekannt. Glauben Sie, daß Ihr Hikmet Ayverdi ein Verwand-
ter dieser Ayverdis aus Istanbul ist?«

Anna zuckt die Schultern. Woher soll sie das wissen? Was weiß sie überhaupt? Jemand hat ihr einen Namen genannt, und sie hat sich eingebildet, die Person, die ihn trug, zu kennen. Aber es scheint so, als gäbe es die Person dieses Namens nicht oder zumindest nicht mehr. Und alle Spuren haben sich verlaufen.

»Ich weiß nur, daß seine Brüder ein Obst- und Gemüsegeschäft auf dem Naschmarkt führen.« Und daß seine Mutter Feride Hatun heißt, hätte sie gerne noch hinzugefügt, aber irgend etwas hält sie davon ab.

»Da wissen Sie ja schon einiges. Warum gehen Sie nicht einfach hin und fragen nach? Sie sind keine Türkin, Sie können das ruhig tun.« Aber gerade auf diese Weise hat Samiha – vielleicht unbewußt – ihre Bedenken zum Ausdruck gebracht. Sie, Anna, ist keine Türkin, ihr würde man es nachsehen, wenn sie etwas täte, was man eigentlich nicht tut. Und das Komische an der Sache ist, daß sie, Anna, im Grunde dieselben Bedenken hat, obwohl oder erst recht, weil sie keine Türkin ist.

»Darf ich mir das Buch ein wenig ansehen?« Anna hofft noch immer, ihm etwas entlocken zu können, das ihr weiterhelfen würde.

»Sehen Sie es sich ruhig an. Ich fürchte, es wird Sie nicht sehr ansprechen. Die Illustrationen sind aus Kostengründen nur schwarzweiß und die Texte alle auf türkisch.«

Anna blättert. Ein Teil besteht nur aus Schriftzeichen, offenbar Musterzeilen der verschiedenen Schriftarten. Der andere Teil ist hauptsächlich türkischer Text, dazu ein paar Abbildungen der Geräte, die ein Kalligraph benutzt, Tintenfässer, Scheren, Lineale, Federspitzer, Federn und Federbehälter.

»Und wer ist das?« Anna deutet auf das Bild eines schreibenden alten Mannes.

»Das war Meister Necmeddin Okyay, und er ist hier abgebildet, damit man seine Schreibhaltung studieren kann.«

Der weißhaarige Mann hat einen Vollbart und trägt etwas, das wie ein gestreiftes, kragenloses Nachthemd aussieht.

»Auf dem linken Bein sitzt er, den rechten Fuß hat er aufgestellt, und auf dem Knie hält er eine Unterlage, auf der er in Ta'lik, der als ›persische Schrift‹ bekannten Schreibweise, arbeitet. Ta'lik zeichnet sich dadurch aus, daß es besonders flüssig und elegant wirkt. Man sagt ihm Einflüsse aus dem vorislamischen Pehlevi nach.«

Anna versucht, sich Hikmet in dieser Haltung vorzustellen. Einen Hikmet, der über seinem Knie mit der Rechten jene Linien und Punkte, die wie Karos aussehen, zieht und mit der Linken die Unterlage festhält. Oder umgekehrt? Plötzlich weiß sie nicht mehr, ob Hikmet Rechts- oder Linkshänder ist. Und je ausführlicher sie darüber nachdenkt, desto mehr verschwimmt Hikmet vor ihrem inneren Auge, bis sie nicht einmal mehr sein Gesicht deutlich erkennen kann.

»Wissen Sie, wie lange dieser Hikmet Ayverdi zu meinem Vater gekommen ist?« Samiha scheint noch einmal auf ihre ursprüngliche Frage zurückkommen zu wollen.

Anna schüttelt den Kopf. Es ist ihr peinlich, sich immer wieder eingestehen zu müssen, wie wenig sie eigentlich über Hikmet weiß. Auch die Kalligraphie ist als Spur nicht so ergiebig, wie sie geglaubt hat.

»Wie lange dauert es denn, bis man diese Art zu schreiben halbwegs erlernt hat? Ich muß gestehen, daß ich so gut wie gar nichts über diese Kunst weiß. Ich kenne nur die paar Übungsblätter, die Hikmet mir gezeigt hat.«

Samiha deutet einen Seufzer an. »Es dauert mindestens fünf Jahre, bis man überhaupt etwas gelernt hat. Und selbst dann braucht man die Beglaubigung eines anerkannten Meisters, der entscheidet, ob man in diesen fünf Jahren auch wirklich etwas gelernt hat.«

Anna, für die Schrift immer nur Information gewesen ist, etwas, das Inhalte vermittelt, kann sich nur wundern. »Fünf Jahre sind eine lange Zeit, schließt die das Studium der arabischen Sprache mit ein? Soviel ich von Hikmet weiß, sind ja die Buchstaben die des arabischen Alphabets, und das meiste, das schöngeschrieben wird, ist religiösen Inhalts und somit ebenfalls arabisch.«

»Nicht unbedingt.« Samiha schlägt in dem Buch eine Seite mit besonders schöner Schrift auf. »Natürlich muß man die einzelnen arabischen Buchstaben lernen sowie die wichtigsten Formeln und Sprüche aus dem Koran und der Überlieferung. Aber es geht nicht so sehr darum, was die einzelnen Buchstabengruppen bedeuten, es geht eher darum, welche inneren Gefühle damit zum Ausdruck gebracht werden. Bei dieser Art Schrift handelt es sich um eine Geometrie des Gemüts, egal mit welchen materiellen Mitteln man sie herstellt. HAT – wie sie auf arabisch genannt wird – heißt soviel wie ›langer und gerader Weg‹. Es ist der hohe Stil der Seele, und die echten Meister sind an ihren Buchstaben zu erkennen wie ein Maler an seinen Farben.«

»Haben Sie es selbst je versucht? Ich meine, hat Ihr Vater auch Sie unterrichtet?«

Diesmal seufzt Samiha deutlich vernehmbar. »Als kleines Mädchen, ja. Aber ich war viel zu ungeduldig. Mein Vater pflegte zu sagen…« In diesem Augenblick füllen sich ihre Augen mit Tränen, und sie kann nicht weitersprechen. Anna nimmt ihre Hand, und als Samiha immer heftiger von Schluchzen geschüttelt wird, setzt Anna sich neben sie, legt ihr den Arm um die Schulter, und auch ihr rinnen plötzlich die Tränen herunter. Sie macht keinen Versuch, Samiha mit Worten zu trösten, streichelt nur mit der anderen Hand ihren Arm, und nach einer Weile vergeht ihrer beider Weinen beinah ebenso plötzlich, wie es gekommen ist.

»Entschuldigen Sie.« Samiha wischt sich die Augen, und dann fügt sie hinzu, als sei sie Anna, die ebenfalls ihr Taschentuch hervorgeholt hat, noch eine Erklärung dafür schuldig: »Wenn Tränen fließen, entkrampft sich das Herz.«

Anna hat das Gefühl, als wäre nun auch sie ein wenig getröstet. Sie steht auf und bedankt sich für die großzügige Bewirtung.

Samiha wehrt ab. »Ich bin es, die Ihnen danken muß. Sie haben mir wirklich geholfen. Ich glaube, jetzt werde ich endlich schlafen können.« Samiha ist ebenfalls aufgestanden und bringt Anna zur Tür. »Vergessen Sie nicht, mich bald wieder zu besuchen, wann immer Sie Lust dazu haben.«

»Einfach so?« Anna steht bereits jenseits der Türschwelle.

»Einfach so. Inzwischen werde ich mich umhören. Vielleicht kann ich Ihnen beim nächsten Mal mehr sagen.«

Heim ins Net. Anna ist wieder dran. Ein Gespenst unter Gespenstern. Einstweilen noch als Lauscherin, als virtuelles Mauerblümchen. Surfen. Von Newsgroup zu Newsgroup. Nachdem sie es nicht geschafft hat, sich PACIDIUS, an dem sie selbst mitarbeitet, so gefügig zu machen, daß sie ihm auch nur einen der Ayverdis entlocken könnte, geschweige denn Hikmet, hat sie Unterhaltung nötig.

Langsam kommt es ihr unheimlich vor, so als sei dieser Name gesperrt. Bei so vielen erfaßten Namen ist es höchst unwahrscheinlich, daß gerade er nicht abgerufen werden kann. Auch der alte Hikmet Ayverdi, den zumindest Jussuf gefunden haben muß, ist nicht auffindbar. Oder stammt Jussufs Information gar nicht aus dem todernsten Programm, sondern aus der lächerlichen Realität, und er hat den toten Ayverdi doch gekannt? Sie muß vorsichtig sein. Ihre Suche könnte Spuren hinterlassen, und das wäre im Augenblick gar nicht gut. Für niemanden.

Im Net schreiben alle so, wie sie sprechen. Und keiner muß mehr von sich preisgeben, als er die anderen wissen lassen möchte. Alles ist Sprache. Und was sich verrät, verrät sich in ihr. Nicht daß sie aus der Beistrichsetzung ablesen könnte, welche Haarfarbe ihr Chat-Partner hat, aber es wird auch so eine Menge deutlich. Durch die wildesten Flames, diese Cyber-Beschimpfungsorgien, wird klar, wes Geistes Kind der Worttäter ist. Da niemand körperlich im Cyberspace anwesend ist, neigen die Anwender zur Gewalttätigkeit, lassen die Sau raus und den Druck ab. Und sind dennoch solidarisch. Solidarisch mit den Groupies der eigenen Cyber-Generation.

Anna fühlt sich in ihre Schulzeit zurückversetzt, beinah in den Kindergarten. Und es juckt sie in den Fingern, sich selbst bemerkbar zu machen, aber noch weiß sie nicht, was sie möchte. Am besten, sie hält sich ein Weilchen bedeckt und schaut sich überall um. Das Angebot ist größer geworden in den Jahren ihrer Abstinenz, auch der Jargon verflacht zusehends. Damals hatte die Wonne schon allein darin bestanden, sich all die coolen neuen Ausdrücke anzueignen und dann genauso frech die Anmache der unedlen Ritterschaft zu erwidern, kurz gesagt, dagegenzurotzen.

Viele der Wortmarken kennt sie noch, die neuen sind leicht zu verstehen. Nach dem ersten kreativen Schub der frühen Anwender hat sich die Geheimsprache der Netzpiraten in die Breite geredet. Dennoch liest sie gelegentlich Sätze, wie nicht einmal Frantischek sie aus dem Ärmel schütteln würde.

Auch haben die Politschergen zugenommen. Ihr wird beinah übel bei manchen der apodiktisch – mit Sternchen – getippten Ansagen. Das verleidet ihr sogar das Knacken der Codes, das sie ansonsten für gehirnsportliche Ertüchtigung hält. Sie will gar nicht wissen, was Cyber-Thor sich fürs nächste Wochende wieder Werwölfisches ausgedacht hat.

Nur zum Training kramt sie das alte Mythologielexikon wieder hervor. Noch ist ein Gutteil der Codes mit Bibel, »Kleinem Pauly« und zwei bis drei anderen Schwarten zu entschlüsseln. Wenn man die entsprechende Findigkeit besitzt. Und die dazugehörige Phantasie. Kein Problem für Anna. So schnell denken auch die Cyberfreaks nicht, daß

sie sich nicht hin und wieder auf den archaischen Bildungs-
inseln des alten Europa mit Codierungsmaterial versorgen
würden. Und dieses Material ist sich seit Jahrhunderten
gleichgeblieben. Man muß bloß wissen, wo man nachschauen
kann.

Vielleicht schöpft Jussuf nur aus anderen Quellen, aus
muslimischen? Das hätte ihr schon früher einfallen können.
Und Haugsdorff? Angenommen, Haugsdorff nähme die
endgültige Codierung vor, oder einer seiner Mitarbeiter. Was
würde Haugsdorff verwenden? Den letzten Auktionskatalog
des Dorotheums für Biedermeier-Miniaturen?

Anna ist diesbezüglich ein wenig aus der Übung. Wie hat
ihr Lehrer immer gesagt? »Das Knacken von Codes, die
nicht von Maschinen erstellt werden, beruht auf der Kenntnis von Milieu, Herkunft und kulturellem Bezugssystem.«
Natürlich gelingt es nicht immer. Ist ihr auch früher nicht
immer gelungen. Aber für gewöhnlich war ihre Quote ganz
gut.

Bei den Newsgroups gibt es mittlerweile auch solche für
ausländische Mitbürger. Treffpunkte zum Lecken der alten
und neuen Wunden. Für alle, die im selben vollen Boot
sitzen. Daher in der Sprache des Gastlandes. Oder auf englisch, damit möglichst viele der Enttäuschten und der Aus-
gegrenzten mitreden können. Wer neu ist, bekommt einen
Guardian, einen Schutzengel, der ihm so rasch wie möglich
die Gepflogenheiten, den sogenannten Netzbrauch, beibringt, damit er den Informations- und Konversationsfluß
nicht behindert.

Ein heißer Tip, dieses Alevitenfest am Samstag.

Soll sie hingehen? Anna ist sich noch nicht schlüssig. Andererseits möchte sie schon, allein um Haugsdorff zu zeigen,
daß er nicht einfach über sie verfügen kann. Es stimmt, sie
hat sich in vielem, ja in zu vielem in den letzten zwei Jahren
auf ihn verlassen. Als sie endlich weg war vom sinnlosen
Surfen, trat er in ihr Leben und hat die zurückgebliebene

Leere gefüllt. Aber plötzlich steht Anna der Sinn nach etwas anderem. Sie möchte selbst bestimmen, mit wem und wie sie ihre freie Zeit verbringt. Soll Haugsdorff reden, soviel er will, von wegen Abmachung. Und wenn er sie von PACIDIUS abziehen läßt? Aber so weit würde Haugsdorff wohl nicht gehen. Er, der Mann mit Bildung und Charakter. Natürlich hätte er sie gerne gefügig. Aber Anna Margotti spürt auf einmal ihr Herz.

Sie kann einige türkische Namen in der entsprechenden Newsgroup ausmachen, die den eigenartig klingenden Titel GURBET trägt. Was das wohl heißen mag? Vielleicht sollte sie sich ein kleines türkisches Wörterbuch anschaffen. Und den Koran. Jussuf kann sie nicht fragen. Er ist zwar, wie sie glaubt, auf ihrer Seite, aber er darf es nicht zulassen, daß sie in Programme einbricht, nachdem er sie versiegelt hat. Und zur Zeit ist er eher schweigsam.

»Alles okay!« hat er ihr immer wieder signalisiert, wenn sie auf die Ayverdis zu sprechen kommen wollte. »Was du nicht weißt, bereitet dir kein Kopfzerbrechen.«

Und als Anna sich einmal nicht damit zufriedengab und in aller Bestimmtheit nach dem alten Hikmet fragte, jenem toten Ayverdi, läßt er sie auch nichts weiter wissen als: »Tot, aus, vorbei. Verschwunden wie ein Schriftzeichen im Wasser. Keine Wellen, keine Kreise, kein Geräusch. Du solltest froh sein darüber.«

Das Netz ist zwar immer noch das Netz, aber Anna ist ein paar Jahre älter geworden. Irgendwie kommt es ihr vor wie Daumenlutschen: Es beruhigt in gewissen Situationen, man schämt sich dafür, aber es geht doch nicht ganz ohne. Sie hat sich hoch und heilig versprochen, es nicht mehr zu den Cyber-Exzessen ihrer frühen Jugend kommen zu lassen. Nur ein wenig zur Entspannung. Und wer weiß, vielleicht legt ihr jemand im World Wide Web, in das sie sich wie in einen pubertären Schlupfwinkel zurückzieht, wie zufällig eine Spur, die ihr weiterhilft. Soll schon vorgekommen sein.

»Das Netz ist ein Loch, in dem die Zeit verschwindet«, hat sie neulich irgendwo gelesen. Wie wahr. Es ist einiges nach Mitternacht. Sie zieht sich aus und stellt ihren Wecker.

Anna ist ein wenig zu spät dran an diesem Morgen. Die Bombe ist bereits explodiert. Und die Trümmer schwirren von Schreibtisch zu Schreibtisch und verhindern, daß effektiv gearbeitet wird.

Frantischek geht. Dieser Dschibril hat ihn abgeworben, nach Frankfurt. Sie alle haben Frantischeks Ausschlüpfen übersehen. Aus Gewohnheit, aus mangelndem Interesse, weil sie alle zu sehr mit sich selbst beschäftigt waren?

Aber irgend jemand muß doch diesem Dschibril einen heißen Tip gegeben haben. Irgend jemand muß Dschibrils Augenmerk auf Frantischek gelenkt haben. Irgend jemand muß Frantischek, das Kindergenie, das kein Kind mehr ist, ins Gespräch gebracht haben. Fragt sich bloß wer.

Warum hat dieser Dschibril sich nicht, wie von Teresa avisiert, an Anna herangemacht? Oder Ivo abgeworben, wenn es nur um die Kosten ginge? Ivo hätte gar keine andere Wahl gehabt als anzunehmen, was immer Dschibril ihm geboten hätte. Jetzt sind seine Aussichten, fix hier angestellt zu werden, um einiges größer geworden. Und er kann in der Nähe seines Schutzgeistes bleiben. Rutscht einfach an Frantischeks Stelle und bleibt Nutznießer von Teresas hingebungsvoller Lebenszielsetzung. Hat am Ende er? Oder gar Teresa?

Anna erschrickt über ihre Gedanken. Natürlich verdient sie mehr als Frantischek und mehr, als Ivo anstelle von Frantischek herauskriegen wird, also ergibt die Sache mit Frantischek immer noch einen Sinn, zumindest für diesen Dschibril, der wahrscheinlich die Auflage hat, so billig wie möglich einzukaufen. Aber sie ist auch besser. Wesentlich besser als Frantischek. Ist sie das noch? In dieser Branche ändert sich alles, und das täglich. Aber sie hat mehr Erfahrung. Wesentlich mehr Erfahrung als Frantischek. Zählt das denn noch? Ist Erfahrung ein Pluspunkt in diesem Beruf? Geht es nicht eher darum, so rasch wie möglich zu vergessen, was man gelernt hat, und sich permanent auf Neues einzustellen? Jeder zu stark eingeprägte Griff kann einem, der neu erlernt werden muß, im Wege stehen. Frantischek ist fast um sechs Jahre jünger als sie, ein Newbie, strenggenommen, doch hat er ihr die größere Unbefangenheit dem Neuesten gegenüber voraus.

Zum ersten Mal in ihrem Berufsleben stellt Anna sich rückhaltlos die Frage, ob sie überhaupt noch gebraucht wird. Ein wenig übertrieben, mag sein, aber wenn sie so um sich schaut, ist deutlich zu spüren, daß alle an dasselbe denken. Nur Frantischek taumelt im Höhenflug. Die Chefin hat ihn sofort freigestellt, so als wolle sie verhindern, daß er hier noch irgend etwas lernt oder erfährt, was ihm in Frankfurt von Nutzen sein könnte.

»Anna«, sagt er, »glaub ja nicht, daß du mich endgültig los wirst dadurch. Ich kenne deine PC-Adresse. Meine E-Mail wird dir jegliche Literatur und erst recht die Zeitungen ersetzen.«

»Was sagt deine Mutter dazu?« Anna hat sie zwar nie kennengelernt, aber Frantischek ist noch keine achtzehn.

»Die wollte immer schon einmal in Frankfurt soufflieren.« Frantischek räumt seinen Schreibtisch leer. »Anna, ich schenke dir etwas.« Er zieht einen nagelneuen, überlangen Bleistift aus der Lade. Einen Superstift, an dessen Ende eine rosa Radiergummimaus klebt.

»Riech, bitte!« Frantischek hält ihr den Bleistift unter die Nase. Die rosa Maus duftet nach Pfirsich.

»Was sagst du dazu?« Frantischek drückt Anna den Bleistift in die Hand. »Damit du an mich denkst, wann immer du etwas auf einen Zettel schreibst. Und wenn es die Anzahl der Wurstsemmeln ist.« Er nähert sich ihrem Ohr und flüstert verstohlen: »Ob die von nun an Ivo holen geht?«

Jetzt hat Frantischek es auch schon gelernt, das Aufsteigen. Nicht daß sie es ihm nicht gönnt; soll er glücklich werden in Frankfurt. Aber ihr ist klar, daß sie selbst dadurch an Kurswert verloren hat.

Als Jussuf auftaucht, heben sich ihm alle Blicke entgegen. Hat am Ende er die Finger im Spiel gehabt? Braucht er einen freien Platz für jemanden, dem er helfen will, wie zuvor Ivo? Oder der ihm behilflich sein kann? Auf undurchschaubare Weise wie immer.

Aber Jussufs Brillengläser funkeln wie das gesiebte Gold. »Na, du Racker«, sagt er beinah gerührt zu Frantischek und legt ihm dabei den Arm um die Schulter, »da hast du uns eine schöne Nase gedreht. Hab ich nicht immer gesagt, daß du uns noch alle überrunden wirst?«

Die freudige Erregung bringt Frantischeks Pickel zum Blühen. »Und ich habe dir geglaubt, Mann, ich habe dir, wie immer, geglaubt.«

Jussuf schlägt vor, daß sie zur »Verabschiedung ihres jüngsten Mitarbeiters« nach Büroschluß noch gemeinsam »einen heben« gehen. Aber außer Anna und ihm selbst scheint niemand sich die Zeit dafür zu nehmen. Nicht einmal Ferdy. Der ist als Kassier eines Briefmarkenclubs an Donnerstagen prinzipiell unabkömmlich.

»Es geht eben nichts über diese Art von Dreifaltigkeit.« Jussuf grinst geradezu entspannt. »Es lebe die magische Zahl!«

Gigi kann es nicht lassen, Anna im Büro anzurufen, da sie ja zu Hause angeblich nie zu erreichen ist. Es geht um kommenden Sonntag. Ob sie und Haugsdorff zum Essen kämen. Und als Annas Antwort auf sich warten läßt, behauptet Gigi, daß es Oskars Idee gewesen sei. Auch mache er einen hervorragenden Erdäpfelsalat, den man sich nicht entgehen lassen sollte. Überhaupt Oskar... es folgt eine Hymne, während der Anna mit einer Hand weiterarbeitet.

Nur der Geschäftsführerposten scheint auf sich warten zu lassen.

»Ich muß erst mit Haugsdorff reden, er hat etwas von einem Ausflug gesagt.« Was zwar nur andeutungsweise stimmt, aber als Basis für eine spätere, glaubwürdige Ausrede dienen kann.

»Laß es mich jedenfalls sobald wie möglich wissen, damit ich rechtzeitig einkaufen kann.«

Es ist erst Donnerstag. Anna kann diese Wochenendverabredungen auf den Tod nicht ausstehen. Gigi und Bonny haben sie in letzter Zeit auch in Ruhe gelassen, und jetzt fängt Oskar wieder damit an. Es nur nicht zur Gewohnheit machen, ihr wird schon etwas einfallen. Wie sie Haugsdorff kennt, ist er nicht gerade scharf auf diese Art von Familienbindung, auch wenn er behauptet, Gigi und Bonny zu mögen. Und dabei soll es bleiben.

Was heißt bleiben? Gar nichts soll so bleiben, wie es bisher war. Auch nicht, daß sie Haugsdorffs Geliebte ist. Aber wie es ihm klarmachen, ohne größeres Tamtam? Sie könnten ja befreundet bleiben. Befreundet? Anna schüttelt bei dem Gedanken den Kopf. O nein, Haugsdorff wird nicht zulassen, daß sie einfach aussteigt. Befreundet! Eher würde er sich von einem seiner Daffingers trennen, als mit ihr befreundet zu bleiben, wenn sie ihn als Liebhaber nicht mehr haben will. So würde zumindest er es sehen. Sie muß eher damit rechnen, daß er es ihr so schwer wie möglich macht. Er hält sie für seine Entdeckung in puncto Erotik und beansprucht sie ausschließlich, soviel hat sie mittlerweile begriffen. Und es ängstigt sie ein wenig.

»Die spirituellen Eltern entlassen das Produkt ihrer Erziehung«, erklärt Jussuf salbungsvoll, als sie bei Campari-Soda in einem Donaukanal-Café sitzen. »Ich hoffe, du machst uns keine Schande in diesem Babylon des europäischen Westens.«

»Ich doch nicht«, plustert sich Frantischek. Es ist ihm anzumerken, daß ihm ein wenig bang ist. »Ich werde mir von Anfang an nichts gefallen lassen. Damit fährt man wahrscheinlich am besten.«

»Bleib cool, Frantischek, bleib einfach cool, du sollst weder treten noch beißen. Keiner will dir von Haus aus etwas Böses, es sei denn, du forderst es heraus.« Anna meint es ehrlich. Sie wird Frantischek vermissen, ihn und seine arglose Art, die Welt in Sprüche zu fassen.

Jussuf spielt einmal mehr den großen Weisen aus dem Morgenland. »Denk daran, der Mond spiegelt sich in jedem Wasser!« Und als das noch nicht genügend Andacht erzeugt, fügt er hinzu: »Wer Augen hat zu sehen, der kann auch die Schrift der Sterne lesen.«

Aber insgesamt kommt nicht die rechte Stimmung auf. Der Abschied ist einerseits noch zu weit weg, nämlich gefühlsmäßig, und andererseits ist Frantischek schon mit all seinen Gedanken in Frankfurt. Es ist also nur eine Frage der Zeit, bis einer von ihnen auf die Idee kommt, das zu tun, was sie immer am liebsten getan haben, nämlich ins Kino zu gehen. Zum Glück läuft noch SCHWEINCHEN BABE in der eigens für Österreich synchronisierten Fassung mit Arnold Schwarzenegger als weststeirischem Pferd.

»Dann laßt uns stapfen!« ruft Frantischek vor Begeisterung, und sogleich sind alle seine Gedanken von Frankfurt abgezogen.

Sie eilen zur U-Bahn-Haltestelle, und während sie wie die Kinder die Rolltreppe hinunterhüpfen, glaubt Anna auf der anderen, der nach oben laufenden Treppe Orhan erspäht zu haben. Er hat sie wohl nicht bemerkt oder zumindest nicht erkannt, dennoch ist sie sich ziemlich sicher. Wäre sie allein gewesen, hätte sie ihn sich vorgeknöpft. Diesen Lügner. Oder hat er den Job bei den Ayverdis erst bekommen, nachdem sie mit ihm auf der Suche nach jenem Mesut im *Istanbul* gewesen war? Trotzdem hätte er ihr einige Fragen beant worten müssen. Ihr Pech. Vielleicht trifft sie ihn irgendwann wieder, wenn es sein soll, im Café gegenüber.

Sie kommen ein paar Minuten nach Beginn des Films, aber SCHWEINCHEN BABE hält, auch solchermaßen amputiert, mehr, als es verspricht, und so haben sie ein letztes Mal selbdritt in bewährter Weise die Zeit angehalten.

Treffpunkt für das Alevitenfest ist jene Haltestelle, an der man von der U-Bahn zur Straßenbahn wechseln muß. Jussuf hat sich doch freimachen können – Shi Tschen nimmt Gesangsunterricht, privat, bei einem Lehrer, der es aus Gefälligkeit tut, darum am Samstag – und erscheint ganze zwei Minuten nach Anna. Sie ist fünf Minuten zu spät, Jussuf sieben. Damit läßt sich leben. Sie sieht ihn schon von weitem, wie er mit funkelnden Brillengläsern, den Kopf ein wenig schief, mit wehendem Kraushaar und jenem eigenartig vorschnellenden Gang, der an Groucho Marx erinnert, die Treppen des U-Bahn-Aufgangs heraufkommt. Er bemerkt sie nicht gleich, sie winkt, da kommt er geradewegs auf sie zu.

»Sie kriechen aus allen Löchern, was?« Jussuf küßt sie zur Begrüßung auf beide Wangen. Tatsächlich kommen aus den verschiedensten Richtungen Menschen herbeigeströmt, die anscheinend alle dasselbe Ziel haben. Jussuf macht Anna auf die Embleme aufmerksam. Ein Löwenkopfmädchen in engen Jeans und schwarzem Blazer trägt ein silbernes zweizüngiges Schwert um den Hals, das an Griff und Spitze in ein silbernes Kettchen übergeht. Es ist Zülfikar, das Schwert des Propheten Mohammed, das sein Neffe und Schwiegersohn Ali geerbt hat. Andere tragen Nadeln, die ein Saiteninstrument, das Saz, darstellen.

»Ein Zeichen dafür« – Jussuf zeigt gerade mit dem Finger auf eines –, »daß es viele Musiker unter ihnen gibt, gewissermaßen Barden, die ihre Gedichte singen und dazu auf diesem langhalsigen, lautenähnlichen Instrument spielen.«

Kaum sind die Wagen der Linie 67 eingefahren, füllen sie sich auch schon. Viele der Leute, die eingestiegen sind, scheinen sich zu kennen. Die wenigen Einheimischen, die mit der Straßenbahn ins Grüne fahren, beobachten sie von ihren Sitzplätzen aus, neugierig und ein wenig mißtrauisch, besorgt, sich plötzlich in der Minderheit zu sehen, was leicht in ein Gefühl des Umzingeltseins mündet.

Als sie zur Kurhalle kommen, nimmt das Strömen nur noch zu. Es gibt keine Parkplätze mehr, aber die meisten kommen ohnehin zu Fuß. Die Kontrollen am Eingang sind streng, ein Mann durchsucht Jussuf nach Waffen, eine Frau tastet Anna ab, und das, obwohl viele Jussuf zu kennen scheinen. Im Vorraum, auf den Garderobenpulten, liegen Broschüren, Kassetten und CDs zum Verkauf, und von der Halle her dröhnt ein schlecht eingestellter Lautsprecher.

»Es werden einige tausend Leute erwartet.« Jussuf hat mit einem der Männer vom Ordnungsdienst gesprochen. »Und Programm gibt es für viele Stunden. Sie haben einen berühmten Sänger aus der Türkei einfliegen lassen. Er ist zwar kein Alevit, hat aber Sympathien für ihre Sache. Und als große Überraschung ist der Besuch des Ministers geplant. Wie du weißt, gibt es demnächst Wahlen, und die Aleviten, nämlich die, die bereits österreichische Staatsbürger sind, gehören großteils zu seiner Klientel, also wird man versuchen, sie bei Laune zu halten.«

»Welcher Minister?« Anna ist in den Anblick all der Kinder vertieft, die sich selbständig gemacht und zu kleinen Horden zusammengerottet haben, die vor allem durch Geschrei und einen übergroßen Drang nach Bewegung auffallen. Anna findet ihre Gesichter besonders hübsch, und obgleich sie ansonsten für Kinder – ihre Neffen ausgenommen – nicht viel übrig hat, kann sie sich an den erhitzten kleinen Köpfen nicht müde sehen.

Jussuf beugt sich an ihr Ohr und flüstert: »Na welcher schon?! Der unsre natürlich.« Der unmittelbare Vorgesetzte von Haugsdorff also. Für einen Augenblick steigt es ihr heiß die Kehle herauf. Haugsdorff hat sie gestern angerufen und ihr erklärt, er habe am Samstag, also heute, doch keine Zeit, er sei beim Minister zum Rapport bestellt, und da die ganze Woche über keine Gelegenheit dazu gewesen sei, müsse er eben heute. So sei das Leben und erst recht die Verwaltung. Sie solle sich aber auf jeden Fall den Sonntag freihalten. Bei schönem Wetter würde er gerne, nachdem er ausgeritten sei, mit ihr wieder irgendwo hinausfahren, jetzt, da der Frühling endlich spürbar werde.

Sie selbst hatte etwas von Wohnung in Schuß bringen und einem etwaigen Kinobesuch verlauten lassen, als er sie danach fragte, womit sie den Tag verbringen würde. Sie hatte keine Lust, die Sache mit dem Alevitenfest noch einmal aufs Tapet zu bringen. Sie wollte nun auf jeden Fall hin, und zwar mit Jussuf. Allein hätte sie sich wahrscheinlich doch nicht dazu aufgerafft.

Auf dem Weg in die große Halle muß Jussuf noch einige Hände schütteln. Auch nennt er jedesmal ihren Namen, aber bei dem Lärm, der herrscht, ist Anna sicher, daß man ihren Namen genausowenig versteht wie sie die der ihr Vorgestellten, geschweige denn, daß sie sich diese hätte merken können, trotz aller Übung durch PACIDIUS.

In dieser Halle werden öfter Boxkämpfe ausgetragen, daher gibt es eine ziemlich große Bühne und ansteigende Sitzreihen, damit man von überall einigermaßen gut sehen kann. In dem ausgangsseitigen Sitzblock sind auf halber Höhe noch Randplätze für sie frei. Jussuf neigt zur Klaustrophobie, wie er betont, und kann ohnehin nur am Rand sitzen.

Die Lautsprecheranlage ist entweder von Haus aus miserabel, oder es gelingt nur nicht, sie entsprechend einzustellen, doch scheint das im Grunde niemanden zu stören. Auf der Bühne sitzt in einem Halbkreis eine Gruppe von Halbwüchsigen, die alle das von Jussuf erwähnte Saz spielen. Erstaunlich ist nur, daß dabei die Mädchen in der Überzahl sind.

Jussuf macht Anna sogar eigens darauf aufmerksam. »Die Aleviten haben den Frauen immer schon mehr zugestanden als die Sunniten. Deshalb hat man ihnen auch Verwerfliches angedichtet, vor allem orgiastische Sitten, denn auch der Genuß von Alkohol ist bei den anatolischen Aleviten nie verboten gewesen.«

An erhöhter Stelle im Bühnenhintergrund sind zwei Transparente affichiert, die ihre Botschaft auf deutsch und auf türkisch verkünden. Auf dem einen steht »Ein Volk, das seine Frauen nicht bildet, kann sich nicht entwickeln«. Auf dem anderen ist »Der Erwerb von Wissen ist auch eine Art der Religionsausübung« zu lesen. In der rechten oberen Ecke ist wieder der Mann mit dem hohen weißen Hut zu sehen, der unter dem einen Arm einen Hirsch und unter dem anderen einen Löwen hält.

»Weißt du, wer das sein soll?« Anna zeigt auf die emblematische Figur.

Jussuf putzt gerade mit dem Taschentuch seine Brillengläser, aber offenbar weiß er auch so, wen sie meint. »Das ist Hadschi Bektasch Veli, ein Heiliger, der im dreizehnten Jahrhundert von Horasan nach Anatolien eingewandert ist, also auch ein Migrant. Er hat dort eine Art Orden gegründet und war einer der ungewöhnlichsten spirituellen Führer des revolutionären Zweigs der türkischen Mystik, wenn du mich fragst.«

Anna schaut Jussuf von der Seite an. »Erfindest du das für mich, oder weißt du es wirklich? Und wenn du es weißt, woher weißt du es?«

Jussuf setzt seine Brille wieder auf und verstaut das Taschentuch umständlich im Hosensack. »Gelernt ist gelernt. Jahre meines Lebens stecken in diesem Wissen. Es hat einen Grund, Chérie, daß ich an der Stelle sitze, an der du mich täglich sitzen siehst.«

Auf der Bühne wird mit großem Eifer an den Saiten gezupft. Die Jugendlichen gehören zu einem Alevitenverein in

Niederösterreich und werden nicht nur von Freunden und Verwandten, sondern von der ganzen alevitischen Gemeinde heftig beklatscht und bejubelt.

Im Zuschauerbereich herrscht ständiges Kommen und Gehen. Es wird auch gegessen und getrunken, man kann sich von draußen Pappbecher und Pappteller holen. Jussuf bringt gespritzten Weißwein, doch leider ist er nicht kalt genug.

Nach den halbwüchsigen Sazspielern kommen Tänzer in folkloristischer Kleidung auf die Bühne. »Tanzen gehört zu den ganz wichtigen Dingen.« Jussuf liefert seine Kommentare im halblauten Flüsterton. »Bei den Aleviten ist immer getanzt worden, wenn auch rituell. Es gibt viele vorgeschriebene Bewegungen. Und sie tanzen als Paare, was in den Gegenden, wo sie herkommen, ziemlich ungewöhnlich ist.«

Auf Anna wirkt das alles ein bißchen exotisch und dann doch wieder nicht. Die jungen Leute auf der Bühne haben wenig Fremdes an sich, und die Tracht, die sie tragen, ähnelt eher der Ausstattung sowjetischer Folkloreballette in Filmen aus den sechziger Jahren als ursprünglicher dörflicher Kleidung. Nicht daß es ihr nicht gefallen hätte, aber es ist nichts in der Art von exotischem Tempeltanz.

»Ist das alles echt?« Sie wendet sich an Jussuf, der mit der Schuhspitze seines übergeschlagenen rechten Beins im Takt wippt.

»Was meinst du mit echt?«

»Na, daß man es immer schon so gemacht hat.«

Jussuf schüttelt den Kopf. »Die einzelnen Schritte sind traditionell, aber was du hier siehst, ist das Entstehen einer neuen Kultur, die sich in vielem noch nicht entschieden hat. Hier werden neue Traditionen geboren. Mit Aufgeschlossenheit für Neues allein kann man keine Gruppe binden. Es muß Gemeinsamkeiten im Denken, im Glauben und in der äußeren Erscheinung geben. Erst wenn sich das deutlich abzeichnet, läßt sich im einzelnen wieder davon abgehen.«

Anna wippt nun ebenfalls mit dem Fuß. »Gibt es diese Aleviten nicht schon seit Jahrhunderten?«

»Doch. Sie bewahrten die Glaubensvorstellungen der Verlierer, der eingewanderten turkmenischen Stämme, die bei den großen politischen Umverteilungen in der islamischen Welt leer ausgegangen waren. Sie lebten zum Teil noch als Nomaden, sogar im Untergrund, vor allem in den ländlichen Gebieten. Jetzt soll aus dem Alevismus eine großstadt- und auslandstaugliche Glaubens- und Schicksalsgemeinschaft werden, die die Herausforderung eines anderen Teils der islamischen Welt, nämlich der sich radikalisierenden Islamisten, anzunehmen bereit ist. Ist das alles, was du wissen wolltest?«

Anna hält sich die Ohren zu. »Für diesmal reicht es. Ich bin gerade dabei, es zu speichern.«

»Noch ein kleines Apropos. Ihr Fortbestehen verdankten und verdanken die anatolischen Aleviten nicht zuletzt ihrer Literatur. Sie hatten hervorragende Dichter, denen die türkische Sprache vieles schuldet, habe ich mir sagen lassen.«

Nicht alle sind Aleviten, die hier sitzen oder auf und ab gehen, aber die meisten. In der Kleidung kaum von Österreichern zu unterscheiden, es sei denn in puncto Sorgfalt, die Festlichkeit strahlt nur so aus ihnen. Sie sind gut angezogen, die jüngeren Frauen und Männer eher modisch, und sie wirken fröhlich, dem Anlaß gemäß aufgekratzt. Sie legen einander die Hand auf den Arm oder den Arm auf die Schulter, wenn sie sich begrüßen oder freundschaftlich miteinander reden. Nur wenige Frauen tragen ein Kopftuch, möglicherweise die Gattinnen sunnitischer Freunde, die als Gäste geladen sind.

Auf die Bühne tritt nun ein Dede, ein religiöser Vertrauensmann im Straßenanzug, der eine kurze Ansprache auf türkisch hält.

»Die Aleviten benutzen keine Moscheen oder sonstige Gotteshäuser, nur Versammlungsräume, in denen sie ihre Zusammenkünfte abhalten.« Jussuf ist es ernst mit Annas

180

Bildung. »Der Alevismus hat immer als die verborgene Kultur Anatoliens gegolten. Geheimlehrenorientiert auf der einen Seite, auf der anderen Ausdruck des Lebens turkmenischer Hirten und Bauern. Zwölfer-Schiiten, genaugenommen, aber selbst das zählte lange zu den religiösen Geheimnissen. Aber nicht nur Schiiten, sondern auch Hüter des vorislamischen, schamanistischen Erbes.« Jussuf macht eine kleine Pause.

»Und nun geht es darum, was in der neuen Sammelbewegung vorherrschen soll. Zuerst haben die Nationalisten versucht, die alevitischen Ursprünge zu vereinnahmen. Aber es gehören zu viele Kurden dazu, als daß sich das auf längere Sicht lohnen würde. Die iranischen Zwölfer-Schiiten unterscheiden sich wiederum in ihrem Dogmatismus so grundsätzlich, daß ein Zusammengehen undenkbar wäre. Die Kemalisten, die Anhänger von Mustafa Kemal Atatürk, sind einerseits zu national gesinnt, und andererseits hat Atatürk selbst im Jahr 1928, mit allen anderen Orden zusammen, auch den des Hadschi Bektasch Veli verboten. Einer modernistischen Interpretation im Sinne von Religion als Wissenschaftlichkeit werden die einfachen Mitglieder, die ihre dörflichen Traditionen lieben, nicht so recht folgen wollen. Und dann bleibt immer noch die Frage der Ethik. So einfach ihr oft zitiertes Gesetz auch klingen mag – Halt deine Zunge im Zaum, deine Hände und deine Lenden! –, so komplex ist ihr traditionelles Sittengesetz.«

Anna ist vollauf damit beschäftigt, das alles in einen Zusammenhang mit den Ayverdis zu bringen, was ihr aber nicht so recht gelingen will. Was Jussuf sagt, ist ziemlich allgemein, ihre Erfahrungen aber sind ganz konkret.

»Einer radikalen Neuorientierung steht auch noch die in der restlichen islamischen Welt ebenfalls verbreitete Seyyid-Gläubigkeit entgegen. Die Seyyids sind angeblich Nachfahren des Prophetenenkels Hüseyin, und ein Dede muß auf jeden Fall ein Seyyid sein.«

»Wenn ich dir noch länger zuhöre, kenne ich mich am Ende weniger aus als am Anfang.« Anna möchte später noch einmal auf all das von Jussuf Aufgezählte zurückkommen, eins nach dem anderen, denn im Augenblick gerät ihr alles ein wenig durcheinander.

»Da ergeht es dir nicht anders als so manchen Aleviten, nämlich jenen, die sich erst jetzt darauf besinnen, daß sie eigentlich aus alevitischen Familien stammen. Verfolgung und Säkularisierung haben in vielen das Bewußtsein ihrer Herkunft geschwächt. Jetzt aber, da der Alevismus eine tatsächliche und nichtwestliche – was sehr wichtig ist – Alternative zum orthodoxen Islam und zum sogenannten Fundamentalismus bildet, entdecken sie ihn wieder. Auch unter den Intellektuellen sunnitischer Herkunft gibt es Sympathisanten. In den achtziger Jahren bekannten sich einige Ultralinke in den türkischen Großstädten zum Alevismus, und in den neunzigern wird er unter den nichtradikalen Türken und Kurden in Europa immer beliebter.«

»Du hast mich überzeugt. An dir hat die Firma tatsächlich einen Experten zur Verfügung, mein Lieber.« Anna zeigt sich beeindruckt und bietet Jussuf ein Hustenbonbon an, das sie in ihrer Tasche gefunden hat.

»Soll ich dir noch etwas verraten?« Jussufs verschwörerische Stimme ist so nahe an ihrem Ohr, daß sie es kitzelt. »Es gibt keinen anderen, schon gar keinen, der die Szene von innen her so gut kennt wie ich.«

Beim Gedanken an PACIDIUS ist Anna unwillkürlich zusammengezuckt. Wofür steht dieses Programm wirklich? Ist es nichts als ein gutausgebautes Datennetz für Spitzeldienste, oder hilft es tatsächlich, drohende Konflikte rechtzeitig zu erkennen, so daß man ihnen noch entgegenwirken kann? Und auf welcher Seite steht Jussuf? Doch selbst wenn sie es wüßte, wäre zu befürchten, daß ihr nicht klar genug wäre, worin sich die einzelnen Seiten tatsächlich voneinander unterscheiden.

»Meine Bewunderung kennt keine Grenzen, Jussuf. Tut mir leid, es war das letzte Hustenbonbon.«

»Ich lutsche noch. Schmeckt wider Erwarten erträglich.« Als Beweis streckt Jussuf seine Zunge, auf deren Spitze der letzte Rest des Bonbons schmilzt, aus dem Mund. »Kleiner Geheimtip, Chérie, bevor wir den Ernst der Lage für den Rest des Abends vergessen: Mach dich kundig, solange du mich zur Seite hast. Du weißt nie, wofür du es einmal gebrauchen kannst. Du tust gut daran, mich als deinen Lehrherrn und Meister wertzuschätzen. Die Welt ist im Umbruch, und wieder scheint es keiner zur Kenntnis zu nehmen. Also, sperr Augen und Ohren auf. Selbst ich lebe nicht ewig.«

»Was soll das heißen, du lebst nicht ewig?«

»Sollte *ich* einmal unangenehm auffallen, kann es sehr rasch gehen, als Experte riskiere ich mehr als ihr anderen.« Und als er sich Anna zukehrt, hat er wieder das Gesicht eines traurigen Groucho Marx, der ein süffisantes Grinsen zur Schau trägt. »Nicht daß ich ernsthaft mit meinem baldigen Abgang rechne, aber es ist immer gut, wenn es Wissende gibt, denen man es nicht ansieht.«

»Wenn das ein Kompliment sein soll« – Anna versucht sich ebenfalls im Grinsen, was ihr aber nur halb so gut gelingt –, »dann muß ich dir sagen, daß auch du noch einiges zu lernen hast, Meister.«

Zwei virtuose Sazspieler im Vordergrund der Bühne reißen das mobile Publikum zu Klatschorgien hin, während die jungen Männer vom Ordnungsdienst ebenso unermüdlich wie gutmütig die Kinder vom freien Platz vor der Bühne ziehen, wo sie, vor Vergnügen kreischend, Fangen spielen.

Wahrscheinlich kennen die meisten Aleviten diese Melodien, denn obwohl sie gar nicht wirklich zuzuhören scheinen, wiegen sie die Köpfe oder wippen mit den Beinen rhythmisch mit. Der Lärmpegel ist insgesamt ziemlich hoch, doch die noch immer nicht besser eingestellten Lautsprecher heben die Musik darüber weg, so daß sie wie eine Tonglocke über dem Sprechteppich am Boden der Halle schwebt.

Jemand kommt auf die Bühne. Er flüstert dem einen der Musiker, der dabei unbeirrt weiterspielt, etwas ins Ohr und bleibt dann auf der Bühne stehen. Die Musiker leiten langsam in eine Schlußphrase über, erheben sich und nehmen den mit Begeisterungspfiffen gewürzten Beifall unbeweglichen Gesichts entgegen. Doch allen anfeuernden Rufen zum Trotz verlassen sie rasch das Podium, während der Mann durch Räuspern die Mikrophone ausprobiert, eins nach dem anderen, bis er vom Techniker im Hintergrund, durch Zuruf angewiesen, das richtige, nämlich das für Sprecher, findet.

Inzwischen wenden sich die Blicke vom Sprecher zum Eingang und von dort wieder zum Sprecher, und als tatsächlich aller Augen auf diese Strecke gerichtet sind, vermindert sich der Lärm wie auf ein geheimes Zeichen hin. Während Anna und Jussuf sich noch grimassierend zuzwinkern, setzt sich ein Trupp von Leuten vom Eingang her in Richtung Bühne in Bewegung. Anna traut ihren Augen kaum, als sie in dessen Mittelpunkt, umringt von ein paar gewichtig dreinschauenden Herren sowie Leuten vom Ordnungsdienst, Haugsdorff erkennt, der mit vielen Handbewegungen und Gesten, die ihn gegen irgendwelche möglichen Gefährdungen abschirmen sollen, auf die Bühne dirigiert wird, wo der Sprecher ihm bereits das Mikrophon entgegenhält.

Doch gerade als Haugsdorff danach greifen will, nimmt der Sprecher es noch einmal an sich, sagt ein paar Sätze auf türkisch, die wohl den »Bay Ministerialrat Haugsdorff« vorstellen sollen, und fordert die Anwesenden sichtlich auf, ihn willkommen zu heißen. Vereinzeltes Klatschen ertönt, zuerst ein wenig zögerlich, offenbar haben nicht alle gleich mitbekommen, was da los ist. Doch dann, als der Sprecher noch einmal laut und deutlich verkündet hat, um wen es sich handelt, nämlich um den »Bay Ministerialrat Haugsdorff vom Innenministerium«, bricht hörbar Applaus aus, der sich, wäre der Minister persönlich gekommen, gewiß noch verdoppelt und verdreifacht hätte.

Anna und Jussuf haben automatisch Deckung gesucht und sich so weit wie möglich zurückgelehnt, sich auch noch in den Sitzen klein gemacht, wie um die Entfernung zwischen sich und Haugsdorff zu vergrößern, obwohl sie ohnehin weit genug von der Bühne entfernt sitzen, um von Haugsdorff nicht erkannt zu werden.

»Das Licht«, meint Jussuf, der sich rascher gefangen hat, »strahlt ihn dermaßen an, daß er überhaupt nichts sieht, und uns schon gar nicht.«

Auch Haugsdorff räuspert sich mehrmals, bevor er zum Mikrophon greift. Er nennt einige der anwesenden Honoratioren, ehe er seine Rede mit »Liebe alevitische Mitbürger« beginnt. »Wie Sie wissen, wollte Ihnen der Herr Minister persönlich die Ehre erweisen, aber wenn ich Ihnen nun erkläre, warum Sie mit mir vorliebnehmen müssen, bin ich mir Ihres Verständnisses gewiß. Erst vor einer Stunde ist der Herr Minister nur um Haaresbreite einem Bombenanschlag entgangen. Er befand sich bereits auf dem Wege hierher zu Ihnen, das heißt, als der Chauffeur ihm die Tür seines Dienstwagens öffnete, mit dem er hierhergekommen wäre, detonierte der Sprengkörper. Gott sei Dank gibt es kein Todesopfer zu beklagen. Der Chauffeur hatte Glück im Unglück, er mußte zwar mit Verletzungen an Brust und Händen ins Spital gebracht werden, ist aber außer Lebensgefahr. Sie werden verstehen, daß der Herr Minister nach diesem Schock eine kleine Erholungspause nötig hat.«

Erst jetzt scheinen die Leute zu begreifen, was vorgefallen ist, und mit einem Mal steigt ein tausendstimmiger Chor von Rufen der Überraschung und des Nichtglaubenwollens zur Bühne empor, die alle etwas mit Gott zu tun haben und Haugsdorff eine Weile innehalten lassen, bis er sich wieder ganz nahe ans Mikrophon hält und fortfährt: »Daher hat er mich damit beauftragt, Ihnen stellvertretend seine guten Wünsche zum Gelingen Ihres Festes zu überbringen.« Tosender Beifall. Haugsdorff ist blaß und wirkt noch immer ein wenig nervös, dennoch setzt er seine Ansprache fort, die er frei hält. Wahrscheinlich ist gar keine Zeit mehr gewesen, etwas aufzusetzen, und Haugsdorff erklärt gerade, daß über die Hintergründe des Attentats noch nichts bekannt sei, die Spezialeinheiten der Polizei aber jeden Hinweis und jede Spur mit der gebotenen Gründlichkeit verfolgen würden. Es gelte, sich mit allen Mitteln gegen diese so wie gegen jede Form von Terrorismus zur Wehr zu setzen. Man – und damit meine er auch die anwesenden alevitischen Freunde – dürfe nicht zulassen, daß die bereits geleistete Integrationsarbeit von einigen Extremisten zunichte gemacht werde. Haugsdorff endet schließlich damit, daß »wir, nämlich die Bürger dieses Landes und die, die es noch werden wollen, diese brutalen Sinnlosigkeiten nicht dulden können, und dabei zähle ich auch auf die Mitarbeit all jener Zuwanderer, die für sich und ihre Kinder hier eine Heimat gefunden haben. Arbeiten wir also zusammen in der Bekämpfung dieses Wahnsinns, damit wir gemeinsam die Früchte unserer Bemühungen ernten können.« Er verbeugt sich, wünscht noch einmal ein gutes Gelingen für das Fest und fügt hinzu, sie wüßten ja wohl auch, daß sie bei den kommenden Wahlen einen großen Beitrag zur allgemeinen Befriedung leisten könnten, wenn sie sich genau überlegten, wer in diesem Land für Integration sorge und wer nicht. Und damit verläßt er federnden Schrittes und nicht mehr ganz so blaß wie bei seiner Ankunft die Bühne.

»Dümmer hätte es gar nicht kommen können, ich meine diese Bombe.« Jussuf sucht wieder nach seinem Taschentuch, während er und Anna Haugsdorff nachschauen, der es offensichtlich ziemlich eilig hat, wieder aus dem Saal und von hier wegzukommen.

Die Menschen fangen alle und auf der Stelle miteinander zu reden an, nachdem sie die paar Minuten während Haugsdorffs Abgang wie gelähmt waren. Um so heftiger bricht nun die Besorgnis aus ihnen hervor, und obwohl weder Anna noch Jussuf Türkisch verstehen, scheint ziemlich klar, worüber sie sich wortreich auslassen, nämlich ob der Anschlag auf den Minister tatsächlich etwas mit ihnen und ihrer heutigen Zusammenkunft, an der der Minister teilnehmen wollte, zu tun habe. Und wenn ja, welche Konsequenzen daraus zu ziehen seien.

Der Dede von vorhin klettert wieder auf die Bühne und spricht ein paar ernst klingende Worte, die dahin zu gehen scheinen, daß man sich keinesfalls einschüchtern lassen werde. Plötzlich sagt er etwas auf englisch, das Anna in diesem Zusammenhang zum Lachen bringt, nämlich »The show must go on«. Wahrscheinlich sagt er etwas Gleichbedeutendes auch auf türkisch, denn einige klatschen, und andere, die sich bereits erhoben haben, um die Halle zu verlassen, setzen sich wieder. Ja sogar ein Teil derer, die bereits dem Ausgang zustreben, bleibt stehen, lauscht, überlegt eine Weile und macht Anstalten, auf die Plätze zurückzukehren. Erst recht, als der Dede von einem Sprecher der Organisation abgelöst wird, der mehrmals einen einzelnen Namen in die Menge schreit.

Man beginnt zu klatschen, immer heftiger, und scheint schon wieder vergessen zu haben, daß es so etwas wie Bomben gibt, denn es handelt sich um den berühmten Sänger, der eingeflogen worden ist, und als der nun langsam und die Hände zum Gruß erhoben auf die Bühne kommt, schlägt ihm so große Begeisterung entgegen, daß auch er, der ebenfalls ein wenig blaß wirkt, gar nicht anders kann, als die heftig aufflackernde Sympathie zur Gleitspur für seinen Auftritt zu machen. Jemand reicht ihm sein Saz, und hinter ihm nehmen zwei Musiker mit Elektrogitarren Platz.

Nachdem die Instrumente kurz gestimmt wurden, setzen sie laut und ungemein rhythmisch ein, während der Sänger nach einigen Takten ebenfalls seine volle Lautstärke erreicht hat. Pfiffe und Jubelrufe im Publikum sind die Folge jeder Phrase, und schon sammeln sich wieder die Kinder, die vor Haugsdorffs Auftritt vorsorglich eingesammelt worden waren, auf dem leeren Platz vor der Bühne und produzieren sich, Gesichter schneidend und die Hüften im Rhythmus schwenkend, nach dem Takt der Musik.

Der Sänger ist kein Traditionalist, obgleich seine Musik sich eindeutig orientalisch anhört, aber Anna erinnert er eher an einen Liedermacher, bloß daß er türkisch singt. Seine Stimme klingt angenehm, wenn man sich die Schärfe des Lautsprechers wegdenkt, und viele der Anwesenden kennen seine Texte und singen sie zeilenweise mit. Alle Besorgnis scheint sich in diesen ins Ohr gehenden Klängen aufzulösen. Hingerissen wendet man sich ihnen zu, auch wenn es keine alevitischen sind, aber sie stärken das Gemeinschaftsgefühl einer zeitgemäßen Gesellschaft, die sich weder von Fanatikern noch von rückwärtsgewandten Extremisten, die aus Religion Politik und aus Politik Bomben machen, ins Bockshorn jagen lassen will.

Diese Menschen sind hierhergekommen, um in aller Öffentlichkeit ein Fest zu feiern, offen für alle, die mit ihnen feiern möchten, und gleichzeitig demonstrieren sie damit, daß sie eine ernstzunehmende Gruppierung sind, die sich – selbst friedlich gesinnt – von nichts und niemandem einschüchtern lassen wird. Zumindest empfindet Anna die vorherrschende Stimmung so.

»Was denkst du, wer es war?« fragt sie Jussuf, der mit dem Kopf in den Händen in der bewährten Denkerpose neben ihr hockt.

»Keine Ahnung. Ich hätte näher dran sein müssen, um den Braten zu riechen.« Er kratzt sich nachhaltig hinterm Ohr.

»Da das Bombenlegen zum Leistungssport für unterdrückte Völker und radikale Ideologen geworden ist, kommt eine ganze Reihe von Gruppierungen in Frage. Noch mehr, wenn es um den Minister persönlich geht. Zwei, drei weniger, wenn nur die Aleviten gemeint sind. Doch nicht einmal da bin ich mir ganz sicher. Umgekehrt sprechen der Zeitpunkt und das unmittelbare Vorhaben des Ministers eine deutliche Sprache.«

»Mit einem Wort, du weißt auch nicht mehr als wir hier.« Und Anna schließt alle, die um sie herumsitzen, großzügig mit ein.

»Was ich in jedem Fall bestreiten möchte...« Jussuf klingt beinahe gereizt. Doch gerade als Anna ihn fragen will, was er denn bestreiten möchte, gibt es genau unter ihren Sitzen einen Knall. Einen kurzen, scharfen Knall, der zwar keine Explosion zur Folge hat, sich aber so anhört. Das genügt, um einige der Umsitzenden aufhorchen zu lassen. Andere springen hoch und rufen etwas. Da ertönt ein zweiter Knall und dann auch noch ein dritter.

»Komm!« Jussuf reißt Anna hoch. Zum Glück sitzen sie am Rand und können sofort los. Die Geschwindigkeit, mit der Jussuf sie den schmalen Tribünenabgang hinunterzieht, hätte sie ihm nie und nimmer zugetraut, auch wenn sie weiß, wie schnell er reagieren kann. In ihrer unmittelbaren Nähe aber gerät alles in Bewegung. Als sie, bereits unten angelangt, an der Tribüne entlanglaufen, kann Anna gerade noch sehen, wie ein Mann vom Ordnungsdienst einen kleinen Jungen am Ohr zu sich heranzieht. Dabei bemüht er sich, ihm etwas wegzunehmen, und schimpft laut auf ihn ein. Andere Männer vom Ordnungsdienst versuchen, beschwichtigend auf die in Bewegung geratene Menge einzureden, aber dazu ist es zu spät. Einer von ihnen will gegen den Strom um jeden Preis auf die Bühne, vergebens. Mittlerweile sind immer mehr Menschen aufgestanden, die wissen wollen, was geschehen ist, und als sie keine Antwort kriegen, verlassen auch sie die Tribüne.

Sogar der Sänger und seine Musiker bekommen mit, daß da etwas am Dampfen ist, und obwohl sie weiter singen und spielen, richten sich ihre Blicke immer häufiger auf den Ausgang, der in der Menschenmenge kaum mehr zu erkennen ist. Jemand kommt von hinten auf die Bühne gesprungen und redet heftig gestikulierend auf die Musiker ein. Er versucht offenbar, sie zu beruhigen, aber da er dabei so weit mit den Armen ausholt, wittert ein Teil des Publikums erst recht Gefahr und beeilt sich, den anderen hinterherzulaufen.

Plötzlich befindet Anna sich mitten im Gedränge, fühlt sich geschoben und gestoßen, und obwohl der Sänger sich noch immer bemüht, die Nerven zu behalten und auszuharren, wirkt auch er wie auf dem Sprung. Ein Großteil der Menschen folgt einer Art Instinkt, und der lautet einzig und allein: raus hier!

Auch Jussuf ist nicht mehr da, scheint im zunehmenden Getümmel abhanden gekommen. Niemand bewegt sich mehr, wie er will, höchstens noch, wie er kann, und Anna wird zum Ausgang hin gepreßt. Nur keine Panik, sagt sie sich, auch wenn es beim Hallentor ziemlich eng zu werden droht. Lautsprecheransagen übertönen sich gegenseitig. Sie versteht kein Wort, nicht auf deutsch und schon gar nicht auf türkisch. Die Sätze werden zu pfeifenden akustischen Klumpen, die die Gehörgänge verstopfen und jeder Information entbehren.

Jemand drückt von der Seite gegen ihre Rippen, aber da ist sie bereits im Vorraum. Dort wird ohne Lautsprecher herumgebrüllt. Der Druck der Menge fegt die Broschüren und CDs von den Garderobentischen, und sie verlieren ihre Form unter den Füßen der Nachdrängenden. Man kann Frauen kreischen und Männer fluchen hören. Kinder werden hochgehalten oder sitzen auf den Schultern ihrer Väter.

Anna hört sich keuchen, noch kreischt sie nicht, aber sie ist nahe daran. Das, denkt sie, ist die Wirklichkeit. Das ist die überzeugende Macht der Wirklichkeit. Jemand mit einem

Kind auf den Schultern versucht, sich an ihr vorbeizu-
zwängen. Die Beine des schreienden Kindes schlagen nach
ihr, aber nichts geht mehr. Eingeklemmt zwischen geäng-
stigten Leibern, nach Atem ringend, befällt sie plötzlich der
unwiderstehliche Drang, ebenfalls um sich zu schlagen.
Warum sollte ihr Leben weniger wert sein als das der
anderen?
Doch bevor sie noch die Hände hochbekommt, erhält sie
einen Schlag gegen den Kopf, der sie nur noch Sterne sehen
läßt. Umfallen geht nicht in diesem Knäuel von Leibern,
und als sie wieder zu sich kommt, ist ihr erster Gedanke,
daß die Wirklichkeit keinen entrinnen läßt, selbst wenn sich
das Bewußtsein für kurze Zeit davonmacht. Der Körper
bleibt ihr ausgesetzt, dieser Wirklichkeit, die mit dem Tod
droht, einer erpresserischen Wirklichkeit, deren Büttel die
Angst ist.
Und dann fragt sie sich, was sie empfinden würde, wenn
Hikmet hier neben ihr eingezwängt stünde, ob sie seinen
Leib ebenfalls als feindlich erleben oder ob allein die Tatsache seiner Nähe ihr jede Angst nehmen würde. Sie weiß es
nicht. Gibt es denn eine Antwort auf eine solche Frage?
Dann geht es mit einem Mal doch einen Schritt weiter und
dann noch einen. Jemand war so geistesgegenwärtig, die
Glastüren zu öffnen. Kühle Luft ist das erste, was Anna
begreifen läßt, daß sie gerettet sein wird, gerettet ins milde
Dunkel da draußen.
Langsam lösen sich die Körper voneinander, Luft füllt die
wieder entstandenen Zwischenräume, das Gekreisch geht
in Klagen über, die Flüche in Beschwörungen, sogar der
Schweiß, mit dem die Angst die Haut aufgeweicht hat, beginnt zu trocknen.
Annas Knie sind noch ungelenk, als hätten sich die Sehnen
gelockert und würden kein normales Gehen mehr gewähr-
leisten. Sie wird sich demnächst setzen müssen, und wenn
es auf einen der Betonkästen ist, in die bereits Stiefmütter-

chen gepflanzt wurden. Sie taumelt darauf zu, noch immer umringt, aber nicht mehr bedrängt, spürt das Gras unter ihren schlaffen Füßen und dreht sich mit letzter Kraft um. Aus der taghell erleuchteten Kurhalle quillt es noch immer, wenn auch nicht mehr so heftig. Neben dem Eingang liegen Menschen auf dem Boden, Helfer beugen sich über sie, halten ihnen den Kopf oder legen sie vorsichtig auf die Seite, und aus der Ferne ist der Signalton eines Rettungswagens zu hören.

Die Forsythien blühen, denkt Anna und beginnt zu schwanken. Sie will so weit wie möglich von dem Gebäude weg, aus Angst vor erneuter Umzingelung, aber ihre Knie geben endgültig nach.

Jemand greift ihr behutsam von hinten unter die Arme. Das muß Jussuf sein, da verläßt sie die Kraft vollends. Sie fühlt sich wie eine Schattenspielfigur an seinen Armen hängen, unfähig, mehr zu tun als zu lehnen, doch mit einem Mal steigt ein solches Wohlbefinden in ihr auf, eine so unbändige körperliche Glückseligkeit, daß sie es gar nicht fassen kann. Es ist, als ströme aus diesem anderen Körper, der sie hält, etwas in den ihren herüber, um sie vollkommen zu erfüllen, ja zu überschwemmen. Ihr ganzer Leib beginnt zu pulsieren, und wenn diese Arme sie nicht festhalten würden, läge sie längst im Gras oder wäre davongeflogen. Noch nie hat sie ihren Körper so rückhaltlos als den ihren empfunden, gespürt, daß sie dieser Körper ist und sich in diesem ihrem Körper spüren kann.

Da muß Anna weinen, und die Stimme an ihrem Ohr, die bisher nur eine Art Summen von sich gegeben hat, flüstert: »Wein nur. Wer nicht weint, sieht auch nichts.«

Es tut gut zu weinen, anhaltend gut. Aber ist das wirklich Jussuf?

Das Blitzlicht eines Fotografen blendet sie. Eine Art irdisches Gewitter wird entfacht, die überstandene Angst soll so genau wie möglich festgehalten werden.

Anna reibt sich die Augen. Der Körper hinter ihr ist wie ein Mantel. Noch zögert sie. Eigentlich möchte sie gar kein Gesicht sehen. Bloß noch einen Augenblick so lehnen bleiben und warten, bis die Tränen von sich aus versiegen.

Das Summen hat wieder eingesetzt. Sie dreht sich langsam um und somit aus diesen Armen heraus, eine Bewegung, die sie gleichzeitig frösteln macht. Noch hält sie die Lider gesenkt. Die Stimme aber sagt: »Gottes Anblick in einer Frau ist der vollkommenste.«

Ist das nicht Abdal?

Als es an der Tür läutet, ist Anna noch im Kimono. Ein Geschenk von Bonny, Weihnachten vor drei Jahren. Aus chinesischer Rohseide, naturfarben, das Zeichen für Glück und langes Leben am Rücken eingestickt, in Schwarz. Eine Okkasion des damals neu eröffneten Ostasienhauses.

Sich totstellen, es läuten lassen, bis es aufhört. Niemand zu Hause oder alle gestorben. Doch es läutet wieder. Die Katze, der sie gerade die restliche Milch hingestellt hat, ist schon beim ersten Klingeln geflüchtet. Ab über den Balkon und am Sims hinüber zum nächsten offenen Fenster. Sie will ihr gar nicht zuschauen dabei, falls sie doch einmal abstürzt. Anna weiß, daß es Haugsdorff ist. Sie hat das Telefon nicht abgehoben, es kann nur Haugsdorff sein. Daß der Tag so beginnen muß …

Auf dem Weg zur Tür ein bestätigender Blick in den Spiegel. Der Schlag, von dem sie im Stehen gefällt worden ist, hat Spuren hinterlassen, weithin sichtbare, violett-schwarz.

Haugsdorff muß sich bereits gegen die Tür gestemmt haben, denn als sie sie öffnet, fällt er ihr entgegen. Er hält eine Zeitung in der Hand. »Bist du das?« Er hat sie noch gar nicht richtig angesehen, nur das Bild in der Zeitung. Anna nimmt ihm das Blatt aus der Hand. Ihr geblendetes Gesicht mit dem bereits angeschwollenen Auge und hinter ihr der unkenntliche Kopf eines Mannes, von dem nur sie weiß, wem er gehört. Ein Arm über ihrer Brust, einer um ihre Hüften.

»Schon möglich.« Anna geht zum Tisch zurück. »Möchtest du Tee? Ich habe spät gefrühstückt.«

Erst jetzt scheint Haugsdorff ihr blaues Auge zu bemerken und den Striemen über der linken Schläfe. Er nimmt ihr Gesicht in beide Hände und dreht es beim Fenster gegen das Licht. »Mein Gott, wie du aussiehst. Tut es weh?«

Anna schüttelt den Kopf, dann macht sie sich los, holt eine zweite Tasse und schenkt Tee ein, obwohl Haugsdorff gar nicht gesagt hat, daß er welchen will.

»Ich habe dir doch erklärt, daß das nichts ist für dich.«

»Hast du das wirklich?« Anna setzt sich, und Haugsdorff trinkt noch im Stehen die Tasse leer.

»Ich dachte, du würdest mir glauben. Es hätte dir noch viel mehr passieren können.«

»KNALLKÖRPER LÖSEN PANIK IN KURHALLE AUS«, titelte das Kleinformat zwei Spalten unter der Headline »ANSCHLAG AUF DEN INNENMINISTER – Wer kommt als nächstes dran?«

»So habe ich dich wenigstens einmal reden gehört.« Annas Lächeln hängt ein wenig schief im lädierten Gesicht.

Haugsdorff schaut sie zweifelnd an. »Als ob du dich je dafür interessiert hättest.«

»Deine gestrige Ansprache hätte ich nur ungern versäumt.« Anna schlüpft aus ihren Pantoffeln heraus und dann wieder hinein.

»Mach dich nur lustig über mich. Aber sag, wie ist dir denn das passiert?« Haugsdorff betrachtet eingehend ihr Veilchen.

Anna fühlt sich irgendwie befreit. Sie muß nicht einmal hübsch sein an diesem Sonntag. Und Essengehen ist wohl auch nicht drin, mit diesem Gesicht. Nicht in Begleitung von Haugsdorff. Auch nur der Blick eines einzigen Kellners, der ihn dafür verantwortlich machte, nähme ihm den Appetit. Und das Geflüster des Personals – »Der Herr

Ministerialrat hat seiner Freundin ein Aug gehaut« – würde ihn derart befangen machen, daß sie sich nicht einmal mehr miteinander unterhalten könnten. Schon beim Gedanken daran muß Anna lächeln. Also keine Sterne, keine Hauben, keine Kochlöffel heute.

Aber auch darin hat Anna sich, wie so oft in letzter Zeit, getäuscht. »Komm, zieh dich an. Wir sind bei deiner Mutter zum Essen eingeladen.«

»Ich hör wohl nicht recht.« Anna fühlt sich überrumpelt, und Haugsdorff kostet seinen Triumph aus, sie nun doch aus der Reserve gelockt zu haben.

»Oskar hat angerufen, ob ich weiß, wo du steckst, deine Mutter macht sich ernsthaft Sorgen, weil sie dich nie erreicht. Dabei hat sie dir angeblich schon Mitte der Woche Bescheid gegeben wegen dem Essen heute. Und wenn ich nichts Besseres vorhätte, die Einladung würde noch stehen.«

»Und, hast du etwas Besseres vor?«

»Habe ich nicht. Und du auch nicht. In einer halben Stunde werden wir erwartet. Also los, mach dich fertig.«

Anna würde am liebsten um sich schlagen, wie dieses Kind gestern abend. Merkwürdig, wie deutlich sie es noch vor sich sieht, dieses schreiende, um sich schlagende, etwa dreijährige Kind, das sie plötzlich gehaßt hat, so als wäre ihr Leben gegen das seine gestanden.

»Erstens habe ich gerade erst gefrühstückt, und zweitens tut mir der Kopf weh.« Vorsichtig betastet sie mit der Hand den Striemen über der Schläfe.

»Kopfweh? Dann bringe ich dich sofort zum Arzt. Vielleicht hast du eine Gehirnerschütterung.«

Anna schüttelt den Kopf. »Alles unter Kontrolle.«

»Wie konnte das bloß passieren?« Ein merkwürdiger Unterton mischt sich in Haugsdorffs Stimme.

Anna zeigt mit dem Finger auf die Überschrift in der Zeitung. »Ich war mittendrin. Menschen werden unberechenbar, wenn sie in Panik geraten.«

»Du hast dich auf unbedachte Weise in Gefahr gebracht. Hättest du bloß auf mich gehört.«

»Das war nicht vorauszusehen. Niemand hat das voraussehen können, genausowenig wie die Bombe für deinen Minister. Ausgerechnet im Dienstwagen, der angeblich rund um die Uhr bewacht wird.« Anna hat die Angaben zum Attentat überflogen.

»Eben nicht rund um die Uhr, das ist es ja.« Die Sache scheint an Haugsdorff zu nagen. »Da ist die Waschstraße, und da ist die Garagierung. Zwei Schwachstellen, die einem sofort einfallen. Und gewiß gibt es welche, an die überhaupt keiner gedacht hat.«

Noch etwas möchte Haugsdorff in Erfahrung bringen: »Du weißt nicht zufällig, wer das ist, der da seine Arme um dich schlingt?«

»No, Sir!« Diese Antwort hat Anna sich schon die ganze Zeit überlegt. »Jemand hat mich aufgefangen, als ich zum zweiten Mal am Wegtreten war. Irgendein hilfsbereiter fremder Mensch. Ich würde ihn wahrscheinlich gar nicht wiedererkennen.«

»Und wenn du lügst?« Haugsdorff nimmt die Zeitung wieder in die Hand.

»Warum sollte ich lügen?«

Das Foto enthüllt bloß *ihr* Gesicht. Das dahinter zerfällt in ein Gewirr aus hellen und dunklen Flecken. Nur die Hände sind deutlich zu erkennen.

»Ich bilde mir ein, diesen Ring schon öfter gesehen zu haben. Es will mir nur nicht einfallen, an wem.«

Anna hat den Ring noch gar nicht beachtet. Jetzt bemerkt auch sie ihn. Er sieht aus wie geflochten, soweit man es erkennen kann. Sie erinnert sich an keinen Ring. Aber woran erinnert sie sich überhaupt? Da fällt ihr etwas ein.

»Jussuf trägt so einen Ring. Es ist ein sogenannter Freundschaftsring. Er besteht aus mehreren Teilen, die man so ineinanderlegen muß, daß es wie geflochten aussieht. Nur so kann man ihn tragen.«

»Ist das Jussuf?« Haugsdorff kneift beim Betrachten des Bildes die Augen zusammen.

»Dann hätte ich es dir gesagt. Aber es war nicht Jussuf. Ich habe Jussuf aus den Augen verloren. Erst später habe ich ihn wiedergesehen, bei der Ambulanz. Etwas mit seinem Arm war nicht in Ordnung. Sie haben ihn zum Röntgen gebracht.«

»Du warst also mit Jussuf dort?«

»Wir arbeiten an demselben Projekt, falls dir das entfallen sein sollte. Ich kann nur lernen von ihm.«

»Gehörte das auch zum Unterricht?« Haugsdorff deutet auf ihr Auge.

»Pech! So etwas kann einem jeden passieren. Möchtest du noch etwas Tee?«

Haugsdorff hält ihr die Tasse hin. Anna schenkt ein und legt dann ihren Walkman vor ihn hin. »Falls du die Nachrichten hören möchtest. Ich geh mich inzwischen anziehen.«

Es war tatsächlich Abdal. Anna umarmt ihn nun von sich aus und beginnt wieder zu weinen. Abdal streicht über ihr Haar, summt und bewegt sich hin und her, als wiege er sie im Stehen. Von neuem kommt Wohlbefinden in ihr auf, diesmal in Form eines Prickelns, das ihren Körper durchzieht und ihn lebendig macht.

»Schöne Anna«, sagt Abdal, als sie sich wieder kräftig genug fühlt, um ohne seine Hilfe zu stehen.

Und Jussuf? Wo ist Jussuf geblieben? Sie zieht Abdal mit sich, näher an das Gebäude heran, vor dem noch immer Leute in Gruppen herumstehen, aber die große Masse hat sich schon verlaufen. Als sie es beinah aufgegeben hat, entdeckt sie Jussuf. Er grinst schon wieder, wenn auch etwas schmerzlich. Seine Hand sieht aus, als gehöre sie nicht zu ihm. Er ist gerade dabei, in eine Ambulanz zu steigen. »Ich rufe dich morgen an. Und sieh zu, daß du nach Hause kommst, bevor noch etwas passiert. Es gibt Tage, an denen sollte man lieber im Bett bleiben.« Dann werden die beiden Türflügel hinter ihm geschlossen. Arzt und Fahrer steigen vorne ein.

Anna hält noch immer Abdals Arm, als habe sie Angst, er könne sich in Luft auflösen. »Waren Sie auch da drin?«

Er schnalzt leicht mit der Zunge und hebt den Kopf. »Nein. Mir gefällt es hier draußen besser.« Es ist tatsächlich eine milde Nacht, die erste in diesem Jahr.

»Metin ist da drinnen.« Erst jetzt fällt Anna auf, daß das Fest offenbar weitergeht. Sie kann Musik hören und im halbleeren Vorraum die Männer vom Ordnungsdienst auf und ab gehen sehen. Nur die Kinder hat man anscheinend besser verwahrt. Und die Verletzten, so es außer ihr und Jussuf welche gegeben hat, sind entweder nach Hause gegangen, oder die Rettung hat sie ins Krankenhaus gebracht. Man will sich wirklich nicht einschüchtern lassen, weder von irgendwelchen Fanatikern noch vom Zufall.

Annas Handtasche ist im Gedränge verlorengegangen. Es ist nicht viel drin gewesen, etwas Geld, Kamm und Lippenstift, ein Ausweis und die Schlüssel. Aber sie bringt es nicht über sich, da noch einmal hineinzugehen. Nicht an diesem Abend. Sie hat für den Notfall einen Schlüssel bei der Hausmeisterin, zumindest würde sie in ihre Wohnung können. Morgen wird sie dann bei der Verwaltung der Kurhalle anrufen und fragen, ob man ihre Tasche gefunden hat.

»Bringen Sie mich heim?« Abdal zieht sie sogleich vom Eingang fort auf einen der Wege, beginnt zu gehen und biegt dann mit ihr in die breitere Straße, die stadteinwärts führt, ab. Abdal versteht unter Heimbringen heimgehen. Ihr ist das nur recht. Sie hätte es ohnehin nicht geschafft, jetzt irgendwo einzusteigen, in einen Wagen oder in eine Straßenbahn. Noch braucht sie viel Luft und viel Raum um sich her.

Sie halten jetzt ein wenig Abstand voneinander, aber ihre Finger sind noch immer ineinander verhakt. Es ist angenehm, über die leeren Gehsteige zu gehen und die Luft einzuatmen, die schon nach frischen Blättern riecht.

»Sie sind doch Abdal?« Abdal wendet Anna sein Gesicht zu, das etwas vom Mond an sich hat.

»Immer wieder«, er wiegt dabei den Kopf, »ich kann immer wieder Abdal sein.«

Anna hätte ihn umarmen mögen dafür, daß es ihn gibt, auch für sie immer wieder zu geben scheint. Sie drückt seine Hand und läßt ihren Blick in die Tiefe der Straße sinken.

Schweigend nähern sie sich der Inneren Stadt, nur ihre Füße erzeugen ein rhythmisches Geräusch auf dem Asphalt, ihre gleichmäßigen Schritte im Zusammenklang mit Abdals Hinken. Eine merkwürdige Art von Musik.

Es ist ein langer Weg, und eigentlich müßte Anna überaus müde sein. Aber Hand in Hand mit Abdal würde sie stundenlang so weitergehen können. Ihr Gesicht spannt, und sie tastet nach dem geschwollenen Auge, aber das spielt jetzt keine Rolle mehr. Als sie sich bereits dem Bezirk nähern, in dem Anna zu Hause ist, kann sie nicht mehr dagegen an und fragt: »Wo ist Hikmet?«

Abdal scheint ein wenig aus dem Gleichgewicht zu geraten, wahrscheinlich weil Anna stehengeblieben ist. Er ruckt ein paarmal mit dem Kopf. »Hikmet, Hikmet, Hikmet! Alles ist Hikmet, Staunen, Weisheit, Begreifen. Wenn man richtig schaut, kann man überall Hikmet sehen. Auch ich bin Hikmet.«

Anna zieht Abdal näher an sich heran und flüstert: »Ich meine Ihren Bruder Hikmet, der mich zu Ihrer Mutter mitgenommen hat. Hikmet, der zu einem Meister gegangen ist, um Schönschreiben zu lernen. Hikmet, der Jüngste von sieben.«

Abdal senkt den Blick und scharrt ein paarmal mit dem Fuß. »Ich bin Hikmet. Einen anderen Hikmet darf es nicht geben.«

»Sie sind doch Abdal?«

»Abdal ist kein Name, Abdal heißt verrückt.«

Anna verlegt sich aufs Bitten. »Sagen Sie mir, wo er ist. Ich muß Hikmet finden, sonst ersticke ich an meiner Sehnsucht.« Abdal schüttelt sich, als verursache es ihm Schmerzen, daß sie etwas von ihm hören will, das er ihr nicht sagen kann.

»Bitte, Abdal!«

Auf seinem Gesicht widerstreiten die gegensätzlichsten Gefühle. Plötzlich beginnt er zu lächeln. »Ich werde singen. Hören Sie genau zu, und Sie werden finden, wonach Sie suchen.« Abdal beginnt wieder zu summen, wobei sie auch einzelne Wörter herauszuhören vermeint. Aber es sind Wörter in einer Sprache, die sie nicht versteht. Sie weiß, daß es sinnlos ist, Abdal weiter zu bedrängen. Er hat ihre Frage wohl nicht richtig verstanden, oder wenn er sie verstanden hat, kann oder darf er ihr die Antwort, die sie erwartet, nicht geben. Als sie schließlich vor ihrem Haus angelangt sind, umarmt Anna Abdal, und er wiegt sie ein letztes Mal, summend, bis sie das Gefühl hat, jetzt gleich und im Stehen einzuschlafen.

»Danke, Abdal!« Sie küßt ihn auf beide Wangen. »Und grüßen Sie Feride Hatun von mir!«

Einen Augenblick scheint Abdal verwirrt, dann entfernt er sich rückwärtsgehend und merklich hinkend, während Anna bei der Hausmeisterin läutet, um sich ihren Reserveschlüssel geben zu lassen.

Haugsdorffs Souveränität in gewissen Situationen nötigt Anna immer noch Respekt ab. Wie er Oskar in die Schranken weist, ohne sich auch nur ein einziges Mal im Ton zu vergreifen, das ist bemerkenswert. Jeder Versuch von Oskar, zwischen sich und Haugsdorff eine Art Kumpelhaftigkeit herzustellen, geht bis zu einem bestimmten Punkt und fällt in dem Augenblick wieder in sich zusammen, in dem Oskar sich am Ziel wähnt und sich vertraulicher gibt, als Haugsdorff es zulassen möchte.

Anna kennt Haugsdorff mittlerweile gut genug, um seinem Verhalten folgen und es würdigen zu können. Nichts ist ihm unangenehmer, als von anderen während eines Gesprächs berührt zu werden. Sei es, daß sie seine Hand mit beiden Händen ergreifen oder ihm gar den Arm um die Schultern legen. Auch kann er es ganz und gar nicht leiden, wenn ein anderer Mann sich beim Lachen auf die Schenkel klopft und ihn dabei womöglich noch boxt, um ihn zu heftigerem Lachen anzufeuern. In solchen Augenblicken kann seine Miene geradezu erfrieren. Nur ihr, Anna, ist es gestattet, auch dann, wenn sie nicht miteinander im Bett liegen, nach seinem Arm zu fassen oder sich von hinten über ihn zu beugen und sich dabei auf seine Schultern zu stützen.

Oskar hingegen sucht nach Allianzen in der Familie, und Haugsdorff scheint ihm der geeignetste Ankerpunkt. Gigi hat er ohnehin, und die Töchter will er wohl über die jeweiligen Männer ködern.

Anna kann sich nur darüber wundern, wie wichtig Oskar das, was er unter Familie zu verstehen scheint, nimmt. Sie bezweifelt keine Sekunde, daß dieses Essen tatsächlich seine Idee gewesen ist. Und Haugsdorff überrascht sie, weil er angenommen hat. Bisher ist er außer bei Bärs Premieren der Familie geflissentlich aus dem Weg gegangen. Glaubt er, sie so besser unter Kontrolle halten zu können?

Was sie aber am meisten beeindruckt, ist, daß Oskar Haugsdorff immerhin so gut beobachtet, daß er es jedesmal merkt, wenn dieser einen seiner Rückzieher macht, und sogleich auf eine Ebene geringerer Vertraulichkeit zurückweicht. Ob er das beim Fußball gelernt hat? Jedenfalls reagiert er wie ein Spieler, während Haugsdorff eher den Strategen mimt, der nichts gewinnen, sondern nur die ihm genehme Umgangsart wahren will.

Selbstredend sind Annas blaues Auge und der Bombenanschlag auf den Minister das mittägliche Gesprächsthema. Gigi hat erst einmal ein ziemliches Theater um Annas Aussehen gemacht, sich dann aber wieder beruhigt, als Oskar, der Fachmann für kleinere Verletzungen, bloß zu einer Salbe rät, die den Bluterguß rascher auflöst, ansonsten solle sie nichts nehmen, wenn sie nicht übermäßige Kopfschmerzen habe. »Als aktiver Sportler war ich mit so vielen Verletzungen dieser Art konfrontiert.« Er macht eine wegwerfende Handbewegung. »Es dauert eben eine Weile, bis es wieder so ist wie früher.«

Gigi versteigt sich zu den merkwürdigsten Ideen, was die Urheber des Attentats betrifft, und kommt so sehr rasch zu einem ihrer Lieblingsthemen, nämlich zur Mafia. Wahrscheinlich hat sie zu viele Filme darüber gesehen. Jedenfalls behauptet sie zu wissen, daß denen, nämlich den Mafiosi, gar nichts heilig sei. Egal, ob es sich dabei um den italienischen, den amerikanischen, den polnischen, den russischen, den türkischen oder den chinesischen Zweig handle.

Oskar gibt sich informierter. Ihm sehe das eher nach Kurden aus oder nach muslimischen Fundamentalisten, möglicherweise auch nach Palästinensern. »Ich bin kein Rassist«, sagt er, während er das Fett von seinem Schweinsbraten schneidet, »aber ich finde es schlimm, wenn all diese Leute aus dem Nahen Osten ihre Kriege in unser Land tragen. Ich meine, wir haben nicht einmal Kolonien gehabt. Und unseren Gastarbeitern geht es weiß Gott besser als denen in Saudi-Arabien.«

Haugsdorff aber wendet ein, daß man auch mit der Möglichkeit von rechtsextremen inländischen Tätern rechnen müsse. Es seien zwar noch keinerlei Hinweise gefunden worden, zumindest habe er noch von keinen gehört, aber er müsse später ohnehin noch beim Minister vorbeischauen, da erfahre er dann vielleicht mehr. Schließlich habe es ja einige Präzedenzfälle gegeben, wenn auch noch keinen von diesem Ausmaß.

»Die alle ungelöst geblieben sind.« Anna, die bis jetzt nicht an der Unterhaltung teilgenommen hat, muß zumindest das loswerden. Am liebsten würde sie natürlich fragen, wie das Programm zur Befriedung der heimischen Unruhestifter heiße und welche Firma dafür die Daten aufbereite. Aber wahrscheinlich machen sie sich dieses Programm im Ministerium selbst. Dazu bedarf es auch keines Experten wie Jussuf, der sich in der Ausländerszene besonders gut auskennt, da genügen die Spezialisten für die heimischen Stammtische.

Haugsdorff kontrolliert seine Fingernägel. »Die Anstrengungen müssen jedenfalls verstärkt werden.«

Aber sowohl Gigi wie auch Oskar und Haugsdorff sind sich darin einig, daß es tollkühn war, sich ausgerechnet den Innenminister auszusuchen. Wo die Täter doch wissen müßten, daß die Experten im Innenministerium säßen.

Oder auch nicht, denkt Anna.

Oskar empört sich: »Entweder fühlen sie sich so stark, daß sie meinen, sich alles erlauben zu können, oder es geht ihnen tatsächlich um den Minister, dann werden sie auf dieser Schiene auch dingfest zu machen sein.«

Haugsdorff zündet sich eine Pfeife an und wiegt den Kopf. Wenn die Debatte so konkret wird, muß er sich bedeckt halten. Schließlich ist er Beamter in besagtem Ministerium. Nur keine unbedachten Äußerungen, auch nicht im privaten Kreis. Anna weiß, daß das immer schon seine Devise war.

»Wenn und nur wenn die Experten«, Oskar versucht sich gerade als ein solcher, »auch wirklich voll hinter dem Minister stehen.«

Haugsdorff reicht es nun offensichtlich. Er hat keine Lust mehr, sich die Verhältnisse in seinem Ministerium ausgerechnet von Oskar erklären zu lassen. Also lenkt er geschickt – und nur Anna kann sein Opfer würdigen – von den die Republik erschütternden Bomben auf die ebenfalls die Nation in Atem haltenden Bomber des grünen Rasens ab und fragt nach Oskars Fußballtagen, was diesen von der

Innenpolitik ablenkt, um ihn von ganz anderen Fallen und Gemeinheiten reden zu lassen.

Haugsdorff, der sich im Grunde überhaupt nicht für Fußball interessiert, hört Oskar und seinen Erklärungen zu, als gelte es, neue Einsichten in die Welt als Ganzes zu gewinnen, und folgt ihm willig ins Schlafzimmer, wo die Fotos der berühmten Teams hängen, in denen Oskar gespielt hat, während die Mappe mit den Matchberichten jener Sportreporter, von denen Oskar namentlich erwähnt wurde, im obersten Fach des Wäscheschranks verstaut ist. Gigi hat trotz aller Liebe nicht zugelassen, daß die ganze Wohnung zu einem Tempel der Fußballnostalgie wird.

Gigi nutzt die Zeit, in der sie mit Anna allein ist. »Was gehst du auch zu diesen Türkentreffs? Das kann einmal dumm ausgehen. Ich habe nichts gegen diese Leute, wenn sie nicht gerade im Hof unten ein Lamm schächten, was schon vorgekommen ist. Aber was willst du ausgerechnet bei denen? Merkst du nicht, daß du ihn damit in Schwierigkeiten bringst?« Sie deutet in Richtung Schlafzimmer, in dem Oskar mit Haugsdorff verschwunden ist. »Du könntest wirklich ein bißchen mehr Rücksicht auf seine Position nehmen.«

Anna schließt ihr violett-schwarzes Auge und fixiert Gigi mit dem unbeschädigten. »Von wegen ein Lamm im Hof schächten – und was macht ihr? Du und Bonny und dein Oskar? Ihr versucht, mich an eine Position zu verschachern.«

Gigi schnappt nach Luft. »Erlaube, niemand von uns hat dich mit dem Ministerialrat auch nur bekannt gemacht, geschweige denn, ihn dir einzureden versucht. Wie kommst du dazu, uns so etwas anzudichten?«

Aber Anna fährt ungerührt fort: »Ich bin erwachsen, ich erhalte mich selbst, und ich bin nicht verheiratet. Und was ich in meiner Freizeit mache, geht weder euch noch Haugsdorff etwas an.«

Anna sitzt nun gleich viel gerader, während Gigi die Zimmerdecke zur Zeugin anruft. »Schade, daß man mit dir nicht mehr reden kann. Kein Mensch will dir sagen, was du zu tun hast. Wir machen uns bloß Sorgen. Bonny hat recht, irgend etwas stimmt nicht mit dir, sonst würdest du nicht so verbohrt daherreden.«

»Ich an Ihrer Stelle wäre auch zu diesem Fest gegangen, wenn ich herausfinden hätte wollen, ob die Ayverdis dazugehören. Ich hoffe nur« – Samiha schaut Anna mitfühlend ins blaue Auge –, »es war den Schmerz wert.«
Anna nickt, wie um sich selbst davon zu überzeugen: »Doch, doch, im Grunde genommen schon.«
»Ich habe auch eine Reihe von Ayverdis gefunden.« Samiha ist mit einigen Büchern unter dem Arm aus dem Zimmer ihres verstorbenen Vaters gekommen. »Zwar noch immer keinen Hikmet, dafür ein paarmal jenen Ekrem Hakkı Ayverdi und seine Frau Ilhan, das sind die mit der Kalligraphiekollektion. Und dann habe ich noch eine Frau entdeckt, die mit Vornamen genauso heißt wie ich, nämlich Samiha. Eine Samiha Ayverdi, Schriftstellerin und weiblicher Scheich des Derwisch-Ordens der Rifaʿi.« Samiha legt die Bücher vor Anna auf den Tisch und schlägt eines davon auf, um Anna die hervorragend reproduzierten Kalligraphien zu zeigen. »Ist das hier etwa nicht wunderschön?«
Anna beugt sich über das aufgeschlagene Blatt, und obwohl sie nicht einmal imstande ist, die verschiedenen Buchstaben auseinanderzuhalten, geschweige denn lesen zu können, zu welcher Art von Text diese vertikalen und horizontalen Zeichen zusammenlaufen, empfindet sie dennoch eine Art Befriedigung beim Betrachten dieser Schrift, und sie möchte mehr sehen, weiterblättern.
»Es ist ihnen aber anscheinend, wie so oft in der Türkei, das Geld ausgegangen – kein Wunder bei der aufwendigen Machart –, denn ich habe nur diesen und noch einen zweiten Band aus dem Jahr 1992 gefunden. Dieser hier ist die Monographie eines gewissen Aziz Efendi, den auch mein

Vater oft erwähnt hat. Er war beinahe ein Zeitgenosse von ihm. Das heißt, mein Vater war sechs Jahre alt, als Aziz Efendi 1934 gestorben ist. Sieht er nicht gut aus?«

Samiha nimmt das Buch wieder kurz an sich und schlägt dann die Seite mit dem Foto auf, das diesen Aziz Efendi in voller Körpergröße zeigt. Er trägt einen schwarzen, bis zum Boden reichenden Kaftan, aus dessen schmaler vorderer Halsöffnung ein weißes, kragenloses Hemd hervorschaut. Auf seinem Kopf sitzt eine Art enganliegender Kalotte aus schwarzem Filz, die bis auf einen ebenfalls schwarzen Streifen über der Stirn von weißem Stoff umwickelt ist, der nur die schwarze Kopfrundung freiläßt.

»Hören Sie, was diese Samiha Ayverdi über das Gesicht von Aziz Efendi schreibt.« Sie blättert ein paar Seiten weiter. »Mit seinen sowohl in der Form wie in der Farbe Ölweidenblättern ähnelnden, leicht schräg gestellten Augen, die unter dem Schutz der Brauen stehen, sowie mit seinen hohen Backenknochen erschien er mir beinah wie ein Held aus einem Mythos.«

Anna möchte noch einmal das Foto sehen. So wie diesen Aziz Efendi stellt sie sich einen Fürsten der Tataren vor, den Mongolen ähnlich, wenn auch schmalgesichtiger.

»Und noch etwas habe ich beim Hineinlesen entdeckt. Hakkı Ekrem muß der Schwiegersohn dieses Aziz Efendi gewesen sein. Wohingegen Samiha Ayverdi, die als traditionalistische Schriftstellerin bekannt ist, möglicherweise die Tochter von Hakkı Ekrem ist. Vielleicht aber auch seine Schwester oder seine Nichte. Was mir insofern realistischer erscheint, da sie davon berichtet, wie oft sie Aziz Efendi als Kind gesehen hat, aber keinesfalls so, als handle es sich dabei um ihren Großvater. Es könnte aber auch sein, daß sie auf diese Weise ihren Aussagen mehr Objektivität verleihen möchte. Jedenfalls müssen die Familien Ayverdi und die von Aziz Efendi bereits im Kindesalter dieser Samiha miteinander bekannt gewesen sein.«

Samiha legt das Buch wieder vor Anna hin. »Sie wundern sich gewiß, warum ich mich so für die familiären Details interessiere, aber ich bin nun einmal die Tochter eines Kalligraphen, wenn auch nicht eines so berühmten Meisters wie Aziz Efendi, der sehr fromm und ebenfalls ein Scheich der Rifaʿi gewesen sein soll.«

»Ein Scheich?« Anna schaut Samiha zum ersten Mal als mögliche Tochter eines Scheichs an.

»Eines Ältesten. In dem Fall ist das einer der höheren Ränge in einem Derwisch-Orden. Aziz Efendi war ein Anhänger des Scheichs Hamza Rifaʿi. Davor soll er in Glaubensdingen geradezu fanatisch gewesen sein. Nach seiner Erleuchtung in Gegenwart des Scheichs Hamza Rifaʿi auf einer Pilgerreise nach Mekka ist er dann angeblich viel menschlicher geworden. Er hatte die Demut erlangt, wie man sagt. Und wurde selbst zum Scheich. Von da an unterzeichnete er seine Kalligraphien nicht mehr als Aziz oder Aziz Eyyubi, sondern als Scheich Abdülaziz ar-Rifaʿi.«

»Was bedeutet das alles, diese Scheichs, die Derwisch-Orden? Das klingt alles so geheimnisvoll.« Anna hat mittlerweile den Eindruck, immer wieder auf diese Dinge gestoßen zu werden, ohne sich wirklich etwas darunter vorstellen zu können.

Samiha überlegt eine Weile, bevor sie Anna antwortet. »Es gehört zu den Möglichkeiten unserer Kultur, etwas für die Seele zu tun. Fast alle Männer – auch einige wenige Frauen, wie diese Samiha zum Beispiel – waren so einem Orden zumindest als Besucher verbunden. Man vollzog gewisse Riten miteinander. Je nachdem, welche Trancetechnik die einzelnen Orden bevorzugten, wurde rezitiert, getanzt, Musik gemacht. Die Geheimnisse liegen offen da, aber nur wer eingeweiht ist, versteht sie. Für die meisten waren es erbauliche Zusammenkünfte, die sie spüren ließen, daß es auch noch eine andere Wirklichkeit als die des täglichen Lebens und seiner Zwänge gibt.«

»Gehörte Ihr Vater auch zu einem Orden, so wie Aziz Efendi?«

»Ich glaube schon, ja, ich bin sogar sicher, wenn er auch nie darüber sprach, zumindest nicht mit mir. Er war sehr fromm, aber zu seiner Zeit waren diese Orden bereits verboten.«

Für Anna hat das Wort fromm einen schalen Geschmack, so wie bigott, ein Wort, das sie selbst nie in den Mund nimmt. Samiha ist sich anscheinend bewußt, wie befremdend dieser Ausdruck für Anna geklungen haben muß, und sie versucht, ihn genauer zu erklären. »Fromm, das bedeutet bei uns etwas anderes. Natürlich hat es auch damit zu tun, daß man betet und die religiösen Gesetze einhält, aber das ist dabei nur von nebensächlicher Bedeutung. Für einen Kalligraphen heißt fromm sein, daß er sich mit dem, was er tut, Gott nähert. Es ist die Bescheidenheit dessen, den Gott mit einer Fähigkeit belehnt hat. Manchmal hat man auch die Engel so beschrieben, als Fähigkeiten in den Händen der Menschen. Kalligraphie ist eine Kunst des Gleichgewichts. Es ist eine abstrakte Kunst, die nicht diese Welt und ihre Zerrissenheit spiegelt, sondern etwas von der Schönheit und der Harmonie jener anderen Welt fühlbar zu machen versucht. Darum ist es auch so wichtig, daß die Meister der Kalligraphie reinen Herzens sind.«

Reinen Herzens, das klingt für Anna nach Religionsunterricht in der Volksschule, und damals bedeutete es, daß man nicht gelogen hatte. Dennoch glaubt sie zu spüren, daß Samiha von etwas für sie Wichtigem spricht, und sie versucht, Spuren davon in den Schriftbildern zu entdecken, die sie sich gerade ansieht.

»Ich weiß, daß das in Ihren Ohren ziemlich seltsam klingen muß. Ich bin schon so lange hier, daß es auch in meinen Ohren seltsam zu klingen begann, bis mein Vater kam. Und selbst dann trennte ich ziemlich genau zwischen den beiden Welten, zwischen der meines Vaters und der, in der ich seit vielen Jahren lebe und in die ich freiwillig übersiedelt bin.«

Anna hatte keine Lust gehabt, ihr blaues Auge in der Stadt spazierenzutragen. Sie hatte eines dieser internationalen Modemagazine gekauft, um sich damit am Abend die Zeit zu vertreiben, doch als sie damit durch war, hatte sie daran gedacht, es Samiha hinaufzubringen, um gleichzeitig herauszufinden, wie ernst es ihr gewesen war mit ihrem »Kommen Sie mich bald wieder besuchen!«

Samiha hatte es offenbar ernst gemeint und darauf bestanden, daß sie sich in den bequemsten Sessel setzte, nämlich den, den auch ihr Vater zur Entspannung benutzt hatte. Es ist ein geräumiger Ohrenstuhl, Anna kann sogar die Beine hochziehen und das Buch auf der Armlehne aufstützen, um es näher bei sich zu haben.

»Wie lange leben Sie eigentlich schon hier? Ich meine, in dieser Stadt?«

Samiha lehnt sich zurück. »Ich bin vor etwa zehn Jahren zum ersten Mal eingereist. Mein Mann hat hier Technik studiert, und als er in den Ferien nach Hause kam, haben wir uns kennengelernt. Er stammte aus der Verwandtschaft meiner Mutter, ein Cousin zweiten Grades. Ich hatte gerade erst mit meiner Ausbildung als Lehrerin begonnen, als wir heirateten. Die Familien von Theologen und Kalligraphen bleiben für gewöhnlich unter sich, das hängt mit ihrem Lebensstil und ihrer ›Frömmigkeit‹ zusammen. Aber meine Mutter kam aus einer Lehrerfamilie und war selbst Lehrerin, so daß bei uns alles ein wenig anders war. Ich blieb das einzige Kind, und meine Eltern waren sehr traurig, als ich mit meinem Mann hierherzog. Aber mein Mann, Osman, hatte bei einer Computerfirma, die einem gebürtigen Türken gehörte, aufgrund seiner guten Ausbildung und seiner Tüchtigkeit Mitarbeit und sogar eine Art Beteiligung angeboten bekommen, und das war mehr, als er sich zu Hause je erhoffen durfte.«

»Haben Sie Ihr Land und Ihre Eltern nicht sehr vermißt? Wenigstens am Anfang?«

»Ja und nein. Natürlich hing ich an meinen Eltern, aber da ich kein Sohn war, mußte ich die Entscheidung Kalligraphie ja oder nein nicht treffen. Meine Eltern waren einander sehr zugetan und führten ein ruhiges, eher bescheidenes Leben. Die einzigen Menschen, die ich in meinem Elternhaus ständig zu Gesicht bekam, waren Schüler. Schüler meines Vaters, Schüler meiner Mutter. Alles Schüler, die meine Eltern verehrten, ja geradezu anhimmelten. Ich hatte dadurch immer ein schlechtes Gewissen, das Gefühl, daß ich meine Eltern zuwenig bewunderte, ihnen zu unvollkommen gehorchte, ja sie zuwenig liebte, im Vergleich zu all den anderen jungen Leuten, die bei uns ein und aus gingen.

So gesehen, war ich geradezu erleichtert, als sich mir die Chance bot, sie aus der Ferne vielleicht mehr bewundern und lieben zu können als zu Hause.

Dafür liebte ich meinen Mann von Anfang an richtig, so wie es sich gehörte, leidenschaftlich und aus der Nähe. Ich liebte ihn so sehr, daß es manchmal geradezu wehtat. Wir waren sehr glücklich miteinander, so glücklich, daß wir noch alleine bleiben wollten. Nur wir beide. Ich war jung, und wir sagten uns, daß wir auch später Kinder haben könnten.

Für meine Eltern, die sich immer mehrere Kinder gewünscht hatten, wäre das einer Versuchung Gottes gleichgekommen, hätten sie gewußt, daß wir verhüteten. Und jedes Mal, wenn wir nach Istanbul kamen, bestürmten sie uns mit Fragen, was denn los sei. Ich bin sicher, daß sie ständig um Kindersegen für uns beteten. Während wir uns nachts im Bett wälzten und nicht genug voneinander und von der Liebe bekommen konnten.

Ich besuchte einen Sprachkurs und ließ mich dann an der Pädagogischen Akademie einschreiben, um meine Ausbildung fortzusetzen, während mein Mann in dieser Computerfirma arbeitete.

Wir sind viel ausgegangen, mein Mann und ich. Es machte ihm große Freude, mir alles zu zeigen und zu erklären, was er schon gut kannte und ich noch nicht. Wir gingen ins Kino, ins Theater und sogar tanzen. Wir durften uns, meinte er, wenn wir schon hier lebten, nicht abschließen. Wir hatten viele Freunde, Türken, die hier studiert hatten und ebenfalls geblieben waren, aber auch Österreicher, vor allem aus der Branche meines Mannes. Ich war zwar muslimisch erzogen worden, aber meine Eltern waren keine Fanatiker, und so konnte ich mir immer sagen, daß allein das zählt, was man im Herzen geblieben ist. Schließlich taten wir nichts Böses. Nicht wirklich. Das bißchen Wein, das wir hin und wieder tranken, machte uns kein großes Kopfzerbrechen, und auch das nicht, daß wir die Speisevorschriften nicht immer einhalten konnten. Ich betete noch und rezitierte gelegentlich den Koran für meinen Mann. Als kleines Mädchen hatte ich ihn stellenweise auswendig gelernt, auf arabisch natürlich. Aber ich würde lügen, wenn ich sagte, daß wir wie strenggläubige Muslime gelebt hätten.

Das einzige, worin ich mich ganz als Muslimin fühlte, war meine Beziehung zu meinem Mann. Ich nahm ihn als Maßstab, und was immer er entschied, das galt auch für mich. Wenn er noch keine Kinder wollte, dann sollte mir das recht sein. Wenn er wollte, daß ich mich mit seinen Freunden ohne Scham unterhielt, wieso nicht? Wenn es ihm gefiel, daß ich mich modisch kleidete, hatte ich gewiß nichts dagegen. Wenn er fand, daß ich meine Ausbildung ruhig bis zum Abschluß machen sollte, nun, ich lernte gerne, und ob ich einmal unterrichten würde, hing einzig und allein von ihm ab. Ich sollte in Gesellschaft mitreden können, fand er. Gut, das hatte auch meine Mutter schon auf ihre Art so gehalten. Ich tat einfach, was er wollte, und er freute sich an dieser Art von Gehorsam.

Die Firma war zwar noch im Aufbau begriffen, aber mein Mann verdiente nicht schlecht, dafür daß er noch so jung war. Und nach ein, zwei Jahren konnten wir uns sogar ein Auto leisten. Mit der Wohnung hier hatten wir ebenfalls

Glück. Wir sind jung, sagte mein Mann, wir brauchen keinen Lift. Und wenn wir einmal einen brauchen werden, leben wir längst im eigenen Haus. Er war so voller Optimismus und Lebensfreude. O ja, es machte ihm Freude, Geld zu verdienen. Er stammte aus einer großen Familie mit vielen Kindern und war sehr ehrgeizig. Studiert hatte er mit einem Stipendium. Mit dem Stipendium einer muslimischen Stiftung. Das braucht man zwar nicht zurückzuzahlen, dennoch ist es mit gewissen Erwartungen, was die Lebensführung betrifft, verbunden. Da meinem Mann klar war, daß wir diese Erwartungen nicht ganz erfüllten, dachte er daran, das Geld später einmal in die Stiftung zurückfließen zu lassen. Ja, genau das hatte er auch vor, auf Heller und Pfennig, sogar mit Zinsen. Also zahlte er monatlich etwas auf ein Prämiensparbuch, weil er damals dafür den höchsten Zinssatz bekam. In zehn Jahren hätte er damit die Summe zur Gänze wieder in die Stiftung einbringen können.

Er kaufte auch kein neues Auto, sondern einen Gebrauchtwagen. Das Auto war notwendig geworden, denn die Firma übersiedelte an den Rand der Stadt, also war auch das Auto kein Luxus. Damals gab es noch keine U-Bahn in diese Richtung. Und daß ich neue Kleider bekam – mein Gott, ich war jung, mir stand alles, und mein Mann hatte seine helle Freude an mir. Schmuck jedoch kaufte er mir keinen. Die paar Stücke, die ich besaß, hatte ich von meiner Mutter bekommen, und von seiner, die aber damals schon tot war.«

Anna hört Samiha zu wie einer Märchenerzählerin, die von einer ihr unvertrauten Welt glücklicher Fügungen berichtet, die eher den Gesetzen des Erzählens als konkreten Lebenstatsachen gehorcht, und doch füllen sich Samihas Augen mit dem Abglanz des Erzählten, und für die Zeit der Erzählung glauben sie wohl beide daran.

Anna ist in eine eigentümliche Stimmung geraten. Einerseits ist da die Freude am Betrachten dieser Schriftbilder, und andererseits erzeugt das Gehörte eine kindliche Sehnsucht nach dieser Art von ehelichem Glück in ihr, wobei ihr bewußt ist, daß es in dieser Form wohl nicht existiert oder wenn, dann höchstens als erinnertes und nicht als gelebtes.

»Und Sie waren nie böse aufeinander oder haben sich gestritten, Sie und Ihr Mann?« Anna fragt nicht, weil sie Samihas Erzählung in Zweifel ziehen möchte, sondern um sie zum Weitererzählen zu bringen. Sie möchte immer noch mehr über diese Art von Glück hören.

»Gestritten?« Samiha hält erschrocken inne, als stelle sie sich diese Frage zum ersten Mal. »Sie meinen echten Streit?«

»Wenn Menschen miteinander leben, gibt es doch immer Auseinandersetzungen. Zumindest kenne ich das so. Darum bleiben ja auch die meisten nicht zusammen.«

»Nicht daß ich mich erinnere.« Samiha fährt ein paarmal mit dem Finger unter der Nase hin und her. »Nein, wirklich gestritten haben wir uns nie. Natürlich gab es Kleinigkeiten. Osman wollte seine Schuhe in der Wohnung nicht ausziehen, obwohl alle Türken in der Wohnung die Schuhe ausziehen. Und er bestand darauf, daß wir auch zu Hause Toilettenpapier verwendeten, anstatt uns zu waschen, wie in der Türkei, aber das fiel nicht weiter ins Gewicht.«

»Und warum sind Sie dann nicht mehr zusammen?« Anna fragt auch das eher nur, um die Erzählung weiter voranzutreiben, während ihr Blick in anhaltender Verzauberung auf den Schriftbildern ruhen bleibt.

»Weil die Schrift auf unserer Stirn es anders bestimmt hat«, antwortet Samiha langsam, als koste es sie einige Überwindung.

Anna stutzt. »Was für eine Schrift?« Einfach alles scheint auf Schrift hinauszulaufen.

»Das Schicksal, wenn Sie so wollen. Mein Mann ist vor vier Jahren ums Leben gekommen.«

»Das tut mir leid.« Anna bereut bereits die Beiläufigkeit ihres Fragens, aber ihr ist nichts Besseres eingefallen.

»Es war ein Unfall, ein tragisches Mißverständnis!« Samiha hat die Hände ineinander verschränkt und knackt mit den Fingern. Vielleicht hilft ihr das dabei, nicht in Tränen auszubrechen.

Anna kommt plötzlich die Geschichte von Hikmets Vater in den Sinn. Dort ist sie mit demselben Satz konfrontiert worden. »Es war ein Unfall, ein tragisches Mißverständnis!« Sterben alle Türken in dieser Stadt an Unfällen, oder bedeutet das Wort Unfall etwas ganz anderes, als sie sich darunter vorstellt?

»Ja. Es war ein Unfall!« Mehr scheint Samiha nicht dazu sagen zu wollen, und Anna getraut sich auch nicht, weiterzufragen. Wer weiß, was sie sonst noch damit aufrühren würde. Vielleicht ein andermal. Wenn sie Samiha besser kennt. Daß Samiha sich über ihren Besuch gefreut hat, ist nicht zu übersehen gewesen. Also würde sie wiederkommen. Nicht nur weil sie mittlerweile eine ganze Reihe von Ayverdi-Spuren verfolgt, sondern weil ihr Samiha sympathisch ist. Sie versucht, so behutsam wie möglich weiterzufragen. »War das nicht schrecklich für Sie, so plötzlich ohne Ihren Mann, allein in diesem Land?«

Samiha nickt. Sie habe sich nie in ihrem Leben so verlassen gefühlt wie in der ersten Zeit danach. Ihre Eltern hätten sie natürlich gedrängt, zurück nach Hause zu kommen. Aber sie sei lieber geblieben. Sie habe vor allem weiter in der Wohnung wohnen wollen, in der sie mit ihrem Mann so glücklich gewesen war.

»Auch hätte ich wieder heiraten müssen, wenn ich zurückgegangen wäre.«

»Wieso müssen?« Anna hat das Buch zur Seite gelegt.

»Schon meiner Eltern wegen. Na ja, und um halbwegs ein Leben führen zu können. Bei einer Routineuntersuchung hat sich dann herausgestellt, daß ich keine Kinder bekommen kann. Wissen Sie, da war es hier für mich leichter. Ich konnte tun und lassen, was ich wollte, ohne mich festlegen zu müssen. Und als bald darauf meine Mutter gestorben ist und mein Vater zu mir kam, war ich froh, daß ich so gut für ihn sorgen konnte und doch nicht den ganzen Tag nur zu Hause sitzen mußte.«

Sie lächelt ein wenig schuldbewußt. »Dafür habe ich immer diesen Seidenschal um den Kopf genommen, wenn ich die Wohnung verließ. Das sollte ihm zeigen, daß ich zu ihm stand, obwohl er es gar nicht von mir verlangt hatte.«

Anna ist schon viel länger geblieben, als sie eigentlich vorhatte. Sie wollte wirklich nur »auf einen Sprung vorbeischauen«, um Samiha wiederzusehen. Insgeheim hat sie sogar damit gerechnet, daß auch Samiha verschwunden sein würde. Daß ein anderer Name auf dem Türschild stehen und niemand sich an Samiha und ihren Vater erinnern könnte. Aber zu Annas großer Genugtuung gibt es Samiha. Sie hat sich nun lange genug davon überzeugen können. Es ist spät geworden, sie muß wirklich gehen.

»Nächstes Mal zeige ich Ihnen vielleicht ein paar Arbeiten meines Vaters, wenn ich sie geordnet habe. Er war zwar kein solches Genie wie Scheich Hamdullah, aber ich kann seine Schrift nicht sehen, ohne zutiefst davon berührt zu sein.« Samiha folgt Anna, die sich endgültig auf den Weg gemacht hat, zur Tür.

»Was für ein Scheich ist das nun wieder?«

Samiha lächelt geheimnisvoll. »Das ist eine andere Geschichte. Auch die hören Sie beim nächsten Mal. Sie kommen doch wieder?«

Anna nickt. »Aber warum besuchen Sie nicht mich?«

»Gewiß komme ich auch zu Ihnen.« Samiha küßt Anna auf beide Wangen. »Sobald ich Ihnen alles gezeigt habe. Und ich habe Ihnen noch bei weitem nicht alles gezeigt.«

»Komm, leih mir deine Finger, Chérie!« Jussuf bittet Anna in sein Einzelbüro. Er trägt einen Verband. Zum Glück ist nichts gebrochen, nur gequetscht, gezerrt, geprellt. Er war gestürzt, und jemand fiel auf ihn, während ein anderer Flüchtender ihm auf die Finger trat.

»Ich hätte mich zuvor mit meinem Astrologen beraten sollen.« Jussuf hält den Arm weit von sich, damit alle Farbschattierungen, die unter dem Weiß des Verbandes hervorleuchten, auch ja deutlich zu sehen sind.

Teresa leistet ausnahmsweise Schankdienste für die Lädierten und kommt mit zwei Kaffeebechern hereingeschwebt. Sogleich spitzt sie die Lippen zu einem Kommentar. »Ihr spielt beide dieselben Farben, das nenne ich Partnerlook!« Es braucht also niemand für den Spott zu sorgen.

»Danke, meine Liebe!« Jussuf und Anna könnten zusammen als Chor auftreten.

Als Teresa wieder verschwunden ist, hebt Jussuf den funkelnden Blick. »Wie bist du übrigens nach Hause gekommen? Du hattest wohl einen kleinen Schock, das war deutlich zu sehen.«

Anna tippt gewohnheitsmäßig auf die Tastatur, diesmal auf die Jussufs. »Zu Fuß.«

Jussuf hält den Mund ein Weilchen offen. »Zu Fuß?«

»Zu Fuß durch die ganze Stadt.«

»Doch nicht alleine? Nicht auszudenken, was einem Mädchen wie dir dabei zustoßen könnte.«

»Nicht alleine. Mit Abdal Ayverdi.«

Jussuf fährt herum. »Ist das dieser kahlgeschorene Irre?«

»Was stört dich daran? Daß er kein ›schöner Türke‹ ist?«

»Weißt du überhaupt, was Abdal bedeutet?«

»Verrückt. Ich glaube, es bedeutet so etwas wie Narr Gottes.« Anna ist unter den Augen Jussufs in sein Programm eingebrochen.

»Ein ›schöner Türke‹, ein ›Narr Gottes‹, du machst Fortschritte. Gibt dir jemand Privatunterricht?«

Und da steht plötzlich: Hikmet Ayverdi, † 5. 7. 1993 infolge … auf dem Schirm. Doch Jussufs unverletzte Finger sind schneller.

»Reiz mich nicht, Chérie, sonst erwacht der Löwenonkel in mir!«

»Warum läßt du mich dumm sterben, Meister? Das habe ich ganz und gar nicht verdient.« Anna schiebt die Unterlippe vor. »Ich will ja nicht wissen, wer der Täter ist, nur die Todesursache, verstehst du?«

»Hör zu, Novizin, ich bin dein Scheich. Und was du zu wissen bekommst, bestimme immer noch ich. Zu deinem Besten, glaub mir, zu deinem höchst eigenen Besten.«

Anna begreift, daß sie eine Viertelsekunde zu langsam war. Und so bald wird sie keine solche Gelegenheit mehr haben. Jussuf hat sein Gesicht zu wahren. Jetzt weiß auch er, wie schnell sie im Zweifelsfall sein kann.

»Nichts für ungut, großer Scheich. Irgendwann finde ich doch heraus, was mit dem alten Hikmet Ayverdi passiert ist. Aber du wirst lachen, es interessiert mich gar nicht so sehr. Was mich interessiert, ist einzig und allein, warum der junge Hikmet sich in Luft aufgelöst hat.«

»Daran wird gearbeitet.« Jussuf schlürft seinen Kaffee. »Vertrauen lohnt sich in den Kreisen der Derwische, halt dich gefälligst daran.«

Sie werden beide dazusehen müssen, damit die Firma durch ihren verunglückten Wochenendausflug keinen Arbeitsausfall zu verbuchen hat.

»Business first! Mit ein bißchen mehr Konzentration läßt sich einiges aufholen.«

Wie zum Trotz sitzt Anna auf ihrem Balkon. Das milde Wetter hat ausgehalten, und in den Parkanlagen knospt der Flieder. Niemand kann ihre Beine sehen – sie hat ein Stück Streifenstoff durch die metallenen Stäbe gezogen –, und die Blicke aus den Fenstern über sich ignoriert sie.

Es ist tatsächlich ein »Abendbrot«, was sie vor sich auf dem Teller liegen hat. Pumpernickel mit Leberpastete und auf einem Extrateller Gurkenscheiben. Ein Sonnenschirm und ein halbhoher Busch im Topf fehlen noch zur perfekten Balkonraumnutzung. Kann alles noch kommen mit den Jahren. Einstweilen spreizt Anna die Zehen gegen das Geländer und trägt ihre schräge Sonnenbrille. Sie ist nicht sicher, ob sie das Telefon hören kann, wenn es läutet. Im Hof unten spielen die Kinder Ball, und aus einem der Fenster unter ihr hört man die Achtzehn-Uhr-Nachrichten.

Eigentlich hätte Anna Lust, Eis essen und dann flanieren zu gehen. Schade, daß Frantischek nicht mehr im Land ist. Ihn hätte sie jetzt anrufen können. Auch hätte ihn ihr immer noch blaues Auge, das nun von Schwarz zu Grün hinüberspielt, kaum gestört. Aber Frantischek hat sie alle hinter sich gelassen und ist aufgestiegen. Da gibt es nichts daran zu deuten. Dieser Dschibril hat sich eindeutig für ihn entschieden. Während sie in ihrem beruflichen Fortkommen noch immer von den Stimmungen eines Mannes wie Haugsdorff abhängig ist. Er hat sich seit Sonntag nicht mehr gemeldet. Die müssen wirklich rotieren im Ministerium – und er dazu. Wie sie im Vorübergehen an den Zeitungskiosken gesehen hat, ist das Attentat noch immer in den Schlagzeilen. Aber außer Vermutungen ist nichts hinzugekommen. Jedenfalls scheint Haugsdorff voll im Einsatz zu sein. Er ist täglich zur Berichterstattung beim Minister, nachdem er die Informationen zuvor sorgfältig für ihn gebündelt hat. Eigentlich hat er ihr nie genau erklärt, was er als Ministerialrat im Innenministerium so alles zu tun hat. Hauptsache, er ist voll im Einsatz, und sie, Anna, gewinnt Zeit. Die zündende Idee ist noch immer ohne Funken. Wie sich von ihm trennen, ohne daß gleich alles den Bach hinuntergeht? Abmachung? Lächerlich. Sie haben nie eine Abmachung getroffen. Die hat Haugsdorff in dem Moment aus dem Hut gezogen, in dem ihm dämmerte, daß sie nicht mehr mit ihm ins Bett will. Und sie war nur nicht schlagfertig genug, ihm sofort und mit den richtigen Worten zu kontern.

218

Seit Wochen schiebt sie nun schon den Entschluß vor sich her, ein Haugsdorff-loses Leben anzufangen. Es ist wie verhext. So einfach alles schien, solange sie neugierig genug war, um herauszufinden, worauf er so scharf war, so kompliziert wird nun alles, seit es sie nicht mehr interessiert. Zugegeben, sie fühlte sich persönlich herausgefordert, als sie begriff, wie begierig er ihren kleinen perversen Geschichten lauschte. Aber für sie war das vor allem Erzähltechnik und im Grunde ziemlich theoretisch. Daß es funktionierte, war das Reizvolle, nicht was und wovon sie erzählte.

Das Gefühl, daß sie Haugsdorff in der Hand hatte, zumindest zwischen den Bettüchern, erschien ihr als durchaus lohnende Erfahrung. Manchmal war sie selbst überrascht, was ihr alles so einfiel, wenn sie sich konzentrierte. Aber mit der Zeit ist es langweilig geworden. Es verursacht keinen Kitzel mehr. Nur Haugsdorff bekommt nicht genug davon und versucht immer häufiger, es zu erzwingen. Sie wird ihm klarmachen müssen, daß ihr nichts mehr einfällt. Und daß das auf die Dauer nicht ihre Vorstellung von Verhältnis ist. Sie mag sich nichts Abartiges mehr ausdenken, ihre Phantasie ist erschöpft. Aus, Schluß, vorbei. Soll er sich eine suchen, deren Einfälle noch frisch sind.

Sie möchte frei sein. Wenn es je eine Abmachung gegeben hat, eine stillschweigende, dann wohl die, daß ihre sogenannte Abmachung eine zeitlich begrenzte ist. Das wird sie ihm nächstes Mal sagen, genau das. Und daß es eine einvernehmliche Lösung geben muß, die ohne Gehässigkeiten und Erpressungen auskommt. Sie möchte von nun an ohne irgendeine Art von Abmachung leben.

Unten kracht der Ball gegen eine Fensterscheibe, die klirrend und splitternd aus dem Rahmen fällt. Einen Augenblick halten alle im Hof den Atem an, und Anna hört plötzlich die Glocke an ihrer eigenen Tür. Dann ertönt das übliche Gezeter, Gekeife und Geschimpfe, während die Kinder sich vorübergehend hinter der Mülltonne versteckt halten, wo

Anna sie erspähen kann, als sie aufsteht. Es sind Naima Hanims Kinder mit ihren Freunden, und in die Zurechtweisungen der Hausbewohner mischen sich schärfere Töne aus dem Haus auf der gegenüberliegenden Seite des Innenhofs, in dem es keine türkische Hausmeisterin gibt. Ein schrilles »Tschuschenbrut« und ein dumpferes »Dönerschneidergesindel« würzen die Kommentare der ewigen Fenstergucker. Ein Hund bellt hysterisch dazwischen, ebenfalls von seinem Ausguck aus, während die Kinder hinter der Mülltonne auf türkisch miteinander tuscheln.

Als Anna die Sonnenbrille abnimmt, um sich in der dunkleren Wohnung zurechtzufinden, steht Haugsdorff bereits in der Tür. Anna schnappt nach Luft. Sie kann sich nicht erinnern, Haugsdorff je einen Wohnungsschlüssel gegeben zu haben.

»Du solltest dir demnächst ein ordentliches Türschloß anschaffen. Dieses hier läßt sich mit dem kleinen Finger öffnen.« Täuscht sie sich, oder errötet Haugsdorff am Ende doch zwischen Hals- und Ohrenansatz? »Ich habe die ganze Zeit Sturm geläutet. Das Telefon hebst du ja auch nicht mehr ab.«

In so vielen Filmen hat Anna das schon gesehen, daß Ganoven oder Kommissare mit Büroklammern oder mit ihren Kreditkarten die Türschlösser zu fremden Wohnungen öffneten. Aber Haugsdorff?

»Ich war auf dem Balkon.« Anna deutet in die Richtung, aus der sie gerade kommt, und Haugsdorff schließt sorgsam die Tür hinter sich, wahrscheinlich um das Schloß zu kontrollieren. Könnte ja sein, daß er es durch seine Machinationen beschädigt hat.

»Ich habe mir Sorgen gemacht. Du gehst weder ans Telefon noch an die Tür, und das seit zwei Tagen. Da dachte ich, du hättest vielleicht Angst vor etwas oder vor jemandem.«

Anna ist innerlich platt. Was soll das nun wieder bedeuten?

»Wer sagt, daß ich überhaupt zu Hause war?«

»Doch, doch, man hat dich heimkommen sehen.«

Läßt Haugsdorff ihr etwa nachspionieren? Warum um alles in der Welt? Soll sie ihm sagen, daß sie Samiha besucht hat? Kommt nicht in Frage. Das geht ihn nichts an. Wenn er aber schon gestern hier oben in ihrer Wohnung war? Sie wird ihm von sich aus gar nichts sagen, und wenn, dann nur, wenn er sie ausdrücklich danach fragt.

»An den Balkon habe ich allerdings nicht gedacht.« Haugsdorff scheint dieses Detail in das weitgespannte Netz seiner Kombinationsmöglichkeiten einzupassen, um es nie wieder zu vergessen. Und wie um sich persönlich davon zu überzeugen, daß es das, was er nicht in Betracht gezogen hat, tatsächlich gibt, geht er an Anna vorbei hinaus auf den kleinen Balkon, wo noch ihr Teller auf dem Tischchen steht. Gerade daß er nicht daran riecht. Anna ist ihm gefolgt, als wollte sie sagen: Na siehst du. Von unten dringen wieder die Geräusche der Kinder herauf, wenn auch gedämpfter als zuvor, die Nachrichten werden von Musik abgelöst, und aus dem Fenster, dessen Scheibe dran glauben mußte, schaut bereits der Kopf von Naima Hanims Mann, der den Schaden begutachtet und den Kindern unten deutlich sichtbar mit der Faust droht, um das Bedürfnis der Hausbewohner nach Ahndung zu befriedigen. Haugsdorff scheint seinen Augen und Ohren zu trauen.

»Möchtest du lieber draußen sitzen?« Der Balkon dürfte Haugsdorff überzeugt haben. Vielleicht sollte sie das Überzeugende noch mit Einzelheiten stützen? Langsam wird Anna klar, was für Vorteile dieser Balkon hat. Sie ist nicht zu erreichen, durch nichts und von niemandem, in diesem häuslichen Schlupfwinkel, es sei denn, jemand breche einfach in ihre Wohnung ein, wie Haugsdorff soeben. Eine Unverschämtheit, die sie vollkommen unvorbereitet getroffen hat.

Haugsdorff zieht den Kopf ein, als habe er erst in diesem Augenblick bedacht, daß ihn jemand sehen könnte, und kommt in die Wohnung zurück, wobei er auch diese Tür mit derselben Sorgfalt schließt.

»Die Sonne blendet zu stark.« Er nimmt ihr Gesicht in beide Hände. »Laß dich anschauen. Ein paar Tage wird es schon noch dauern, bis du wieder wie neu bist.« Er zieht sie plötzlich an sich und hält sie umfangen. So überrumpelt er sie nur selten. Anna weiß, daß es keinen Sinn hat, sich gegen seine Umarmung zu sperren, genausowenig wie ihn geradewegs anzulügen. Er darf nicht mißtrauisch werden. Warum sollte er auch? Sie ist sich keines Vergehens bewußt. Und doch hat sie das Gefühl, daß er ihr Angst machen will. Warum bloß und wovor?

»Würdest du mir endlich erklären, was das alles zu bedeuten hat?« Die Frage ermöglicht ihr, ein wenig zurückzuweichen, um ihm dabei zumindest ins Gesicht zu sehen.

Haugsdorff läßt sie los, setzt sich und trommelt mit den Fingern auf der Tischoberfläche. Erst jetzt sieht sie, daß er sich leicht verletzt hat. Doch nicht beim Öffnen ihrer Tür? Es blutet kaum und schaut auch nicht nach viel aus.

»Soll ich dir ein Pflaster draufkleben?« Willkommene Pause, jedenfalls für Haugsdorff.

»O ja, wenn du eines da hast.«

Sie geht ins Badezimmer und holt das Pflaster. Als sie an den Tisch zurückkommt, liegt da ein nagelneues Handy. Haugsdorff hält ihr die eine Hand hin, um sich das Pflaster draufkleben zu lassen, mit der anderen ergreift er das Handy.

»Hör zu ...« Er tut, als wisse er nicht, wie beginnen. »Es ist für dich. Ich möchte dich immer erreichen können.«

»Willst du, daß ich hysterisch werde oder was? Warum soll ich plötzlich Tag und Nacht zu erreichen sein?«

Haugsdorff betrachtet seine Hand mit dem Pflaster. »Gut gemacht. Und jetzt schreib dir die Nummer auf. Und die von meinem dazu. Damit auch ich immer für dich erreichbar bin.«

Anna stutzt. Die Nummer von seinem Diensthandy? Soll sie ihm jetzt ihre Geschichten per Telefon übermitteln, und er zeichnet sie auf, damit er sie sich jederzeit vorspielen kann? Aber Haugsdorff scheint an etwas ganz anderes zu denken.

»Los, hol einen Stift, ich meine es ernst.«

»Nicht bevor du mir sagst, was das Ganze soll.« Sie kann jetzt mit Recht die Entrüstete spielen. Schließlich hat er sich zu ausführlich in geheimnisvolles Schweigen gehüllt, als daß er annehmen dürfte, sie würde tun, was er sagt.

Da zieht Haugsdorff einen Kugelschreiber aus der Tasche und schreibt zwei lange Zahlenreihen an den Rand einer Reklamezeitschrift, die unter der Tür lag, als Anna nach Hause kam.

»Lern das auswendig! Und wenn du es fest genug in deinem Gehirn verankert hast, verbrenn diesen Zettel, verstanden?« Er reißt die Seite aus der Zeitung und dreht sie um. »Wie lauten die Nummern?«

Anna hat ein hervorragendes Gedächtnis. Und natürlich kann sie die beiden Nummern auswendig hersagen.

»Gut so!« Haugsdorff scheint erleichtert.

»Warum? Sag mir bitte endlich, warum?« Haugsdorff schaut sie an, als sei das eine Gewissensprüfung. »Weil etwas im Gang ist, von dem ich selber noch nicht genau weiß, was daraus werden wird. Aber jedenfalls nichts Gutes. Und du hängst da irgendwie mit drinnen. Ob du es weißt oder nicht. Und ich möchte nicht, daß du dich weiter darin verstrickst.«

»In was denn, um Himmels willen, sag schon?« Anna versteht so gut wie gar nichts mehr. Es geht offensichtlich nicht um ihre Geschichten, sondern um etwas anderes, Ungreifbareres. Wenn ihr bloß einer sagen könnte, was es ist?

»Denk ausführlich nach! Ich tappe selbst noch im Dunkeln. Aber die Hinweise häufen sich.«

Anna schüttelt den Kopf. Was meint Haugsdorff? Oder ist er nur übernervös wegen der ganzen Sache mit dem Bombenanschlag?

»Wenn dir etwas einfällt, laß es mich so rasch wie möglich wissen!« Haugsdorff deutet auf das Handy.

Langsam hat Anna das Gefühl, sich tatsächlich in einem Film zu befinden.

»Möchtest du etwas trinken? Tee, Mineralwasser? Ich glaube, es ist auch noch ein Rest Campari im Kühlschrank.« Annas eiserne Reserve für unangemeldete Besucher.

Haugsdorff steht auf. »Tut mir leid, Liebes, ich muß weiter.« Anna ist verwirrt. Sie hat sich auf einen langwierigen Abend gefaßt gemacht.

»Wie lauten die Nummern?« Haugsdorff steht schon in der Tür.

Unwillig wiederholt Anna die Zahlen. Da kommt Haugsdorff noch einmal zurück, nimmt das Feuerzeug, das neben dem Besucheraschenbecher liegt, und steckt das Blatt Papier mit den Telefonnummern in Brand.

»Also dann…« Er hat sich davon überzeugt, daß alles zu Asche geworden ist. »Bis bald. Du weißt jetzt, wie du mich erreichen kannst. Ich bin jederzeit für dich da, wenn ich mich nicht gerade beim Minister im Büro aufhalte. Und falls dir doch etwas in den Sinn kommt, ich kann jedes Detail gebrauchen, du verstehst?!«

Anna kann es noch immer nicht glauben, daß Haugsdorff einfach ihr Türschloß geknackt hat. Oder sollte er am Ende…? Sie hat gleich am nächsten Wochentag bei der Kurhallenverwaltung angerufen, ob man ihre Tasche gefunden habe. Das könne man nicht sagen, hieß es, die Polizei habe alles mitgenommen. Sie rief dann beim zuständigen Kommissariat an und meldete den Verlust einer Handtasche samt Ausweis und Schlüssel. Wieder negativ. Selbstredend würde man sie verständigen, falls der Gegenstand doch noch auftauchen sollte. Seither hat sie nichts mehr gehört. Ob Haugsdorff etwas damit zu tun hat? Oder sieht sie bereits Gespenster?

»Ich muß aus der Wohnung.« Teresa stochert in ihrem Fruchteisbecher und läßt den Blick in Richtung Donaukanal schweifen.

»Wieso denn?« Anna hat ihr Schokoladeneis längst gegessen. Sie haben gerade noch einen Tisch – was heißt Tisch, ein Tischchen – im Freien ergattert. Der Frühling hat sich über Nacht in einen Vorsommer verwandelt, der Herz und Kreislauf unvorbereitet trifft. Das Tischchen befindet sich in der äußersten Ecke des im Winter abnehmbaren Schanigartenzauns, und Anna, die sich in ihrem Stuhl zurückgelehnt hat, stützt sich mit beiden Ellbogen auf das Holzgitter.

»Es ist keine Hauptmiete, wie du weißt. Der Vermieter behauptet, er habe die Wohnung nur an mich als Single vermietet und könne nicht dulden, daß da noch alle möglichen Leute einziehen.«

Anna schüttelt den Kopf. »Was geht das ihn an? Hauptsache, du zahlst pünktlich die Miete. Außerdem ist Ivo nicht alle möglichen Leute.«

»Sagst du.« Teresa hat es offenbar aufgegeben, ihr Eis aufzuessen. Es ist ohnehin schon zur Fruchtsauce geworden.

»Jemand aus dem Haus muß sich beschwert haben.« Sie nimmt ihre Sonnenbrille ab und reinigt sie mit der Papierserviette.

»Beschwert weswegen?« Anna zieht die Arme wieder an sich und beugt sich vor.

»Wegen Ivos Freunden.«

»Kommen die denn alle zu euch?«

»Wo sollen sie sonst hingehen? Sich immer in Lokalen treffen geht nicht, das können sie sich nicht leisten. Also kommen sie abwechselnd in den Wohnungen zusammen, natürlich auch bei uns. Und diskutieren über die Zukunft. Was sie tun werden, um ihr Land zu retten. Und da sie nicht alle einer Meinung sind, werden sie laut. Angeblich streiten sie nicht einmal, aber anfangs bin ich selbst manchmal erschrocken.«

Anna versteht das Problem noch immer nicht. »Können sie sich nicht ein bißchen zurücknehmen? Wäre doch nichts dabei, oder?«

»Diskutier du einmal das Schicksal deines ausgebluteten Landes in Ruhe und Zimmerlautstärke!« Teresa klingt aufgebracht, geradezu angriffslustig.

Anna läßt sich nicht aus der Fassung bringen. »Aber bloß weil hin und wieder laut diskutiert wird, fliegt man doch nicht aus der Wohnung.«

»Nicht bloß deswegen. Manchmal vergessen die Freunde meinen Nachnamen, der unten auf dem Klingelbrett steht, und läuten dann irgendwo anders, damit man ihnen die Tür öffnet. Und wenn sie kommen und gehen, machen sie Krach im Treppenhaus und reden miteinander in ihrer Sprache. Das erschreckt angeblich die Leute, die im Haus wohnen.« Teresa verzieht das Gesicht und verdreht die Augen. »Sie fühlen sich belästigt.«

»Hat es sonst noch etwas gegeben?« Anna klingt noch immer ein wenig ungläubig. Insgeheim hält sie die Geschichte für eine der vielen Übertreibungen, die Teresas Mitleidenschaft ins rechte Licht setzen sollen.

»Gar nichts hat es sonst gegeben. Außer daß einer der Freunde einer Frau im zweiten Stock, die durch den Tür-schlitz spähte und wiederholt ›Ruhe!‹ rief, erklärte, daß es Ruhe vor allem auf dem Friedhof gebe. Wenn sie wolle, könne er sie gerne dorthin bringen.«

Anna muß lachen. Sie ist nur einmal in Teresas Wohnung gewesen, nämlich als sie ihr beim Einzug geholfen hat. Ein Jahrhundertwendehaus in bester Wohngegend mit den entsprechenden Mietern. Sie hat damals schon eine diesbezüg-liche Bemerkung gemacht, aber Teresa war so froh, über-haupt etwas gefunden zu haben, daß sie nicht weiter darauf achtete.

»Du willst also wirklich ausziehen?« Anna kann es nicht glauben. »Was ist mit Ivos früherer Wohnung?«

»Du meinst das Loch? Dazu Wohnung zu sagen, wäre eine absolute Verharmlosung. Aber selbst in dem Loch wohnen jetzt Freunde von Ivo. Eine ganze Familie.«

»Vielleicht findest du wieder so etwas. Dort kann Ivo dann seine Freunde einladen, sooft er will, ohne daß die Hausparteien gleich an eine Invasion denken. Und du hättest ein bißchen Ruhe.«

»Ich will keine Ruhe, ich will mit Ivo zusammensein.« In Teresas Blick flackert kurz so etwas wie Besessenheit auf. Sie hat abgenommen und ist deutlich übernervös.

Anna weiß, daß sie sie jetzt besser nicht reizt. »Ich meine doch nicht, daß du dich von Ivo trennen sollst, ich meine nur, daß es vielleicht ganz geschickt wäre, wenn ihr eine Ausweiche hättet. So schlecht verdient Ivo doch auch wieder nicht, daß er sich das nicht leisten könnte.«

»Wie bitte?« Teresas Antwort ist ein kleiner Aufschrei. »Hast du noch nie etwas von Solidarität gehört? Was glaubst du, was mit Ivos Gehalt geschieht? Hast du vergessen, daß er Eltern und Geschwister in Belgrad hat, die nicht wissen, woher das Nötigste nehmen?«

»Oder Frau und Kinder?« Anna reitet der Teufel, aber sie reagiert immer empfindlicher auf Teresas solidarisierenden Gesprächston. Nur damit hat sie nicht gerechnet, daß Teresa auf einmal leichenblaß wird und völlig erstarrt, während sich ihre dunklen Augen der Größe von Dumdum-Einschußlöchern nähern.

»April, April«, flüstert Anna zutiefst erschrocken. »Vergiß es, ich habe das nur so hingesagt, weil ich weiß, in welcher Situation du dich befindest, mit Ivo und überhaupt.« Anna hätte noch lange so dahinreden können, ohne daß auch nur das geringste davon in Teresas Bewußtsein gedrungen wäre. Ihre Starre hat etwas Beängstigendes.

Anna beugt sich zu ihr und schüttelt sie. »He, komm zu dir. Es ist gar nicht wahr. Ich habe mir bloß vorzustellen versucht, was wäre, wenn. Das kann dich doch nicht so vom

Hocker schleudern. Verzeih, es war tatsächlich gemein von mir.«

Langsam kommt Teresa wieder zu sich. Ihre Augen füllen sich mit Tränen, und sie sucht nach der Papierserviette, mit der sie zuvor ihre Sonnenbrille gereinigt hat, um sich damit die Nase zu putzen.

»O Anna«, sagt sie, »an so etwas habe ich noch gar nicht gedacht.«

Anna spürt, daß sie lügt. Und ob Teresa daran gedacht hat! Wahrscheinlich denkt sie Tag und Nacht daran. Hat Ivo sich am Ende mit einer Bemerkung verdächtig gemacht?

»Und selbst wenn!« Teresa zermanscht die Serviette zu einem dicken, feuchten Klumpen, den sie dann in den Becher mit dem geschmolzenen Eis stopft. »Stell dir vor, was die arme Frau durchgemacht haben muß. Und erst die Kinder.«

Anna ist verwirrt. Dieser Blick! Teresa hat doch nicht etwa vor, sich plötzlich auf diese entsagende Weise von Ivo zu trennen? Zu einer Inszenierung dieser Art wäre wohl nicht einmal sie imstande.

»Hat er nun eine Familie, oder hat er keine?« Anna kann alles ertragen, nur nicht diesen verzichtsverklärten Blick. Es liegt ihr daran, sich so rasch wie möglich Klarheit zu verschaffen.

Teresa zuckt bloß die Achseln, ihr Blick ist längst wieder in Richtung Donaukanal abgeschweift.

»Soll ich versuchen, es herauszufinden?« Anna bereut den Satz in dem Augenblick, in dem sie ihn ausgesprochen hat. Teresa wendet ihr empört das Gesicht zu. »Ihn bespitzeln? Das wäre das letzte. Vergiß nicht, in welcher Situation er sich befindet.«

»Was willst du dann tun? In der Tat eine neue Wohnung suchen?«

»Es wird mir nichts anderes übrigbleiben. Ich will mit ihm zusammensein. Zumindest solange er noch hier ist.«

Das also ist der wunde Punkt. Anna ist froh, daß sie endlich weiß, worauf sie in Zukunft zu achten hat. Weitere Peinlichkeiten der vorigen Art lassen sich so viel besser vermeiden. »Wieso? Hat er gesagt, daß er wieder zurückgeht?«

»Was hast du geglaubt?« So etwas wie Stolz klingt in Teresas Stimme mit. »Daß er tatenlos zuschauen wird, wie sie sein Land in den totalen Bankrott treiben? Natürlich wird er zurückgehen. Sobald wie möglich. Ich meine, sobald er nicht mehr damit rechnen muß, daß sie ihn wegen Fahnenflucht einsperren.«

Anna räuspert sich. »Das kann lange dauern. Also wird dir die Wohnungssuche wirklich nicht erspart bleiben. Du kannst übrigens mit mir rechnen.«

In dem Moment kommt der erste Zeitungsverkäufer mit den Blättern von morgen den Gehsteig entlang. Anna winkt ihm, während sie noch nach Kleingeld sucht. Und kaum hat sie die Zeitung an der richtigen Stelle aufgeschlagen, fährt ihr Finger bereits, als wäre er eine Wünschelrute, die Anzeigen entlang, bis er sich an einer Adresse staucht, die ihr irgendwie bekannt vorkommt. »Wie wäre es damit? Zwei Zimmer, Küche, Kabinett, Altbau, alles innen. Besichtigung nach Vereinbarung.«

Teresa schreibt sich die Adresse auf, nicht gerade hellauf begeistert, aber doch mit erkennbarem Interesse.

»Na, wie bin ich zu dir?« Anna denkt noch immer darüber nach, warum ihr diese Adresse so bekannt vorkommt.

Wie es einem mit neuen Geräten eben ergeht, es dauert eine Weile, bis man sich an ihre Existenz gewöhnt hat und sie zu den anderen fraglos benutzten Dingen des Alltags gehören, die einem zur Selbstverständlichkeit geworden sind. Anna hat das Handy zu Hause liegen lassen, sich zwar immer wieder vorgenommen, es in ihre Tasche zu stecken, aber dann in der Eile doch darauf vergessen.

Haugsdorff ist einigermaßen sauer, als sie ihn schließlich von ihrer Wohnung aus anruft. »Wie soll ich dich schützen, wenn du dich nicht schützen läßt?« Er ist noch immer ungehalten über ihr Versteckspiel, wie er sich ausdrückt.

»Wieso schützen? Ich bin doch nicht in Gefahr, oder?«

»Nicht unmittelbar. Trotzdem, sei vorsichtig mit deiner Post. Es könnte sein, daß jemand über dich mich treffen will.«

Anna, die bis dahin mit dem Handy in ihrer Wohnung auf und ab gegangen ist, muß sich setzen. »Was hat das mit meiner Post zu tun?«

Haugsdorff räuspert sich. »Das erkläre ich dir später. Wir treffen uns in einer halben Stunde im *Café Schwarzer.*« Er beschreibt ihr, wie sie da hinkommt, so als lebe sie auf Abruf, auf seinen Abruf.

»Sei bitte pünktlich, ich muß mit dir reden.«

Schluß, aus, keine Verbindung mehr. Sie hat keine Chance zu widersprechen.

Und wenn sie nicht hingeht? Seit Haugsdorff neulich einfach die Tür zu ihrer Wohnung gewaltsam geöffnet hat, ist ihr klar, daß es nichts bringt, nicht hinzugehen. Er würde sich nicht scheuen, hierherzukommen und dasselbe noch einmal zu tun, wenn er tatsächlich mit ihr reden möchte.

Anna stellt sich vor den Spiegel im Badezimmer, um ein bißchen Puder aufzulegen. Ihr »blaues Auge« ist zwar am Verblassen, aber noch immer sichtbar, wenn auch nicht als violett-schwarzer, sondern eher als schwarz-grüner Schatten. Es muß Haugsdorff sehr wichtig sein, daß er sie so Hals über Kopf in die Innenstadt bestellt.

Es hat seit Tagen nicht geregnet, und die Luft draußen ist geradezu sommerlich warm. Anna trägt ihre Jacke über dem Arm und auf der Nase die riesengroße Sonnenbrille, die ihr »Veilchen« fast zum Verschwinden bringt.

Sie findet das Café nicht auf Anhieb, so versteckt, besser gesagt diskret, ist es in die imperiale Fassade eingebunden. Und als sie es schließlich betritt, sitzt Haugsdorff, umgeben von den Abendausgaben der verschiedenen Tageszeitungen, im hintersten Winkel und blättert hektisch.

»Laß dich anschauen!« Sie hält die Sonnenbrille in der Hand, es ist ziemlich dunkel hier drinnen, die Fenster gehen alle nach Osten. Haugsdorff betrachtet sie eingehend. »Na ja, langsam wird wieder die alte Anna aus dir.«

Er küßt ihre Hand, nicht die Wange, während er sie neben sich zieht. Haugsdorff hat ein schlechtes Verhältnis zu Verletzungen. Verunstaltungen jeder Art sind ihm ein Greuel. Deshalb hat er sie wohl auch in den letzten Tagen in Ruhe gelassen, nicht um ihr mit seinen Zärtlichkeiten nicht unabsichtlich wehzutun, sondern weil ihr »Veilchen« ihn eher abstieß. Da schon lieber seine Biedermeier-Miniaturen mit den makellosen Antlitzen, Öl auf Elfenbein. Zum ersten Mal kann Anna ihrem gewaltsam verfärbten Auge sogar etwas abgewinnen.

»Es ist ein Bekennerbrief aufgetaucht.« Haugsdorff blättert automatisch weiter in den Zeitungen. »Die Bombe im Ministerauto war ein inländisches Erzeugnis. Es sieht zwar so aus, als stehe sie in keinem nachweisbaren Zusammenhang mit der letzten Briefbombenserie, aber von der Diktion her gibt es gewisse Ähnlichkeiten.« Haugsdorff spricht leise und mit unbeweglicher Miene, so als läse er ihr etwas aus der Zeitung vor.

Anna bestellt einen Cappuccino, und als der Kellner, nachdem er die Bestellung aufgenommen hat, wieder an die Bar zurückgeht, fragt sie mit ebenso unbeweglicher Miene: »Und wer steckt dahinter? Wer ist es?«

Haugsdorff seufzt. »Wir wissen sehr viel, mehr, als ich dir je sagen dürfte. Jede Menge Details, Gesinnung, soziales Umfeld, Bildungsstand, ideologisches Umfeld. Nur wer die Person ist, der sogenannte Täter, das wissen wir nicht.«

Anna kann sich leicht ausmalen, wie sehr Haugsdorff dieser Mißerfolg, der nicht einmal sein persönlicher ist, sondern der des gesamten Ministeriums, zu schaffen macht. Haugsdorff ist auf seine Weise erfolgsgewohnt. Ein Mann, der sich seiner Kompetenz bewußt ist und sie beharrlich ausspielt. Er kann es nur schwer ertragen, wenn etwas sich der Absicht, es einer Lösung zuzuführen, wie der entsprechende Terminus in der Kanzleisprache heißt, widersetzt.

»Und was hat das mit meiner Post zu tun?« Anna kann sich des leisen Verdachts nicht erwehren, daß diese ganze Bombengeschichte nur dazu dient, sie enger an Haugsdorff zu binden, und das gerade jetzt, wo sie nur mehr darauf aus ist, sich ohne große Szenen von ihm zu trennen.

»Gestern hat die Tochter des Ministers eine Briefbombe erhalten. Sie werden immer dreister, wer immer sie in Wirklichkeit sein mögen. Noch ist es nicht an die Medien gegangen – und zum Glück ist diesmal nichts passiert, aber sie rücken von Mal zu Mal näher.«

Anna fröstelt ein wenig. Das alles klingt so unwirklich, als spiele es im Kino, und sie säße in der ersten Reihe. Und doch kommt es auch in der Wirklichkeit vor. Nicht nur in diesem Land, in allen Ländern. Wann immer sie eine Zeitung aufschlägt, steht etwas über diese Art von Gewalt darin. Ist es so einfach geworden, sich gegenseitig in Angst und Schrecken zu versetzen?

»Aber ich bin nicht deine Tochter.« Ihr fällt nichts Besseres ein, und sie möchte Haugsdorffs Nähe entkommen. »Kaum einer kennt mich, wir gehen bei weitem nicht so oft miteinander aus. Ich wüßte nicht, wie jemand auf mich kommen sollte.«

»Beruhige dich.« Haugsdorff scheint sie auch noch begütigen zu wollen. Warum eigentlich, sie hat sich doch gar nicht aufgeregt. »Ich sage ja nicht, daß die Gefahr groß ist. Ich habe dich nur gebeten, vorsichtig zu sein. Keiner von uns kennt den nächsten Schritt dieser Irren. Und bisher war der nächste Schritt immer ein überraschender.« Haugsdorff faltet die Zeitungen zusammen, es sind seine, er hat sie mitgebracht. Hat er befürchtet, im Café würden die, in denen er

nachsehen wollte, ob nicht doch etwas von der neuen Briefbombe frühzeitig durchgesickert war, gerade von jemand
anderem gelesen?

»Also gut, ich werde mir meine Briefe, wenn ich überhaupt
welche bekomme, genau anschauen, und falls mir einer verdächtig erscheint, schlage ich Alarm.«

»Es genügt, wenn du mich anrufst.« Haugsdorff lächelt ein
schiefes Lächeln, so zwischen Vater und Polizeipräsident.
»Man muß nicht gleich alles an die große Glocke hängen,
schon gar nicht, wenn man Fachleute kennt. Und noch etwas:
Achte auf deinen Umgang! Wenn du öfter als Besucherin
von Ausländerfesten in der Zeitung stehst, könnte da eines
zum anderen kommen.«

Das ist es also, was Haugsdorff ihr noch einmal sagen
möchte. Als hätte er das nicht schon längst getan, auf die
ihm eigene Art, zur Seite gesprochen und doch unüberhör-
bar. Wieder eine Möglichkeit, sich in ihr Leben einzumi-
schen, im Zweifelsfall auch noch einzugreifen.

»Eifersüchtig?« Mein Gott, sie ist tatsächlich nicht bei Trost,
aber es hilft nichts, gesagt ist gesagt.

Haugsdorff zieht die Brauen hoch. »Sei nicht kindisch, Liebes. Auf wen sollte ich eifersüchtig sein? Oder gibt es vielleicht einen Grund? Eigentlich ist die Situation zu ernst, als
daß man sie verblöden sollte. Glaub es oder glaub es nicht,
aber ich fühle mich für dich verantwortlich. Ich habe die
Pflicht, dich zu warnen, das verstehst du doch.«

»Ja, natürlich.« Anna fühlt sich insgesamt unbehaglich. »Aber
eines kapiere ich trotzdem nicht: Was wollen die mit ihren
Bomben?«

Haugsdorff stößt ruckweise die Luft aus. »Die Jahrhundert-
frage. Uns alle einschüchtern. Uns zeigen, daß wir einzu-
schüchtern sind. Daß es sogar ziemlich leicht ist, uns einzu-
schüchtern, uns, die wir die Sicherheit so groß schreiben.
Willst du weitere Zuwanderungen verhindern und die bereits Zugewanderten vertreiben, leg eine Bombe. Damit hast

du die Aufmerksamkeit aller und brauchst nicht eigens um Sympathisanten zu werben. Möchtest du einen eigenen Staat gründen, aus dem alle anderen hinausgeworfen werden sollen, die dich im alten nicht in Ruhe leben ließen, leg eine Bombe, und alle werden sich den Kopf darüber zerbrechen, warum du keinen eigenen Staat hast. Hast du vor, deinen religiösen oder politischen Überzeugungen weltweit zum Sieg zu verhelfen, weil du der Meinung bist, daß es nur deinem Glauben oder deiner Überzeugung gelingen kann, dein Land vor dem Untergang zu retten, leg eine Bombe, und die Fronten werden eindeutiger in dem Krieg, den du zu führen gedenkst. Ich kann dir gar nicht so viele Gründe aufzählen, wie es gibt, um Bomben zu legen. Noch dazu sind sie ganz einfach herzustellen. Auch wenn wir alles immer gründlicher überwachen, wir können nicht jeden Menschen schützen. Auch sind die meisten ohnehin dagegen, weil sie nicht überwacht werden wollen. Andererseits glauben sie ein Recht darauf zu haben, sich in Sicherheit wiegen zu können. Dieser Konflikt wird immer unlösbarer, und trotzdem wollen alle, daß wir ihn lösen. Je mehr Menschen als Bombenleger in Frage kommen, desto besser muß ihre Überwachung funktionieren. Aber die Technik, die uns hilft, hilft auch ihnen. Man muß das emotionslos zur Kenntnis nehmen.«

»Emotionslos?« Anna überlegt, was Haugsdorff ihr damit im besonderen sagen möchte.

»Objektiv, wenn dir der Ausdruck lieber ist. Nur so kannst du eine Spur verfolgen und Winkelzüge als Winkelzüge erkennen.« Haugsdorffs Handy beginnt zu läuten. Er nestelt es aus seiner Rocktasche. »Ja«, sagt er, »ich bin in zwanzig Minuten wieder zurück. Pünktlich.«

»Du siehst«, beklagt er sich, »ich bin zur Zeit ununterbrochen im Dienst, also kann ich mich nur zwischendurch mit dir treffen. Ich weiß gar nicht, ob nicht mittlerweile auch mein Telefon abgehört wird. Die Gegenseite hat nämlich auch nicht geschlafen. Aber das ist es nicht, warum ich dich hierhergebeten habe, ich wollte wissen, ob du mir noch immer die Liebe tust zu kommen, wenn ich dich rufe.«

Hut ab. Anna zieht sich in ihre innersten Gefühlswindungen zurück, damit aus der Anerkennung keine Rührung wird. Sie hat Haugsdorff wieder einmal auf allen Linien unterschätzt. Bei näherem Hinsehen ist es natürlich eine Unverschämtheit, wie er ihr Verhältnis zueinander versteht. Er ruft und sie kommt. Aber schon streift Haugsdorff eine Ahnung, daß er mit solchen Sätzen nur Verwirrung stiftet. Er nimmt ihre Hand und drückt sie überschwenglich.

Immerhin hat er von Liebe gesprochen, wenn auch im Nebensatz, doch es war deutlich zu hören gewesen. Anna hat einen ausgeprägten Sinn für Abweichungen von der Norm. Sie weiß, daß er sich diesmal weiter vorgewagt hat als je.

»Und wenn ich dir die Liebe nicht getan hätte?« Sie möchte wissen – und darum provoziert sie auch –, ob Haugsdorff vielleicht noch weiter gehen würde. Aber der zieht den Vorhang schon wieder zu.

»Dann hätte ich dich demnächst besucht.« Wie schnell sein Blick abkühlen kann! Anna sieht sich genötigt, ihr Wunderlächeln zu lächeln, das aus der Anfangszeit, das über jede mißverständliche Form der Rede erhaben ist.

Täuscht Anna sich, oder scharwenzelt der Kellner tatsächlich viel zu auffällig um ihren Tisch herum? Der hätte wohl auch gerne einen Brocken Information aus erster Hand, wo ihm der Herr Ministerialrat doch gewiß bekannt ist.

Haugsdorff winkt mit einem Hunderter. »Ich muß leider zurück ins Büro.« Ihr Lächeln hat ihn wieder umgänglich gemacht. Er küßt sie diesmal sogar auf die Wange, wenn auch auf die unter dem unbeschädigten Auge, und steckt dann im Gehen dem Kellner den Geldschein zu.

Anna trinkt ihren Kaffee aus. Eigentlich wollte sie gar keinen.

Es ist erst sieben und durch die Zeitumstellung noch heller Tag draußen. Wie lange sie schon nicht mehr durch die Innenstadt gebummelt ist! Sie bleibt vor verschiedenen Schaufenstern stehen. Seht nur, hier bin ich, würde sie am liebsten rufen. Es ist nicht nötig, mir etwas in die Post zu schmuggeln, ihr könnt mich hier kriegen, mitten in der Stadt.

Ein Schuß von einem Hauseingang aus, natürlich mit Schalldämpfer. Bis die Leute begreifen, was mit ihr geschehen ist, ist der Täter längst entkommen. Kein Mensch würde hinter ihm herlaufen oder ihn identifizieren. Und warum? Weil alle die Gedanken woanders haben. So wie sie selbst jetzt, den Blick auf die neuerschienenen CDs gerichtet, viel zu lange brauchen würde, bis sie sich davon abgewendet und dem Geräusch, so sie es überhaupt hören würde, oder dem Schreien der ersten Passanten, die sie stürzen sähen, zugewendet hätte. Zu lange, um einen Täter, der sich die Hand vors Gesicht hielte, noch erkennen zu können. Das heißt also, daß man auch hier nicht davor sicher wäre, auf offener Straße erschossen zu werden, und daß der oder die Täter eine gute Chance hätten, unerkannt zu flüchten.

Anna schüttelt sich. Jetzt ist es Haugsdorff gelungen, sie so zu verunsichern, daß sie sich für einen Augenblick tatsächlich gefährdet vorgekommen ist. In Wirklichkeit ist er größenwahnsinnig, sieht sich insgeheim wohl schon an der Stelle des Ministers, den er oft genug vertreten hat. Bisher hat noch keines dieser Bombenhirne daran gedacht, einen Beamten zur Zielscheibe zu machen. Wer kümmert sich schon um Beamte? Und Haugsdorff ist ein Beamter, Ministerialrat hin, Ministerialrat her. Beamte sind im Grunde viel zuwenig populär, um gute Opfer abzugeben. Erst recht deren Geliebte. Wen in aller Welt sollte es interessieren, wenn sie, Anna Margotti, eine Briefbombe zugeschickt bekommt? Weil sie mit einem leitenden Beamten des Innenministeriums geschlafen hat? Das gibt nichts her, aber auch schon gar nichts.

Die Tochter des Ministers ist natürlich etwas anderes. Da liegen die Gründe von Haus aus auf der Hand. Da kann nur noch spekuliert werden, warum gerade diese Tochter und nicht die andere, die ältere, sie bekommen hat. Hat die eine sich mehr engagiert, womöglich für Asylwerber oder für fremdenpolizeilich behandelte Ausländer? Und das als Tochter des Ministers? Aber sie, Anna? An ihr ist diesbezüglich überhaupt nichts dran.

Haugsdorff hat einfach den Boden unter den Füßen verloren. Er arbeitet zuviel. Weil er muß oder aus persönlichem Ehrgeiz, egal. Er hat das Augenmaß verloren, und sie hat sich von ihm anstecken lassen. Damit ist jetzt Schluß.

Anna löst sich abrupt von der Auslage mit den CDs, ohne eine einzige davon im Gedächtnis zu behalten, und geht dann ein wenig zu rasch auf den Abgang zur U-Bahn zu. Bald darauf zögert sie. Warum soll sie jetzt gleich nach Hause fahren, wenn sie schon in der Innenstadt ist? Sie könnte wieder einmal ins Kino gehen. Wenn sie sich beeilt, kommt sie noch zum Hauptfilm einer Neunzehn-Uhr-Vorstellung zurecht.

Sie begreift nicht gleich, was sie wieder innehalten läßt. Aber da ist das Lokal, in dem sie damals auf der Suche nach Hikmet gewesen ist, dieses *Istanbul.* Ob Hikmet tatsächlich einmal hier vorbeigeschaut hat? Als es ihn noch gab und er in der Stadt umherging so wie sie jetzt.

Hineingehen möchte sie nicht, aber sie läßt sich Zeit und schaut lange durch das Fenster. Im Inneren brennt bereits Licht. Der da an der Theke steht, könnte Orhan sein. Sie strengt ihren Blick an, beugt sich sogar ein wenig vor, da wendet der Mann den Kopf, und siehe da, sie erschrickt auch ein wenig, es ist tatsächlich Orhan, der sie erkannt zu haben scheint. Er deutet ihr mit der Hand, daß sie auf ihn warten möge.

Aber da will sie ihn plötzlich nicht mehr sprechen. Sie möchte jetzt keinen Orhan treffen. Sie beginnt zu gehen, läuft und biegt rasch in die nächste Quergasse ein. Dort stellt sie sich sofort in einen Hauseingang und kann Orhan gerade noch erspähen, wie er ihr hinterhergelaufen kommt. Sie sieht, wie er anhält, in die Gasse starrt, den Kopf hebt, so als wittere er, und dann weiterrennt.

Anna bleibt noch eine Weile in dem Hauseingang stehen. Ihr Herz klopft, warum eigentlich? Zu dumm, wie sie sich von Haugsdorff in diese ängstliche Stimmung hat bringen lassen. Und daß sie ausgerechnet vor Orhan davongelaufen ist, ist der Gipfel der Lächerlichkeit. Dabei hätte sie ihn nach seinem neuen Job und nach den Ayverdis fragen können. Irgend etwas wäre dabei schon herausgekommen.

Reiß dich zusammen, Anna! Sie wird jetzt aus dieser Gasse wieder hinausgehen und mit Orhan reden. Entschlossen setzt sie Schritt vor Schritt. Weit kann er noch nicht gekommen sein, auch nicht im Laufschritt. Aber da ist ringsum niemand zu sehen, der auch nur eine entfernte Ähnlichkeit mit Orhan hätte. Ob sie noch einen Blick ins *Istanbul* werfen soll? Vielleicht ist er dorthin zurückgekehrt? Oder lieber doch ins Kino gehen?

Die Lust auf das eine wie auf das andere ist ihr vergangen. Ob sie Jussuf anrufen soll? Aber der hat gewiß schon etwas vor. Und Frantischek ist ihr leider abhanden gekommen.

Also doch nach Hause. Sie beschließt, zu Fuß zu gehen. Drei U-Bahn-Stationen, das ist gar nicht so weit. Die Luft fühlt sich lappig an, und es ist noch so hell, daß sie mit ihrer riesigen Sonnenbrille kein Aufsehen erregt. Gehen, gehen, gehen, das ist es, was sie jetzt möchte, bis das Pflaster ihr unter den Fußsohlen brennt.

»Ich komme mittlerweile ganz gut zurecht.« Samiha trägt ein Sommerkleid und sieht sehr jung aus. »Als mein Mann damals ums Leben gekommen war, stand ich da, wie vom Schlag gerührt, einfältig, unwissend und auf das Leben allein nicht vorbereitet. Dabei hatte ich schon zu seinen Lebzeiten begriffen, daß ich eine Chance hatte.« Sie lächelt hintergründig.

Anna stutzt. Hat sie richtig gehört? Irgendwie stimmen Ton, Gesichtsausdruck und Gesagtes nicht ganz überein.

»Von was für einer Chance redest du?«

Sie haben einander zu duzen begonnen, ohne ein Wort darüber zu verlieren, und Anna kommt öfter zu Samiha herauf. Es gibt Tage, an denen sie nicht zu Hause ist, vorzugsweise an Dienstagen, gelegentlich auch am Freitag, aber das ist ganz normal. Warum sollte Samiha jeden Abend zu Hause sein? Hauptsache, ihre lockere Vereinbarung hält, und Anna muß kein schlechtes Gewissen haben. Samiha hat sie immer wieder vertröstet. »Es gibt noch so viel, was ich dir zeigen muß. Es wäre zu umständlich, das alles mit zu dir hinunter zu nehmen. Ich komme schon noch zu Besuch.«

Anna trinkt von dem Pfirsichsaft, den Samiha ihr aufgewartet hat, und schaut sie erwartungsvoll an.

»Die Chance, mit meinem Leben etwas anzufangen.« Samihas Blick hat noch immer diesen verräterischen Glanz. »Als der heftigste Schmerz vorüber war, wurde mir klar, daß ich, mehr noch als früher, Entscheidungen zu treffen hatte.«

Anna kann sich darunter nicht viel vorstellen, aber die Art, wie Samiha das Wort »Entscheidungen« betont, macht sie neugierig. »Und?«

»Ich hatte mich ursprünglich an der Pädagogischen Akademie eingeschrieben, aber mir war – wie ich bald herausfand – gar nicht mehr nach Unterrichten zumute. Ich begann, mich für Wirtschaft zu interessieren. Für Handel, ja sogar für Management. So nach und nach belegte ich eine Reihe von Kursen, die meinem Interesse entsprachen. Ich wechselte sogar die Hochschule.« Samiha zündet sich eine Zigarette an und bläst den Rauch gegen die Decke. Es ist bereits dämmrig, die Fenster stehen offen und zeigen einen blassen Mond, der sich schmächtig gegen eine Wolke lehnt.

»Es war gar nicht so einfach, meinen Stimmungswechsel vor meinem Mann geheimzuhalten, aber mit einigem Aufwand ging es. Er ahnte ja nichts, und ich war sehr vorsichtig.«
»Du hast nichts zu deinem Mann gesagt?« Anna ist sich nicht sicher, ob sie richtig verstanden hat. »Du hast mir doch erzählt, daß du dein ganzes Leben auf ihn abgestimmt hast, und das kann doch nur bedeuten, daß dein Vertrauen grenzenlos war.«
Samiha raucht und lächelt. »War es auch. Einerseits. Andererseits entdeckte ich tief in mir drinnen den Wunsch, etwas für mich selbst zu haben. Wenn schon kein Kind, mit dem ich tagsüber allein gewesen wäre, dann eben etwas anderes, das mich ausfüllte, während mein Mann nicht bei mir war. Etwas, bei dem ich all meine Intelligenz und meine Kräfte einsetzen könnte und das mich verändern würde, wie auch ein Kind mich verändert hätte, unmerklich für Osman vielleicht, aber nachhaltig.«
Wind ist aufgekommen. Samiha steht auf und schließt das Fenster, dessen dünner Vorhang sich im Luftzug in den Raum gebläht hat.
»Ich weiß nicht, ob du das verstehen kannst, Anna. Ihr hier seid so anders erzogen worden. Aber für mich war es undenkbar, zu meinem Mann zu sagen, ich möchte so etwas Ähnliches werden wie du, mir die nötigen Kenntnisse aneignen, eine Aufgabe übernehmen, aufsteigen, Karriere machen, etwas riskieren. Lange Zeit gestand ich mir selbst nicht ein, daß ich das wirklich wollte. Ich spielte erst nur mit dem Gedanken. Damals wußte ich auch noch nicht, daß ich keine Kinder kriegen konnte. Ich wollte eine Beschäftigung haben, bis mein Mann Kinder für uns plante. Aber in Wirklichkeit war es auch damals schon mehr. So wie ich es jetzt sehe, brauchte ich einen starken Anreiz, eine Art Nervenkitzel. Ich schuf mir ein Geheimnis und entwickelte immer ausgeklügeltere Strategien, es zu wahren. Ich konnte sicher sein, Osman an der Hochschule nicht zu begegnen,

schließlich arbeitete er in seiner Firma. Mehr und länger, als ihm mittlerweile lieb war. Auch war ja die Firma in der Zwischenzeit an den Stadtrand übersiedelt.

Aber das genügte mir nicht als Sicherheit. Ich fing an, mich zu verkleiden. Seit dieser Zeit trage ich immer eine geräumige Tasche bei mir. Im Nahbereich der Uni vermummte ich mich mit Tüchern und längeren Mänteln, und als dann die meisten Türkinnen außer Haus wieder Kopftücher zu tragen begannen, tat ich es ihnen gleich und schützte so meine Unabhängigkeit.

In den Vorlesungen setzte ich mich ziemlich weit hinten hin, natürlich ohne Kopftuch, denn da wäre ein Kopftuch zu auffällig gewesen, und ich hatte keine Lust, mich in Diskussionen über Islamismus verwickeln zu lassen. Es gelang mir, mich derart unauffällig zu benehmen, daß die meisten Mitstudenten und -studentinnen mich schon auf den Gängen nicht mehr wiedererkannten.«

Anna wirft einen ungläubigen Blick auf Samiha, die diesmal im Ohrensessel ihres Vaters sitzt. Gewiß, auffällige Erscheinung ist Samiha keine, dennoch, so wie sie sie kennengelernt hat, ist Samihas Gesicht lebendig und ihr Blick anziehend und warmherzig.

»Ich würde dich immer und überall wiedererkennen, auch wenn du dich noch so sehr hinter Tüchern verbergen würdest«, gibt sich Anna überzeugt und schält ein paar von den Pistazien.

Samiha steht auf. »Ich habe viel Zeit darauf verwendet, und das damals mit eher einfachen Mitteln. Vielleicht sollte ich dir zeigen, was ich damit meine. Wenn du dich einen Augenblick geduldest, führe ich es dir gerne vor.«

Anna greift nach einem der Kalligraphiebücher, die Samiha ihr, gleich nachdem sie gekommen war, hingelegt hat, und blättert darin. Dieses hier kennt sie noch nicht. Darin sind Gegenstände, aber auch Pflanzen, Tiere und erstaunlicherweise Menschen abgebildet, wobei all diese Abbildungen sich offenkundig aus arabischen Schriftzeichen zusammensetzen. Fasziniert beugt Anna sich über das Buch. Die starken schwarzen Linien sind wohl die Buchstaben, die zeichnerische Funktion haben, wohingegen die feineren Linien begleitenden Text bedeuten. Hat sie nicht einmal von einem Tätowierten geträumt, der so ähnlich aussah wie dieser Kopf hier aus Buchstaben?

Anna ist so vertieft in die Zeichen, daß sie es gar nicht bemerkt, als Samiha zurückkommt. Oder ist Samiha absichtlich auf Zehenspitzen gegangen, um sie nicht zu stören?

Als Samiha dann wieder zu sprechen beginnt, um mit der Schilderung ihres Studiums fortzufahren, schaut Anna auf, und es entfährt ihr ein Laut des Erstaunens. Die Frau, die da neben ihr auf dem Sofa sitzt, hat tatsächlich keinerlei Ähnlichkeit mit der Samiha, die sie kennt.

»Verzeih«, sagt sie, und nur die Stimme erinnert an die frühere Samiha, aber Anna ist sich mit einem Mal sicher, daß sie auch die Stimme nach Belieben verändern könnte.

»Ich wollte dich nicht erschrecken. Ich wollte dir nur zeigen, was ich meine, wenn ich sage, ich hätte mich so unauffällig wie möglich verhalten, und dazu gehörte vor allem, nicht immer dieselbe zu sein. Es war sehr wichtig, daß man mich nicht wiedererkannte. Dabei kam mir natürlich auch der Betrieb entgegen. Es drängten sich überall so viele Studenten, daß man leicht in der Menge verschwinden konnte. Heikel wurde es nur bei der Anmeldung für eine Prüfung, oder wenn ich den Nachweis brauchte, daß ich eine Vorlesung auch besucht hatte.«

»Und dein Mann hat von alledem nichts bemerkt?« Anna erscheint die Sache noch immer unglaubwürdig.

Mit ein paar Griffen – Samiha nimmt die Perücke vom Kopf, legt die Brille weg, öffnet die Weste und schüttelt sich ein wenig, wobei sie mit dem Taschentuch über ihr Gesicht fährt, um ein paar der Schminkstriche, die ihre Züge verändert haben, zu verwischen – ist sie wieder die, die Anna kennt. Aber Anna weiß nun, daß Samiha es in der Kunst der Veränderung zu großer Vollkommenheit gebracht hat. Sie muß viel Übung darin haben, hat sie doch für die Vorstellung eben nur ein paar Minuten gebraucht.

»Mein Mann hat hin und wieder gefragt, wie es mir mit meinem Studium gehe, aber in Wirklichkeit hat es ihn nicht interessiert. Für ihn zählte nur die Zeit, in der wir zusammen waren, und daß da alles stimmte und sich seinen Wünschen fügte. Was ich sonst tat, hielt er für bloße Beschäftigung. Seit er hier lebe, sagte er manchmal, sei ihm klar geworden, daß Frauen auch eine Beschäftigung brauchten, Haushalt allein sei da wohl bei all den arbeitsparenden Geräten und Maschinen, die heute zur Verfügung stünden, nicht genug. Solange wir keine Kinder hätten, solle ich daher ruhig irgendeiner Beschäftigung nachgehen.

Ich studierte also, legte auch Prüfungen ab. Das war mit das Schwierigste, denn ich war vor Prüfungen immer sehr aufgeregt, zeigte auch allergische Reaktionen, so daß mein Mann meinte, ich solle wieder damit aufhören, eine Lehrerin sein zu wollen. Im Gegensatz zu meiner Mutter bekomme es mir nicht, wenn sogar mein Körper revoltiere.

Ich mußte mir ständig etwas einfallen lassen. Gleichzeitig wurde es immer wichtiger für mich, eigenes Geld zu haben. Ich zweigte vom Haushaltsgeld einiges ab, aber weit kam ich damit natürlich nicht. Da begann ich Stunden zu geben, in den Fächern, die ich bereits absolviert hatte. Es wurde immer schwieriger, meinen Tagesablauf so zu organisieren, daß ich am Abend auch noch eine Mahlzeit auf den Tisch bringen konnte.

Aber gerade das war es, was mich reizte. Das wundersame Gefühl Abend für Abend, es wieder einmal geschafft zu haben, ohne daß Osman auch nur im entferntesten ahnte, was ich tagsüber alles erledigt hatte. Beinah genausoviel wie er, sagte ich mir. Und dazu habe ich noch die Wohnung saubergemacht.

Obgleich ich zugeben muß, daß ich mit der Hausarbeit immer nachlässiger verfuhr. Manchmal stutzte Osman, wenn er merkte, daß der Korb mit Bügelwäsche schon seit drei Tagen an derselben Stelle und gleich voll geblieben war. Aber er verzieh mir rasch wieder, wenn ich ihm mit großen Augen etwas über die Übungen mit Schulkindern erzählte, an denen ich angeblich teilgenommen hatte. Er war dann der Meinung, daß mir das einmal bei der Erziehung unserer eigenen Kinder zugute kommen würde.

Ich war jung, meine Kräfte schienen unerschöpflich, und ich genoß es, mit einem Mann das Bett zu teilen, der nicht alles von mir wußte.

Als die Organisation meines Lebens immer komplizierter zu werden drohte, begann ich, meinen Mann um einen PC zu bitten. Wo seine Firma doch auch auf deren Vertrieb spezialisiert war. Ich fing langsam damit an, um ihn nicht mißtrauisch zu machen, erzählte ihm, daß einige meiner Kolleginnen an der Pädagogischen Akademie ihre Diplomarbeiten bereits auf einem PC schrieben. Wir hatten keine Schreibmaschine im Haus, und ich versuchte, ihn davon zu überzeugen, daß ein PC, den er mir mit seinem Mitarbeiterrabatt besorgen könne, ihn auch nicht viel teurer als eine Schreibmaschine kommen würde. Das stellte er auch gar nicht in Abrede. Er zeigte sich nur erstaunt, daß ich als Frau mich überhaupt auf einen PC einlassen wollte, wo doch bekannt sei, daß Frauen damit nicht allzuviel im Sinn hätten. Jedenfalls versprach er, sich in der Firma umzutun, es müsse ja wohl für den Anfang nicht das allerneueste Modell sein.

Irgendwie schien er sogar Gefallen an dem Gedanken zu finden, daß ich mich für Computer interessierte, aber er vergaß immer wieder darauf. Ich mußte ihn von Zeit zu Zeit daran erinnern, diskret und so, als handle es sich um ein Spielzeug, an dem meine Laune sich festgemacht hatte. Eines Abends kam er dann mit einem Gerät nach Hause, von dem er behauptete, es könne weit mehr, als ich je damit anstellen würde. Es war an einem Freitag, und da das Wetter naßkalt und trüb war, meinte Osman, er würde sich das Wochenende über Zeit nehmen, mir die Anfangsschritte beizubringen, damit ich zumindest meine Arbeit tippen könne.

Für einen Augenblick wurde die Sache brenzlig, nämlich als er mich bat, die Arbeit zu bringen, damit wir gleich damit anfangen könnten, sie einzugeben. Ich fiel in ein Loch, stotterte herum, aber dann behauptete ich, ich hätte alles bloß notiert und wolle mir die ganzen Sätze erst während der Arbeit am PC einfallen lassen. Osman lächelte, als habe er mich bei einer Mogelei ertappt.

Ich hatte in verschiedenen Kursen längst gelernt, wie man mit einem PC umgeht, wenn auch mit einer anderen Marke, aber was entscheidender war und was nicht alle können: ich war imstande, die Handbücher zu lesen. Vielleicht gerade weil ich Ausländerin war, fiel es mir leichter, die manchmal ziemlich verkorksten Übersetzungen zu verstehen.

Ich mußte mich also an jenem Wochenende dümmer stellen, als ich war, um Osman in dem Glauben zu lassen, ich würde das erste Mal vor einem Computer sitzen. Dennoch hielt er mich für talentiert, wie er zugab, und er sparte auch nicht mit Lob.

An Wochenenden pflegte er einen langen Mittagsschlaf zu halten, und während er auf dem Sofa lag, überflog ich das Manual, um so wenig Zeit wie möglich zu verlieren, schließlich hatte ich den PC ja haben wollen, um mich besser zu organisieren.

Das einzige, womit ich weiterhin vorsichtig sein mußte, waren die eigenen Aufzeichnungen und Berechnungen, die mein anderes Leben betrafen. Ich mußte sie gut genug in dem Gerät verstecken, damit Osman sie nicht zufällig entdeckte, wenn er sich von meinen Fortschritten überzeugen wollte.

Zur besseren Tarnung schrieb ich die bereits publizierte Arbeit eines mir bekannten Pädagogen ab, machte absichtlich ein paar Fehler hinein und ließ sie uncodiert stehen, so daß Osman unweigerlich auf sie stoßen mußte, wenn er das Gerät einschaltete. Und an der Hochschule fragte ich alle mir bekannten Programmierer nach sicheren Codierungsmöglichkeiten, mit deren Hilfe ich mein Treiben am geschicktesten verheimlichen konnte.«

In diesem Augenblick läutete das Telefon im Nebenraum. Samiha stand eilig auf und zog die Tür des anderen Zimmers hinter sich zu. Anna beugte sich wieder über die Schriftbilder, die sie nicht nur an einen Traum erinnerten. Sie wollte Samiha später noch ausführlich dazu befragen.

Wer ist eigentlich Samiha? schießt es Anna mit einem Mal durch den Kopf. Seit sie sie kennt, hat sich das Bild, das sie von ihr hat, schon mehrfach geändert. Wohin würde es noch changieren? Und warum hat Samiha ausgerechnet dieses Buch für sie vorbereitet?

Als Samiha wieder zurückkommt, ist sie ausgehfertig. »Es tut mir wirklich leid, Anna, ja, es ist mir geradezu peinlich, aber ich muß noch einmal weg. Ich habe den ganzen Tag auf diesen Anruf gewartet und schon befürchtet, er würde nicht mehr kommen.«

Anna steht auf und deutet auf das Buch. »Darf ich es mitnehmen, bis zum nächsten Mal?«

Samiha lächelt erfreut. »Aber ja. Übrigens ist dein Gesicht schon viel besser geworden, auch wenn es noch immer ein wenig so aussieht, als hätte jemand seine Handschrift darin zurückgelassen. Der Striemen ist schon gar nicht mehr zu erkennen, nur ein dunkler Schatten erzählt noch seine Geschichte. Hast du gewußt« – sie nimmt das Buch vom Tisch und hält es Anna hin –, »daß die meisten dieser Bilder von Derwischen angefertigt wurden? Von Bektaschi-Derwischen. Die gehören auch zur Welt der Aleviten, sie sind sozusagen der spirituelle Zweig.«

»Und die Ayverdis?« Anna hofft wie immer auf einen Hinweis.

»Gib mir noch ein wenig Zeit« – Samiha kontrolliert ihre Handtasche –, »dann kann ich dir vielleicht mehr sagen.«

Es hat keinen halben Tag gedauert, da ist das neue Arbeitszeitmodell bereits besprochene und besiegelte Sache. Außer Ferdy, dessen Einstellung zur Arbeit noch aus einer anderen Zeit stammt, hat auch niemand Einwand dagegen erhoben. Gearbeitet werden soll je nach Auftragslage, man muß es sich von nun an selbst einteilen. Im Extremfall auch an den Wochenenden. Das kann Anna nicht schrecken, im Gegenteil, sie ist keine Beamtin, wie gut. Und gegen Gründe arbeitstechnischer Art kann auch Haugsdorff sich nicht querlegen.

Nicht nur ihre Arbeitszeit ist mit einem Mal gleitend geworden, auch ihre Verfügbarkeit als Person. Gigi und Bonny werden nicht mehr automatisch Zugriff auf ihre Wochenenden haben. Insgeheim triumphiert Anna geradezu über Bonny, mit der sie lange telefoniert, beziehungsweise Bonny mit ihr. Sie hat sie gegen elf am Abend endlich erreicht, wie sie vorwurfsvoll feststellt. Doch das ganze anstehende Palaver verändert durch Annas Ankündigung, nun auch gelegentlich an Wochenenden zu arbeiten, seine Stoßrichtung. Natürlich übertreibt Anna, denn noch ist vom Wochenende keine Rede gewesen, aber sie würde am liebsten gleich in den Genuß der neuen Regelung kommen.

Bonny erweist sich auf allen Ebenen als Glucke und fängt, sobald sie sich von der Überraschung erholt hat, zu zetern an. Das könne man nur mit einem bunten Haufen von Singles, die keine zwingenden familiären Verpflichtungen hätten, so diktatorisch beschließen. Wäre auch nur eine Mutter oder ein Vater darunter, die ihre Aufgabe ernst nähmen, wäre es zu einer Kampfabstimmung gekommen, dafür lege sie, Bonny, die Hand ins Feuer. Aber Bonny kann sich alterieren, soviel sie will, es ist nicht ihre Angelegenheit.

»Dafür kann ich demnächst mit dir am Vormittag Kaffee trinken gehen, wenn du wieder in die Stadt kommst.«

Das sind Bonnys heilige Stunden. Die Kinder sind im Kindergarten, bis auf Tonio, der um diese Zeit in seinem Wagen schläft, im Sitzen und mit pendelndem Kopf, der von Zeit zu Zeit stabilisiert werden muß. Da kommt Bonny in die Schanigärten am Graben gefahren, läßt sich die Sonne ins Genick scheinen und schaut sich die Leute und ihre Kleider an. Mindestens einmal die Woche tut sie das, nur bei schönem Wetter natürlich.

»Was sagst du dazu?«

Bonny holt tief Luft. »Es geht nicht um mich, wie dir klar sein müßte, es geht um deine Wochenenden. Was meint übrigens Haugsdorff dazu?«

Haugsdorff weiß noch gar nichts von der neuen Regelung. Sie hat nie gedacht, daß auch Beamte so hart im Einsatz sein könnten. Aber das versuchte Attentat auf den Minister sowie die Briefbombe für dessen Tochter scheinen den ganzen Apparat in absolute Hektik gestürzt zu haben. Vielleicht verhandelt Haugsdorff gerade mit einer noch diskreteren, noch potenteren Firma, zu der er kein so persönliches Verhältnis hat, um die Daten der inländischen Szene auf schlüssige Weise aufbereiten zu lassen, wie sie und Jussuf das bei PACIDIUS tun. Sie hat auch schon Jussuf gegenüber eine dahingehende Bemerkung gemacht, doch der schüttelte bloß angewidert den Kopf. »Glaub mir, Chérie, wir sind längst alle miteinander vernetzt, nur sehen können muß man es.«

»Hast du das Haugsdorff auch gesagt?«

Jussuf hat für einen Augenblick seine getönte Brille abgenommen, so als könne er nicht glauben, daß ausgerechnet sie auf diese Idee kommt.

»Ich und etwas sagen? Ich rede prinzipiell nur, wenn ich gefragt werde.«

Jussuf wird doch nicht plötzlich sein Licht unter den Scheffel stellen?

»Und woher auf einmal diese enorme Bescheidenheit?« Anna
mußte die, wie ihr schien, neue Linie doch irgendwie kom-
mentieren.

»Weil ich sicher bin, daß man es mir falsch auslegen würde.
Hast du vergessen, wo ich herkomme?«
Bonny ist wie immer ungehalten, als sie ihr sagt, daß Haugsdorff noch gar nichts davon wisse. Er sei Tag und Nacht
mit den Folgewirkungen des Attentats beschäftigt. Das ist
wenigstens etwas, das Bonny verstehen kann.

»Und? Gibt es endlich einen Anhaltspunkt? Ich meine, das
geht jetzt schon seit Jahren so, und nicht einmal die ersten
beiden Briefbombenserien sind aufgeklärt.« Bonny klingt,
als sei der Innenminister persönlich ihr Rechenschaft
schuldig.

»Eine ganze Kollektion von Anhaltspunkten«, gibt Anna
Haugsdorffs Stoßseufzer weiter, »mehr Anhaltspunkte, als
überhaupt bearbeitet werden können. Nur den Täter hat
man noch nicht.«

»Komisch«, Bonny muß zwischendurch gähnen, »es stehen
doch ein Reihe fähiger Leute zur Verfügung. Oder sehe ich
das falsch?«

»Vielleicht müßte jemand wie du kommen, um die Sache
zum Erfolg zu führen.« Anna weiß, daß Bonny bald auf-
legen wird, und klingt dementsprechend entspannt.

»Ätz nur!« Aus Bonny ist tatsächlich die Luft raus. Kein
Wunder zu dieser nächtlichen Stunde, wo ihr Kleinster
zwischen fünf und sechs schon wieder gefüttert werden muß.
Es dauert auch nicht mehr lange, bis sie das Handtuch wirft
und ohne weitere Umstände gute Nacht sagt.

Es hat sich tatsächlich etwas an den Arbeitszeiten geändert.
Noch ist es nicht vier, und Anna schultert den Riemen ihrer
Tragtasche, um auf den Naschmarkt zu gehen. Ein Augen-
blick seltener Entschlußkraft treibt sie dazu, dem Spuk ein
Ende zu bereiten. Sie wird einen der beiden Brüder nach

Hikmet fragen, so als sei es die natürlichste Sache der Welt. Und Feride Hatun grüßen lassen. »Wo steckt eigentlich Hikmet?« wird sie sagen, und das so unbefangen wie möglich. »Er schuldet mir noch einen Kinobesuch.« Oder etwas Ähnliches. Dann wird sie sich nach Metins Computer erkundigen und vielleicht auch noch Alev erwähnen. Irgendeine Antwort würde sie schon kriegen. Und in Abdals Gesicht kämen Hikmets Züge zum Vorschein, leicht verändert, aber immer noch erkennbar.

Ein warmer Wind stürzt sich durch die Gassen, fährt dann zu den Wolken hoch und treibt sie gegeneinander. Das erste Gewitter des Jahres steht in Aussicht, aber noch regnet es nicht, und der aufgewirbelte Staub ist so trocken, daß er einfach zerstiebt und als feiner Belag wieder auf alles herunterrieselt.

Anna hat sich für die gordische Lösung entschieden. Schluß mit den Andeutungen und Hirngespinsten, sie möchte das, was ist, ertragen lernen. Warum nicht der Tatsache ins Auge schauen, daß Hikmet kein Interesse mehr an ihr hat? Irrtümer dieser Art sind möglich, das ist ihr bekannt. Jetzt aber will sie es genau wissen.

Sie stapft an den Junkies hinter der Technischen Hochschule vorbei, kann es kaum erwarten, bis die Ampeln auf Grün schalten, und beschleunigt ihren Schritt gegen den Wind, der ihre Beine entblößt.

Warum sie das nicht schon lange getan hat? Plötzlich kommt ihr vor, als sei sie an all den Mißverständnissen und Verschwommenheiten selber schuld. Laß Nebel in deinen Kopf, und schon siehst du die Sonne nicht mehr. Hikmet hat sich vielleicht gar nicht in sie, sondern in das Bild, das er sich von ihr gemacht hatte, verliebt. Und als das Bild sich immer mehr in ihr, der wirklichen Person, aufzulösen begann, hat er seinen Irrtum womöglich erkannt und versucht, sich spurlos zurückzuziehen. Vielleicht schämt er sich ja auch für sein Versehen.

Je näher Anna dem Ayverdischen Obst- und Gemüsestand kommt, desto sicherer ist sie sich ihrer Sache. Somit hätte sie eigentlich wieder umkehren können. Aber mit selbstquälerischer Zielgerichtetheit bleibt sie dabei. Vor ihrem inneren Auge kann sie schon die peinlich berührten Mienen der beiden älteren Brüder sehen, die sich wortreiche Ausreden einfallen lassen, warum ihr Jüngster wie vom Erdboden verschluckt ist. Wahrscheinlich reist er »im Auftrag« oder mußte mit Feride Hatun zur Kur. Irgend etwas wird ihnen schon als Erklärung dienen, und sie wird an ihren Gesichtern ablesen können, daß Hikmet sie ins Vertrauen gezogen hat. Irren ist menschlich – und damit ist die Sache auch schon erfaßt. Mein Gott, wer ist sie denn schon? Die Stadt ist voller passabel aussehender junger Mädchen. Daß Haugsdorff sich auf sie kapriziert, liegt an den Geschichten und möglicherweise auch an ihrer Jugend. Haugsdorff ist über fünfzig, und deshalb beeindruckt ihn ein nicht einmal halb so alter Körper. Aber Hikmet?

Der Wind legt eine schärfere Gangart ein. Schon kommt ihr ein Basilikumbusch entgegengeflogen, der sich in seinem Plastiktopf in die Luft erhoben hat. Die Verkäufer stürzen sich auf die Ladentische, räumen ab, halten fest, bringen in Sicherheit. Niemand hat einen Blick für sie.

Als Anna zum Ayverdi-Stand kommt, sind auch da alle um die Bergung der Waren bemüht, bis auf Abdal, der dem Wüten des Windes mit verklärten Blicken folgt, so als erkenne er darin ein besonderes Walten, das ihm, und vor allem ihm, ein wildes Schauspiel bietet.

Die anderen haben alle Hände voll zu tun. Aber keiner von denen ist Metin, keiner ist Ismet. Nicht einmal Orhan ist da. Was soll nun das wieder bedeuten? Zwei Anna vollkommen unbekannte Männer sammeln den Salat und die verschiedenen Obstsorten ein. Und stünde da nicht, völlig selbstvergessen, Abdal, sie würde denken, es habe die Ayverdis allesamt nie gegeben.

»Hikmet«, ruft da der eine der beiden ihr unbekannten Männer, und Anna hält den Atem an. Jetzt muß es geschehen. Jetzt wird sich alles aufklären. Aber nichts passiert, außer daß der Mann Abdal anstößt und noch einmal »Hikmet« und dann »Abdal« ruft und etwas zu ihm auf türkisch sagt, wahrscheinlich, daß er nicht dumm herumstehen, sondern ihm helfen solle.

Nur zögernd taucht Abdal aus seiner Verzückung auf, und als er gerade zu retten versucht, was noch nicht gerettet ist, fällt sein Blick auf Anna. Da geht ein Lächeln in seinem Gesicht auf. Er kommt auf sie zu, Radieschen, Broccoli und die ersten grünen Spargel an sich gedrückt, wie ein seltsamer Heiliger, dessen Nähe nicht nur Menschen und Tiere, sondern auch die Pflanzen suchen.

»Ich habe gewußt, daß der Wind mir jemanden bringt.«

Der andere der Männer packt ihn am Arm und deutet auf das kleine Häuschen hinter dem Stand. Abdal gerät in Verwirrung, ja geradezu aus dem Gleichgewicht, weiß nicht, wie zwei Dinge auf einmal tun, aber auch Anna deutet ihm, daß er das Gemüse hineintragen soll, worauf er sich, glücklich über die Lösung, sogleich daranmacht.

Regen hängt in der Luft und wird jeden Moment seinen Weg zur Erde finden, aber anstatt irgendwo Schutz zu suchen, bleibt Anna inmitten der eilig das Weite suchenden Menschen stehen wie festgenagelt. Die Männer halten sich bereits ihre Aktentaschen über den Kopf, während Frauen ihre Knirpse aufschnellen lassen oder in ihren Einkaufstaschen nach Kopftüchern wühlen.

Als die ersten Tropfen auf das Pflaster klatschen, empfindet Anna so etwas wie Erleichterung. Soll sie ruhig naß werden. Wieder einmal ist es nicht so gekommen, wie sie es erwartet hat. Was liegt schon daran?

Plötzlich steht Abdal neben ihr und nimmt sie am Arm.

»Kommen Sie herein, Sie werden sonst ganz naß.«

Anna schüttelt den Kopf, aber Abdal zieht sie mit sich,

schiebt sie in den trockenen Raum, in dem sie schon einmal mit Hikmet gewesen ist.

»Das sind meine Brüder Nusret und Sinan«, sagt Abdal. Die beiden Männer schütteln ihr freundlich die Hand. »Hikmet«, sagt der eine, der ihr als Sinan vorgestellt wurde, »kennt wirklich die hübschesten Mädchen.« Und der andere, Nusret, meint: »Ich frage mich, wie er das macht.« Dabei boxt er Abdal leicht in die Seite.

Diesmal ist Tee im Samowar, und Nusret reicht ihr sogleich ein Glas. »Damit Sie sich nicht erkälten. Ihr Haar ist ja ganz naß geworden.«

Anna trinkt still ihren Tee, während nun der Regen in dicken Striemen auf die Erde zischt und dort hochschnellende Blasen bildet, die sich in den entstehenden Pfützen gleich wieder auflösen.

Anna ist klar, daß es sinnlos ist, auch noch nach Hikmet zu fragen, nach dem Hikmet, den sie gekannt hat. Sollte es ihn je wirklich gegeben haben, dann hat sich seine Spur so gründlich verloren, daß es nicht mehr an ihr liegen kann, sie wiederzufinden.

Abdal schenkt Anna Tee nach. Die Brüder fragen dies und das. Sie erzählt von ihrer Arbeit, natürlich nicht von PACIDIUS, und das Geplauder ähnelt verblüffend dem damaligen mit Metin und Ismet.

Dann erschöpft sich der Regen so rasch, wie er begonnen hat. »Ein Wolkenbruch!« Anna lächelt ein wenig zag, greift nach ihren Haaren, die sich, wie immer, wenn sie naß geworden sind, um ihre Finger ringeln, und läßt sich, bevor sie geht, ein paar Kirschen einpacken, für die keiner der Brüder Geld nehmen will.

»Zur Erinnerung an uns«, verbeugt sich Nusret, der der Ältere zu sein scheint. »Besuchen Sie uns bald wieder«, fügt Sinan hinzu, »auch wenn es nicht regnet«.

Abdal vermeidet ihren Blick, das ist das einzige, was sie nicht vollkommen an ihrer Erinnerung zweifeln läßt. Als sie schließlich geht, begleitet er sie ein Stück. Seine Nähe bedeutet noch immer körperliches Wohlbehagen, so als ginge von seiner Haut immer noch jene belebende Wärme aus. Am Ende des Marktes bleiben sie stehen. »In jedem Herz schläft ein Löwe.« Abdal tritt von einem Fuß auf den anderen. »Ich habe den Ihren brüllen hören.«

Anna kämpft mit den Tränen. »Warum bringen Sie ihn dann nicht zum Schweigen?«

Abdal legt den Finger auf den Mund, dann dreht er sich um und watet durch die Pfützen zurück, daß das Wasser nur so aus seinen Sandalen schießt.

»Hast du dir je den originalen Wortlaut eines Aufenthaltsverbots angesehen?« Jussuf kann wieder beide Hände gebrauchen, obgleich die getretene noch eine leichte Verfärbung aufweist, ebenso wie Annas Auge. Auf Jussufs Schreibtisch liegt ein kleiner Stapel kopierter Bescheide, und Anna zieht den erstbesten heraus.

Aufenthaltsverbot: Gemäß § 18 Abs. 1 in Verbindung mit Abs. 2 Ziffer 7 des Fremdengesetzes, BGBl. Nr. 838/1992 (FrG), wird gegen Sie ein gemäß § 21 Abs. 1 FrG für die Dauer von fünf Jahren befristetes Aufenthaltsverbot erlassen.

Begründung: Die Behörde ist daher der Ansicht, daß aufgrund der Tatsache, daß Sie die Mittel für Ihren Unterhalt nicht nachweisen können, die Erlassung eines Aufenthaltsverbots zum Schutze des wirtschaftlichen Wohls der Republik Österreich sowie zur Verhinderung eventueller strafbarer Handlungen geboten erscheint. Diese öffentlichen Interessen, bzw. die nachteiligen Folgen einer Abstandnahme vom Aufenthaltsverbot wiegen unverhältnismäßig schwerer als die Auswirkungen eines Aufenthaltsverbotes auf Ihre Lebenssituation. Es war daher spruchgemäß zu entscheiden.

Der Ersatz der Kosten ist im zitierten Gesetz zwingend angeordnet.

Anna muß den Text mehrmals lesen, um zu begreifen, was auf diesen Wortstelzen befördert werden soll.

»Oder hier«, Jussuf hält ihr ein anderes Blatt hin, »die Abweisung einer Berufung des Afghanen XY., der, weil er für die Kommunisten gearbeitet hatte und dann aus der Gefangenschaft der Mudjaheddin geflüchtet war, zur Verfolgung ausgeschrieben wurde.«

Anna liest laut, um sich das Mehrfachlesen zu ersparen:

Ihre Berufung gegen den Bescheid des Bundesasylamtes wird gemäß § 66 Abs. 4 des Allgemeinen Verwaltungsverfahrensgesetzes (AVG), BGBl. Nr. 51/1991, i.d.g.F. abgewiesen.

Begründung: Bestätigt wird die erkennende Behörde in dieser Ansicht auch dadurch, daß Sie trotz behaupteter ›Bedrohungen‹ seit dem Jahr 1992 noch bis 1995 im angeblichen Verfolgerstaat geblieben sind, ohne dabei konkreter, die Intensität einer asylrechtlich relevanten Verfolgung erreichenden Unbill seitens Ihres Heimatstaates bzw. der Mudjaheddin ausgesetzt gewesen zu sein. Ihre Angaben, wonach Sie sich vier Jahre lang ausschließlich versteckt gehalten hätten, sind absolut unglaubwürdig und ist schon aufgrund des angesprochenen Zeitraumes davon auszugehen, daß Sie unbehelligt leben konnten. Auch hätten Sie im Falle einer Bedrohung, die Ihr Leben in Afghanistan unerträglich gemacht hätte, wohl bereits einen früheren Ausreisezeitpunkt in Betracht gezogen.

»Oder hier«, Jussuf zieht noch ein Papier aus dem Stapel, »aus dem negativen Bescheid des Bundesasylamtes für eine Frau aus Afghanistan.« Er liest selber vor:

Zu Ihren Ausführungen, in denen Sie behaupten, Anfang 1993 sei Ihre Mutter an den Folgen von Mißhandlungen der Mudjaheddin verstorben und Ihre damals fünfjährige Tochter sei entführt und umgebracht worden, ist anzumerken, daß diese schlimmen Ereignisse zuvorderst Ihre Mutter und Ihre Tochter betroffen haben. Daß auch Sie höchstpersön-

*lich hiervon berührt worden und noch berührt sind, wird
von der erkennenden Behörde voll respektiert. Diese Ereignisse gehen aber auf Anfang 1993 zurück und sind von der
Behörde auch dementsprechend zu werten. Abgesehen von
der zeitlichen Komponente können als asylbegründend nur
solche Maßnahmen eines Staates angesehen werden, von
denen der Asylwerber selbst betroffen war und nicht etwa
seine Angehörigen.*

»Woher hast du das alles?« Anna wühlt in den aufgehäuften
Kryptogrammen. »Die ›erkennende Behörde‹ benutzt in-
tensiv das Stilmittel der Verfremdung.«

Jussuf legt die Papiere wieder aufeinander. »Wie du vielleicht weißt, bedienen sich die Kopfarbeiter der Asylbehörde
auch gelegentlich der handlich aufbereiteten Daten von
Pacidius, und da wollte ich einmal sehen, was die Amts-
organe so damit treiben.«

»Sag bloß, du hast dich mit denen gemein gemacht.« Anna
zweifelt bereits an allem.

»Da sei Allah persönlich vor!« Jussuf poliert mit dem Radier-
gummi am Ende des Bleistifts seine Fingernägel. »Um die
habe ich immer einen Bogen gemacht. Ich bin zwar mittlerweile im Besitz eines österreichischen Passes, aber wenn ich
einen von der Fremdenpolizei oder vom Asylamt sehe,
wechsle ich nach Möglichkeit die Straßenseite.«

»Wo hast du die Sachen dann her?«

»Ich habe die Freunde von Amnesty besucht.«

»Einfach so?«

»Einfach so und weil ich mir etwas für Shi Tschen einfallen
lassen muß.«

»Wieso für Shi Tschen? Ich dachte, der ist Student.«

»War er auch. Aber seine Aufenthaltsgenehmigung läuft
demnächst ab. Heiraten kann ich ihn nicht, und er hat keinen Job. Außer daß er für mich kocht.« Jussuf versucht zu
lächeln, nicht gerade überzeugend.

»Kann er das nicht auch für andere Leute tun? Wenigstens

vorübergehend? Alle Chinesen, die ich kenne, arbeiten in irgendwelchen Restaurants.«

»Daran habe ich auch schon gedacht. Es ist nur so, daß dissidente Chinesen bei der Kolonie nicht beliebt sind. Die Kolonie hat beste Beziehungen zum Mutterland und möchte es sich mit diesem auch nicht verderben. Unter Chinesen spricht sich alles sofort herum. Es ist also niemand daran interessiert, Shi Tschen in seinem Restaurant kochen zu lassen.«

»Und wie dissident ist Shi Tschen überhaupt?«

»Siehst du, genau das würden die vom Asylamt auch sofort fragen. Also, er hat ein paar Gedichte veröffentlicht, für die man ihn in seiner Heimat mit an Sicherheit grenzender Wahrscheinlichkeit einsperren würde. Aber versuch das zu beweisen, solange man ihn deshalb noch nicht eingesperrt hat.«

»Wenn das, was hier liegt, die Norm ist, hat er tatsächlich keine Chance.«

Jussuf kratzt sich ausführlich an seinem verfärbten Handrücken. »Es ist die Norm. Also muß ich mir etwas ausdenken. Jetzt, wo Shi Tschen singen lernt, nimmt man ihn vielleicht am Theater.«

»Darf er denn arbeiten? Bekommt er überhaupt eine Arbeitsbewilligung, wenn er darum ansucht? Vor kurzem erst habe ich irgendwo gelesen, daß von den achthunderttausend Ausländern, die im Land leben, nur an die zweihundertsechzigtausend einer geregelten Arbeit nachgehen, was meist soviel heißt wie nachgehen dürfen.«

Jussuf zieht die Brauen über dem Rand seiner randlosen Brille. »So ist das, Chérie, und sogar du hast es wahrgenommen.«

Anna errötet. Hat sie in einem Kokon gelebt? Oder ist es sie bloß nichts angegangen? Aber wer interessiert sich schon wirklich für etwas, was ihn nicht unmittelbar betrifft?

»Wie war das bei dir? Bist du nicht auch als Flüchtling gekommen?« Natürlich hat sie mit Jussuf schon öfter über die Zeit davor gesprochen, wenn auch nie besonders ausführlich. Warum auch? Jussuf hat das alles längst hinter sich, und sie arbeiten zusammen.

»Als anerkannter Flüchtling, und das noch im Goldenen Zeitalter des Asyls. Abgesehen davon, daß man zu helfen bereit war, hat dieses Land sich damals auch noch vorstellen können, von der Intelligenz fremder Menschen zu profitieren. Daher hat man sie nach einer gewissen Zeit klaglos eingemeindet. Das hat bei vielen eine Art Loyalität erzeugt, die mich an mir selbst noch manchmal überrascht. Und wie du weißt, überrascht mich ansonsten kaum etwas. Inzwischen haben sich die Zeiten und die Verhältnisse geändert. Nicht nur in diesem Land, in ganz Europa. Darauf wird man sich einstellen müssen, findig, großherzig und verschwiegen.«

»Und was verstehst du darunter?« Anna fragt nicht, weil sie sich eine umfassende, strategisch durchdachte Antwort erwartet, sie möchte nur wissen, ob Jussuf sich überhaupt etwas dazu vorstellen kann.

»Geniale Lösungen, Chérie, eine Reihe von genialen Lösungen. Dem Erfindungsreichtum des menschlichen Gehirns sind keinerlei Grenzen gesetzt. Erst recht nicht, wenn es darum geht, seine Haut zu retten. Was glaubst du, warum manche Völker oder Gruppen überhaupt überlebt haben? Weil sie ihren Kopf als Werkzeug benutzten, nicht bloß ihre Lenden.

Nimm diese anatolischen Aleviten. Ihre Überlebenskunst bestand darin, sich im entscheidenden Moment aus dem Gesichtsfeld der anderen zurückzuziehen. Und dabei Strukturen des Zusammenhalts zu entwickeln, die meines Erachtens einmalig sind. Zum Beispiel eine Art Wahlverwandtschaft, die zwei Paare miteinander eingehen konnten und die verbindlicher als leibliches Geschwistertum war. Zwei Männer und zwei Frauen, die durch gegenseitiges Gelöbnis zu jeder menschenmöglichen Hilfe füreinander verpflichtet wurden. ›Wenn vier Herzen eins werden – wird der Berg über den Berg gezogen‹, was soviel heißt wie, daß es für sie dann kein Hindernis mehr gibt. Zu anderen Zeiten, wenn die Not unausweichlich war und sie nichts mehr zu verlieren hatten, waren sie auch äußerst kämpferisch.

In den Epochen aber, in denen sie ihre gesellschaftlichen Ansprüche nicht durch Kämpfe einfordern konnten, zogen sie den Kopf ein und übten die Fertigkeit, im Verborgenen zu überdauern. Und dabei ihren Riten treu zu bleiben, die ihnen von der Mehrheit der Sunniten Verachtung und Verfolgung eintrugen.

Und daß sich diese Aleviten gerade jetzt in der Öffentlichkeit bekennen, wundert mich gar nicht mehr. Sie sind besser für das nächste Jahrtausend gerüstet als diejenigen, die sie immer verhöhnt haben. Denn sie besitzen die Tugend der Beweglichkeit, im Denken wie im Handeln. Sie haben ein langes Gedächtnis, das sie vorsichtig und selbstkritisch bleiben ließ. Und weder ein Gott noch eine Nation, sondern gerade dieses lange Gedächtnis ist es, das sie aneinander bindet. Ihre Solidarität ist eine menschliche, die aus dem Bewußtsein unendlich vieler Niederlagen stammt.« Jussuf wischt sich mit dem Taschentuch die Stirn, er ist seiner Rolle als Lehrmeister wieder einmal gerecht geworden.

»Und die Ayverdis?« Anna hat geistesgegenwärtig gefragt, und Jussuf antwortet geistesgegenwärtig.

»Es wird dir nicht gelingen, mich zu überrumpeln. Sobald ich genau weiß, wo dein Hikmet oder wie der Bengel in Wirklichkeit heißt, geblieben ist, sage ich es dir. Aber keinen Augenblick früher. Vermutungen führen zu nichts, Spekulationen locken in die falsche Richtung, und Gerüchte fordern zu unüberlegten Handlungen heraus. Seit ich kapiert habe, daß du auch auf eigene Faust versuchst, ihn zu finden – falls du ihn dir nicht ohnehin nur zusammengeträumt hast –, bin ich vorsichtig geworden. Ich kenne nämlich so etwas wie Verantwortung und weiß, daß junge

Frauen wie du, die an plötzlicher Gefühlsintensivierung leiden, jede mühsam aufgebaute Tarnung aus den lustvollsten Gründen zerstören können.«

»Jussuf, laß es gut sein!« Anna hat den Vorwurf herausgehört und weiß nicht, wie sie sich wehren soll.

»So ist es, Chérie, und nun kein Wort mehr darüber.« Bevor Anna noch in Tränen ausbrechen kann, setzt Jussuf sein altes Groucho-Grinsen auf und klopft ihr den Rücken. »Du kennst mich doch. Also mach dir nichts draus!«

»Ich verstehe noch immer nicht, was du meinst. Bin ich am Ende das Monster, das alle anderen ins Unglück treibt?«

»Vielleicht.« Jussuf grinst so gestochen wie in einem Schwarzweißfilm. »Vielleicht auch nicht. Wer soll das so genau wissen? Frauen haben schon immer die Welt in Unordnung gebracht, und das von ihrem Uranfang an. Nie davon gehört?«

Anna fühlt sich, als sei sie geschlagen worden. Es ist die deutlichste Warnung, die Jussuf ihr je hat zukommen lassen. Warum bloß? Er könnte doch auch anders mit ihr reden, anstatt immer nur Vertrauen einzufordern, ihr ganz persönliches Vertrauen.

»Du hältst mich wohl für eine Idiotin.« Annas Stimme klingt, als käme sie aus einer Aufbahrungshalle.

»Anna, du Sonne unter den Rotköpfen, ich halte dich keineswegs für eine Idiotin, im Gegenteil, was die Dinge nicht immer besser macht. Denn sobald du in unvertrauten Zusammenhängen herumzutappen beginnst, ruinierst du mehr, als du je herausfinden kannst, ist doch logisch? Geduld ist die Tugend der Derwische. Glaub mir, ich arbeite an deiner Sehnsucht, fummle mir also nicht andauernd dazwischen.«

»Du wolltest mich mit einigen deiner Weisheiten vertraut machen. Aber wie es aussieht, suchst du nur nach Vorwänden, mich von dem, was ich herausfinden will, fernzuhalten.«

»Nicht, wenn du mir wirklich zuhörst. Worüber du nachdenken sollst, ist die Art des Lernens, nicht die Ergebnisse. Die ergeben sich, wie das Wort schon sagt, von selbst, wenn man den richtigen Blickwinkel gefunden hat. Amen. Und jetzt habe ich zu tun.«

Anna verläßt Jussufs Einzelbüro und schleppt sich bleiern an ihren Platz zurück. In der E-Mail ist ein Brief von Frantischek. »Anna, Du unvergleichlicher Höhepunkt der ostmitteleuropäischen Weiblichkeit, Frankfurt ist absolut fad! Ich getrau mich, das zu behaupten. Zumindest bis jetzt. Arbeitsmäßig bin ich voll eingeteilt, aber noch habe ich meinen Plafond nicht erreicht.

Meine Mutter nervt mich bis zum Gehtnichtmehr, sie souffliert irgendein modernes Stück, das sie nicht versteht, und will dauernd, daß ich es ihr erkläre.

Ich bin in einer reinen Männerabteilung, die meisten kauen Nägel oder stochern in ihren Zähnen herum. Wie lange ich das alles schon hinter mir gelassen habe! Aber wenn Frankfurt weiterhin so absolut langweilig bleibt, fange ich vielleicht wieder damit an. Zumindest mit dem Nägelkauen.

Mit einem Wort, Du fehlst mir, ich träume Tag und Nacht von Dir, von euch. Sogar die Chefin ist schon einmal vorgekommen, wenn auch nur in einem Nachttraum, logo. Vielleicht habe ich bloß noch nicht die richtige Disco gefunden. Meine Mutter will mit mir hingehen. Sie hat zur Zeit keinen Freund, darum kommt sie auf so blödsinnige Ideen. Ich werde Dschibril sagen, daß er euch alle hierherholen soll. Vor allem Dich und den alten Jussuf. Dann könnten wir wieder gemeinsam ins Kino gehen. Wart Ihr schon in DER GLÖCKNER VON NOTRE DAME? Schickt mir ein paar Wortspenden und laßt mich nicht geistig vertrocknen! Ich flehe euch an, löscht mich nicht! Euer Frantischek.«

»Der Arme«, sagt Anna zu Teresa und liest ihr Frantischeks Wüstenruf vor. »Er hat sich vom Aufsteigen etwas erwartet, das er anscheinend in Frankfurt nicht findet.«

»Pubertäre Geschichten«, fegt Teresa die Sache vom Tisch, »sobald er sich richtig eingelebt hat, wird er uns wunder was über Frankfurt vorflunkern.«

Seit sie sich auf gleitende Arbeitszeit geeinigt haben, arbeiten Ivo und Teresa nicht mehr zur selben Zeit, das heißt, nur einige ihrer Stunden überlappen sich. »Paarhygiene« nennt Teresa das. »Damit wir nicht Tag und Nacht aneinander kleben. Das streßt.« Vor drei Wochen wäre ihr ein Satz wie dieser noch nicht über die Lippen gekommen.

»Und die Wohnungsgeschichte?« Anna fragt eher aus Höflichkeit. Teresa hat seit Tagen nicht mehr davon gesprochen.

»Wenn ich hier fertig bin, gehe ich mir die Wohnung von neulich, du weißt schon, die aus der Zeitung, anschauen. Kommst du mit?«

Eigentlich möchte Anna wieder einmal in das Café bei ihr zu Hause, auch wenn sie sicher ist, daß es zu nichts führen wird. Also kann sie gleich mit Teresa gehen.

»Bitte, komm mit! Du hast einen Blick für Gewährsmängel. Ich fühle mich bei so etwas immer überfordert.«

»Und Ivo?«

»Ivo sagt, es sei ihm egal. Es ist meine Wohnung, also liegt die Entscheidung bei mir.«

»Und wann? Ich meine, wie lange hast du noch vor zu arbeiten?«

»Sagen wir in einer Stunde?«

Anna wendet sich ihrer Arbeit zu. Die Daten, die sie zur Zeit aufbereitet, sind die exilierter Serben und ihrer Organisationen. Ihr Bewußtsein hat sich mittlerweile nicht nur erweitert, sondern auch geschärft. So etwas wie eine innere Geographie ist in ihrem Kopf entstanden. Sie hat nicht nur ein besonderes Zahlen-, sondern auch ein gutes räumliches Gedächtnis, das mit geographischen Darstellungen arbeitet. Je länger sie an dem Serbenblock werkt, desto deutbarer wird die Zeichnung in ihrem Kopf mit all den Verbindungslinien, Verdickungen und Ausdünnungen. Wenn sie eine Adresse liest, kann sie bereits sagen, ob die zu einer Konglomeration gehört oder in verbindungsfreiem Gebiet liegt. Noch deutlicher läßt sich das bei Lokalen feststellen. Ob sie von der Zielgruppe frequentiert werden oder nicht. Ob sie in den Rang von Treffpunkten erhoben werden können oder bloß zu gelegentlichem Gedankenaustausch in privatem Rahmen dienen. Vereinslokale sind ohnehin von Haus aus als solche gekennzeichnet, so wie Geschäfte und Restaurants, die Exilierte zu Besitzern haben.

Auch Ivo ist erfaßt, in der Gruppe der speziell Ausgebildeten, was eigens vermerkt wird. Intellektuelle, Akademiker, Computerfachleute. Wenn das Blatt sich wendet, könnten sie in ihren Ländern die neuen Bürgermeister, Minister, Präsidenten werden. Es kann also nicht schaden, Material über sie zu haben, daher sind sie gesondert im Auge zu behalten.

Es juckt Anna in den Fingern, Teresa die Eintragung zu zeigen, sie darf es nur nicht und will deswegen auch nichts riskieren. Wer weiß, wäre Teresa überhaupt gedient damit. Die arbeitet wieder einmal an der Auswertung von Strafmandaten. Und Ivo selbst? Entweder hat er sich die Daten längst einverleibt, was gefährlich wäre, falls er dabei Spuren hinterlassen hätte, oder es interessiert ihn ohnehin nicht.

Vielleicht aber wird auch Teresa demnächst an PACIDIUS arbeiten. Alles deutet darauf hin, daß das Datennetz, das über die Gegenwart gestülpt ist, in Zukunft noch engmaschiger geknüpft werden soll, und dazu braucht es laut Haugsdorff weitere Mitarbeiter. Noch ist Frantischek nicht ersetzt worden, aber das ist nur eine Frage der Zeit.

Neben Ivos Namen steht nicht mehr an Kommentar als: geboren wo, eingereist wann, wohnhaft bei wem und die Adresse. Noch ist da kein Zeichen für Alkoholprobleme zu sehen oder für politische Ausrichtung, außer eben, daß er desertiert ist. Zumindest keines, das Anna als solches entziffern könnte, aber sie kann sich vorstellen, daß Zeichen dieser Art demnächst bereits in der Geschäftszahl der Aufenthaltsbewilligung codiert sind.

Ivo ist übrigens trocken geblieben, bis jetzt. Schon allein dadurch hat Teresa Anspruch auf einen Teil seines materiellen Vorhandenseins. Aufgrund der ihr eigenen Ausdauer und ihres Beharrungsvermögens. Ob Ivo es ihr jemals danken wird? Jedenfalls kann Anna eines für Teresa tun, nämlich die in Aussicht stehende Wohnung nach dem Koordinatensystem in ihrem Kopf überprüfen. Wenn zu viele Serben in dieser Gegend leben, wird sie ihr abraten. Teresa hat ein Recht auf ein bißchen mehr Ruhe.

Diesmal setzen sie sich zum Eisessen gar nicht erst hin, sondern lecken es gleich aus der Tüte. Anna und Teresa schlendern am äußeren Rand des Naschmarkts entlang, von wo aus der Ayverdi-Stand gar nicht zu sehen ist, die Linke Wienzeile stadtauswärts und biegen dann ab, steigen eine der Straßen Richtung Mariahilf empor und suchen Quergassen und Hausnummern ab.

»Kalt«, Anna wiederholt das mehrmals und sagt bald darauf »warm« und dann »wärmer«.

Sie hat noch im Büro einen Blick auf den Stadtplan geworfen und sich die Adresse eingeprägt. »Eine gute Gegend«, hat sie Teresa aufmunternd zugeredet, auch wenn die »Gegend« nicht unbedingt einladend aussieht. Aber Anna hat andere Kriterien. Sie ist, für Teresa, an einer Ausdünnung bezüglich Exilserben interessiert. Wenn sie sich auf ihren Kopf verlassen kann, dann trifft diese Ausdünnung hier zu. Und sie kann sich so gut wie immer auf ihren Kopf als passablen Datenspeicher verlassen.

»Warm, wärmer«, Anna treibt das Spiel immer weiter und schließt dabei die Augen mit dem Gesichtsausdruck eines Mediums, dessen Mund demnächst den Astralleib des angekündigten Geistes aushauchen wird.

Sie sind beinah da. Anna muß nur noch »heiß« sagen, doch quält sie schon die ganze Zeit über eine andere Erinnerung. Muß nicht auch das Haus, in dem sie mit Hikmet Feride Hatun besucht hat, in der Nähe sein? Sie hat damals, als sie mit den Brüdern gekommen ist, weder auf den Straßennamen noch auf die Hausnummer geachtet, was sie schon öfter bedauert hat, aber nun, da sie mit Teresa auf der Suche nach einem bestimmten Haus hier entlanggeht, ist ihr, als sei sie vor nicht allzu langer Zeit vorbeigekommen. Doch, doch, und als sie in die genannte Gasse einbiegen, ist alles klar. Das Haus, in dem die Ayverdis wohnen, ist das Eckhaus links; das, in dem sich die Wohnung befindet, die sie anschauen wollen, ist das Eckhaus rechts. Knapper hätten die beiden Häuser kaum nebeneinanderliegen können.

»Kochend heiß«, Anna versteift sich innerlich zusehends. Sie bleiben vor dem Portal des Hauses stehen, um sich noch einmal der Nummer aus der Zeitung zu vergewissern. Aber nicht genug mit dieser Art von Überraschung, die nächste ist bereits unterwegs, nämlich Haugsdorff, der gerade die Gasse überquert.

Teresa wird später behaupten, daß sie der Wechsel zwischen Erstaunen, Mißtrauen und schlichtem Wiedererkennen in den Augen des Ministerialrats, aber auch in ihren, Annas, so erheitert habe wie schon lange nichts mehr, allerdings nur bis zu dem Punkt, an dem klar war, daß Anna nicht, wie ausgemacht, mit ihr in die Wohnung hinaufkommen, sondern mit Haugsdorff weggehen würde. Der sei überhaupt der Gewitzteste von allen, indem er mit einem Mal so tat, als habe er sie hier erwartet und müsse nun auf der Stelle mit Anna sprechen. Was sei ihr, Teresa, da noch anderes übriggeblieben, als sich allein zur Begutachtung aufzumachen. Na ja, wenigstens nicht vergebens, denn die Wohnung habe sich als Glücksfall erwiesen.

»Was tust du hier?« Anna und Haugsdorff gehen jetzt nebeneinander in Richtung Innenstadt.

»Das wollte ich gerade dich fragen.«

Anna plappert sofort darauflos, daß sie Teresa begleitet habe, die sich in dieser Gegend eine Wohnung anschauen will, was der Wahrheit entspricht, aber deshalb auch nicht viel glaubwürdiger klingt. Sie kann das sogar selbst hören. Es gilt daher, um so nachdrücklicher auf Haugsdorffs Antwort zu bestehen.

»Und du, sag endlich!«

Haugsdorff greift nach ihrem Arm. Wieder einmal kündigt sich einer jener frühsommerlichen Schauer an. »Rasch, wir setzen uns irgendwo hinein, bevor wir klatschnaß werden.« Anna kommt gar nicht dazu, etwas dagegen zu sagen. Der erste dicke Tropfen ist auf ihrer Stirn zerplatzt, obgleich der Himmel noch mit blauen Flecken übersät ist.

»Ins nächstbeste Lokal.« Und schon steigen sie Treppen hinunter in eine Art Bar mit Musik und vorgetäuschter Verruchtheit. Noch sind sie die einzigen Gäste. Sie setzen sich an einen der kleineren Tische in einer Nische, klein genug, daß sich auch bei Überfüllung des Lokals niemand zu ihnen setzen kann.

»Einen Bourbon, bitte, mit Soda extra, und für die Dame einen Campari!« Campari ist eine Form von Alkohol, die selbst Anna trinken kann, auch wenn sie lange dazu braucht.

»Jetzt erzähl endlich, was du in dieser Gegend gewollt hast.« Anna stützt den Kopf in die Hände und fixiert Haugsdorff über ihren Strohhalm hinweg.

»Ich habe eine Dame besucht.« Haugsdorff spielt den Koketten.

»Was du nicht sagst.« Annas Ton nähert sich dem eines Inquisitors. Wie leicht er ihr fällt, seit sie das Gefühl hat, Haugsdorff bei etwas ertappt zu haben, von dem er ihr gewiß nichts erzählt hätte.

Haugsdorff nimmt einen Schluck. »Ich habe tatsächlich eine Frau besucht, eine ältere türkische Dame, deren Mann vor einigen Jahren erschossen worden ist. Aus unseren Akten ging nicht genau hervor, warum und in welchem Zusammenhang. Es schien nicht einmal sicher zu sein, daß es sich tatsächlich um Mord gehandelt hat oder nur um Totschlag infolge eines Mißverständnisses. Also besuchte ich sie, um etwas über die Hintergründe zu erfahren. Es gibt da nämlich versteckte Parallelen.«

»Du hast sie verhört? Ihr die Daumenschrauben angesetzt und sie womöglich mit Aufenthaltsverbot bedroht?«

Haugsdorff lächelt irritiert. »Sag bloß, du kennst den Fall?«

»Was für einen Fall? Ich weiß nicht einmal, bei wem du warst und wie diese Leute heißen. Also hast du sie bedroht oder nicht?«

»Ich bin doch kein Polizist. Methoden dieser Art habe ich nicht nötig, verstehst du?!« Haugsdorff ist mit einem Mal ganz Ministerialrat.

»Wieso gehst du dann überhaupt hin?«

Haugsdorff ändert seinen Gesichtsausdruck und lehnt sich ein wenig zurück. »Manchmal habe ich das Bedürfnis, hinter all den Daten auch noch Gesichter zu sehen. Ich gehöre zu einer anderen Generation, Liebes. Mich erfüllen Computer noch immer mit einem gewissen Mißtrauen. Ich bin nicht gemacht für diese permanenten Abstraktionen. Gelegentlich muß ich mir hinter all dem Gespeicherten auch noch einen Menschen vorstellen können. Und in Fällen, in denen die Beamten meiner Abteilung mit ihren Ermittlungen nicht zu Rande kommen, mache ich etwas vollkommen Antiquiertes, ich besuche die Leute.«

Anna kann es nicht glauben. Zeigt Haugsdorff sein menschliches Antlitz, oder ist es bloß eine Finte, sie in die Falle zu locken? Er muß gemerkt haben, daß sie etwas weiß. Weiß er mehr? Sie hört ihm nicht ohne Spannung zu, wenn er so von seiner beruflichen Seite redet, die er ansonsten peinlichst von seinem Privatleben zu trennen wünscht. Aber was bedeutet der plötzliche Umschwung? Oder ist ihr etwas entgangen an ihm?

»Was hast du also getan, um aus ihr herauszuquetschen, was du wissen wolltest? Ihr geschmeichelt? Sie hofiert? Ihren Kaffee gelobt?«

»Sei nicht kindisch, Anna. Wir hatten ein freundliches und unterhaltsames Gespräch miteinander. Ich wußte gar nicht, daß türkische Damen dieses Alters so charmant sein können.«

Für Anna besteht nicht mehr der geringste Zweifel, bei wem Haugsdorff Besuch gemacht hat. Feride Hatun muß sich von ihrer besten Seite gezeigt haben.

»Du hast also mit ihr geflirtet, gib es zu.« Anna zögert ihre Frage, die einzige, die sie wirklich interessiert, noch hinaus. Sie darf jetzt nichts überstürzen. Haugsdorff ist zwar nicht Jussuf, aber möglicherweise reagiert er noch viel zurückhaltender. Sie muß lernen, eine Gelegenheit nicht nur zu erkennen, sondern auch zu nützen.

»Geflirtet? Ich flirte ausschließlich mit dir, falls du es übersehen haben solltest.« Haugsdorff greift so unvermutet nach ihrer Hand, daß sie keinen guten Grund findet, sie ihm zu entziehen. »Mit deiner Intelligenz.«

Was soll das, spielt er auf etwas an? Will er damit sagen, daß er weiß, daß sie weiß, bei wem er gewesen ist?

»Mit deiner Jugend.« Er zieht ihre Hand an die Lippen und küßt sie. »Mit dir, so wie du bist.«

Was ist bloß in Haugsdorff gefahren? Hat Feride Hatun ihm etwas in den Kaffee geschüttet? Jetzt zucken auch noch seine Mundwinkel. Sie wird etwas unternehmen müssen, bevor sie am Ende noch Rührung überkommt. Sie kann sie deutlich vor sich sitzen sehen, Haugsdorff und die verjüngte Feride Hatun, die wahrscheinlich gar nicht so viel älter ist als er.

Das Lokal füllt sich zusehends mit durchnäßten, Schutz suchenden Menschen, die von Plastiktüchern und Regenschirmen das Wasser ablaufen lassen. Bald ähnelt der ganze Raum einer tropisch dunstenden Düsternis mit hohem Gesprächspegel und diskreter Musikuntermalung.

»Mir ist klar«, fährt Haugsdorff im Ton seiner neuen
Menschlichkeit fort, »daß ich dich nicht ewig werde halten
können, dennoch möchte ich, daß du auch in Zukunft an
mich denkst.«
Jetzt kann nur noch eine Geschichte helfen, um das alte
Gleichgewicht wiederherzustellen. Sie wird sie ihm erzählen, hier, vor allen Leuten. In dieser überfüllten, lärmigen
Spelunke. Vielleicht fühlt er sich dann belohnt. Immerhin
wäre es neu, nichts, was sie zusammen schon einmal durch-
gespielt hatten.
Der erste Satz läßt Haugsdorff erstarren. Sein Blick verengt
sich in Abwehr, er weicht ein wenig zurück, so als sei er
nicht sicher, daß er recht gehört habe.
»Anna«, entfährt es ihm, »doch nicht hier!« Aber da haben
die Außenposten seiner Sinne bereits Entwarnung gegeben.
Kein Mensch kann hören, was Anna zu ihm sagt, und kein
Mensch interessiert sich auch nur im geringsten dafür.
Sie fängt auf der untersten Stufe an, harmlos und ein
bißchen zu ausführlich, ohne daß Haugsdorffs Neugier
nachläßt. Er weiß, daß das erste Reizwort völlig unvermutet kommen wird. Wie der Schlag eines Zen-Meisters,
der die Aufmerksamkeit bündelt. Dieses erste Wort der
Verführung wird durch seinen ganzen Körper fahren
und ihn empfindlich machen, empfindlich für jeden weiteren Reiz.
Anna spricht leise, nicht zu leise, aber so leise, daß Haugsdorff sich ihr zuneigen muß und sie sein Gesicht zur Gänze
und aus der Nähe beobachten kann. Ihr ist etwas Neues
eingefallen, was sie schon nicht mehr für möglich gehalten
hat, keine der Endlosvarianten eines einmal erfolgreich
gewesenen Themas, sondern eine vollkommen neue Kon-
stellation, die mit einem Risiko verbunden ist wie alles
Neue.
Sie muß herausfinden, wie Haugsdorff auf die Exposition
anspricht, ob mit Verwirrung, mit bloßem Interesse oder

mit Gier. Das wichtigste dabei ist die Güte der Reizwörter, aber auch der Rhythmus, in dem sie sich wiederholen.

Die Einleitung ist wie immer eher konventionell. Sie dient zur Sammlung, ist reine Verheißung, nämlich daß da etwas kommen wird, demnächst, ziemlich bald.

Haugsdorffs Augenlider zucken, und Anna legt noch ein wenig zu, damit die Wirkung auch nachhaltig ist. Sie kann geradezu sehen, wie seine Pulsfrequenz steigt. Das neue Handlungsgerüst scheint ihn zu interessieren, also weiter damit. Es langsam, aber eindringlich auf die Spitze treiben. Ohne etwas zu überstürzen. Sie muß sich genau an den Grad seiner Erregung halten. Nur kein Strohfeuer, das dann unwiderruflich in sich zusammenfällt und am Rauch erstickt.

Annas Sätze saugen sich an Haugsdorffs Körper fest, zwingen ihn, Schmerz nachzuempfinden, den er in Lust verkehrt, in imaginierte Lust, die seinen Körper aufheizt.

Haugsdorffs Schuh sucht Annas Schuh, aber schon der Griff nach ihren Händen ist ihm verwehrt, sie hält ihren Kopf damit gestützt. Er bleibt auf seine Phantasie angewiesen, die sie mit Worten reizt, alles andere hängt einzig und allein von ihm ab.

Anna erzählt, Haugsdorff erlebt. Auch ihre Spannung steigt, während sie der Wirkung der von ihr bewußt gewählten Worte auf sein Empfinden folgt. An einem bestimmten Punkt angelangt, überkommt Haugsdorff – und das weiß sie aus Erfahrung – ein ungeheures Bedürfnis nach Bewegung. Aber gerade, daß er es jetzt und an diesem Ort unterdrücken muß, erhöht seine Konzentration auf das, was nicht mehr kontrollierbar in ihm vorgeht.

Anna lädt nun die Sätze auf, steigert sie kunstvoll, ohne Überdruck zu erzeugen. Seine Augen zeigen ihr an, wie weit sie gehen darf oder muß, immer ausgerichtet auf die letzte Pointe, den Schluß, der die endgültige lustvolle Entspannung der von ihr aufgebauten Spannung bewirken wird.

270

Haugsdorffs Augen beginnen zu flackern, unmerklich beinahe, aber für Anna ist es ein Signal, die Ankündigung des sich vorbereitenden Höhepunkts, und so ist auch ihre Aufmerksamkeit aufs höchste gefordert.

Es wird Zeit für den letzten Satz, den stärksten, dem nicht zu widerstehen ist, der jedoch keine Sekunde zu früh kommen darf. Sie spricht langsam, deutlich, wiederholt einen Nebensatz, der als eigentlicher Auslöser gedacht ist, und plötzlich kippen Haugsdorffs Pupillen unter seinen Lidern weg. Er stößt einen Seufzer aus, und sie berührt, zu seinem Schutz, seine beiden Ellbogen, damit ihn der Drang nach einer abschließenden Umarmung nicht am Ende doch noch übermannt.

Als Haugsdorff sie wieder wahrnimmt, hält sie bereits ihrer beider Gläser in Händen. Einen Moment lang sucht er ihren Blick, bevor er sein Glas in Empfang nimmt. Sie stoßen an, machen einen Schluck. Haugsdorff muß dringend hinaus, um den Fleck außen an seiner Hose zu verhindern, ihn zumindest zu begrenzen.

Anna lehnt sich zurück. Niemand hat etwas bemerkt. Nur einer der Kellner schaut sie herausfordernd an. Es ist aber nicht sicher, daß es wegen Haugsdorff ist. Vielleicht reizt ihn bloß ihr Haar.

Das Eisen gehört geschmiedet, solange es heiß ist. Für Anna ist die Anspannung noch nicht vorbei. Sie muß jetzt vor allem eine unbeteiligte Miene machen, so als interessiere sie der Mord bloß als Mord. Wer wäre denn nicht an einem Mord interessiert? Es wäre ja geradezu auffällig, wenn sie nicht noch einmal danach fragte.

»Und jetzt erzähl mir etwas über diesen Unglücksfall.« Anna klingt unbefangen wie ein Kind, das um eine Gutenachtgeschichte bettelt.

Haugsdorff setzt sich wieder.

»Man sieht überhaupt nichts.« Anna macht dabei den Mund kaum auf. Haugsdorff übergeht es. Seine Hände riechen scharf nach der Seife öffentlicher Toiletten. Er beginnt zu lächeln. »Du vergißt wohl auf gar nichts.«

Anna verzieht den Mund.

»Schon gut, schon gut.« Er tätschelt ihre Hand. »Also die ganze Geschichte war so.« Er überlegt es sich wieder, schaut auf die Uhr, ihr Schuh stößt unwillig an seinen Schuh. »Eine höchst eigenartige Schießerei im großen und ganzen. Es war zwar nicht die erste, die in diesem Milieu vorgekommen ist, aber die bizarrste.« Haugsdorff deutet mit seinem leeren Glas dem Kellner. »Möchtest du auch noch etwas?«

Anna schüttelt ungehalten über die neuerliche Unterbrechung den Kopf. »Oder ja, aber bloß Wasser. Was war denn so bizarr daran?«

»Daß der Täter zum Opfer wurde und das Opfer zum Täter.«

»Was soll das heißen?« Der Kellner kommt mit dem neuen Bourbon, und Haugsdorff bestellt ihr Wasser.

»Daß beide tot waren. Der Täter hatte seine Pistole auf das Opfer gerichtet. Da zog auch das Opfer. Sie schossen gleichzeitig, trafen beide und waren beide sofort tot.«

»Und wer gilt jetzt als Mörder?«

»Das ist die Frage. Der vom Opfer ermordete Mörder oder das vom Mörder ermordete Opfer?« Haugsdorff spielt bewußt mit den Opfer-Täter-Worten, so als seien sie eine Delikatesse für den Ermittelnden.

»Mach es nicht so spannend«, Anna findet das gar nicht komisch, »sondern erzähl.«

»Die übliche Türkengeschichte, sollte man meinen, mit einer Frau als Auslöser.«

»Welcher Frau? Die von dem Mann, der ursprünglich ermordet hätte werden sollen?« Anna hat gerade noch verhindern können, daß sie »aber doch nicht Feride Hatun« sagte. Ihr Herz klopft noch, und sie zieht dabei heftig röchelnd den letzten Schluck Campari durch den Strohhalm.

»Nein, nicht die. Es ging um eine andere, jüngere, die dem Obst- und Gemüsehändler gelegentlich bei der Buchhaltung half. Offenbar wußte aber deren Mann nichts davon. Irgend jemand muß es ihm hinterbracht haben. Und eifersüchtig, wie diese Leute sind, spionierte er seiner Frau nach. Als er sie dann tatsächlich öfter in die Wohnung des Geschäftsmannes gehen sah, konnte er den Gedanken nicht ertragen, daß seine Frau ihn betrog. Als sie das nächste Mal zu dem Mann ging, um die Buchhaltung zu machen, stürmte er hinter ihr in die Wohnung und richtete sogleich seine Waffe auf den ›Verführer‹, wie er ihn nannte. Offensichtlich liebte er seine Frau zu sehr, um ihr etwas anzutun, wie es in solchen Fällen sonst üblich ist. Der andere Mann aber, der den Hereinstürmenden für einen angeheuerten Killer hielt, zog ebenfalls die Pistole, die er sich gerade erst an diesem Tag besorgt hatte, weil er schon seit geraumer Zeit anonyme Drohungen erhielt. Angeblich hatte er sich geweigert, Schutzgelder zu bezahlen, wie seine Witwe mir heute zu erklären versuchte.«

»Schutzgelder wofür?« Anna lechzt nach jedem Detail.

»Für seinen Laden. Dieser Punkt wurde eben nicht weiter verfolgt. Verbrechen aus Leidenschaft, beide Kontrahenten aus der Welt, gegen wen sollte man da weiter ermitteln? Das Verfahren wurde eingestellt, nachdem auch die junge Frau bei der Version geblieben war, daß ihr Mann, wie alle Türken, sehr eifersüchtig gewesen sei und sie diese Eifersucht – fern von der alten Heimat – tragischerweise unterschätzt habe.«

»Und die andere Witwe? Die, bei der du zu Besuch warst, was sagt sie dazu?«

»Es sei natürlich nichts zwischen ihrem Mann und der jungen Frau gewesen, schließlich sei sie immer im Nebenzimmer gesessen und habe die beiden in ihrem komischen Buchhaltungskauderwelsch miteinander reden gehört. Daß die junge Frau ihrem Mann von ihrer Nebenbeschäftigung nichts erzählt hatte, sei einzig und allein auf deren einfühlsamen Charakter zurückzuführen gewesen. Sie und ihr Mann hätten, wie das oft bei jungen Paaren im Ausland so ist, Geldschwierigkeiten bekommen, und da hatte die junge Frau heimlich etwas dazuverdienen wollen, ohne ihrem Mann die Illusion zu rauben, er könne seine Familie allein erhalten.« Anna starrt Haugsdorff an, als sei er selbst die Lösung eines Rätsels.

Aber Haugsdorff läßt sich nicht beirren. »Es ist alles angeblich nur ein Mißverständnis gewesen, eigentlich ein Unfall. Tragisch für die Betroffenen, aber so spielt manchmal das Leben.«

Irgendwie ist Anna enttäuscht. Dieser Tod des alten Ayverdi, und es kann sich nur um den alten Hikmet Ayverdi handeln, will ihr nicht so recht in den Kopf. Auch Haugsdorff scheint ihr nicht so überzeugt, wie er sein sollte.

»Glaubst du an den Mord aus Leidenschaft?«

Haugsdorff versucht, ihr tief in die Augen zu schauen. »Im Prinzip oder in diesem besonderen Fall?«

Er wird doch nicht noch einmal auf diese merkwürdige Weise sentimental werden?

»In diesem besonderen Fall.«

»Eher nicht. Aber ich habe keinerlei konkrete Anhaltspunkte, außer einem gefühlsmäßigen Vorbehalt.«

»Und die Witwe? Hat sie einen Verdacht?«

»Die Witwe war in dieser Hinsicht nicht ansprechbar. Sie blieb bei ihrer Version vom tragischen Unfall und wollte von keinerlei kriminellem Hintergrund, außer den nicht bezahlten Schutzgeldern natürlich, wissen. Wir plauderten noch ein wenig, und ich fragte höflichkeitshalber nach ihren Söhnen. Sie hat wohl ein halbes Dutzend davon, allerdings arbeiten nicht alle von ihnen im Laden mit, oder wenn, dann nur gelegentlich. Die Geschäfte gingen aber ganz gut, so daß für alle gesorgt sei, erklärte sie, während wir türkischen Kaffee tranken. Dazu bot sie mir auch noch von diesem süßen, kaugummiartigen Zeug an, das einem die Plomben zieht.«

Anna ist überzeugt, daß sie aus Haugsdorff nichts mehr herausbekommt, also hat es auch keinen Sinn, ihn weiter auszufragen. Sie würde ihn nur stutzig machen. Immerhin ist sie jetzt Jussuf wieder um einen Zug voraus. Was der wohl dazu sagen wird? Und erst, wenn er erfährt, von wem sie es hat. Nur eines will sie noch wissen, nämlich wann diese beiden Morde passiert sind.

Haugsdorff zuckt die Achseln. »Vor vier Jahren etwa.«

»Und warum interessierst du dich ausgerechnet jetzt dafür?«

Haugsdorff kneift die Lider zusammen. »Du nimmst doch nicht an, daß ich dir darüber Auskunft gebe, Liebes. Das ist eine Angelegenheit, die das Ministerium betrifft, was auch durch einen Augenblick der Schwäche meinerseits nicht außer Kraft zu setzen ist.«

Anna hat nicht damit gerechnet, daß Haugsdorff bei dieser ihrer letzten Frage Verdacht schöpfen könnte, und so schiebt sie die Unterlippe vor und beschließt zu schmollen.

Haugsdorff greift nach ihrem Arm, während sein Gesichtsausdruck nichts anderes verrät, als daß er hellwach ist. »Ich hoffe, du hast nicht etwa ein persönliches Interesse an dem Fall.« Sein Lächeln ist geradezu süffisant.

Anna versucht, ein Gähnen vorzutäuschen, und in diesem Moment gähnt sie wirklich. »Wie kommst du darauf? Jemand, der Geschichten erzählt, ist immer auch an Geschichten interessiert.«

Dagegen läßt sich nichts sagen, und Haugsdorff zieht ein wenig den Kopf ein.

»An diesem Fall gibt es nichts, was dich interessieren könnte. Keinerlei einschlägiges Material.«

»Denkst du.« Anna lehnt sich zurück. »Aber ich bin es, die erzählt, also solltest du es mir überlassen, woher ich mir die Anregungen hole.«

Dem läßt sich nicht widersprechen. Haugsdorff beruft sich noch einmal auf seine Verschwiegenheitspflicht und fügt dann, als wolle er sich entschuldigen, hinzu: »Sei froh, daß du nicht alles weißt. Manches davon könnte dir den Schlaf rauben.«

Der Schrecken, der Anna durchfährt, als sie die Tür zu ihrer Wohnung nur angelehnt vorfindet, gleicht dem Prickeln eines eingeschlafenen Fußes, das sich, immer weiter ausfransend, durch einen Teil des Körpers zieht. Ihre erste Reaktion ist der Gedanke an Flucht. Nichts berühren, alles so lassen, wie es ist, und von der Straße aus die Polizei anrufen. Was heißt die Polizei?
Haugsdorffs Handy steckt in ihrer Tasche, wozu hat sie es denn? Nicht schon wieder Haugsdorff. War nicht er es gewesen, der ihr Türschloß mit weiß der Teufel was für einem Gegenstand – wenn es nicht ihr eigener verlorengegangener Schlüssel war – als erster aufgebrochen hat? Vielleicht ist dabei etwas kaputtgegangen, und sie hat es bloß nicht bemerkt.
Doch da sind mit einem Mal Stimmen zu hören, Stimmen aus ihrer Wohnung, Stimmen, die ihr vertraut sind. Zumindest die eine, weibliche, kennt sie genau, es ist kein Irrtum möglich.
Anna öffnet die Tür und betritt ihre Wohnung, als sei es eine fremde.
»Na endlich«, Bonny winkt ihr zu, »ich dachte schon, du seist entführt worden.«
Neben ihr sitzt Abdal und lächelt. Bonny und Abdal, auf diese Kombination wäre sie von selbst nie gekommen.
»Entführt ist gar kein Ausdruck!« Und um Bonny mundtot zu machen, fügt sie noch hinzu: »Ich habe zufällig Haugsdorff getroffen. Wir haben uns vor dem Regen in ein Lokal geflüchtet. Aber um alles in der Welt, wer von euch beiden hat meine Tür aufgebrochen?«

»Die war schon offen.« Abdal macht ein Gesicht, als sei daran eigentlich nichts Besonderes. »Da dachte ich, ich bleibe hier und passe auf Ihre Wohnung auf.«

Bonny beeilt sich, ihr zuzuflüstern: »Ein reizender Mensch. Er sagt so poetische Dinge. Ich muß ihn mit Bär bekannt machen. Der hätte seine Freude an solchen Sätzen.«

Anna bleibt der Mund offen. Hat sie sich am Ende auch in ihrer Schwester getäuscht? Bonny scheint geradezu entzückt von Abdal. Worüber sie sich wohl unterhalten haben?

»Und du, woher kommst du, so mitten am Abend? Müßtest du nicht deine Brut füttern?« Anna macht kein Hehl aus ihrer Verwunderung über Bonnys Anwesenheit.

Bonny richtet sich auf. »Ich habe heute Ausgang. Wir, das heißt Bär und ich, sind übereingekommen, daß ich einmal in der Woche oder zumindest alle zwei Wochen alleine ausgehen werde.«

Anna findet aus der Überraschung nicht mehr heraus. »Und seit wann gehst du abends alleine aus?«

»Seit heute. Ich war in FARINELLI, einem Film, den ich mir immer schon anschauen wollte.«

Anna schaut Bonny, die so tut, als sei das alles selbstverständlich, entgeistert an.

»Glotz nicht. Bär kann ruhig einmal bei den Kindern bleiben, jetzt, da keines mehr gestillt werden muß. Der Vorschlag ist übrigens von ihm gekommen. Und dann dachte ich, ich schaue noch auf einen Sprung bei dir vorbei, wo du doch in letzter Zeit so gut wie nie zu erreichen warst.«

»Die Tür stand offen«, erklärt Abdal mitten in Bonnys Freiheitsrausch hinein, »aber noch warm.«

»Noch warm?« Anna hätte Abdal am liebsten umarmt, aber Bonnys Anwesenheit macht sie schüchtern.

»Ja, warm. Es muß kurz zuvor noch jemand hier gewesen sein.«

Anna fröstelt. Wieder hat jemand die Tür zu ihrer Wohnung

gewaltsam geöffnet, aber diesmal kann es nicht Haugsdorff gewesen sein.

»Haben Sie eine Ahnung, wer es getan haben könnte?« Abdal zuckt die Achseln und schaut an ihr vorbei zur Tür.

»Sieh lieber nach, ob und was alles fehlt. Du mußt Anzeige erstatten.« Bonny erhebt sich und sucht nach den Gegenständen, die sie kennt, während Anna sofort und mit einem Blick erfaßt, worauf es dem Eindringling angekommen ist.

»Hast du irgendwo Geld oder Schmuck herumliegen lassen?«

Schmuck ist gut. Bonny weiß, daß Anna keinen besitzt. Bis auf die Lapislazulikette, die Haugsdorff ihr aus New York mitgebracht hat, aber die liegt noch immer in der Keramikschale auf der Kommode und ein paar Handvoll Modeschmuck in einer alten Bonbonschachtel.

»Ich weiß, was fehlt. Mein Notebook ist weg.« Natürlich, das Firmengeschenk. Jeder noch so unbedarfte kleine Dieb würde dieses Mini-Superding sofort an sich nehmen.

»Ich werde Haugsdorff Bescheid sagen. Trinkt ihr Tee?« Bonny und Abdal nicken, und Anna zieht sich in die Küche zurück, stellt Wasser auf und wählt dann Haugsdorffs Nummer. Er klingt ziemlich aufgekratzt. Er habe nicht zu hoffen gewagt, heute noch einmal ihre Stimme zu hören. Schon wieder dieses Gesäusel. Oder legt er es darauf an, ihr ein schlechtes Gewissen zu machen? Sie erzählt ihm von dem Einbruch.

»Hab ich dir nicht gesagt, daß deine Türe mit dem kleinen Finger zu öffnen ist? Du mußt dir umgehend ein Sicherheitsschloß einbauen lassen.«

»Und mein Notebook?«

»Vergiß es. Um diese Art Kleinkriminalität kann sich heute keiner mehr kümmern.«

»Es war das neueste Modell und ist noch nicht einmal im Handel.«

»Es wäre der reine Zufall, wenn es irgendwo auftaucht. Ich

hoffe, das wird dir eine Lehre sein.« Jetzt klingt es wieder, als sei er ihr Vater und ihr Boß in einem.

»Soll ich Anzeige erstatten?«

»Wenn du das möchtest. Aber es wird nicht viel helfen.«

»Vielleicht arbeitet der Zufall auch einmal für mich.«

»Also gut, ich gebe die Meldung persönlich weiter. Ich kenne die Leute vom Revier, die für dich zuständig sind.«

Haugsdorff scheint ja geradezu erleichtert, daß ihr Notebook weg ist. Das kann doch nicht nur seine Sorge um ihre Gesundheit sein.

»Weißt du, was dieser entzückende Mensch gesagt hat, als ich ihn fragte, was er denn hier mache?« Bonny steht hinter ihr und redet vernehmlich flüsternd auf sie ein. »Er hat gesagt, er sei gekommen, um in deinem Gesicht das Gesicht des Menschen zu sehen. Auch habe er sich heute noch nicht gefreut.«

Anna flüstert ebenfalls. »Er ist ein Narr Gottes. So nennen sie das. Ich habe ihn auf dem Naschmarkt kennengelernt.«

Bonny nimmt automatisch den Kessel mit kochendem Wasser von der Herdplatte und gießt den Tee auf. »Ich muß Bär von ihm erzählen. Weißt du, wo er wohnt? Wir könnten ihn einmal zu uns einladen.«

Bloß nicht. Anna erstarrt innerlich bei der Vorstellung, Bonny und Bär könnten mit Abdal näher bekannt werden. Und überhaupt, wie enthusiastisch Bonny auf einmal ist. So wie sie sie seit Jahren kennt, hätte sie von nichts anderem als von dem »Einbruch« geredet und lauthals die Wiederbeschaffung des gestohlenen Notebooks gefordert. Dazu hätte sie noch einen kurzen Abriß ihrer gesammelten Ansichten über den derzeitigen Zustand der Exekutive vom Stapel gelassen. Statt dessen findet sie für Abdal nur die höchsten Töne. Bleibt denn gar nichts so, wie es war?

Und Abdal? Was hat ihn auf die Idee gebracht, sie einfach zu besuchen? Doch nicht nur ihr Gesicht, das er plötzlich sehen wollte. Hat er sich endlich dazu entschlossen, mit ihr zu reden? Auf seine verschlüsselte und dennoch so offene Art? Will er ihr sagen, was mit Hikmet geschehen ist und wo er sich aufhält? Vielleicht ist Abdal mit dem Vorsatz zu ihr gekommen, sie zu Hikmet zu führen?

»Seit wann hast du ein Handy?« Bonny greift nach dem kleinen Gerät auf der Anrichte und beäugt es bewundernd, mit schiefgehaltenem Kopf, wie ein Vogel, der die Augen an der Seite hat.

»Seit kurzem. Ein Präsent von Haugsdorff.« Sie sagt das absichtlich ein wenig gestelzt, hoffend, daß allein die Erwähnung des Namens Haugsdorff Bonnys Neugier in Schach halten wird.

»Nobel, nobel!« Bonny dreht es in der Hand hin und her, und es kommt, was kommen muß: »Darf ich es ausprobieren?«

Anna nickt, während sie ein paar Kekse zu den Tassen und der Kanne aufs Tablett stellt.

Bonny wählt die eigene Nummer, und sowie die Verbindung zustande kommt, dringt das Gebrüll eines der Kinder bis an Annas Ohr. Sofort verfällt Bonnys Ausgehgesicht, und das Gluckenhafte ergreift wieder Besitz von ihr. »Was ist passiert?« kann Anna sie nach Atem ringen hören, und etwas später: »Warum schreit er dann so?«

Es scheint sich um nichts Ernsthaftes zu handeln. Gleich darauf prasseln die Ratschläge einer im Augenblick nicht handlungsfähigen Matriarchin auf das kleine Gerät hernieder, wobei Bonnys Stimme sich öfter überschlägt und danach in der Tonhöhe wieder abflaut, bis sie das Handy etwas abrupt zurück auf die Arbeitsplatte legt.

»Bär sagt, wenn ich jetzt gleich nach Hause komme, würde Tonio immer dasselbe Theater machen. Ich soll zumindest dieses eine Mal hart bleiben.«

»Womit er sicher recht hat.« Anna geht mit dem Tablett ins andere Zimmer.

Bonny kommt hinter ihr her und verteilt die Tassen auf dem Tisch. Mit einem Mal ist es vorbei mit der lebhaften, sich an ihrem Ausgang verjüngenden Bonny, die sich sogar für jemanden wie Abdal begeistern hat können. Im Zwiespalt ihrer Gefühle setzt sie sich zu ihnen, mit nach innen gekehrtem Blick, der sie fahrig und abwesend erscheinen läßt.

»Komm zu dir, Bonny. Du hast mir immer erklärt, daß Bär ein Bubenvater ist. Er wird die Kinder schon ins Bett schaffen.« Anna findet Bonnys Reaktion übertrieben.

»Das sagst du so einfach. Ich habe die ganze Szene lebhaft vor mir. Und wenn Tonio doch etwas fehlt, muß ich mir ein Leben lang Vorwürfe machen.«

Anna seufzt und verdreht die Augen. »Du kannst einem wirklich die Lust auf Kinder vermiesen.«

Abdal, der die ganze Zeit über ruhig an seinem Platz gesessen ist, beugt sich plötzlich zu Bonny. »Ihren Kindern geht es gut, Sie brauchen sich wirklich keine Sorgen zu machen.«

Bonny lächelt gequält. »Ich soll also noch bleiben?«

»Klar.« Anna fällt ihr Schloß wieder ein. »Was soll ich bloß damit machen?« Sie schenkt die drei Tassen voll, geht dann zur Tür und benützt ihren Schlüssel, um das Schloß wieder in seinen ursprünglichen Zustand zu versetzen. Wer immer sich daran zu schaffen gemacht hat, hat den Schnapper nur kurz angespannt, um die Tür zu öffnen, und ihn dann sogleich losgelassen. Daher blieb sie angelehnt. Nachdem Anna das Schloß mehrmals auf- und zugesperrt hat, läßt sich die Tür wieder anstandslos schließen.

»Trotzdem mußt du dir ein neues Schloß einbauen lassen.« Bonny gewinnt wieder Oberwasser. »Am besten schon morgen. Manchmal kommen die wieder, wenn sie denken, daß man ein neues Notebook oder was auch immer hat.« Gleich darauf verbrennt sie sich den Mund an dem noch zu heißen Tee. »Nicht daß ich dir Angst machen möchte«, sie zieht geräuschvoll die Luft ein, »aber wenn dir unheimlich ist, kannst du bei uns auf der Couch schlafen.«

Anna schüttelt den Kopf. Plötzlich spürt sie Abdals Hand auf ihrem Arm, und schon durchströmt sie wieder diese ihr nun schon vertraute Wärme, wenn auch nicht mehr so stark wie damals nach der überstandenen Panik.

»Sie brauchen sich nicht zu fürchten, Anna, heute kommt keiner mehr.« Anna beruhigt sich, so wie Bonny sich zuvor beruhigt hat.

Wer ist Abdal? Was kann er, und wofür steht er? Warum wirkt er so überzeugend auf sie? Und warum hat er diese Wirkung offenbar auch auf Bonny?

»Wie war FARINELLI denn?« Anna schiebt den Teller mit den Keksen von einem zum anderen und wieder zurück.

Bonny beginnt von dem Sängerkastraten zu erzählen, von den erstaunlichen Bildern, den Rokokoperversitäten und einem hervorragenden Soundtrack. Sie redet sich geradezu warm, aber plötzlich muß sie dennoch gähnen. »Dieser Ausgang hat mich geschafft. Mit Kindern wird man gezwungenermaßen zur Frühaufsteherin.« Sie stellt ihre Tasse in die Abwasch und richtet sich mit ein paar Kammstrichen und frischem Lippenstift zum Gehen.

»Fährst du mit der U-Bahn, oder leistest du dir ein Taxi?« Anna steht ebenfalls auf.

Bonny schaut auf die Uhr. »Um diese Zeit brauche ich mich noch nicht zu fürchten.«

»Dann bringen Abdal und ich dich zur Haltestelle.«

Abdal scheint sich darüber zu freuen. »Ich wollte so gerne, daß Sie wieder mit mir durch die Stadt gehen.«

Beim Verlassen der Wohnung sperrt Anna sorgfältig die Tür zu, kontrolliert mehrmals, ob sie auch wirklich verschlossen ist. Im Parterre läutet sie an Naima Hanims Wohnung und bittet deren Mann, daß er sich um ein neues Türschloß kümmere. Naima Hanims Blick wirkt einigermaßen irritiert. Als Anna sich umdreht, merkt sie, daß ihr Blick Abdal gilt.

Mittlerweile ist es dunkel geworden. Keine Spur mehr von Regen, dennoch dunstet die ganze Stadt. Warme, durchfeuchtete Luft steht zwischen den Häusern, von keinem Windstoß bewegt, eine Luft, in der sich Gerüche verstärken, die angenehmen wie die abstoßenden. Ein Hauch von Flieder erfüllt die Gasse, obgleich nirgendwo Flieder zu sehen ist, und aus dem U-Bahn-Schacht stinkt die verbrauchte unterirdische Luft hervor.

Anna und Abdal haben Bonny in die Mitte genommen, wie eine Eskorte. Bonny plappert unaufhörlich vor sich hin. Farinelli scheint sie tief beeindruckt zu haben. »Und daß er sich von seinem Bruder ein Kind zeugen hat lassen, das war das Stärkste.«

Auf der Rolltreppe werden sie plötzlich angerempelt, als mehrere junge Burschen in Lederjacken und mit kahlgeschorenen Köpfen sich an ihnen vorbeizwängen, um die gerade einfahrenden Wagen noch zu erwischen.

Bonny läßt sich betont Zeit. »Der nächste Zug kommt bestimmt.« Sie lächelt ein wenig schief. »Ich habe keine Lust, mich mit denen da um einen Sitzplatz zu streiten.«

Die Burschen haben den Zug erreicht und stemmen die sich gerade schließende Tür mit Gewalt noch einmal einen Spalt auf. Ein Spiel, das ihnen offenbar Spaß macht, denn ihre Gesichter werden von einem triumphierenden Grinsen erhellt.

Ein paar Augenblicke sind Anna, Bonny und Abdal ganz allein in dem Betonschlauch mit den vielen Werbeplakaten, bis dann die nächsten Fahrgäste mit hallenden Schritten von den Rolltreppen steigen.

»Vielleicht können wir nächstes Mal gemeinsam ins Kino gehen.« Bonny wirkt trotz aller mütterlichen Anwandlungen ein wenig verändert. Es steht ihr. Wenn sie nur nicht ihre Hand nach Abdal ausstreckt. Und so, als spüre Abdal Annas Vorbehalt, tut er nichts mehr, um Bonnys Neugier zu schüren. Er lächelt bloß freundlich, und als die nächste

U-Bahn kommt, neigt er nur den Kopf, als sich Bonny verabschiedet.

»Ich sage Bär, daß du unterwegs bist.« Anna deutet auf das Handy, das bei sich zu tragen sie sich mittlerweile angewöhnt hat.

Bär lacht lauthals, als sie Bonny ankündigt. »Sie kann mit ihrer Freiheit noch nicht umgehen, aber das wird schon noch«, dröhnt er gutmütig. Um ihn herum scheint Stille zu herrschen.

»Schlafen die Kinder?«

»Alle, bis auf Donald.«

»Dann kannst du Bonny ja entgegengehen.«

Anna und Abdal fahren mit dem Lift nach oben. »Sie mögen geschlossene Räume wohl nicht?« Anna hat Abdal beim Einsteigen zögern sehen.

»Nicht besonders.«

»Dann lassen Sie uns noch ein bißchen gehen.«

Sie halten sich in Richtung Donaukanal. Der Mond ist beinahe voll, und sein Licht baut eine Brücke übers Wasser.

Anna weiß nicht, woran es liegt, daß sie sich mit Abdal so sicher fühlt. Er, der gewiß weder sie noch sich zu verteidigen wüßte, wenn jemand sie ernsthaft angriffe, vermittelt ihr ein Gefühl der Geborgenheit, warm und umfassend.

Als sie die Straße zur Uferböschung hin überqueren, stolpert Anna über eine plattgefahrene Plastikflasche, und Abdal nimmt ihre Hand. Sie steigen die Treppe zur Promenade hinunter. Keine Gegend, in der Anna um diese Zeit alleine spazierengehen möchte, aber zusammen mit Abdal macht es ihr nichts aus.

Ein riesiger gelbschwarzer Schäferhund taucht neben ihnen auf, steckt geräuschlos seine Schnauze in Abdals andere Hand und macht dann Anstalten, an ihm hochzuspringen. Abdal flüstert ihm etwas zu, der Hund beruhigt sich, bis auf ein leises freudiges Winseln, und leckt ihm nun die Hand.

»Kennen Sie den Hund?« Anna fürchtet sich vor Hunden, nicht gerade krankhaft, aber geheuer sind sie ihr nicht.

»Kann sein.« Abdal streichelt dem Hund mehrmals den Rücken.

»Jedenfalls hat er mich wiedererkannt.«

Ein Pfiff ist zu hören. Der Hund spitzt unwillkürlich die Ohren, reagiert aber weiter nicht. Der zweite Pfiff ist länger und modulierter. Abdal tätschelt den Kopf des Hundes.

»Geh nur«, er gibt ihm einen kleinen Schubs, »geh!«

Der Hund stößt einen Laut zwischen Kläffen und Jaulen aus und macht dann kehrt. Sie kann ihn gerade noch über die Böschung hinaufspringen sehen, dann ist er verschwunden.

»Gehen Ihnen alle Tiere so zu?« Anna ist früher gerne in den Zoo gegangen, dennoch hat sie kein besonderes Verhältnis zu Tieren. Gigi hat nie erlaubt, daß sie ein Haustier hielten. Die Wohnung sei zu klein, hatte sie behauptet und damit gewiß recht gehabt.

»Vielleicht war er es.« Abdal wischt sich die Hand an der Hose ab. »Wer weiß.«

»Wer er?« Anna schaut auf den ruhig fließenden Kanal hinunter, dem man seinen Schmutz im Dunkeln nicht ansieht.

»Der Freund.«

Anna versteht nicht und wendet Abdal das Gesicht zu.

»Die Seele kann durch viele Leiber gehen. Vielleicht hat er sich diesmal in einem Hund versteckt.«

»Aber wer ist er? Ich meine, wer ist er sonst noch, außer Ihr Freund?«

»Wenn Sie ihn lieben, wissen Sie es.« Abdal nimmt von neuem Annas Hand. Sie sieht trotz dem Licht des Mondes schlecht in der Dunkelheit.

»Wie kann ich ihn lieben, wenn ich nicht weiß, wer oder was er ist. Versuchen Sie, ihn mir zu beschreiben.«

Abdal bleibt einen Augenblick stehen, so als denke er angestrengt nach. »Manchmal erscheint er im Gesicht von Ali.«

285

»Von welchem Ali?« Anna möchte, daß er ihr weiter antwortet, vielleicht erfährt sie doch noch etwas, das ihr als Hinweis dienen kann.

»Ali kam zuerst als der Liebling Mohammeds in die Welt, als sein Neffe und Schwiegersohn. Damals war er ein großer Held, der das Schwert Zülfikar von Mohammed erhalten hatte. Nach Mohammeds Tod hätte er dessen Stellvertreter werden sollen, sofort. Aber Ebü Bekir, Ömer und Osman wurden vor ihm zu Kalifen. Und als Ali endlich sein Recht bekam, dauerte es nicht lange, und er wurde ermordet. Auch seine Söhne Hassan und Hüssein wurden ermordet. Und die von Hüssein abstammenden Imame wurden auch fast alle ermordet.«

»Wieso ermordet?«

»Sie standen auf der Seite der Menschen, der Armen, verstehen Sie? Sie brauchten kein großes Reich, um es zu beherrschen. Sie wollten die Menschen aufklären, ihnen beistehen, sie leben lehren. Darum nahmen die Armen immer Partei für Ali, seine Familie und deren Nachkommen. Nicht nur unter den Arabern und Persern, auch unter den Türken, die nach Anatolien kamen. Wenn die Menschen unterdrückt wurden, haben sie Ali zu ihrem Freund gemacht. Und er kommt sie besuchen, in Gestalt ihres Gastfreundes. Gott spiegelt sich in ihm als im Vollkommenen Menschen. Er leuchtet aus ihm hervor.

Wenn Ali Ihr Freund ist, verwandelt er sich in Sie und Sie sich in ihn. Wenn Sie ihn kommen spüren, spüren Sie gleichzeitig, wie Sie er werden. Sein Gesicht spiegelt Gott, und Sie spiegeln sein Gesicht. Sie brauchen keine Moschee, um mit ihm zu reden, Sie sollen ihm nur die Tür öffnen. Sie haben auch keine Pilgerfahrt nach Mekka nötig, denn Ihr Herz ist die Kaaba, und wenn es das nicht ist, werden Sie auch in Mekka keine Kaaba finden. Sie müssen auch nicht fasten, um sich zu reinigen. Ihre Gedanken zeigen Ihnen, wie rein Sie wirklich sind.«

Seit sie ihn kennt, hat Abdal noch nie so viel gesprochen. »Und wie kommt man zu ihm?« Anna hat sich von Abdals Stimme verführen lassen.

»Man muß Sehnsucht haben«, antwortet Abdal, »man muß so große Sehnsucht haben, daß Ali nicht widerstehen kann. Dann besucht er einen. Seine Seele wandert durch viele Körper, aber aus seinem Gesicht schaut immer Gott, der sich im Vollkommenen Menschen spiegelt.«

»Gibt es denn einen Vollkommenen Menschen?«

»Das ist der Mensch, der das Geheimnis kennt. Und der, der es weiß, ist in Ali, und Ali ist in ihm.«

Annas Verwirrung wird immer größer. »Kennen Sie es?« Sie kann nicht anders als flüstern. »Und wenn Sie es kennen, verraten Sie es mir?«

Abdal bleibt wieder stehen und nimmt sie mit beiden Händen an der Schulter. »Schauen Sie in mein Gesicht. Erkennen Sie es?«

Der Mond taucht hinter einer Wolke ab, und Anna sieht gar nichts mehr. Sie gehen weiter, und erst als sie sich dem Lichtschein der nächsten Straßenlampe nähern, kann sie Abdals Gesicht wieder wahrnehmen, aber da hat er den Blick schon gesenkt. Was in seinem Kopf bloß vorgehen mag?

Sie kommen an einem zerlumpten alten Mann vorüber, der seine Tragtaschen wie einen Wall um sich herum aufgeschichtet hat und, in mehrere Mäntel gekleidet, auf einer Bank liegt, den Kopf an ein wisperndes Kofferradio gedrückt. Er wendet ihnen das Gesicht zu und dreht dann den Kopf, um sie noch eine Weile im Auge zu behalten.

»Kommen Sie öfter am Abend hierher?«

Abdal zuckt die Achseln. »Hierher oder anderswohin, ich muß am Abend immer gehen. Wenn ich gehe, denke ich gut. Ich spüre dann die Grenze nicht so stark.«

»Welche Grenze?« Anna kann von weiter unten ein Geräusch hören, das sie mit einem Mal wiedererkennt.

»Die Grenze zwischen den Körpern.«

Die Stimme eines keuchenden Mannes löst sich deutlich von den übrigen Geräuschen des Kanals ab, unterlegt vom leisen Wimmern einer Frau, deren weißer Körper vom unteren Teil der Böschung heraufleuchtet. Sie kauert, auf Knie und Ellbogen gestützt, im Gras, während der etwas dunklere Körper des Mannes, der nur noch von einem hochgeschobenen T-Shirt bekleidet ist, sich mit heftigen Stößen in sie schiebt.

Obgleich das Paar nicht sehr deutlich zu sehen ist, erzeugt es eine unüberhörbare Wirklichkeit, die alles mit ihrem Stöhnen erfüllt, die Luft, das Ufer, die Nacht. So als gäbe es im Augenblick nichts anderes als diesen Akt, bei dem vielleicht Leben entsteht. Doch sobald der Mann den Körper der Frau wieder verläßt, wird der größte Teil seines Samens aus ihr herausrinnen und im Gras versickern, nicht anders als Regen.

Abdal starrt noch immer auf das Paar hinunter, erschreckt und fasziniert zugleich.

»Kommen Sie«, sagt Anna, und diesmal nimmt sie seine Hand. »Es riecht nach Gewitter. Wir sollten dazusehen, daß wir noch rechtzeitig nach Hause kommen.«

Während Abdal langsam den Blick von dem Paar wendet, seufzt er, verwirrt und ein wenig bedauernd. Er beginnt stärker zu hinken, als sie den Rückweg antreten.

»Haben Sie Schmerzen?« Anna würde lieber schneller gehen.

»Ja, doch«, lächelt Abdal, »mein Herz ist leer und tut weh.«

Als sie wieder an dem alten Mann vorbeikommen, liegt er nicht mehr auf der Bank, sondern nestelt an der Plane herum, die er wie ein Zelt über die Bank zieht, um sie mit Wäscheklammern an seinen Tragtaschen zu befestigen.

Noch ist kein Tropfen gefallen, aber Wind streift vom Wasser her und weht Staubwirbel über die Promenade. Der alte Mann flucht vor sich hin, als das Ende der Plane seinen Fingern entgleitet.

Anna nimmt jetzt Abdals Arm. Sie gehen rascher, den Kopf gegen den Wind gestemmt, die Augen vor dem Staub so gut wie geschlossen, und halten ihre Jacken über der Brust zusammen.

Als sie die Treppen hinaufsteigen, fallen die ersten Tropfen. Ein Blitz erhellt den gesamten Kanal, und Anna, die sich umgedreht hat, bemerkt, daß sich unter der Brücke eine Reihe von Nachtschwärmern versammelt hat. Eine seltsame Gemeinde, mit aufgerissenen, ins grelle Licht starrenden Augen. Teil einer Kommunion der übersteigerten Art. Einer teilt aus, die anderen empfangen, warten sehnsüchtig, bis sie an die Reihe kommen. Dieses taghelle Bild brennt sich Anna ins Gedächtnis. Es erinnert sie an einen Film, in dem Außerirdische die Erde besuchen.

»Wer ist das da unten?« fragt Anna Abdal, der sich ebenfalls umgesehen hat. Aber er zieht sie rasch mit sich fort, so rasch, daß sein Hinken ihn beinah aus dem Gleichgewicht bringt.

»Kommen Sie«, ruft er gegen den Wind, »wir müssen uns beeilen.«

»Kennen Sie sie?« Anna versucht, sie auch ohne Blitz zu erspähen.

Abdal schüttelt den Kopf. »Nicht persönlich, aber ich weiß, wer sie sind. Der Freund, den sie suchen, verändert ihren Kopf.«

Dicke Tropfen prallen auf der Straße auf und verwandeln sich sofort in Staubkugeln, die allen Glanz verloren haben, nachdem das Licht der Straßenlaternen sich kurz in ihnen gespiegelt hat.

»Warum stellen wir uns nicht auch dort unter die Brücke?« Annas Neugier flackert mit dem nächsten Blitz wieder auf. Doch Abdal drängt sie nach oben und stößt sie dabei geradezu, indem er ihren Ellbogen kräftig nach vorne schiebt.

»Nein, nein. Wir gehen auf keinen Fall dort hinunter.«

»Und warum nicht?« Anna kann sich über Abdal nur wundern, der auf einmal so bestimmt ist. So hat sie ihn noch nie gesehen. Er, der Sanfteste von allen, wendet beinahe Gewalt an.

»Warum denn nicht?« Annas Widerspruchsgeist meldet sich. »Dort würden wir wenigstens trocken bleiben.«

»Weil der Freund, dem sie nachlaufen, sehr mächtig ist, besitzergreifend und nachtragend.« Langsam begreift Anna, wovon Abdal redet. »Und weil er einen ins Gefängnis bringen kann.«

Anna läßt sich jetzt widerstandslos von Abdal weiterziehen, von Unterstand zu Unterstand. Noch hat es nicht wirklich abgekühlt. Irgendwann geben sie es auf, minutenweise Schutz zu suchen und dann weiterzulaufen. Sie sind ohnehin schon naß bis auf die Haut. Abdal versucht, im Gehen die vorderen Zipfel seines Hemdes auszuwinden, und Anna tut dasselbe mit ihren Haaren. Das erheitert sie beide dermaßen, daß sie lauthals zu lachen anfangen. Sie lachen so sehr, daß der Regen in ihre offenen Münder rinnt und sie ihn schlucken müssen. Hin und wieder leuchtet ein Blitz auf, aber das Gewitter scheint weiterzuziehen. Von Abdals geschorenem Kopf rinnt das Wasser ungebremst ab, während Annas Mähne sich zu unzähligen schlangenartigen Löckchen ringelt.

Als sie endlich vor Annas Haus anlangen, sehen sie beide aus, als hätte man sie durch den Fluß gezogen, schmutzig vom emporgeschleuderten Straßendreck und triefend. Mittlerweile ist es auch ein wenig klamm geworden.

»Kommen Sie mit hinauf«, Anna deutet auf Abdals Kleider, »und trocknen Sie sich. Es wird nicht so bald aufhören.«

Das Wasser schießt noch immer in dicken Strähnen zur Erde. Von ferne ist der Signalton einer Feuerwehr zu hören. Wahrscheinlich müssen die ersten Keller ausgepumpt werden.

Während Anna und Abdal nach oben gehen, rinnen ihre Fußspuren die Treppen wieder hinunter. Sie lachen noch immer, wenn auch leiser. Es ist spät geworden. Niemand soll ihretwegen zu nachtschlafener Zeit die Tür aufreißen müssen, um zu schauen, was denn da los sei.

Diesmal ist die Wohnungstür ordnungsgemäß verschlossen. Dennoch kriecht es Anna kalt den Rücken herauf, wenn sie sich vorstellt, daß sie sie wieder bloß angelehnt vorgefunden hätte. Schon aus diesem Grund ist sie froh, daß Abdal bei ihr ist.

Sie wird als erste ins Bad gehen, um dann sofort Tee zu kochen. Abdal wirft sie ein Badetuch zu. »Ziehen Sie sich aus und halten Sie sich inzwischen damit warm.«

Als das Wasser aus der Dusche über ihren Körper rinnt, spürt Anna das Blut in ihren Adern kreisen. Ein angenehmes Gefühl. Sie wickelt ein Handtuch um ihre frisch gewaschenen Haare und schlüpft in den Bademantel.

Als sie in die Küche kommt, steht Abdal mitten im Zimmer, das Tuch so um den Leib geschlungen, daß er tatsächlich wie ein wandernder Derwisch aussieht. Die tropfnassen Kleider liegen als kleiner Haufen auf dem Boden. Anna nimmt sie und hängt sie über den Wäscheständer. Abdal verschwindet einstweilen im Bad.

Während Anna Abdals Hosenbeine nach außen zieht, fällt etwas aus der hinteren Tasche, deren Knopf sich geöffnet hat. Es ist ein Ausweis. Hikmet Ayverdi. Sie betrachtet das Foto – rasierter Kopf und rasierte Brauen, aber es ist Hikmet. Oder ein jüngerer Abdal? Woher will sie wissen, wie Hikmet mit rasiertem Kopf und rasierten Brauen aussieht? Sie schaut auf das Geburtsdatum. Es besagt, daß Hikmet Ayverdi achtundzwanzig Jahre alt wird. Sie hat Hikmet auf fünfundzwanzig geschätzt, wenn er aber doch älter ist? Und Abdal auf Anfang dreißig. Sie steckt den Ausweis nicht in die Tasche zurück, sondern legt ihn auf den Tisch, damit er nicht völlig durchweicht.

Als der Tee fertig ist, kommt Abdal aus dem Bad. Sie setzen sich zum Tisch und wärmen sich die Finger an den Tassen.

Abdal sieht den Ausweis auf dem Tisch liegen, aber sein Blick verrät nichts. Ein Gegenstand wie jeder andere.

Eine Weile reden sie nichts miteinander, und es ist so still, daß man die Tropfen von Abdals Kleidern vom Wäscheständer auf den Boden fallen hört.

Anna nimmt den Ausweis, schlägt ihn auf und liest Hikmets Namen vor. Abdal reagiert nicht. Entweder ist es tatsächlich sein Ausweis, oder es dringt nicht bis zu ihm durch, was sie von ihm hören möchte.

»Ich lege ihn zwischen zwei Bücher, sonst wellt sich das Papier.« Abdal nickt, und Anna steht auf, um welche zu holen. Da fällt ihr der Band wieder ein, den sie von Samiha geliehen hat. Er liegt zusammen mit der Kinderausgabe von »Tausendundeiner Nacht«, in der sie gelegentlich blättert, auf ihrem Nachttisch. Es hat wohl keinen Sinn, Abdal noch einmal nach Hikmet zu fragen. Er kann, er darf ihr offenbar nicht sagen, was mit Hikmet geschehen ist, selbst wenn er es weiß. Aber vielleicht weiß er es gar nicht.

Als sie mit den Büchern zurückkommt, werden Abdals Augen wieder lebendig.

»Wem gehört dieses Buch?« fragt er, als sie das mit den Schriftbildern auf den Ausweis legen will.

Anna antwortet nicht gleich. Sie schaut Abdal zu, wie er voll Bewunderung über die Seiten streicht. »Die Schrift des Freundes«, und plötzlich deutet er mit dem Finger auf das Bild eines Löwen mit dem Gesicht eines Menschen. »Das hier heißt Ali. Und über ihm können Sie Zülfikar, das Schwert mit den zwei Zungen sehen.«

Dicke, schwarze, geschlungene Linien ziehen sich über das Bild. Die Schrift formt einen querliegenden Kopf mit Augen, Nase, Schnurrbart, während in den Löwen mit helleren Buchstaben etwas eingeschrieben steht.

»Können Sie das alles lesen, Abdal?« Sie fragt, weil sie sich daran erinnert, daß Hikmet ihr gesagt hat, das sei nicht so wichtig.

Abdal fährt mit dem Finger die Buchstaben nach. »Ich weiß, was es heißt«, sagt er. »Es heißt: Um der Wahrheit von Ali, dem Erwählten, Schah von Nedschf, willen, ergreif die Hand derer, die ins Tal des Jammers gefallen sind.«

»Und warum ist Ali als Löwe dargestellt?«

»O, er ist Haydar, der Löwe Gottes.«

Sie blättern gemeinsam. »Und was ist das?« Das Bild wirkt fast wie die Zeichnung eines Kindes oder eines Geistes-kranken.

»Das ist die Welt, das Weltall. Der Vollkommene Mensch steht auf zwei Fischen. In der einen Hand hält er einen Löwen, in der anderen einen Drachen. Daneben kräht ein Hahn in einem Baum.«

Der Vollkommene Mensch ist von oben bis unten voller Schriftzeichen. »Und was steht auf ihm geschrieben?« Anna denkt dabei an eine Botschaft.

Abdal tut, als würde er angestrengt lesen. »Es kommt im-mer wieder Alis Name drin vor und Gott und Mohammed und seine Enkel Hassan und Hüssein.«

Offenbar kann er nicht alles lesen, aber er weiß wenigstens, was es bedeutet.

»Ein schönes Buch«, Abdal streicht noch einmal mit den Händen über das Papier, »man kann es immer wieder an-schauen.«

»Es gehört einer Freundin von mir, hier im Haus.«

Abdal blickt auf. »Einer Freundin?« Es klingt, als sei er überrascht.

»Ich muß es demnächst wieder zurückgeben.« Anna ist mit einem Mal unendlich müde, obgleich ihr Abdals Gesichts-ausdruck zu denken gibt. »Wenn Sie wollen, können Sie hier auf dem Sofa schlafen.«

Abdal zieht sogleich die Beine hoch und legt sich der Länge nach hin. Sie holt noch eine Decke und breitet sie über ihn. Dann küßt sie ihn auf die rasierten Brauen. »Gute Nacht!«

293

»Mögen Ihre Träume glücklich sein!« Abdal lächelt mit geschlossenen Augen wie ein Kind.

Als Anna am anderen Morgen erwacht, ist Abdal bereits verschwunden. Sie will seine Decke wegräumen und stutzt. Die Decke ist so drapiert, als sei sie eine offene Blüte. Abdal muß geraume Zeit damit zugebracht haben, sie dermaßen kunstvoll zu falten. Annas Herz erwärmt sich. Abdal hat versucht, ihr eine Freude zu bereiten.

»Ein Doppelmord also!« Jussuf läßt nicht erkennen, ob er davon gewußt hat oder nicht. »Und du hast es von Big Boss persönlich?!« Er linst über seine Brille, halb amüsiert und halb wie im Verhör.

»Der auch nicht so recht an das Eifersuchtsdrama zu glauben scheint.« Anna sitzt Jussuf gegenüber und ist nicht bereit, sich noch einmal mit Vagheiten abspeisen zu lassen.

»So, so. Was könnte denn sonst dahinterstecken?« Jussuf schnalzt affektiert mit der Zunge.

»Das frage ich dich, großer Meister. Schließlich habe ich mir auch von dir einen Hinweis verdient, nachdem ich Haugsdorff die Mordgeschichte aus der Nase gezogen habe. Ich werde dein Zimmer nicht verlassen, bis nicht auch du ein paar Krumen in meine Schale gelegt hast.«

»Ja dann…« Jussuf zieht ein Bein hoch, eine körperliche Entspannungsübung, die ihm beim Nachdenken helfen soll. »Sag mir, was du wissen möchtest, und ich werde mein Gedächtnis durchforsten.«

Annas Empörung brodelt unter der Oberfläche. Wie kann er nur so tun, als habe sie ihm nie von Hikmet erzählt? Aber ruhig Blut. Geduld gegen Verzögerung, Freundlichkeit gegen Unwillen, Scharfsinnigkeit gegen Verschleierung. Sie weiß, daß sie so präzise wie möglich fragen muß, um eine halbwegs brauchbare Antwort zu bekommen.

»Angenommen, der alte Hikmet Ayverdi hat eine Rolle bei irgendeiner Gruppierung, Partei, Vereinigung gespielt, bei einer Volksgruppe oder einer Glaubensgemeinschaft…« Anna fällt nun doch mit der Tür ins Haus.

»Zum Beispiel?« Jussuf versucht, aus einem alten Rechnungszettel ein Schiffchen zu falten.

»Zum Beispiel bei diesen Aleviten.«

»Bingo!« Jussuf setzt die Segel.

»Wer käme als möglicher Gegner in Frage?«

»Die Auswahl ist relativ groß.« Jussuf leert den Rest Kaffee in die Untertasse und läßt sein Schiffchen in See stechen.

»Wir sollten niemanden außer acht lassen.«

»Wenn es schon nicht das große Eifersuchtsdrama war, Neider und Konkurrenten gibt es genug.«

»Die einen Mord riskieren würden, weil das Geschäft der Ayverdis zu gut geht? Da müßten sie schon hervorragend organisiert sein, um da unbeschadet wieder herauszukommen. Daß aus einem Mord ein Doppelmord wird, läßt sich schlecht planen.« Anna dreht wie besessen an einer ihrer Schläfenlocken.

»Stimmt, Frau Kommissar! Es sei denn, er hat für eine dieser Organisationen Schutzgeldzahlungen verweigert.« Das Schiffchen trudelt in den Kaffee.

»Davon ist sogar irgendwann die Rede gewesen«, erinnert Anna sich. »Die Witwe muß etwas in der Art zu Haugsdorff gesagt haben, nämlich daß ihr Mann sich die Waffe erst kurz zuvor besorgt hatte, weil es anonyme Drohungen gegeben und er den eifersüchtigen Ehemann für einen gedungenen Killer gehalten habe.«

»Dennoch…« Jussuf stößt das am Untertassenrand gestrandete Schiffchen in den Kaffee zurück. »Daß ein Schutzgelderpresser sich, noch dazu allein, in die Höhle des Löwen wagt, ist ziemlich unwahrscheinlich. Stell dir vor, es wären einige der Söhne zu Hause gewesen.« Jussuf schüttelt den Kopf. »Nein, das sieht mir nicht danach aus, ganz und gar nicht.«

»Wer oder was bleibt dann?« Anna versucht, Jussuf mit

ihrem Blick zu durchbohren, aber der hat bloß Augen für seinen Schiffsuntergang.

»Nun ja, das hängt davon ab, wie aktiv der alte Ayverdi als Alevit gewesen ist. Wieviel Aufmerksamkeit er für sich und seine Gruppe im Gastland beanspruchte.«

Anna ist knapp daran, die Geduld doch noch zu verlieren.

»Und? War er aktiv? Du bist der Experte auf diesem Gebiet.«

Jussuf seufzt. »Es ist nicht gut für dich, zuviel zu wissen. Finde dich damit ab, daß der junge Ayverdi verschwunden ist. Er wird seine Gründe gehabt haben. Mir fallen auf der Stelle mindestens fünf ein, ohne daß ich angestrengt nachdenke. Laß es dabei bewenden. Für deinen Job brauchst du einen klaren Verstand, der nicht von persönlichen Interessen getrübt ist.«

»Hast du mir nicht nahegelegt, von dir zu lernen, solange wir zusammenarbeiten?«

»Die Betonung lag auf lernen, nicht auf der Lösung von Fällen, in die du privat verstrickt bist.«

»Und du? Bist du nie privat verstrickt?«

Jussuf schaut ihr ins Gesicht. »Ich bin von Anfang an privat verstrickt, schon meiner Herkunft wegen. Das ist der Preis für meine Kompetenz. Deshalb setzten sie auf dich, denn du warst von Haus aus nicht verstrickt. Und dazu auch noch die Geliebte vom zuständigen Ministerialrat. Verstehst du denn immer noch nicht? Du solltest mir auf die Finger schauen, so nebenher natürlich, und nicht eigenmächtig recherchieren, weil einer der zu Erfassenden dir den Kopf verdreht hat. Das war nicht vorgesehen, kapier das doch endlich.«

Anna weiß, daß sie an diesen Sätzen noch zu kauen haben wird. Aber dafür ist jetzt nicht der Zeitpunkt. Sie will, sie muß dranbleiben. »Ich möchte nur wissen, ob der alte Ayverdi aktiv war oder nicht.«

Jussuf blinzelt sie an. Mit so viel Hartnäckigkeit hat er wohl nicht gerechnet.

»Und wie!« Jussuf streckt sich. »Er war derjenige, der das Vereinslokal beschafft hat, in dem sich die Aleviten seither treffen. Er hielt die Verbindung zur Türkei und organisierte die hier Ansässigen. Er war sehr beliebt. Beliebter, als ihm offenbar guttat. So daß sich sogar Türken ihrer alevitischen Herkunft besannen, die sich zuvor nie dafür interessiert hatten.«

»Willst du damit sagen, daß sie sich auch politisch organisiert haben?«

»Gewissermaßen. Sie präsentieren sich als die Fortschrittlichen, die Toleranten, die Nicht-Orthodoxen.«

»Also könnten die Orthodoxen, die Nicht-Toleranten, die Nicht-Fortschrittlichen die Beseitigung des alten Ayverdi veranlaßt haben.« Anna schwirrt der Kopf. Immerhin hat Jussuf zum ersten Mal geantwortet. Sie wird viel nachzudenken haben.

»Könnten…« Jussuf zerstört das Schiffchen vollends, indem er es mit dem Löffel zusammenquetscht. »Doch vergiß nicht, es gab und gibt nicht den Schimmer eines Beweises. Im Gegenteil. In all unseren schönen Programmen, PACIDIUS mit eingeschlossen, ist keine Spur von einem politischen Ayverdi-Mord zu finden, das kann ich beschwören. Ich habe alle Dateien mehrmals danach abgesucht.«

Annas Blick verengt sich. »Ich kann es trotzdem nicht glauben, verzeih. Was denkst du, warum Haugsdorff bei der Witwe angeklopft hat, und das nach über vier Jahren?«

»Woher soll ich das wissen?« Jussuf fährt sich mit der Hand übers Gesicht, eine Geste des Unwillens und der Genervtheit.

»Weil ihm etwas aufgefallen ist! Entweder hat es einen neuen Fall gegeben, von dem wir noch nichts wissen, der auf diese Geschichte zurückverweist, oder sie haben im Zuge der Recherchen für das Ministerattentat alle nichtgeklärten Fälle wieder aus der Versenkung geholt. Aber eines steht fest: Haugsdorff oder seinen Beamten ist etwas aufgefallen, und das heißt…«

»Das heißt gar nichts, Chérie, zumindest im Augenblick nicht. Möglicherweise hast du das alles selbst ausgelöst mit deiner versehentlichen Eingabe. Erinnerst du dich nicht?« Jussuf hat wieder genügend an Terrain gewonnen, um sich zurückzulehnen.

Anna durchfährt es, als habe man ihr gezielt einen elektrischen Schlag versetzt. »Ich Idiotin! Das verzeihe ich mir nie.« Jussuf lächelt jovial. »Ich verspreche dir, der Sache auf der Spur zu bleiben und herauszufinden, wo dein Herzbube geblieben ist. Aber schwör mir, daß du nicht weiter persönlich die Kriminalistin spielst. Dabei richtest du mehr Schaden an, als du je in dieser Sache in Erfahrung bringen kannst. Das darfst du mir glauben.«

»Dein Wort darauf?« Anna streckt ihm die Hand entgegen.

»Worauf?« Jussuf wirkt wie aus dem Konzept gebracht.

»Darauf, daß du herausfindest, was mit Hikmet geschehen ist.«

»Allah, Allah«, entfährt es Jussuf, »du gibst wohl nie auf. Bist du aus Stahl oder was?«

Als Anna nach Hause kommt, sieht sie schon von weitem einen Zettel an ihrer Tür kleben. Ihr Herz beginnt zu toben. »Neuer Schlüssel bei Hausmeister.« Ihr Puls beruhigt sich nur langsam, während sie die Treppe noch einmal hinuntersteigt, um den Mann von Naima Hanim zu holen. Der schwenkt weithin sichtbar die neuen Schlüssel und sperrt dann die Türe ein paarmal auf und zu.

»Kontrollieren Sie, ob etwas aus der Wohnung fehlt. Ich bin zwar die meiste Zeit danebengestanden, aber wer weiß, vielleicht ist wieder etwas gestohlen worden. Ich möchte, daß Sie gleich kontrollieren.« Der Mann von Naima Hanim gilt im Haus als ein Muster an Rechtschaffenheit und möchte auf alle Fälle seinen Ruf wahren.

Anna schaut sich oberflächlich um und greift bereits nach ihrer Geldbörse.

»Schauen Sie genau!« Der Mann von Naima Hanim besteht auf Gründlichkeit.

Pro forma zieht Anna ein paar Laden auf und tastet darin nach den vertrauten Gegenständen. Was soll jetzt noch jemand stehlen wollen, wo ihr Notebook verschwunden ist? Die Teetassen, den Besucheraschenbecher, ihre Unterwäsche?

»Alles da!« Anna überlegt, ob das Trinkgeld groß genug ist. Immerhin ist der Mann von Naima Hanim dabeigeblieben, als das Schloß ausgewechselt wurde, hat aufgepaßt, daß der Schlüsseldienst rasch und sorgfältig arbeitete, und danach auch noch gekehrt.

Um es ihm leichter zu machen, das Geld anzunehmen, sagt sie etwas von der Sparbüchse der Kinder. Der Mann von Naima Hanim hat auch diesbezüglich einen makellosen Ruf. Nachdem er betont hat, daß ein Trinkgeld nicht nötig sei, nimmt er es dann doch, indem er ebenfalls »Für die Sparbüchse der Kinder« sagt. Danach verabschiedet er sich, legt zuerst die Hand auf seine Brust und führt sie dann an die Schläfe.

»Ein Jammer, daß Ihr Computer weg ist. Sie hätten mir früher Bescheid sagen sollen wegen dem Schloß.«

Die Tür fällt hinter Anna zu. Sie braucht eine Weile, bis sie herausfindet, wie sie von innen zu öffnen ist. Die Schlüssel hat sie versehentlich draußen stecken lassen, gleich drei Stück hängen an der Drahtschlaufe. Als sie begriffen hat, wie das neue Schloß funktioniert, versucht sie es noch einmal, um es sich endgültig einzuprägen. Einen der Schlüssel hätte sie gleich dem Mann von Naima Hanim mitgeben können, damit sie immer in ihre Wohnung kann, auch wenn sie ihre Tasche irgendwo stehenläßt oder sie gar verliert, wie während der Panik in der Kurhalle.

Irgendwie fehlt es ihr, das Notebook. Sich hinsetzen und mit den Gedanken ins Trudeln kommen, sich von einem Menü ins andere treiben lassen, da einen Happen kosten und – wenn er nicht Lust auf mehr macht – sich gleich die nächste Platte servieren lassen. Hier eine Information zur Kenntnis nehmen, dort einen Hinweis bekommen, ob man sich wirklich dafür interessiert, spielt keine Rolle, der Appetit kommt ohnehin erst beim Essen.

Mitglied einer Gesellschaft von Problemschnüfflern sein, die nur eines tröstet, nämlich daß die Zahl der möglichen Probleme unendlich ist. Erzählst du mir deines – erzähle ich dir meines. Nicht daß wir es dadurch lösen, aber die große weite Welt wirkt auf einmal so bewohnt und gleichzeitig so unendlich verschwommen. Niemand weiß, wie du riechst, ob du kurz zuvor eine Orange in der Hand gehalten oder in eine Pistazie gebissen hast, sogar der Schmerz ist ein allgemeiner, blickloser. Jemand läßt einen wissen, daß er entsetzlich einsam ist. Man weiß, wovon er redet, weil diese Art Einsamkeit einem selbst schon widerfahren ist. Weiß man deshalb mehr über die Einsamkeit der anderen, oder erfährt man immer nur etwas über die eigene?

Und doch ist das manchmal besser als nichts. Man drückt, und irgend etwas bewegt sich. Selbst wenn man noch so niedergeschlagen ist, man kann gar nicht anders als weiterdrücken. Vielleicht stößt man doch noch auf den einen Satz, der alles verändert.

Anna kommt ihre Wohnung wesentlich leerer vor, seit es das Notebook nicht mehr gibt. Auch hat es schon den ganzen Tag geregnet, und es ist ziemlich kühl geworden, Schafskälte oder wie man das im Juni nennt. Zum ersten Mal tut es ihr leid, daß sie nicht einmal einen Fernseher hat, diesen Seelentröster, von allen geschmäht und für die meisten unentbehrlich.

Müde und verstimmt streicht sie sich in der Küche ein paar Brote. Da fällt ihr ein, daß sie seit dem Frühstück nichts mehr gegessen hat. Kein Wunder, daß sie schlingt.

Auf dem Heimweg ist sie in eine der großen öffentlichen Bibliotheken gegangen und hat in den Katalogen unter A das Stichwort Aleviten gesucht. Nicht daß sie sich irgendeinen umfangreichen wissenschaftlichen Wälzer zumuten wollte, aber Jussufs Brosamen genügen ihr nicht mehr. Das einzig Handliche, das sie sich dann mitgeben läßt, ist eine etwa zwanzigseitige Publikation der Deutschen Morgenländischen Gesellschaft, Abteilung Istanbul, von einer Frau geschrieben, das flößt ihr Vertrauen ein.

Der Tee hat sie wieder munter gemacht. Anna liegt auf dem Sofa, im Kimono. Der Wind knallt ein paar Hagelkörner gegen die Scheiben, und es wird so dunkel, daß sie Licht machen muß, trotz der Sommerzeit. Licht, um zu lesen.

Mit der Parole »Jetzt schweigen wir nicht mehr!« durchbrachen die Aleviten 1990 die Mauer der Verschwiegenheit, die jahrhundertelang ihre Glaubensvorstellungen und Praktiken umgeben hatte. Dies geschah, obzwar pessimistische Stimmen noch Anfang der achtziger Jahre prognostiziert hatten, daß sich das Alevitentum mit seinen Besonderheiten in der modernen Massengesellschaft auflösen würde. Denn viele der heute unter Fünfzigjährigen hatten sich in den Jahrzehnten nach 1950 säkularen und antitraditionalistischen Ansätzen der Welterklärung verschrieben. Das traditionelle Gefüge der alevitischen Gemeinschaft war zum Ende der achtziger Jahre kaum mehr intakt.

Bisher deckt sich das so ziemlich mit dem, was Jussuf hin und wieder fallen hat lassen. Ob er dieselbe Studie gelesen hat?

Dann aber sei es plötzlich zu einer einzigartigen Wiederbelebung des Alevitentums als Glaubensform und Lebenspraxis gekommen. Seit ein paar Jahren trügen die Aleviten erstmals ihre spezifischen Vorstellungen und Rituale an eine breite Öffentlichkeit und forderten nunmehr, das Alevitentum als eigene Glaubensgemeinschaft offiziell anzuerkennen, ihm gesellschaftliche und religiöse Gleichstellung mit dem sunnitischen Islam zu gewähren.

Ob das die Forderung ist, die den alten Ayverdi das Leben gekostet hat?

Auch sollen die Aleviten unter den Türken in Europa verhältnismäßig stärker vertreten sein, als es ihrem Bevölkerungsanteil in der Türkei, nämlich an die zwanzig bis fünfundzwanzig Prozent, entspricht.

Auch das deckt sich ungefähr mit dem Umfang des Alevitenblocks im Vergleich zu den sunnitischen Türken und Kurden. Anna hat das neulich überprüft, soweit ihr die eigenen Eingaben noch zur Verfügung standen.

Aber so wenig sie sich damals dabei gedacht hat, so viel fällt ihr jetzt dazu ein, auch wenn alle Fragen schließlich auf die eine hinauslaufen: Was ist mit Hikmet? Hat es ihn wirklich gegeben, oder gehört auch er zu den Träumen, aus denen man schwer erwacht?

»Der Mensch ist die Kaaba.« Das also hat Abdal ihr am Donaukanal sagen wollen. Hier steht es schwarz auf weiß, daß der Mensch im Mittelpunkt der alevitischen Frömmigkeit steht, da er als Gottes vollkommenste Schöpfung gilt. In ihm manifestiert sich Gott, ganz gleich, welchen Geschlechts, welcher ethnischen Zugehörigkeit oder welch sozialen Standes der Mensch ist. Der Mensch ist von göttlicher Natur, und als solchem gebührt ihm Respekt. Der Dienst am Mitmenschen zählt für die Aleviten als Dienst an Gott.

Anna überlegt, wie ihr der Katholizismus vorkommen würde, beschrieben von einem sympathisierenden Moslem. Aber sie hat sich nie besonders für Religion interessiert, weder als Praxis noch als Vorstellungswelt. Für sie existiert nur diese ziehende, zerrende Sehnsucht, der sie sich nicht gewachsen fühlt.

Anna liest und blättert und liest. Manchmal drohen ihr die Augen zuzufallen. All die fremdartigen Begriffe, wie die vier Tore, die vierzig Stationen, die vierzig Heiligen, die Lehrer, die Großväter, die Meister, die Führer... darunter kann sie sich nur wenig vorstellen. Ob Hikmet an das alles glaubt?

Dann aber stößt sie auf die Sache mit der Wahlverwandt-schaft, die auch Jussuf erwähnt hat. Es scheint sich dabei um etwas Grundsätzliches zu handeln, bei dieser »Jenseits-oder Weggeschwisterschaft«. Sie notiert sich das türkische Wort *musahiplik*. Dabei treten zwei nicht blutsverwandte Männer gemeinsam mit ihren Frauen in ein *lebenslanges Verhältnis von gegenseitiger Verantwortlichkeit*. Und diese Verantwortlichkeit soll schwerer wiegen als jene für die leib-liche Verwandtschaft, denn sie fordert absolute Solidarität, das Teilen von Hab und Gut und das Einstehen für die Verfehlungen des Musahip-Partners. Auch dürfen die Kin-der der Musahip-Partner einander bis in die zweite nach-folgende Generation nicht heiraten, da sie als Geschwister gelten.

Ein bemerkenswerter Brauch. Viel konkreter und wahr-scheinlich auch viel verbindlicher als die Geschichte mit dem Nächsten, den die Christen lieben sollen wie sich selbst. Aber auch schwieriger. Sich vorzustellen, ein Leben lang mit einem anderen Paar auf Gedeih und Verderb zusammen-gespannt zu sein. »Wenn vier Herzen zu einem werden«, wie Jussuf es umschrieben hat. Wenn einer davon sich etwas zuschulden kommen läßt, müssen alle dafür geradestehen. Wenn einem ein Unglück widerfährt, trifft es alle vier, und das auch noch mit Auswirkungen bis in die übernächste Generation. Was für ein Kontrast zu Annas eigener Ge-schichte, in der der Vater nicht einmal von seiner eigenen Tochter weiß.

Ob es je einsame Aleviten gegeben hat? Nach all den Vor-kehrungen, die sie als Gemeinschaft gegen die Einsamkeit getroffen haben, wohl nicht. Da kann jemand, der von außen kommt, nie und nimmer mithalten. Wenn ein Alevit sozusagen immer gleich vier ist.

Was aber geschieht mit denen, die die Regeln nicht befolgen oder überhaupt die Gesetze? Sind das dann keine Aleviten mehr?

Hat nicht Jussuf einmal gesagt, daß bei aller Toleranz anderen gegenüber die Gesetze innerhalb der Gemeinschaft ziemlich streng seien? Es vielleicht noch sind? Sie muß plötzlich an Alev und deren überstürzte Flucht aus der Disco denken. Ob sie tatsächlich noch keine vierzehn ist, wie Frantischek behauptete?

Wie reagiert die Gemeinde auf die, die ihre Gebote nicht einhalten? Auch darüber steht etwas in der Studie. Aleviten seien in erster Linie auf Konsens aus, heißt es da, doch es gäbe auch Strafen, wie Geldbußen und körperliche Züchtigung. Die schlimmsten Vergehen aber, Ehebruch, Mord oder Geheimnisverrat, würden mit dem zeitweisen oder dauerhaften Ausschluß aus der Gemeinschaft geahndet.

Ob das alles noch immer gilt? Geheimnisverrat trifft wohl nicht mehr zu, seit die Aleviten mit ihren Riten und Regeln selbst in die Öffentlichkeit gegangen sind. Die Ahndung von Mord ist Sache des Staates und seiner Gerichtsbarkeit. Und Ehebruch? Auch die Christen halten offiziell an der Einehe fest. Was sagt das schon?

Jedenfalls weiß sie jetzt genausoviel wie Jussuf. Aber erklärt das Hikmet? Jenen Hikmet, der sich längst in ihre Träume gestohlen hat, bevor sie ihm noch begegnet ist? Hat sie ihn am Ende selbst erschaffen, kraft ihrer Sehnsucht? Hat ihr Verlangen diesen Hikmet zum Vorschein gebracht, an den sich zu erinnern sie nicht aufhören kann? Entstanden für die kurze Zeit, in der ihr Verlangen stark genug war?

Wenn es also an ihr läge, an der Macht ihrer Vorstellung? Wieso sollte sie dann nicht imstande sein, Hikmet ein weiteres Mal an sich zu ziehen, um ihn wiederzuerkennen? Bevor die Welt aufs neue in Zufälle und Notwendigkeiten zerfällt, die keinem Schöpfer mehr unterliegen.

Wieso soll es ihr nicht gelingen, Hikmet noch einmal entstehen zu lassen? Einen Hikmet, der, viel geschickter als Haugsdorff, auch das neue Türschloß knackt, um plötzlich vor ihr zu stehen, in seinem langen, dunklen Mantel mit den merkwürdigen Flicken, den er dann von den Schultern gleiten ließe und der wie ein Hund eingerollt am Boden liegen bliebe.

Ein Hikmet mit starken schwarzen Brauen, wie ein Elif, das ein A wie in Ali sein kann. So hat Abdal ihr die Schrift erklärt. Und unter diesen beiden Elifs lodert Hikmets Blick, vor dem sie viel zu oft die Augen geschlossen hat. Diesmal will sie ihm standhalten, auch wenn sie darin untergeht.

Sein Haar schlägt noch immer Rad, wenn er plötzlich den Kopf wendet, und der Schatten, den sein keimender Bart wirft, heißt Lam und Ye, wie das Ye, von dem Hikmet damals gesprochen hat. Jetzt kann sie es entziffern.

Sie ist aufgestanden, um ihn mit mehr Kraft anzuziehen. Ihr Herz schlägt im Rhythmus der Worte. »Komm näher!« Und tatsächlich ist es Hikmet mit seinem ganzen Körper. Sein Blick verbrennt den Kimono, schmilzt ihn zu Klumpen fasriger Seide, die an ihren Beinen hinunterrutschen.

Hikmet, der sie nie wirklich geküßt hat – war ihr Verlangen so schwach? –, berührt mit den Zeigefingern ihre Halsgrube, fährt die Schlüsselbeine entlang, in beide Richtungen, zieht jeweils einen kleinen Kreis als Schleife auf ihren Schultern – was schreibt er ihr ein? –, führt einen Schriftzug auf ihre Brustspitzen zu, tupft sie dreimal an, die Punkte der Verhärtungszeichen, die aus einem B ein P machen -- woher weiß sie das plötzlich? – oder aus einem S ein Sch. Ihr ganzer Leib wird in ein Schriftbild gesetzt, über ihrem Nabel kreuzen sich die Abstriche und ziehen sich spiegelverkehrt über die Hüften hinab.

»Ich würde dich lieben, auch wenn du Einstein persönlich wärst.« Hikmets Zunge ist auf einmal schwarz, und er zieht damit die vorgezeichneten Buchstaben nach.

»Ich war ein leeres Blatt, und du hast mich beschrieben.« Auch Hikmet ist jetzt nackt. Sein Puls springt auf ihren Kreislauf über. Seine Haut ist noch weißer als ihre und bedarf der Schrift.

»Es geht ganz leicht. Tauch deine Zunge ein.« Es ist, als folgten ihre Lippen einer Spur ihres Gedächtnisses. Von rechts nach links, von oben nach unten, von Elif nach Ye. Hikmets Hände auf ihren Schultern, Hikmets Lippen auf ihrem Haar. »Lies das Gedicht!«
Welches Gedicht? Eines, das ihre Zunge findet? Hikmets Gedicht? Das sein Körper sie sprechen lehrt, so daß auch sie es versteht?
»Laß deiner Zunge freien Lauf.«
Sie spricht Worte nach, die in ihrem Mund entstehen, ohne Vorwissen. Erst im Sprechen begreift sie sie, auch wenn sie die Sprache nicht kennt. Der Sinn liegt in einer Erinnerung, die ihr nicht gehört.

Meine Liebe zu dir sitzt tief im Herzen ein
Es gibt einen Weg, der führt noch tiefer hinein
Recht und Gesetz sind der Pfad Glaubenswilliger
Göttliche Wahrheit dringt noch tiefer ein
Den Glauben lassen ist ohne Gott leben
Welche Gottlosigkeit weist noch tiefer hinein
Sag nicht ich sei bei mir das bin ich nicht
Durch mich drängt ein Ich sich noch tiefer hinein
Was immer ich sehe ist erfüllt von dir
Geborgen in meinem Blut strömst du tiefer hinein
Dem einen ist deine Offenbarung genug
Den anderen treibt die Suche noch tiefer hinein
Deine Liebe hat mich mir weggenommen
Tröstlicher als Trost brennt mich Schmerz in sie ein
Treu und Glauben sind längst vergessen
Welch Bekenntnis weiht mich noch tiefer ein
Unterwegs zum Freund verirrt sich Hikmet
Verhält vor der Tür die noch tiefer führt hinein

Das Gedicht schmeckt süß nach Haut und salzig nach Schweiß. Sie wird es nun Hikmet auch noch auf die Zunge legen. Sein Mund riecht nach Orangen und nach Pistazien. Die Schrift auf seinem Leib ist genauso schwarz geworden wie die ihre.

Sie heben vom Boden ab, einer des anderen Flügel. Ineinandergeschrieben. Die Meister der Kalligraphie lassen sich die kunstvollsten Lösungen einfallen, um die Buchstaben miteinander zu verbinden. Nicht mit allen geht das, manche bleiben auf ewig getrennt. Die, die ineinandergeschrieben sind, erscheinen in Schönheit. Sie erzeugen ein Wort. Etwas Bestimmtes, das immer schon als Unbestimmtes in ihnen verborgen war. Jetzt ist es zum Vorschein gekommen. Deutlich sichtbar. Wie Hikmet, der auch schon immer unter all den Menschen verborgen gewesen ist, bis sie ihn zum ersten Mal sah.

»Habe ich dich nicht gerufen?« Und das Wort ist Fleisch geworden. Im Augenblick seines Verschwindens.

Es gibt eine Wonne der Vorstellung, die ist jenseits allen Vergleichs. Ihr Duft erfüllt noch den Raum.

Anna ist schweißgebadet. Das Gedicht liegt mit dem Gesicht nach unten auf dem Boden. Es ist aus der Studie herausgefallen. Da hat sich wohl jemand im Übersetzen geübt. Yunus Emre steht darunter, Anatolien, 13./14. Jahrhundert.

Das Telefon läutet. Ihr alter Apparat, den gibt es natürlich noch. Sie tastet nach dem Hörer. Es rauscht. Sie spürt, daß jemand dran ist. »Hallo, bitte melden Sie sich.« Nur jetzt nicht irgend so ein Verrückter, der sie beschimpft oder mit Schweinereien überhäuft. Nicht jetzt.

»Wenn du es bist, die mir vor Augen schwebt?«

»Hikmet?« Annas Stimme wird brüchig.

»Jemand wird dich zu mir bringen, an einem der nächsten Tage. Halt dich bereit. Ich kann noch nicht genau sagen, wann.«

»Hikmet!«

»Gib acht, daß dir keiner folgt.«

Aus. Ende. Das Geräusch einer unterbrochenen Verbindung. Hikmet! Wenn sie es nur leise vor sich hin sagt, kann keiner mithören. Es sei denn, jemand läge unter ihrem Bett. Sie muß etwas trinken. Ihre Zunge brennt. Sie fühlt sich so erschöpft, daß sie sich in der Küche gegen den Kühlschrank lehnen muß.

Es ist geglückt. Die Kraft ihrer Vorstellung hat Hikmet in ihr Leben zurückgeholt. Sie wird ihn sehen, demnächst. Ganz egal, was inzwischen geschehen ist, sie wird ihn sehen. Ihr Wünschen hat noch einmal geholfen.

Anna nimmt das Glas mit ans Bett. Ob der, der sie zu Hikmet führen wird, jemand ist, den sie kennt?

Ihre Träume sind wie Wolkenfetzen, die der Wind vom Himmel reißt. Alles dreht sich um die vier. Mann-Frau, Mann-Frau. Zugedeckt, aufgedeckt, unter einer Decke, sich nach der Decke streckend. Stand davon nicht auch etwas in der Studie?

Selbst am Morgen unter der Dusche geht das Spiel der Worte in ihrem Kopf weiter. Wenn sie bloß wüßte, was es zu bedeuten hat. Plötzlich durchfährt es sie: Wenn Hikmet jemanden deckt? Unsinn. Dann wäre nicht er verschwunden, sondern es wäre wohl der, den er deckt, in den Untergrund oder in welches Versteck auch immer gegangen. Ist ihr Traum einfach leergelaufen nach der gestrigen Überanstrengung ihres Bewußtseins? Das Wort Deckmantel fällt ihr noch ein, aber es bringt nichts. Deckungsgleich ebensowenig. Oder ist es doch das bessere Wort? Nur wofür?

Wenn sie jetzt ihr Notebook noch hätte, würde sie ein Lexikonprogramm laufen lassen. Decken, gedeckt, verdeckt... Ach was. Eine fixe Idee, die sich festgesetzt hat. Vielleicht ertrinkt sie im Frühstückstee. Plötzlich ist Anna hellwach. Was hat Hikmet damit gemeint, sie solle achtgeben, daß ihr niemand folgt? Bedeutet das am Ende, daß Haugsdorff...? Unmöglich, dennoch erwacht Ehrgeiz in ihr. Wäre doch gelacht. Sie ist nicht von ungefähr leidenschaftliche Kinogeherin. Ob einer von Haugsdorffs Bütteln mit ihrer Krimierfahrung Schritt halten kann? Leider ist sie keine Verwandlungskünstlerin wie Samiha, dennoch ist sie entschlossen, diese Herausforderung anzunehmen.

Seit dem Anruf von Hikmet hat sich alles verändert. Es gibt ein Ziel, eine Gewißheit und den Willen, allem Widerstand zu trotzen.

Jussuf hat schon auf sie gewartet. Er steht neben der Kaffeemaschine und deutet Anna, zu ihm in sein Büro zu kommen.

»Hast du gelesen?« Er verschüttet ein wenig Kaffee, als er die Tasse neben der Zeitung abstellt. Die Flüssigkeit frißt sich augenblicklich ins Papier. Jussuf schlägt die Zeitung auf, faltet sie an der durchtränkten Stelle und hält sie ihr hin. Ein junger Mann schaut erschrocken in die Kamera.

Anna beginnt zu lesen, etwas über einen Haydar Ayverdi, der nach einer Schlägerei unter Türken verletzt aufgegriffen wurde. Obwohl er laut Papieren schon seit Jahren in Wien ansässig ist, spricht er so gut wie kein Deutsch und scheint sich auch in Wien nicht auszukennen, ist aber im Besitz einer Arbeitsgenehmigung. Gedächtnisverlust durch die erlittene Verletzung sei wenig wahrscheinlich, da sich diese weder als besonders schwer noch als besonders gefährlich erwiesen habe.

»Aber Haydar Ayverdi ist tot. Verbrannt in Sivas.«

»Wofür sich hier offensichtlich niemand interessiert.«

Anna kann es nicht glauben.

»Verstehst du langsam?« Jussuf nimmt die Zeitung wieder an sich.

Natürlich versteht Anna. Nur was genau soll sie verstehen? Daß da irgend etwas nicht stimmt?

Jussuf schaut ihr erwartungsvoll ins Gesicht, so als möchte er es keinesfalls übersehen, wenn ihr ein Licht aufgeht. Aber so hell wird es in Annas Kopf nicht. Noch nicht.

»Verstehst du jetzt endlich, warum ich dich immer beschworen habe, nicht eigenmächtig in etwas hineinzupfuschen, das zwar nicht allzu fein gesponnen war, jedoch eine Zeitlang funktioniert hat? Jetzt ist wohl Schluß damit. Sie werden es schon aus ihm herausprügeln.« Jussuf deutet auf das Bild des Mannes in der Zeitung.

»Was herausprügeln?« Schon würde Anna sich am liebsten auf die Zunge beißen. Wie kann sie nur zugeben, daß sie immer noch nicht ganz verstanden hat? Noch dazu vor Jussuf.

Jussuf ist tatsächlich überrascht. Dann grinst er sie wieder einmal an wie Groucho Marx. »Noch immer alles Herz-Schmerz in deinem Kopf und weit und breit kein Verstand in Sicht?«

Anna nimmt ihm die Zeitung weg. Der junge Mann hat eine entfernte Ähnlichkeit mit den Ayverdis, aber so, wie er hier abgebildet ist, sieht er wahrscheinlich nur aus wie viele Türken. Dunkelhaarig, mit dicken Brauen und einem Bärtchen.

»Die Sache mit den Pässen. Ich weiß selbst nicht genau wie, nur daß sie läuft. Aber das holen sie aus ihm schon noch heraus.«

Anna antwortet nicht, vertieft sich nur noch augenfälliger in das Bild, so als habe sie diesen Haydar Ayverdi in ihrem Kopf erkennungsdienstlich zu bearbeiten.

»Frustriert, wie unsere Terrorkommandos sind, weil in der Bombensache nichts weitergeht, schießen sie jetzt in dieser Richtung scharf. Das große Ordnungmachen hat einge-setzt. Jeder, der nicht *hierhergehört,* soll in sein Land zu-rückgeschickt werden. Wenigstens in dieser Sache wollen sie auf Erfolgserlebnisse nicht verzichten. Und dieser Erfolg ist ihnen sicher, es geht um die kleinen Fische. Man wird es unseren Schützern zu danken wissen. Es werden nicht ein-mal nur die schwarzen Schafe sein, die die Statistik entla-sten, ganze Schafherden wird man abführen.«

Anna versucht, Zeit zu gewinnen. »Jemand, der gültige Papiere und eine Arbeitsgenehmigung hat, kann nicht zu-rückgeschickt werden. Dafür gibt es Gesetze.«

»Wer hat das schon?!« Jussuf zuckt mit den Schultern. »Und die, die das haben, sind ihren Brüdern, ihren Cousins, ihren Familien verpflichtet.«

»Ihren Musahip-Partnern«, fügt Anna gedankenverloren hinzu.

Jussuf schaut auf. »Na so was, du scheinst doch etwas gelernt zu haben. Und vergiß nicht, sie alle kommen aus Gesellschaften, in denen Verwandtschaft anders gehandhabt wird.«

»Du meinst, sie teilen? Sie teilen auch ihre Dokumente?« Jussuf funkelt sie mit seinen spiegelnden Gläsern an. »Teilen und verteilen. Aber das stammt nicht von mir. Das hast du gesagt.«

»Und was soll ich jetzt tun?« Wieder so eine dumme Frage, die nicht nötig gewesen wäre. Sie weiß schon, was zu tun ist. Sie wird Hikmet sehen, und dann wird sie es genau wissen.

»Ich habe es dir schon ein paarmal gesagt, sei findig, großherzig und verschwiegen.«

»Ich werde tun, was ich kann, cher Maître.« Endlich gelingt Anna wieder ein Lächeln. Gar nicht so schlecht, diese arabischen Sprichwörter.

»Du schuldest mir noch einen Gefallen.« Teresa wirkt aufgekratzt und so nicht-leidend wie schon seit langem nicht mehr. »Du mußt dir diese Wohnung anschauen. Ein Glücksfall, wie ich es sehe. Nicht zu groß, aber die Räume gut aufgeteilt, so daß Ivo seine Freunde zu Besuch haben kann und es mir dennoch möglich sein wird zu schlafen. Überall dicke Wände, herrliche, dicke Altbauwände.«

»Was willst du mehr?« Schön, daß Teresa so strahlt. »Eigentlich habe ich sie gefunden, du erinnerst dich wohl noch.«

»Eben darum will ich ja auch, daß du sie dir anschaust. Außerdem brauche ich deinen Rat. Ivo ist in dieser Hinsicht nicht zu gebrauchen.«

Die gleitende Arbeitszeit hat eindeutig Vorteile. Es ist früher Nachmittag, als Teresa und Anna sich zur neuen Wohnung aufmachen. Diesmal fahren sie mit dem Bus und beschließen, erst danach Eis essen zu gehen.

»Die Bushaltestelle ist ebenfalls in der Nähe.« Teresa findet mehr und mehr vorteilhafte Details.

Es ist ein durchschnittlicher Tag, warm, aber nicht heiß, bedeckt, wenngleich nicht regnerisch, auch von keinerlei unangenehmen Ereignissen gezeichnet. Dennoch klopft Anna das Herz, als sie mit Teresa am Ayverdi-Haus vorbeischlendert. Die Wohnung der Ayverdis befindet sich im dritten Stock. Sollte Hikmet sich am Ende hier irgendwo versteckt halten? Womöglich in der Wohnung seiner Mutter?

Hikmet hat ihr altes Telefon benutzt. Aber sie ist die meiste Zeit nicht zu Hause, und ihre Handynummer kennt niemand außer Haugsdorff. Sie hat sie nicht einmal an Gigi oder Bonny weitergegeben. Sie kann diese Leute nicht ausstehen, denen ständig etwas hinterherpiepst. Sie glaubt auch nicht, daß Hikmet sich noch einmal per Telefon meldet. Wahrscheinlich liegt das nächste Mal ein Zettel unter ihrer Tür, oder jemand gibt ihr auf der Straße ein Zeichen.

Anna und Teresa überqueren die Gasse, betreten das andere Haus und fahren mit dem Lift in den vierten Stock hinauf. Es ist ein alter Lift, wie ein gläserner Käfig, aus dem man hinausschauen kann. Die Nähe des Ayverdi-Hauses hat Anna befangen gemacht. Vielleicht hätte sie doch Feride Hatun einmal besuchen sollen, anstatt auf den Naschmarkt zu gehen. Der Brüder mögen viele sein, aber es gibt nur eine Feride Hatun, dessen ist sie sich sicher.

»Was ist los mit dir?« Teresa boxt sie leicht in die Seite. »Ist das heute dein verträumter Tag, oder hat es mit dem Herrn Ministerialrat zu tun?«

Anna muß lachen. Irgendwie hat das schon alles auch mit Haugsdorff zu tun, obwohl sie an ihn im Moment am allerwenigsten denkt. Gewiß, er wird sie demnächst, wenn er wieder mehr Zeit hat, anrufen und die Abmachung einfordern. Aber das bereitet ihr im Augenblick die geringste Sorge. Wenn er ihr bloß nicht bei Hikmet zuvorkommt. Was auch immer mit Hikmet geschehen sein mag.

Auch Anna findet, daß die Wohnung perfekt ist. Vor allem das abgetrennte kleine Schlafzimmer, das durch die Küche vom Rest der Wohnung abgeschirmt ist und in das Teresa sich jederzeit zurückziehen kann, während Ivo und seine Freunde ihr Land vor dem Untergang retten.

»Was meinst du, ob ich die Vorhänge aus der alten Wohnung mitnehmen soll?« Teresa zieht ein Meßband aus ihrer Tasche und bittet Anna, ihr beim Abmessen der Fenster behilflich zu sein. Anna stellt sich nicht gerade geschickt an, aber gemeinsam bringen sie es doch zuwege, und Teresa schreibt die Zahlen in ein kleines Buch.

Vom Fenster aus ist die Wohnung der Ayverdis zu sehen. Ob Hikmet sich vielleicht dort drüben auf dem unbenutzten Dachboden verborgen hält und gar nicht weiß, wie nahe sie ihm ist? Möglicherweise wird die Wohnung der Ayverdis observiert. Anna schaut nach einem einzelnen unbeschäftigten Mann aus, der auf und ab geht und sich immer wieder so postiert, daß er den Hauseingang im Auge behält. Nur ist da niemand, auf den dies zutreffen, das heißt erkennbar zutreffen würde. Aber das bedeutet nicht, daß es nicht geschieht.

Die Wohnung ist besenrein übergeben worden, aber es sind bei weitem nicht alle Spuren getilgt. Die Vormieter haben eine Couch zurückgelassen, einen Schrank und ein paar alte Stühle. Auch die Küche ist noch ziemlich intakt. Gespenstisch, welche Schatten die Bilder an den Wänden zurückgelassen haben, und auch auf dem Boden zeigen farbliche Veränderungen, wo Möbel gestanden sind.

»Einer von Ivos Freunden wird hier ausmalen, bevor wir einziehen. Erst dann spukt nichts und niemand mehr hier rum.« Teresa betastet die Wände, von denen der Verputz bröckelt.

Anna versucht sich vorzustellen, wer hier gewohnt haben mag. Ein Paar? Ein Paar mit Kindern? Ein Paar mit einer alten Mutter oder einem alten Vater?

»Wo würdest du den Eßtisch hinstellen?« Teresa steht von der Couch auf, auf der sie beide probegesessen sind, und während sie sich in die Mitte des Raumes begibt, fällt ihr das kleine Buch aus der Hand, in das sie die Ausmaße der Fenster geschrieben hat. Sie bückt sich und legt dabei, wie schützend, die Hand um ihren Bauch, eine unscheinbare Geste, gewiß, aber Anna wird trotzdem stutzig.

»Du bist doch nicht etwa schwanger?«

Teresa wirkt überrumpelt. Sie lächelt ein wenig schuldbewußt, ohne zu antworten.

»Teresa, ich habe dich etwas gefragt.«

Teresa zuckt die Achseln. »Ich wollte es. Du kannst sagen, was du willst, aber ich wollte es.«

»Du mußt verrückt sein.« Anna zieht geräuschvoll die Luft ein, das ist aber auch alles.

»Los, schimpf nur. Ich weiß, wie du darüber denkst. Aber es wird schon irgendwie gehen. Ich wollte immer ein Kind. Und dann sagte ich mir, lieber gleich eines von jemandem, den ich so sehr liebe. Natürlich hast du recht mit allem, was du dagegenhalten wirst, aber ich habe auch recht. Irgendwie kommen wir schon über die Runden.«

Anna ist entwaffnet, was soll man dazu noch sagen? Es ist alles absehbar, und doch imponiert es ihr auf eigentümliche Weise, unter welchen Umständen Teresa ihre Entscheidung getroffen hat.

»Weiß Ivo es schon?« Anna betrachtet Teresa eingehend, es ist noch nicht das geringste zu bemerken. Und wenn diese Geste nicht gewesen wäre, wäre auch sie nicht auf die Idee gekommen.

Teresa lächelt. »Ivo sagt, daß er Kinder gern hat, was immer das heißen mag.«

»Keine Angst.« Anna wirft einen Blick aus dem Fenster auf

die Gasse hinunter, ob nicht zufällig einer von den Ayverdis zu sehen ist. »Wir werden das Kind schon schaukeln.« Wie kommt sie bloß dazu, so etwas zu sagen? Sie, die aus eigener Erfahrung weiß, was es heißt, allein mit einer Mutter aufzuwachsen, denn daß auf Ivo kein Verlaß sein wird, dessen ist sie sich jetzt schon sicher. Genausowenig wie auf Vater Bruce. Aber sind sie und Bonny nicht auch groß geworden? Und hat Gigi nicht auch danach noch ein Leben gehabt? Was soll sie sich Teresas Kopf zerbrechen. Besser, sie kommt gelegentlich zum Babysitten.

»Danke.« Teresa hat ihr den Arm um die Schultern gelegt und meint, als könne sie Gedanken lesen wie Abdal: »Du kannst ja hin und wieder zum Babysitten kommen.«

Als sie dann den Lift nach unten nehmen wollen, stellt sich heraus, daß er nicht funktioniert, also gehen sie zu Fuß die Treppe hinunter. Teresa wirkt so entspannt wie früher, wenn sie sich auf den Weg zum Eisessen machten. »Ich nehme einen großen Becher mit Mangoeis, viel, viel Schlagobers und Nüssen.«

Anna verdreht die Augen. »Jetzt hast du auch schon Gelüste. Entsetzlich!« Sie lachen beide laut und kichernd.

Jemand scheint irgend etwas zu liefern, denn das Haustor ist aufgespreizt. Gerade als sie auf die Straße treten wollen, zieht Anna Teresa plötzlich in den Schatten des Hauseingangs zurück. Am Haus gegenüber wird das Tor geöffnet, und eine blonde Frau tritt, den Rücken ihnen zugewandt, heraus. Anna hält Teresa am Arm und legt den Finger auf den Mund. Zwei Frauen sprechen miteinander, wahrscheinlich türkisch. Die eine ist möglicherweise Feride Hatun, sie ist aber nicht zu sehen, weil sie die Schwelle nicht überschritten hat. Und die andere? Nach einer Weile fällt das Tor ins Schloß, und die Frau, die ihnen bisher nur den Rücken zugekehrt hat, geht mit raschen Schritten davon. Anna hat sie am Gang erkannt, es ist Samiha.

Weder liegt ein Zettel unter Annas Tür, noch hat ihr unterwegs jemand ein Zeichen gegeben. Sie hat sogar im Café vorbeigeschaut und einen Campari getrunken, für Tee ist es einfach zu warm, und Kaffee trinkt sie ausschließlich am Arbeitsplatz. Der junge Türke an der Theke grüßt sie, als sie an ihm vorüber in den hinteren Teil des Lokals geht. Und so, als habe er ein schlechtes Gewissen, fragt er, ob sie verreist gewesen sei, weil er sie schon länger nicht mehr gesehen habe.

Anna tut, als seien ihr sowohl seine damalige Unfreundlichkeit als auch seine jetzige Freundlichkeit entgangen. Sie schüttelt bloß den Kopf und meint – Strafe muß sein –, sie habe nur einfach keine Lust gehabt.

Sie holt sich noch einmal die Zeitung, die Jussuf ihr am Morgen gezeigt hat, und betrachtet das Gesicht des Mannes. Wie verstört er wirkt und wie hilflos. Und so, als wisse er genau, was nun mit ihm geschehen wird. Was aber ist mit Hikmet? Angenommen, sie haben Haydars Papiere nach dessen Tod weitergegeben, was hat das mit Hikmet zu tun? Falls Hikmet überhaupt etwas mit der Sache zu tun hat. Aus welcher Verborgenheit hat ihre Vorstellung ihn kraft ihres Wünschens und der Schrift des Freundes wohl hervorgelockt?

Das Café ist voller als sonst, wahrscheinlich weil eine Art Gastgarten zum Hof hin geöffnet ist, wie im Süden, mit Oleanderbüschen in Holzfässern, die den Kaffeehausbereich gegen den übrigen Hof hin abgrenzen. Aber es ist niemand an ihren Tisch gekommen, der sie verstohlen zum Mitkommen aufgefordert oder ihr einen Zettel unter die Zeitung geschmuggelt hätte.

Während Anna die Treppen zu ihrer Wohnung hinaufsteigt, läutet das Handy. Sie muß es erst vom Grund ihrer Handtasche heraufholen, und als sie es endlich am Ohr hat, steht sie bereits vor ihrer Türe.

»Ich dachte schon, du hättest es wieder einmal zu Hause

vergessen, nachdem du selbst es ja nie zu benützen scheinst.«
Haugsdorff klingt beleidigt. Sie hat ihn tatsächlich in den
letzten Tagen nicht angerufen, warum auch, da war nichts,
worauf sie ihn hätte hinweisen können.

»Ich wollte dich nicht stören.« Wenn ihr nur etwas Ver-
nünftiges einfiele! »Kommt ihr wenigstens voran? Ist das
Bombenhirn enttarnt?«

»Es gibt Fortschritte in mehreren Richtungen.« Haugsdorff
räuspert sich. »Aber es ist immer dasselbe. Wenn du nach
Wildenten schießt, fällt dir plötzlich eine Krähe vor die
Füße.«

Anna gibt sich erstaunt. »Seit wann bist du unter die Jäger
gegangen?« Der Dschinn des verborgenen Sinns hat die
Verkleidung gewechselt.

»Wenn es dem Schutz des Staates dient.« Was für Töne!
Haugsdorff scheint auch noch an das zu glauben, was er tut.
Oder will er sie nur beeindrucken?

»Schläfst du eigentlich schon im Amt?« Anna möchte wissen, ob sie heute noch mit ihm zu rechnen haben würde,
oder ob sich die endgültige Aussprache noch hinausschie-
ben ließe. Was heißt endgültige Aussprache? Was sie ihm
sagen kann, hat sie ihm schon gesagt. Er weigert sich nur, es
zur Kenntnis zu nehmen. Und jetzt, wo sie Hikmet treffen
wird, muß sie bei weitem vorsichtiger sein.

»So gut wie. Aber das heißt nicht, daß wir uns nicht sehen
können.« Es kommt ihr vor wie eine Drohung. Das neue
Türschloß beruhigt sie ein wenig, wenn auch nicht zur
Gänze.

»Vielleicht komme ich heute noch auf einen Sprung vorbei,
wenn nicht etwas Unvorhergesehenes geschieht.«

Bloß nicht. Sie ist viel zu nervös, um Haugsdorff zu ertragen. Wenn Hikmet sich womöglich doch noch einmal per
Telefon meldet?

»Heute geht es nicht, ich bin mit Teresa verabredet.« Teresa
klingt, wie sie gleich bemerkt, nicht sehr glaubwürdig.

317

»Teresa? Seit wann triffst du dich abends mit Teresa?«
Haugsdorff zwingt sie nicht nur zur Lüge, sondern auch
zum Verrat. Verzeih, Teresa. »Sie bekommt ein Kind.«
»Ein Kind? Schön für sie.« Es scheint Haugsdorff weder zu
überraschen noch zu interessieren.
»Eben nicht schön für sie.« Jetzt ist es schon egal. »Wir
haben ausgemacht, ernsthaft darüber zu sprechen.«
»Ich kann es ja später noch versuchen. Bist du zu Hause,
ist es gut, wenn nicht, sehen wir uns morgen. Auf bald,
Liebes.«
Anna wirft das Handy aufs Bett. Sie wird es nicht mehr
einschalten. Was glaubt Haugsdorff eigentlich? Daß allein
er zu bestimmen hat, wann sie sich sehen? Kann sie denn in
ihrer eigenen Wohnung nicht mehr allein bleiben? Ohne
Haugsdorff? Ihre Hände zittern. Sie sucht den Boden um
die Tür herum noch einmal ab, ob nicht irgendein Zettel
unter den Fußabstreifer gerutscht ist. Aber sie hat ohnehin
gleich gesehen, noch während sie mit Haugsdorff telefo-
nierte, daß da kein Zettel ist. Wenn sie bloß wüßte, wie
derjenige, der sie zu Hikmet bringen soll, mit ihr Kontakt
aufnehmen will und vor allem wann. Anna wäscht ihr
Gesicht mit kaltem Wasser und hält auch ihre Unterarme
lange in den Strahl. Das soll beruhigen, beruhigt sie aber
nicht.
Sie kann unmöglich den ganzen Abend lang zu Hause sitzen, wenn sie nicht riskieren will, daß Haugsdorff sie hier
findet. Damit wäre jede Möglichkeit, Hikmet zu sehen,
vereitelt. Haugsdorff ist das schon einmal gelungen. An dem
Abend, als er aus New York kam und sie ihn abholen fuhr,
anstatt wie an den Tagen zuvor in ihrer beider Café zu
gehen. Wo Hikmet auf sie gewartet hat. Sie ist noch immer
davon überzeugt, daß Hikmet an jenem Abend da war. Noch
immer hat sie das Gefühl, mit ihrem Nichterscheinen das
Verschwinden von Hikmet überhaupt erst ausgelöst zu
haben. Es darf Haugsdorff nie mehr gelingen, sie davon

abzuhalten, Hikmet zu sehen. Heute nicht und auch an keinem anderen Tag.

Als Annas alter Apparat zu läuten beginnt, setzt ihr Puls ein paar Takte lang aus, und erst als sie den Hörer abnimmt und sich mit »Ja?« meldet, fängt er wieder an zu schlagen. Es ist Gigi, die sich darüber beklagt, daß sie seit dem Mittagessen mit Haugsdorff nichts mehr von ihr gehört hat.

»Wie geht es deinem Auge?«

Anna muß sich ungemein zusammennehmen, um nicht einfach aufzulegen. Nicht nur, daß Gigi sie noch nervöser macht, sie blockiert auch die Leitung, falls derjenige, der sie zu Hikmet bringen soll, vielleicht doch vorher anruft.

»So gut wie neu.« Anna klingt ein wenig mürrisch und dadurch überzeugend.

»Was du das letzte Mal gesagt hast, hat mich sehr gekränkt.« Gigi klingt versöhnungsbereit, und Anna gesteht ihr zu, daß es einen Anlaß zum Gekränktsein gegeben hat.

»Verzeih, ich habe es nicht so gemeint. Ich fühle mich nur manchmal von dir und Bonny gegängelt. Ich weiß, ich bin die Jüngste, vielleicht gerade deswegen.« Ihr fällt ein, daß auch Hikmet der Jüngste ist, der Jüngste von sieben. Und wie alt ist dieser Haydar, der nicht Haydar sein kann, zumindest nicht Haydar Ayverdi?

»Unsinn. Wir sind nur ein bißchen in Sorge um dich, das ist alles.«

»Bitte, Gigi, fang nicht wieder damit an.« Anna versucht, ihrer Stimme einen halbwegs freundlichen Klang zu geben. Wenn Gigi bloß damit aufhören würde.

»Schon gut, schon gut. Das ist es auch gar nicht, was ich dir eigentlich sagen wollte.«

»Was dann?« Anna kann ihre Ungeduld kaum noch zügeln.

»Hast du am Ende Besuch?« Gigi hat es bemerkt, also wird sie sich in diesem Fall auf Haugsdorff ausreden anstatt auf Teresa.

»Noch nicht. Aber Haugsdorff will vorbeikommen, und ich muß noch aufräumen.« Anna wippt mit dem ganzen Körper.

»Grüß ihn bitte von uns. Also, was ich dir rasch noch sagen muß, Oskar hat seinen Posten als Geschäftsführer angetreten.«

»Ist ja toll.« Anna möchte kein Wort mehr über Oskar hören, trotz all seiner Verdienste.

»Willst du gar nicht wissen, in welcher Branche?«

Bitte, Gigi, hör endlich auf! Aber Stoßgebete haben nicht immer die Kraft des Wünschens.

»Laß mich raten.«

Gigi kichert und kichert. »Da kommst du nie drauf.«

»Dann sagst du es mir eben.« Annas Hand auf dem Hörer hat zu schwitzen begonnen.

»Dessous!«

»Was?« Anna hat gar nicht richtig hingehört.

Gigi scheint mit ihrem Kichern kein Ende zu finden.

»Damenunterwäsche. Also, wann immer du etwas brauchst, du kannst es über Oskar günstiger kriegen.«

Anna hat es die Rede verschlagen.

»Das wollte ich dir nur rasch gesagt haben.«

»Ich werde darauf zurückkommen, aber es läutet gerade, ich muß an die Tür.«

»Und melde dich von Zeit…« Anna hat Gigi das Wort abgeschnitten, kurz bevor sie selbst zu schreien begonnen hätte. Bonny hat recht, Gigi ist ein hoffnungsloser Fall.

Anna läuft durch die Wohnung, vom Bett zum Bad, vom Zimmer in die Küche und wieder zurück. Das Buch mit den Schriftbildern liegt noch immer aufgeschlagen auf dem Tisch, neben der Studie. Sie betrachtet den Löwen mit dem menschlichen Gesicht in der Schrift des Freundes. So hat Abdal es genannt. Elif – Lam – Ye. Eigentlich ist es ganz einfach, eine Welt aus Buchstaben. Hikmet ist der Schreiber. Und Abdal? In ihm spiegelt sich das Gesicht des Freundes.

»Schauen Sie mir ins Gesicht, erkennen Sie es?«

Anna blättert das Buch noch einmal durch. Da fällt es ihr wieder ein. Samiha. Sie wird Samiha das Buch zurückbringen. Anna zieht eine frische Bluse an und kämmt sich die Haare. Samiha ist die Lösung. Bei Samiha wird Haugsdorff sie nie suchen. Und Hikmet?

»Gut, daß du kommst, jetzt kann ich dir endlich die Arbeiten meines Vaters zeigen.« Samiha ist noch immer blond. Anna starrt sie unverhohlen an, bis Samiha sich an den Kopf greift und andeutungsweise an einer Haarsträhne zieht.
»Ja, ja, die sind echt gebleicht. Ich wollte immer schon wissen, wie man sich als Blondine fühlt.«
Anna muß sich wohl noch daran gewöhnen. »Steht dir ganz gut, trotzdem kommst du mir fremd vor.«
Samiha lacht. »Ich mir auch. Aber das ist es gerade. Alle suchen nach ihrer Identität, und ich möchte immer wer anderer sein.«
Der ganze Tisch ist übersät mit Blättern. »Natürlich war mein Vater kein Genie wie dieser Aziz Efendi, der mit dem Tatarenblick, du weißt schon, oder wie Scheich Hamdullah, der große Meister aus dem fünfzehnten Jahrhundert, aber seine Schrift kann sich durchaus sehen lassen. Er hat in der Türkei Generationen von Schülern ausgebildet, was großartiger klingt, als es war, denn mein Vater hatte das Pech, in einer Zeit zu leben, in der die Kalligraphie immer unbedeutender wurde. Wie du vielleicht weißt, verwenden die Türken seit dem Ende der zwanziger Jahre das lateinische Alphabet, was die arabische Schrift ganz in den Bereich der Kunst verdrängt hat. Lange gab es auch keine Kalligraphie mit lateinischen Buchstaben. Im Grunde gibt es sie auch jetzt noch nicht, nur kann man seit einigen Jahren im Bazar oder in großen Einkaufszentren Kalligraphen sitzen sehen, von denen man sich um wenig Geld seinen Namen in lateinischer Schrift kalligraphieren lassen kann.« Samiha zieht ein weißes Blatt aus dem Wust hervor und zeigt es der noch

immer stehenden Anna. »Auch ich habe mir das letzte Mal in Istanbul meinen Namen auf diese Weise schreiben lassen.«

Anna hätte Samiha schon die ganze Zeit über gerne etwas gefragt, aber Samiha hat nur Augen für die Welt ihres Vaters und deren Schrift, so daß Anna es läßt. Es wird sich schon noch eine Gelegenheit bieten.

»So setz dich doch bitte, Anna. Möchtest du ein Glas Saft?« Anna nickt. Sie hält auch noch immer das Buch mit den Schriftbildern in Händen, das sie Samiha zurückgebracht hat. Jetzt hält sie es ihr hin.

»Hast du es dir genau angeschaut?« Samiha nimmt es an sich und legt es zu den Blättern ihres Vaters auf den Tisch. »Dann wird dich vielleicht interessieren, worauf ich gekommen bin. Daß nämlich mein Vater... aber zuerst bringe ich dir etwas zu trinken.« Samiha verschwindet für einen Augenblick in der Küche. Als sie mit dem Glas zurückkommt, trägt sie wieder ihre alten, brünetten Haare auf dem Kopf. »Gib zu, du hast mir geglaubt.«

Anna nickt einigermaßen fassungslos.

»Das heißt, sie ist ihr Geld wert. Du mußt wissen, es war eine sehr teure Perücke, obwohl ich sie in Istanbul anfertigen habe lassen, wo Handarbeit noch erschwinglich ist.« Samiha stellt das Glas ab und beginnt wieder in den Blättern zu wühlen. »Das meiste sind recht ordentliche Kalligraphien im klassischen Sinn. Koranverse, Suren, die Siegel der vier rechtgeleiteten Kalifen, Personenbeschreibungen von Ali in Legendenform, fromme Sprüche, und das alles in einer der üblichen Schriftarten, wenn auch ein wenig angelehnt an den Stil von Aziz Efendi. Aber irgendwann muß mein Vater begriffen haben, daß Kunst nicht als andauernde Wiederholung überleben kann, daß nicht einmal die Kalligraphie diese Art von Erstarrung aushält, und er begann mit unzähligen Karalamas, sogenannten Übungsblättern, in denen er seiner eigenen Hand freien Lauf lassen konnte.

Zu Zeiten, in denen die arabische Schrift auch für den täglichen Gebrauch galt, gab es genug Profanes, von dem sich in der Kalligraphie abstrahieren ließ, aber als es die arabische Schrift nur mehr als Schreibkunst gab, war der Kalligraphie mit einem Mal der lebendige Untergrund entzogen.

Früher konnte jeder, der diese Schrift schrieb, selbstverständlich lesen, was er schrieb. Das änderte sich zur Zeit meines Vaters. Er selbst konnte zwar noch alles lesen, aber seine jüngeren Schüler konnten es nicht. Hinzu kommt, daß die arabische Schrift sich ja nicht so einfach lesen läßt wie die lateinische, da sie viele Vokale nicht festschreibt. Die arabische Schrift ist eine empirische Schrift, die zusammen mit dem Gebrauch der Sprache erlernt wird. Sie basiert auf vielen Schreiberfahrungen.

Auch mein Vater, der zwar Arabisch konnte, zumindest das klassische Arabisch, das zum Lesen des Korans erforderlich ist, hatte durch Nachahmung der Meister gelernt und war lange bei der Nachahmung geblieben, bis er offensichtlich eines Tages erkannte, daß auch die vollkommenste Nachahmung die Frische der eigenen Entscheidung nicht ersetzen kann. Es muß ihn in einen Konflikt mit seiner Arbeitsauffassung, in der Demut vor den alten Meistern eine große Rolle spielte, aber auch mit seiner Frömmigkeit gestürzt haben. Vielleicht war es auch noch die Übersiedlung hierher, die ihn in all seinen Überzeugungen erschütterte, obgleich er kaum mehr aus dem Haus ging. Mit einem Mal begann er herumzuprobieren. Da, sieh nur.«

Samiha reicht Anna ein Blatt. »Du wirst vielleicht den Unterschied nicht gleich erkennen, aber wenn du es eingehend mit den früheren vergleichst, wirst du sehen, worin er abweicht.« Anna erkennt es tatsächlich nicht, zumindest nicht im Detail, dennoch scheint ihr von diesem Blatt eine andere Stimmung auszugehen, es sei denn, sie unterläge auch darin Samihas Suggestion.

»Sogar die Themen änderten sich. Er fing an, ein einziges Wort zu schreiben, es vor einen farbigen Hintergrund zu setzen und in die Ecken kleine Buchstabenbündel zu plazieren, die keine Bedeutung im Wortsinn mehr hatten.«

»Was ist das für ein Wort?« Samiha hat Anna eines dieser Blätter gereicht. Sein Hintergrund ist in Altrosa gehalten, mit apfelgrünen Ornamenten und zart vergoldeten Girlanden im inneren Rahmen, der aus einem speziellen, moirierten Papier gefertigt ist.

»Es heißt nichts.« Samiha sucht weitere Ein-Wort-Blätter heraus.

»Wieso nichts? Irgend etwas bedeutet doch auch ein einzelnes Wort.«

»Nichts. Es ist das Wort NICHTS.« Samiha lächelt. »Vielleicht schenke ich dir eines dieser Blätter, wenn dir so etwas wirklich gefällt. Er hat es immer wieder versucht. Als wäre er von diesem Wort besessen gewesen, von seiner Struktur. Ich hatte keine Ahnung davon. Er hat mir die Sammlung seiner NICHTS-Blätter nie gezeigt. Erst als ich es übers Herz brachte, endlich seine Sachen zu ordnen, habe ich diese Blätter entdeckt. Sie lagen zu einer Rolle zusammengebunden unter seinem Bett.«

»Bedeutet dieses NICHTS vielleicht so etwas wie NIRWANA?« Anna versucht, die einzelnen Buchstaben als solche zu erkennen, aber es gelingt ihr nicht.

Samiha zuckt die Achseln. »Keine Ahnung. Ich habe mich nie mit Religion im philosophischen Sinn befaßt. Ich weiß nur, daß es dieses NICHTS als Gegenstand der Kalligraphie auch bei anderen Meistern gibt, aber was es bedeutet, oder ob es überhaupt außerhalb seines Schriftkörpers etwas bedeutet, habe ich nicht in Erfahrung gebracht.« Samiha legt die Kalligraphien auf einen Stapel, damit ein wenig Ordnung in die verstreuten Blätter kommt.

»Zur Zeit steht die Kalligraphie wieder hoch im Kurs. Die Islamisten lassen so viele Moscheen bauen, die mit Schriftbändern geschmückt werden müssen, daß die ehemaligen Schüler meines Vaters, im Gegensatz zu ihm selbst, gut davon leben können. Die meisten waren bei der Beerdigung, und man merkte ihnen den neuen Wohlstand schon an. Ich will damit nicht behaupten, daß sie Fanatiker geworden sind, aber sie sind offensichtlich daran interessiert, mit ihren neuen Auftraggebern in gutem Einvernehmen zu leben.«

Anna hat auch gerade etwas aus den verbliebenen Blättern gezogen. Wie von selbst griffen ihre Finger nach einem Schriftbild, wie sie es so ähnlich in dem Buch schon gesehen hat. Es ist ein filigranes Blatt, dessen getrocknete Rippen vergoldet sind, mit einem eingeschriebenen Text, ähnlich dem, das vor Wochen an ihrer Tür hing.

»Des Derwischs Gabe ist ein grünes Blatt.« Aus Samihas Mund klingt dieser Satz wie eine Redewendung.

»Was sagst du?« Anna erinnert sich, daß Jussuf ebenso selbstverständlich dasselbe gesagt hat, als sie ihm ihr Blatt, das allerdings nicht vergoldet war, zeigte.

»Nichts.« Samiha schaut lächelnd auf das Blatt. »Man sagt das nur so. Aber dieses Blatt ist ein Motiv aus der Kunst der Derwische. Ich finde es selbst erstaunlich, daß mein Vater zum Schluß auch solche Dinge gemacht hat. Als hätte er einen Ausweg aus der Orthodoxie gesucht, obwohl er zeit seines Lebens ein mehr oder weniger orthodoxer Moslem gewesen ist. Aber für ihn hat das etwas anderes bedeutet. Für ihn war Frömmigkeit ein Ausdruck der Seele, etwas, das man weder erzwingen kann noch darf, es sei denn, man wollte das, was daran so besonders war, zerstören.«

In Samihas Augen hat sich das Wasser gesammelt, doch auf einmal blitzt Zorn in ihnen auf.

»Er hätte von der politischen Wende in der Türkei profitieren können, aber er wollte es nicht. Er haßte all das äußerlich Festgelegte, gerade weil er den verborgenen Sinn zu kennen glaubte. Sie werden es noch soweit bringen, sagte er, daß sie uns allen die Wege der Gottesliebe versperren. Wie sie das in anderen Ländern schon getan haben. Unter Zwang lesen die Leute den Koran nicht mehr, sie tragen ihn nur noch spazieren. Was ist das für eine Religion, wenn die Menschen sich Gottes Gerechtigkeit anmaßen und über Leben und Tod entscheiden? Schon aus diesem Grund ist es ihm nicht allzu schwer gefallen, Istanbul zu verlassen und hierher zu mir zu kommen. Hier, sagte er, lebe er tatsächlich in der Fremde. Das sei zwar hart für einen alten Mann, aber noch härter sei es, zu Hause wie in der Fremde zu leben.« Samiha rinnen die Tränen über die Wangen, und Anna kann sich für einen Augenblick des Gefühls nicht erwehren, daß das die wirkliche Samiha ist, doch schon im nächsten Augenblick lächelt sie wieder und holt eine neue Packung Zigaretten aus der Küche.

Schrift, Schrift und wieder Schrift, es ist wie die Schrift der Träume, die zum Leben erwacht ist.

»Dein Vater muß eine ruhige Hand gehabt haben, um auch diese winzigen Zeichen so vollkommen zu schreiben.«

»Seine Engel haben ihm gut gedient.«

»Seine Engel?« Anna hebt kurz den Blick von den Schriftbildern.

»Man sagt, daß die Fertigkeiten der Hände, vor allem der Hände der Kalligraphen, Engel seien.«

Anna hat schon einmal etwas von Schreiberengeln gehört. Aber Engel als Fähigkeiten? Dennoch leuchtet es ihr auf eine verquere Art ein.

»Gerade die, die die Kalligraphie jetzt zu fördern vorgeben, werden ihre Engel vertreiben.« Samiha klappt ihr Feuerzeug mehrmals auf und wieder zu.

»Wie das?«

»Indem sie programmatisch von ihr immer wieder die Reproduktion dessen verlangen, was sich einmal aus der Frömmigkeit der Seelen gebildet hat. Jetzt sollen die Plakate eines neuen Machtwillens damit verziert werden. So wird die Tradition zum politischen Vehikel. Das hält kein Engel aus, glaub mir. Mein Vater hat das deutlich gespürt. Er hat sich gegen den Mißbrauch verwahrt, und die Schüler, die er hier hatte, haben einen anderen Lehrer kennengelernt als die in Istanbul. Er hat ihnen zuerst den Respekt vor den Engeln des Schreibens beigebracht, die sich in keine fugenlos verschweißte Tradition sperren lassen. Engel wollen fliegen, das steht ihnen zu. Und sie schaffen die Schönheit neu mit jedem einzelnen Buchstaben, den sie verändern, aus dessen Form sie immer wieder Verbindungsmöglichkeiten ableiten, um Wörter zu schreiben, die so noch nie geschrieben wurden.«

Anna kann nur mit Mühe den Blick von den vielen fremdartigen Formen lösen. »Wann, sagtest du, ist dein Vater hierhergekommen?«

»Vor vier Jahren ungefähr«, Samiha überlegt einen Augenblick, »ja, vor vier Jahren.«

»Vor oder nach dem Tod deines Mannes?«

»Meine Mutter und mein Mann sind innerhalb von ein paar Monaten gestorben. Ich mußte zweimal hintereinander zum Begräbnis nach Istanbul, einmal mit dem Sarg im selben Flugzeug. Der Tod meines Mannes hat dann meinem Vater den Entschluß, zu mir zu kommen, erleichtert. Er kam auch zu meinem Schutz, wie er meinte, und nicht nur, weil ich ihn betreuen sollte.«

Anna nimmt einen Schluck von dem Saft und sucht dann am Rande des Tisches einen Platz für das Glas, um nichts auf die Blätter zu verschütten. »Und wie standen dein Vater und dein Mann zueinander?«

Samiha raucht in tiefen Zügen. »Ein wenig entfernt. Ich meine, sie waren wie Vater und Sohn, und im Rahmen der Familie mochten sie sich auch, aber sie waren in ihrem Wesen sehr verschieden. Während mein Vater, der in der Seele fromm war, gegen Ende seines Lebens beinahe alles in Frage stellte, was mit dem Wiedererwachen eines politisierten Islam zu tun hatte, ließ mein Mann es ohne strenge Regeln einfach so laufen. Wie ich dir schon sagte, tranken wir gelegentlich Wein, gingen tanzen, hielten uns nicht an die Speisevorschriften, und ich mußte auf der Straße auch kein Kopftuch tragen. Aber innerlich zog er die Autorität der islamischen Hierarchie nie in Zweifel, ja, er glaubte sogar an ihre grundsätzliche Überlegenheit. Seinem Wesen nach war er ein verträglicher Mensch, liebevoll da, wo er Gefühle hatte, und vollkommen gleichgültig allem gegenüber, von dem er dachte, daß es ihn nichts anging. Er hatte mit seiner Ausbildung und später mit seiner Firmenbeteiligung das große Los gezogen, aber in Wirklichkeit konnte er wohl doch nie vergessen, *wer* dieses große Los für ihn gezogen hatte.«

»Hast du mir nicht irgendwann erzählt, daß er das Geld für seine Ausbildung an diese religiöse Stiftung zurückzahlen wollte?«

Samihas Lachen klingt, als ob es aus einem hohlen Krug käme, und hat einen bitteren Unterton. »Wenn es so einfach gewesen wäre. Natürlich dachte er daran, gerade weil er es so hatte laufen lassen. Aber Geld haben diese Stiftungen genug. Was sie brauchen, sind Leute mit Fähigkeiten, ausgebildete Leute. Als Kommunikationstechniker war mein Mann weit mehr wert als das Geld, das man in seine Ausbildung investiert hatte. Er mußte nur noch verfügbar, benutzbar und einsetzbar gemacht werden.«

»Und warum hast du immer nur von einem Unfall geredet und mir nie gesagt, daß dein Mann den alten Ayverdi erschossen hat und umgekehrt?« Anna hat all ihren Mut zusammengenommen, entweder jetzt, oder es würde nie mehr dazu kommen.

Samiha zuckt mit keiner Wimper, im Gegenteil, sie lächelt sogar, wenn auch ein klein wenig überrascht. »Weil ich wußte, daß du es selbst herausfinden würdest. Ich habe damals auch alles selbst herausfinden müssen. Unter den Augen meines Vaters und doch vollkommen auf mich gestellt.«

»Hast du nie mit deinem Vater darüber gesprochen?«

»Immer erst, wenn ich Ergebnisse hatte. Es ist mir zugute gekommen, daß ich mich schon vor dem Tode Osmans auf meine Weise selbständig gemacht hatte, obwohl gerade das unglücklicherweise den anderen einen Vorwand bot, meinen Mann in diese abstruse Mordgeschichte zu hetzen. Aber wenn es das nicht gewesen wäre, hätten sie gewiß etwas anderes gefunden, um ihr Ziel zu erreichen.«

Anna hätte nicht gedacht, daß Samiha dermaßen gefaßt reagieren würde. Diese Frau überrascht sie noch immer, auch scheint sie von einer nicht zu überbietenden Geistesgegenwart. »Hast du nie Angst gehabt?«

»Du bist nicht die erste, die mich das fragt.« Samiha dreht eine Haarsträhne so lange ein, bis die Spannung zu groß wird und sie in ihren ursprünglichen Zustand zurückschnellt. »Doch, von Zeit zu Zeit hatte ich Angst. Aber ich bin draufgekommen, daß sie mit Frauen nicht rechnen. Nicht, wenn es um die Verteilung von Macht und Einfluß geht.«

»Du redest immer von ›ihnen‹. Wer sind sie?«

Samiha zieht sich ins Allgemeine zurück. »Wenn es dich wirklich interessiert, find es heraus. So wie du alles andere, das du wissen wolltest, auch herausgefunden hast. Warum sollte ich mein Gewissen damit belasten, dir Dinge zu verraten, die du nicht wissen mußt. Du brauchst bei diesem Spiel ja nicht mitzuspielen.«

»Und dein Mann? Hat er mitgespielt?«

»Er war ein Spielstein, den sie einsetzten, und ich fürchte, er hat es bis zum Schluß nicht bemerkt.«

»Es ging also darum, den alten Ayverdi, dem du bei der Buchhaltung geholfen hast, auszuschalten, wenn ich das richtig verstehe.«

Eine Erinnerung an ihre früheren Hilfsdienste huscht über Samihas Gesicht und erhellt es für einen Augenblick. »Siehst du, du hast auch das herausgekriegt. Ja, darum ging es. Und da auch nicht der geringste Verdacht auf sie fallen sollte, mußte es wie eines der üblichen Eifersuchtsdramen aussehen. Gleichzeitig hätte das Ganze zur endgültigen Einbeziehung meines Mannes dienen sollen. Wäre er dabei nicht auch selbst erschossen worden, hätten sie alles darangesetzt, damit er nicht vor Gericht gestellt würde. Notfalls hätten sie ihn auch für eine Weile außer Landes gebracht und ihn dann unter anderem Namen wieder eingeschleust, falls er ihnen hier von Nutzen hätte sein können. Jedenfalls wäre er ihnen zeitlebens verpflichtet gewesen und hätte vielleicht auch dann nie begriffen, daß es sich dabei nicht um seine Ehre als Mann, sondern um die Beseitigung eines Aleviten gehandelt hat. Mit dessen Tod war zumindest das eine Problem gelöst, das Problem Hikmet Ayverdi.«

»Des alten Hikmet Ayverdi.« Samiha muß etwas über Hikmet wissen.

»Jawohl, des alten Hikmet Ayverdi. Die Ermittlungen wurden, wie sie es vorausgesehen hatten, eingestellt, man hatte die Leichen und die Täter, und niemand mußte auf Kosten dieses Staates eingesperrt werden.«

»Und was hat Feride Hatun dazu gesagt? Du hast, wie ich weiß, noch immer Kontakt zu ihr.«

»Gut beobachtet. Ich hatte von Anfang an das Gefühl, daß du nicht nur Löcher im Kopf hast, sondern Augen und Ohren.« Samihas belustigter Blick ruht nun voll auf Anna.

»Und warum hast du dann so getan, als ob du die Ayverdis gar nicht kennen würdest? Du hast mich absichtlich belogen.«

»Halt, halt, meine Liebe, nur keine harten Worte. Wenn ich etwas gelernt habe in all den Jahren meiner Selbständigkeit, dann das: Wenn du dich vor Verrat, ob beabsichtigtem oder zufälligem, schützen willst, dann erzähl keinem etwas, was er selbst herausfinden kann. Du hast doch ganz gute Arbeit geleistet. Was Feride Hatun angeht, so haben wir beide, nämlich sie und ich, das getan, was am ehesten eine wenn auch nur geringfügige Chance auf Erfolg versprach, wir sind zusammengerückt.«

»Was für einen Erfolg?«

»Zum Beispiel, daß die Aleviten, an denen ich persönlich gar nicht interessiert bin, nun ihr Vereinslokal haben, daß sie ihre Feste feiern und ihr Weiterkommen organisieren können. Das ist doch schon etwas. Und was mich betrifft, so hat sich auch meine Lage verbessert, mir gehört inzwischen die Firma.«

Anna starrt Samiha an, als habe sie sich vor ihren Augen ein weiteres Mal verwandelt. »Und wie? Ich meine, wie war das möglich?«

»Es war nicht möglich, meine Liebe, wir haben es möglich gemacht. Wir kehrten den Spieß um, indem wir versucht haben, sie zu benutzen. Feride Hatun und ich hatten beide etwas Geld von unseren Männern geerbt. Feride Hatun hatte eine Idee, was wir damit anfangen sollten, und ich hatte mir genügend Kenntnisse angeeignet, um zu wissen, wie wir es am besten anstellten. Wir haben eben unser Spiel gespielt.«

»Und gewonnen.« Anna versucht zu begreifen, aber so auf Anhieb will ihr das noch nicht glücken.

»Keineswegs, meine Liebe. Wir haben ein paar Jetons gewonnen, was für den Anfang nicht schlecht ist, aber das Spiel ist noch lange nicht zu Ende. Wir haben sie überrumpelt, und daher überschätzen sie uns im Augenblick, aber irgendwann läßt auch dieser Schock nach, und dann werden wir sehen, ob wir noch irgendwelche Trümpfe in der Hand halten.«

»Und Hikmet? Warum wolltest du nicht einmal zugeben, daß du ihn als Schüler deines Vaters gekannt hast?«

»Warum auch? Es hätte mir nur noch mehr unnütze Fragen deinerseits eingebracht. Und wie sollte ich sicher sein, daß du nichts verraten würdest?«

»Ich und Hikmet verraten?«

»Nicht mit Absicht. Es ist zwar ganz nützlich, wenn man Beziehungen zu wichtigen Leuten unterhält, aber du hast ziemlich bedenkliche Kontakte, mit Verlaub gesagt. Diesen Ministerialrat zum Beispiel, der bei dir ein und aus geht.«

»Du kennst Haugsdorff?«

»Ja, richtig, Ministerialrat Haugsdorff, ein hochrangiger Beamter des Innenministeriums, wenn meine Informationen halbwegs stimmen. Ich wollte mich erst einmal gründlich über dich informieren. Übrigens, dein Notebook kannst du gerne wiederhaben.«

Anna sitzt mit aufgerissenen Augen da. »Ich glaube, ich träume und kann nicht aufwachen.«

Samiha lehnt sich in den Ohrensessel ihres Vaters zurück. »Was ist schon die Wirklichkeit? Ein etwas intensiverer Traum mit Spielcharakter.«

Anna sucht nach einem glaubwürdigen Zusammenhang. »Und warum wolltest du dich so gründlich über mich informieren? Doch nicht nur wegen Hikmet.«

Samiha lacht gutmütig. »Ein gewisser Dschibril hat mich auf dich aufmerksam gemacht. Du hättest Köpfchen, sagte er, und machtest den Eindruck, dich beruflich verändern zu wollen. Also versuchte ich, etwas über dich in Erfahrung zu bringen, um dir ein entsprechendes Angebot machen zu können. Dieses Angebot steht übrigens noch, wenn du es dir überlegen möchtest. Meine Firma könnte Leute wie dich gut gebrauchen.«

»Hör auf, Samiha!« Anna hält sich die Hände vor die Ohren. »Wenn du nicht willst, daß ich verrückt werde, dann hör bitte auf.«

»Ich bin inzwischen Bürgerin dieses Landes, ich kann dir ein solches Angebot auf solider Basis machen.«

»Das meine ich nicht. Ich meine Hikmet. Es war also alles deine Idee?«

»Natürlich, was hast du denn gedacht? Aber es ist immer dasselbe mit Männern und Frauen. Sie verfallen einander im ungünstigsten Augenblick, und das macht alles sehr kompliziert.«

»Sag mir bitte endlich, was mit Hikmet geschehen ist.«
Samiha seufzt geduldig. »Ja, ja. Soviel ich weiß, geht es um
alevitische Familienangelegenheiten. Zu wenige Dokumente
für zu viele Brüder, Cousins, Mitglieder des inneren Krei-
ses. Ich nehme an, man hat Hikmet nur vorübergehend aus
dem Verkehr gezogen, um Platz für ein paar gefährdete junge
Männer zu schaffen. Es sei denn, das Innenministerium hätte
durch diese unselige Haydar-Geschichte Blut geleckt. Dann
weiß ich auch nicht, was noch daraus wird.«
Anna atmet viel zu schnell, als daß sie in Ruhe denken
könnte. »Ich muß Hikmet wiedersehen, verstehst du das
nicht?«
»Wenn es dir tatsächlich so wichtig ist, dann geh den Weg,
der dich zu ihm führt. Aber gib acht, daß du ihn dabei nicht
fahrlässig ans Messer lieferst. Wie sagen die Araber? Sei findig, großherzig und verschwiegen.«
Durch Annas Körper geht ein Ruck. »Sag bloß, du kennst
auch noch Jussuf?«
Samiha verzieht das Gesicht, um nicht zu lachen. »Ich sage
gar nichts mehr. Ein arabisches Sprichwort ist ein arabisches
Sprichwort. Das kennt doch jeder.«
Für Anna ist das im Augenblick alles zuviel. Sie steht langsam vom Tisch mit den vielen beschriebenen Blättern auf,
während ihr Blick sich immer mehr in sich kehrt.
Samiha legt ihr den Arm um die Schulter. »Willst du dein
Notebook gleich mitnehmen?«
Anna überlegt einen Augenblick: »Ich hole es mir wohl
besser erst, wenn keine Gefahr mehr besteht, daß Haugs-
dorff es findet. Ich habe ihm damals gesagt, daß es gestohlen
worden ist.«
»Ausgeliehen. Ich wollte nur verhindern, daß du in deiner
Verliebtheit noch einen weiteren Fehler machst. Aber an-
sonsten hat dieser Dschibril doch nicht zuviel versprochen.«
Samiha umarmt Anna an der Tür. »Sei vorsichtig. Auch
Verstand schützt nicht vor Niederlagen.«

»Ich muß zu Hikmet, egal, was danach geschieht.«
Samiha küßt sie auf beide Wangen. »Trotzdem. Laß dich auf nichts ein, was du auch sein lassen kannst.«

Kurz nachdem Anna in ihre Wohnung zurückgekommen ist, klopft es. Ihr stockt sogleich der Atem. Es gibt nur einen Menschen, der je an ihre Tür geklopft hat, anstatt zu läuten. Aber als sie öffnet, steht ein junges Mädchen mit stark geschminkten Lippen und einem hochgesteckten Haarschwall davor. »Alev?!«
»Endlich bist du zu Hause. Ich war schon einmal an deiner Tür.«
Mit Alev hat Anna am allerwenigsten gerechnet, aber es soll ihr recht sein.
Alev verzieht affektiert das Gesicht. »Er hält es nicht mehr aus ohne dich. Wir dürfen uns nur nicht erwischen lassen.«
»Komm rein! Ich muß noch meine Tasche holen.«
»Ich gehe lieber schon voraus, damit man uns nicht zusammen sieht. Wir fahren mit der U3 Richtung Volkstheater. Dann steigen wir um zur Mariahilferstraße. Von dort nehmen wir die Straßenbahn.« Und schon ist Alev wieder im Treppenhaus verschwunden.
Anna muß noch ins Bad. Totenblaß schaut sie sich aus dem Spiegel entgegen. Sie kämmt ihr Haar und zieht die Lippen nach. Es ist also soweit. Mit einem Mal ist sie ganz ruhig. Sie muß Alev so unauffällig wie möglich folgen. Langsam steigt sie die Treppen hinunter. Nur keine übertriebene Hast. Als sie zur U-Bahn-Haltestelle kommt, kauft sie eine dicke, großformatige Wochenzeitung. Man muß sie ja nicht schon von weitem hier stehen sehen.
Auch während sie später auf die U2 wartet, liest sie wieder ein wenig in der Zeitung, so als sei sie jemand, der von der Arbeit nach Hause kommt. Erst bei der Straßenbahnhaltestelle sieht sie Alev wieder. Sie steigt in denselben Wagen, ohne sich nach ihr umzudrehen. Nach zwei Stationen geht

Alev auf die Tür am Ende des Wagens zu, und Anna stellt sich vor die, die ihr am nächsten ist. Sie überqueren die Straße an verschiedenen Übergängen, dann folgt Anna Alev in Richtung Wienfluß.

Es ist warm draußen, viel wärmer als im U-Bahn-Schacht oder in der Straßenbahn, wo es der offenen Fenster wegen stark gezogen hat. Irgendwoher dringt zarter Jasminduft. Die Dunkelheit ist dichter als in der Innenstadt, wenn man nicht gerade unter einer Straßenlampe steht.

»Die anderen sind alle dagegen, daß ihr euch trefft. Sie sagen, es sei zu gefährlich, wegen dem Obermacher aus dem Ministerium, den du kennst. Also erzähl keinem, daß ich dich zu deinem Freund gebracht habe.« Alev ist immer einen Schritt voraus. Sie läßt jetzt im Gehen ihr Haar herunter, flicht es zu einem Zopf und wischt sich den Lippenstift mit einem Papiertaschentuch ab. Sie trägt gewöhnliche Bluejeans und ein T-Shirt aus einer Girlie-Kollektion.

Anna beginnt zu ahnen, wohin sie unterwegs sind, obwohl sie aus der anderen Richtung kommen.

»Er ist im gegenüberliegenden Haus. Wir wollten nur nichts mehr mit dem Telefon riskieren. Hättest du denn alleine hergefunden? Ich meine, du warst doch nur einmal bei uns, zusammen mit den Brüdern. Wer weiß, ob du da auf die Adresse geachtet hast.«

Anna antwortet nicht. Sie biegen in die Parallelgasse ein, von der es einen Zugang zum gegenüberliegenden Haus zu geben scheint. Tatsächlich. Alev verabschiedet sich. »Du gehst hier hinein, durchquerst den Hof, dort ist Stiege IV, fährst in den obersten Stock und hältst dich rechts, bis du an eine eiserne Tür kommst. Meistens steht sie offen. Wenn nicht, hast du Pech gehabt. Diese Tür führt in den vorderen Teil des Hauses, in den man ansonsten von der uns gegenüberliegenden Seite kommt. Aber dort läßt du dich besser nicht blicken. Man kann nie wissen. Dann steigst du wieder in den vierten Stock hinunter und klopfst an Tür dreiundzwanzig. Es ist eine leerstehende Wohnung, in die die neuen Mieter noch nicht eingezogen sind.« Alev übergibt ihr die Stofftasche, die sie die ganze Zeit über der Schulter, den Daumen darin festgehakt, getragen hat. »Es ist Essen für ihn drin. Du klopfst viermal hintereinander.«

Alev hüpft in die andere Richtung davon. Wahrscheinlich geht sie noch um den Block, um von der Innenstadtseite zum Haus zurückzukommen.

Anna will das Tor öffnen, aber es ist versperrt. Eine Welle der vollkommenen Verzweiflung rollt durch ihren Kopf. So nahe am Ziel, das darf einfach nicht sein. Hilfesuchend schaut sie sich nach Alev um, aber die ist bereits in der Dunkelheit verschwunden. Und was nun? Soll sie einfach auf irgendeine Klingel drücken und sagen, daß sie im Haus wohnt und ihren Haustorschlüssel vergessen hat?

Das Haus ist ein altes Wiener Zinsungetüm mit mindestens vier Stiegen, was soviel heißt wie, daß es viele Mieter gibt, da muß nicht jeder jeden kennen. Während sie sich noch den Kopf zerbricht, was wohl das klügste wäre, kommt jemand aus dem Haus. Mit einer Geistesgegenwart, die sie sich selbst nicht zugetraut hätte, nimmt sie die Türklinke in die Hand, und als die herauskommende Frau sie fragend anschaut, lächelt sie. »Ich habe schon geläutet, aber Sie sind meiner Freundin zuvorgekommen.« Die Frau lächelt zurück. Manchmal ist es gut, eine Frau zu sein. Anna schaut ganz und gar nicht verdächtig aus. Warum sollte sie nicht mit einer der vielen jungen Frauen, die wahrscheinlich hier wohnen, befreundet sein und sie am Abend besuchen?

Als sie dann vor der eisernen Tür im obersten Stockwerk steht, hat ihr Herz wieder wie verrückt zu klopfen begonnen. Hier kommt gewiß niemand einfach durch, der ihr die Tür aufhält und sie auch noch anlächelt. Sie zögert einen Augenblick, wie um den Schrecken hinauszuschieben. Dann nimmt sie all ihren Mut zusammen. Sie ahnt schon, in welcher Wohnung sie Hikmet treffen wird. Sie hat die Klinke nicht fest genug niedergedrückt. Die Tür läßt sich erst nach dem dritten, bereits panischen Versuch aufmachen. Als sie auf der anderen Seite wieder im vierten Stock unten ist, verlöscht das Ganglicht. Sie braucht es nicht mehr einzuschalten, um die letzten paar Schritte auf die Wohnungstür zuzugehen und viermal zu klopfen.

An der Veränderung der Luftströmung merkt Anna, daß sich die Tür vor ihr lautlos geöffnet hat. Für einen Augenblick befällt sie Angst. Was, wenn sie in eine Falle getappt ist? Wenn Haugsdorffs Büttel hier auf sie warten und nicht Hikmet?

Eine warme, entfernt nach Orangen duftende Hand legt sich um ihren Mund, und eine Stimme flüstert an ihrem Ohr: »Bitte, nicht schreien! Wir sind hier nur zu Besuch.«

Sie wird in einen Raum gezogen, und die Tür schließt sich hinter ihr genauso lautlos, wie sie sich zuvor geöffnet hat. Arme legen sich um sie, und sie kann einen Herzrhythmus spüren, der genauso beschleunigt ist wie der ihre.

»Komm weiter!« Lippen berühren ihr Gesicht zur Begrüßung. Anna weiß jetzt genau, wo sie sich befindet. Sie gehen in das Zimmer mit der zurückgelassenen Couch und den alten Stühlen. Durch die vorhanglosen Fenster fällt genügend Licht, um die Umrisse erkennen zu können, je mehr man sich daran gewöhnt, desto besser.

»Dein Essen. Von Alev.« Sie stellt die Tasche auf einen der Stühle.

»Danke.« Hikmet zieht sie in Richtung Couch, auf der eine zusammengeknüllte Decke liegt. »Der Stromzähler ist plombiert. Die neuen Mieter haben ihn noch nicht anschließen lassen. Aber wir sollten ohnehin kein Licht machen.«

»Hikmet!« Er ist ein wenig kleiner, als sie ihn in Erinnerung hat, mit rasiertem Haar und rasierten Brauen. Anna tastet nach seinem Kopf.

337

»Verzeih!« Hikmet ergreift ihre Hand. »Ich teile mit Abdal die Papiere. Es ist nur eine Vorsichtsmaßnahme, falls man mich findet und Abdal rechtzeitig verschwinden kann. Der letzte Ausweg sozusagen.«

»Wieso Ausweg?«

»Einige von uns waren in einer schlimmen Situation und mußten ins Land gebracht werden. Vorübergehend. Bis sich die Lage in der Türkei wieder etwas beruhigt hat.«

»Aber warum bist du verschwunden?«

»Die Pflicht des Freundes. Jemand hat einstweilen meinen Paß, den mit Haaren.«

Anna versteht und versteht auch nicht.

Hikmet hat abgenommen. Oder ist es die Kahlheit? Sie stehen noch immer da, seine Hände auf ihren Schultern, ihre Hände an seinen Wangen.

»Ich habe kaum daran zu glauben gewagt, daß du kommen würdest.«

Er küßt ihren Hals, ihr Kinn, ihren Mund. Es dauert lange, bis sie wieder sprechen kann.

»Ich wäre ansonsten vor Sehnsucht gestorben.«

Sie spürt die Wärme, die von ihm ausgeht.

»Es wäre besser für dich, wenn du nicht gekommen wärst.«

Er öffnet die Knöpfe ihrer Bluse, einen nach dem anderen.

»Es wäre besser für dich, wenn Samiha dich nie auf mich aufmerksam gemacht hätte.«

Ihre Hände gleiten unter sein Hemd, streicheln seine Haut.

»Es wäre besser für dich, wenn du diesen Chef aus dem Innenministerium lieben würdest.«

Er läßt ihre Bluse zu Boden fallen.

»Es wäre besser für dich, mit einer Alevitin zu leben.«

Sie zieht ihm das Hemd von den Schultern. Ihre nackten Körper berühren sich.

»Es wäre besser für dich, einen Mann zum Freund zu haben, der dich beschützen kann, und nicht einen, der bloß zu begreifen versucht.«

Es ist ihm gelungen, den Reißverschluß ihres Rocks doch noch zu öffnen.

»Es wäre besser für dich, eine Frau zu haben, die für dich wäscht und kocht.«

Sie schafft es, den Gürtel aus seiner Hose zu ziehen.

»Es wäre besser für dich, dich zu mir zu legen.«

Er fährt aus seinen Hosen, schmiegt sich an sie.

»Es ist die Couch meiner Arbeitskollegin, die demnächst hier einziehen wird.«

Er zieht ihr Höschen mit den Zähnen ab. Zum Glück hat sie nicht auch noch Strümpfe an.

»Ich weiß.«

Sie spürt sein Blut an ihrer Schläfe pochen.

»Warum weißt du immer alles und ich nicht?«

Sein Körper verschränkt sich mit dem ihren.

»Schau mir ins Gesicht, erkennst du es?«

Als sie die Augen schließt, hat sie die Vision, Hikmet sei zugleich Abdal, aber dann ist er auch sie, und sie ist Hikmet und Abdal, und sie liegen allesamt am Grunde des Meeres.

»Wenn das ein Traum ist, dann laß mich bitte nicht aufwachen.«

Er breitet die Decke über sie beide.

»Willst du am Ende schlafen, während ich dich liebe?«

Ihr Haar liegt weit um ihren Kopf gebreitet.

»Ich will dich, nur dich.«

Sein Körper bedeckt den ihren so vollständig, daß kein Fingerbreit bloßliegt.

»Liebst du mich?«

Sie windet sich unter ihm hervor.

»Soll ich dir zeigen, wie sehr ich dich liebe?«

Er liegt auf dem Rücken, seine Arme und Beine niedergehalten von ihren Armen und Beinen.

»Bist du sicher, daß uns niemand hört?«

Er erwidert ihre Liebe.

»Die anderen schlafen im Zimmer hinter der Küche. Wenn wir leise sind, kann uns niemand hören.«

Lang nach Mitternacht packt Hikmet die Tasche von Alev aus. Brot, Käse und Oliven. Anna füttert ihn. Essen schadet der Liebe nicht.

Im Haus gegenüber brennt noch immer Licht. Im Widerschein kann Anna zwei Narben sehen, die sich symmetrisch über Hikmets Brust und den Bauch hinziehen. So wie sie sich anfühlen, sind sie ganz gut verheilt.

»Mit dem Messer eingeritzt. Ich habe die Botschaft nur nicht gleich verstanden.«

Anna umarmt ihn mit einer Heftigkeit, die ihn auflachen läßt.

Als sie wieder ruhig nebeneinanderliegen, sind aus der Wohnung oberhalb Schritte zu hören.

»Es ist jetzt vier, man könnte die Uhr danach stellen.« Kurz darauf ist von ferne eine Klospülung zu hören.

»Wir dürfen nicht mehr einschlafen. Bald wird es hell.«

Sie stehen auf, frieren, so abgelöst voneinander, und umarmen sich immer wieder, während sie ihre Kleider überziehen.

»Ich kann dich nicht gehen lassen.«

»Ich werde bereit sein, wann immer du mir ein Zeichen schickst.«

»Diese Nacht ist das Siegel.«

»Ich habe ein fotografisches Gedächtnis.«

»Das Schwert der Trennung.«

»Dieser Schmerz wird mich zwingen, in Gedanken bei dir zu bleiben.«

Und doch ist das Glück noch so warm in Anna, daß sie am liebsten singen würde, als sie, die Schuhe in der Hand, um kein unnötiges Geräusch zu machen, die Treppen einfach hinuntersteigt, ohne wie beim Kommen den Umweg

340

über den anderen Teil des Hauses zu nehmen. Wer sollte sie auch um diese noch nachtschlafene Zeit hier herauskommen sehen? Erst kurz vor dem Haustor zieht sie die Schuhe wieder an, richtet sich auf und drückt die Klinke nieder. Von innen lassen sich diese Tore anstandslos öffnen.

Es ist gar kein Lied, nur eine Melodie, die Anna auf den Lippen hat, selbst dann noch, als geradewegs aus dem Morgengrauen die Uniformierten an ihr vorbei ins Haus drängen. Es sind keine gewöhnlichen Polizisten, eher eine Spezialeinheit, die auf Razzien geschult ist. Einer von ihnen ruft ihr zu, daß sie verschwinden soll, so rasch sie nur kann. »Vertschüß dich, Tussi!«
Und Anna läuft. Wie in einem Alptraum läuft sie, läuft auf die andere Seite des Hauses, dorthin, wo sie es gestern betreten hat. Nur noch ein paar Schritte, dann wird sie umkehren und herausfinden, was denn da los ist. Was diese Uniformierten überhaupt wollen. Sie läuft noch immer. Sie wird sich irgendwo hinter ein Auto oder einen Baum stellen und überlegen, was zu tun sei. Ist in dem Gebäude ein Mord passiert? Aber bei Mord kommt nicht gleich eine ganze Truppe. Es brennt doch nicht etwa in einem der Stockwerke? Aber es ist weit und breit keine Feuerwehr zu hören. Explosion hat sie auch keine wahrgenommen. Was wollen die dann alle in dem Haus?
Jetzt wird Anna langsamer, wenn auch nicht langsam genug, um nicht in die offene Autotür zu rennen. Es knallt, und sie taumelt ein wenig.
»Anna! Ich dachte, du hättest mich gesehen.« Haugsdorff steigt auf seiner Seite aus, geht vorne um den Wagen herum und nimmt Anna um die Schultern. »Du hast dich doch hoffentlich nicht verletzt?«
Sie schüttelt sich, schüttelt Haugsdorff ab, wirft die Autotür zu und starrt ihn aus funkelnden Augen an, so als könne

sie nicht begreifen, was sie sieht. »Du…« ist alles, was sie herausbringt.

»Gut, daß du endlich da bist. Ich dachte schon, du kommst gar nicht mehr.« Haugsdorffs Stimme klingt ein wenig gekränkt, aber doch auch so, als sei das Ganze hiermit erledigt. »Sie wollten nicht mehr länger warten.«

»Du, hast du das alles hier angezettelt?!« Anna deutet mit der Hand hinter sich.

Haugsdorff öffnet wieder die Tür auf der Beifahrerseite. »Steig ein. Was hier läuft, ist eine ›Aktion scharf‹.«

Anna dreht sich um, sie will Haugsdorff dabei ins Gesicht sehen. »Sind wir im Krieg, oder seid ihr nur alle verrückt geworden?«

»Das fragst ausgerechnet du, die du uns auf die Spur gebracht hast?«

Haugsdorff versucht, Anna in seinen Wagen zu schieben, aber sie läßt sich nicht, sie stemmt sich dagegen, und ihre Augen werden immer dunkler vor Zorn. »Es stimmt also, daß du hinter all dem steckst?«

»Ich bin nicht der Einsatzleiter. Sei froh, daß ich wenigstens dich heraushalten konnte. Wenn du wieder bei Verstand bist, wirst du es mir danken. Und jetzt komm endlich. Ich bringe dich nach Hause, damit du duschen kannst.«

Anna hat anscheinend tatsächlich den Verstand verloren. So sehr, daß sich Haugsdorff für einen Augenblick schützend die Hand vors Gesicht hält, als erwarte er einen Schlag. Dabei ist es nur die Autotür, die Anna ein zweites Mal und mit aller Kraft zuwirft.

Sie läuft wieder. Um das Einsatzfahrzeug, das vor dem Tor des Ayverdi-Hauses abgestellt ist, zu umgehen, nähert sie sich dem Haus von der Quergasse, auf die man von Teresas Wohnung herunterschaut.

Im vierten und im dritten Stock steht je ein Fenster offen. Dazwischen baumelt eine kahlgeschorene Gestalt, die sich an etwas festhält, das oben aus dem Fenster hängt, eine Decke vielleicht. Während aus dem unteren Fenster jemand nach den Füßen greift. Es fehlte nicht mehr viel, und die Füße würden auf dem unteren Fenstersims Halt finden.

Die Sonne kommt gerade herauf, und es ist noch sehr still auf der Straße. Ein Schäferhund läuft auf Anna zu, springt an ihr hoch und leckt ihr mit der Zunge übers Gesicht. Bist du der Freund von Abdal? Der Hund winselt leise. Anna fürchtet sich nicht vor ihm, obwohl es ein ziemlich großer Hund ist.

Plötzlich hängt die Gestalt nicht mehr zwischen den beiden Fenstern. Anna schnappt nach Luft. Ein dumpfer Knall erschüttert den Gehsteig. Aus dem Fenster oben schaut das Gesicht eines Uniformierten heraus, der in der einen Hand eine Pistole hält und in der anderen die Decke. Das Fenster darunter ist jetzt leer.

Anna weiß, daß der, der da herabgestürzt ist, Hikmet sein muß. Wenn es aber Abdal ist? Abdal, der ebenfalls Kopf und Brauen rasiert hat, wie einst im Mittelalter die wandernden Derwische.

Sie kommt Schritt für Schritt näher, langsam und unaufhaltsam, den Finger an der Nase. Hikmet, Hikmet! Er ist auf das Dach eines Autos gefallen, und sie kann seine Hand über der Windschutzscheibe baumeln sehen, während seine Finger Linien in deren Staub schreiben. Die Erschütterung des Aufpralls muß die Diebstahlssicherung ausgelöst haben, und der kreischende Folgeton explodiert nun in Annas Kopf.

Angeblich war es Ministerialrat Haugsdorff persönlich, der Anna in die Notaufnahme gebracht und Gigi verständigt hat. Sie sei vollkommen unter Schock gestanden. Anna kann sich an nichts erinnern. Nur an die baumelnde Hand, die etwas auf die Windschutzscheibe zu schreiben schien.

Gigi tut so, als wisse sie Bescheid, aber sie weiß gar nichts, nichts von Anna und Hikmet. Haugsdorff hat ihr erzählt, daß Anna zufällig vorbeigekommen sei, als der Bursche aus dem Fenster sprang. Das muß sie sehr erschüttert haben. Mehr als das. Gigi versucht gar nicht erst, sich vorzustellen, wie es ihr an Annas Stelle ergangen wäre. Wahrscheinlich wäre sie auf der Stelle tot umgefallen, noch bevor der Körper dieses Mannes aufschlug. Jedenfalls wird sie Anna mit nach Hause nehmen und ein paar Tage bei sich behalten.

Während Gigi die Formalitäten erledigen geht, kommt auch noch Bonny. Und sie hat ein Einsehen, fragt nicht, sondern erzählt von den Kindern und daß Bär mit seinen Leuten ein neues Stück probt. Diesmal eine Paraphrase auf »Der Dieb von Bagdad«.

»Er lag auf dem Dach des Autos, seine Hand zuckte über die Windschutzscheibe, als würde er schreiben. Und dazu dieser entsetzliche, kreischende Ton!« Anna muß diesen Satz von Zeit zu Zeit wiederholen.

Bonny streichelt ihre Hand. »Ich habe es in den Nachrichten gehört. Sie haben drei Kurden und zwei Türken mit falschen Papieren erwischt. Einer von ihnen ist aus dem Fenster gesprungen.«

»Nicht gesprungen!« Anna weiß, daß Hikmet nicht gesprungen ist. »Man hat ihn fallen lassen.«

Bonny umarmt sie. »Sogar im Fernsehen haben sie gesagt, daß er in Panik davor, festgenommen zu werden, aus dem Fenster sprang.«

Dann muß Bonny eine Weile nach dem läutenden Handy in Annas Tasche suchen. Als sie es endlich gefunden hat, drückt sie den Knopf und hält es ihr ans Ohr.

Haugsdorff räuspert sich. »Ich hoffe, es geht dir wieder besser.«

Anna starrt zur Decke empor. »Ich bin nicht bei Verstand, wenn du das meinst.«

»Hör mir trotzdem einen Moment lang zu. Ich wollte das nicht, niemand wollte es. Ein junger Beamter hat den Auftrag zu wörtlich genommen und ist ihm zu dicht auf den Fersen geblieben.«

»Wem? Von wem redest du?«

»Von deinem Freund, der gesprungen ist. Es war ein Unglücksfall, glaub mir.«

Anna nimmt Bonny das Handy weg und schaltet es auf Mailbox.

»Wenn ich dich um etwas bitte, tust du es, Bonny?«

»Aber natürlich.« Bonny weiß noch nicht, worauf sie sich da einläßt.

»Ohne zu fragen?«

Bonny stutzt, nickt dann aber. Mehrmals, wie um es sich selbst zu bestätigen.

»Würdest du diesen lästigen kleinen Gegenstand auf dem Weg nach Hause in die Donau werfen?«

Bonny zieht scharf die Luft ein und schluckt.

»Ohne zu fragen!« Anna steckt das Handy in Bonnys Tasche.

»Bist du sicher, daß...?« Bonny führt den Satz nicht zu Ende, sie kennt ihre jüngere Schwester. »Schade, wenn du mich fragst.«

Anna lacht hysterisch. Bonny nimmt sie in die Arme und streichelt sie.

Plötzlich beginnt Anna zu weinen. Ganz leise und ohne zu schluchzen. Das Wasser läuft aus ihren Augen und tropft vom Kinn in ihre Halsgrube.

Gigi, die zurückgekommen ist, nimmt nun Bonnys Platz ein. Und während sie mit dem Taschentuch Annas Tränen zu trocknen versucht, fällt Anna ihr um den Hals.

»Er ist nicht gesprungen, glaub mir, er ist nicht gesprungen.« Sie beginnt so heftig zu schluchzen, daß auch Gigis Rücken zuckt, so als würde sie mit Anna weinen.

»Du fehlst mir, Chérie.« Jussuf fächelt sich mit der Eiskarte Kühlung zu. Sie sitzen in dem Lokal am Donaukanal, in das Anna früher öfter mit Teresa gekommen ist. Teresa hat, so hört man, vor kurzem einen Abortus gehabt und ist seither kaum ansprechbar. Anna will sie nicht besuchen, nicht in dieser Wohnung, aber sie wird sie anrufen und sich mit ihr in der Stadt treffen.

»Soll ich sagen, du mir auch?« Anna trägt ihre überdimensionale Sonnenbrille, und ihr Haar flammt gelegentlich auf, wenn ein Strahl es trifft.

»Wenn es tatsächlich der Fall sein sollte, tu dir keinen Zwang an.«

»Also gut, ich vermisse dich sehr. Und was gibt es in der Firma Neues?« Es ist Sommer geworden, und der Campari erwärmt sich schneller, als Anna ihn zu trinken vermag.

»Seit du gekündigt hast, wurden drei neue Leute eingestellt, die es alle auf mich abgesehen haben«, Jussuf funkelt Anna von der Seite an, »aber noch fallen sie über ihre eigenen Finger.«

»Es ist eben nicht so leicht, Ersatz für mich oder Frantischek zu finden.« Anna rührt, vor Genugtuung lächelnd, mit dem Strohhalm um, daß die Kohlensäure ein letztes Mal aufschäumt.

»Und wie stellst du dir die Zukunft vor?« Jussuf berührt mit leichten Fingern ihren Arm.

»Ich werde für Samiha Yılmaz arbeiten.«

»Die Unerschrockene.« Jussuf lächelt hintergründig, gerade daß er nicht mit der Zunge schnalzt, um ihr anzudeuten, daß er auch das schon weiß.

»Gib zu, daß du sie kennst.« Anna lüpft ihre Sonnenbrille, um Jussuf tiefer in die Augen schauen zu können.

»Kennen wäre übertrieben.« Jussuf wischt sich den Mund und knüllt die Serviette zusammen. »Aber sag, ist sie nicht zum Fürchten?«

»Kommt darauf an für wen.«

Jussuf leckt sich die Lippen und wiegt den Kopf. »Ich ahne einen Zusammenhang. Nick mit dem Kopf, wenn ich recht haben sollte.«

Anna streckt die Beine von sich und schlägt sie dann übereinander. Für einen Augenblick fühlt sie sich in die alten Zeiten zurückversetzt. Aber die alten Zeiten sind längst vorüber.

»Also wenn du den Ayverdi-Prozeß meinst, liegst du richtig. Samiha Yılmaz wird die Anwälte bezahlen.«

»Na dann!« Jussuf sucht nach seiner Brieftasche und gibt dem Kellner ein Zeichen. »Möge die Schrift auf euren Stirnen eine günstige sein.«

NACHBEMERKUNG

Als es Mitte der sechziger Jahre darum ging, im Rahmen meines Türkologie- und Iranistikstudiums ein Dissertationsthema zu finden, schlug mein Lehrer die Literatur des Bektaschi-Ordens und deren Beziehung zur alevitischen Geheimlehre vor. Er selbst war Janitscharen-Spezialist, es war also verständlich, daß er sich auch für die Bektaschis interessierte, die mit der spirituellen Betreuung der Truppe beauftragt waren. Die Janitscharen waren durch die sogenannte »Knabenlese« auf dem Balkan rekrutierte junge Krieger christlicher Herkunft, die zur Elitetruppe der osmanischen Sultane ausgebildet wurden. Die Bektaschis, die selbst der Heterodoxie geziehen wurden, verständigten sich wohl leichter mit den zwangsislamisierten ehemaligen Christen und Bogumilen als ihre sunnitischen Kollegen strenger Observanz.

Der Orden, besser gesagt die Bruder- und Schwesternschaft der Bektaschi-Derwische, ist im dreizehnten Jahrhundert von Hadschi Bektasch Veli gegründet worden, der, wie viele andere Turkmenen auch, vor den aus Zentralasien anstürmenden Mongolen aus Horasan (Nordostpersien) nach Anatolien geflüchtet war. Er entwickelte sich bald zu einem Netzwerk, das sich über die gesamte heutige Türkei, aber auch weit in den Balkan und die anderen Provinzen des ehemaligen Osmanischen Reiches hinein ausdehnte. Die Bektaschis waren sozusagen die geistigen Exponenten des Alevismus anatolischer Prägung, eines Alevismus, der zwar von der Schia, der Partei Alis, die so alt ist wie der Islam selbst, stark beeinflußt worden war, jedoch eine ganz eigene Prägung erfuhr, in die vieles an nomadisch-schamanistischer, aber auch christlicher Tradition einfloß.

Die Partei Alis, des Schwiegersohnes des Propheten Mohammed (der erst nach drei Anläufen Kalif geworden war, obwohl ihm diese Würde als Verwandtem und Vertrautem Mohammeds von Anfang an zugestanden wäre), wurde im Laufe der islamischen Geschichte vorzüglich von denjenigen ergriffen, die sich als Unterdrückte, Betrogene oder überhaupt Zukurzgekommene fühlten. So auch die turkmenischen Stämme, die nach Anatolien einwanderten und von den Osmanen (die zwar aus ihren Reihen stammten, aber bald eigene Wege gingen) beim Bau ihres Imperiums nicht berücksichtigt wurden. Im Gegenteil, wie so oft in der Geschichte wandten sich die erfolgreichen Einwanderer gegen die glücklosen Nachkommenden, die an ihrer ursprünglichen Lebensweise festhielten.

So gut wie an allen Aufständen sozialer Natur, die in Anatolien ausbrachen, waren Aleviten und mit ihnen Bektaschis beteiligt, wenn sie sie nicht überhaupt angezettelt hatten. Sie gewannen viele Schlachten, aber keinen Krieg, und es lief letztlich darauf hinaus, daß die Aleviten immer mehr ausgegrenzt wurden. Manche nomadisierten noch, andere zogen sich in die entlegenen Teile des Landes zurück, wo sie ein ziemlich kärgliches, aber immerhin ein Dasein eigener Fasson fristeten. Als ich Mitte der sechziger Jahre Material für meine Dissertation suchte, fand ich zwar einiges an Publikationen, aber keine lebenden Bektaschis oder Aleviten. Es sah so aus, als sei der Alevismus das Opfer seiner orthodoxen und säkularen Gegenspieler geworden und mangels Überlebenswillen vom Erdboden verschwunden.

Also begnügte ich mich mit der Literatur, fand heraus, was für wunderbare Bilder aus Buchstaben die Bektaschi-Derwische verfertigt, wie bezaubernd ihre Dichter gedichtet hatten und welche Virtuosen sie auf dem Saz, einem Saiteninstrument, gewesen sein mußten. So entstand mein Roman »Das Verschwinden des Schattens in der Sonne«, der 1973 zum ersten Mal erschienen ist. Mehr als zwanzig Jahre später meldeten sich die ersten Aleviten bei mir. Es gab sie also. Nicht nur in der Türkei – auch in Europa, als Migranten wie einst Hadschi Bektasch Veli.

In den achtziger Jahren hatten sie in der Türkei wieder eine politische Rolle zu spielen begonnen und sich, nach Jahrhunderten der Geheimhaltung ihrer Lehren, öffentlich zum Alevismus bekannt. Ein kühnes Unterfangen, das in Zeiten zunehmender Machtgelüste der Militärs sowie des erstarkenden Islamismus heftige Reaktionen auslöste. Eine der skandalösesten war das »Massaker von Sivas« im Juli 1993, bei dem siebenunddreißig alevitische Sänger, Dichter und Maler, lauter Vertreter der jungen Intelligenz, in einem Hotel, das in Brand gesteckt worden war, ums Leben kamen. Draußen geiferte eine mehr als tausendköpfige, von Islamisten aufgehetzte Menge, die sich mit Pflastersteinen bewaffnet hatte, um keinen der Aleviten entkommen zu lassen.

Polizei und Militär griffen zu spät ein oder gar nicht. Wie sich als Ergebnis der späteren Untersuchungen herausstellte, war die Sache von langer Hand geplant, sogar die Pflastersteine lagen seit Tagen bereit. Als Sündenbock diente den offiziellen Stellen dann ein türkischer Humorist und Satiriker, der damals bereits achtzigjährige Aziz Nesin, selbst kein Alevit, aber als Ehrengast und Festredner geladen. Der mutige alte Mann hatte aus seiner Verachtung alles Reaktionären nie ein Hehl gemacht und bei seinem Vortrag die Auseinandersetzung mit der Moderne eingefordert.

So schrecklich dieser Verlust an jungen Menschen die Aleviten auch getroffen hat, sie haben seither eines gelernt, nämlich in die Öffentlichkeit zu gehen und sich dort als Aleviten zu behaupten.

Man schätzt, daß der Anteil der Aleviten an der Gesamtbevölkerung in der Türkei um die zwanzig bis fünfundzwanzig Prozent ausmacht. In der Emigration ist diese Zahl wohl noch größer, da viele Aleviten nicht nur in den ärmsten Gebieten des Landes gelebt hatten, sondern auch ständig dem Druck der Mehrheit ausgesetzt waren und daher in größerem Ausmaß ausgewandert sind. Allein in Wien leben an die fünfundzwanzigtausend.

Die »Schrift des Freundes« ist – auf die Aleviten bezogen – von mehrfacher Bedeutung. Sie kann das Schicksal des Freundes heißen, da in allen islamisch zivilisierten Ländern die Schrift auf der Stirne soviel wie Schicksal bedeutet. Der Freund ist gleichzeitig ein Synonym für Ali, der in der Geheimlehre als die Reinkarnation Allahs gilt. In der Schrift aber ist die Welt enthalten. Wer sie zu Bildern gestaltet, formt sie. So lautet meine Schlußfolgerung.

B. F.